AF237300

norðbeben
bittersüß wehrlos

ISALIE NORDSKOV

norðbeben
bittersüß wehrlos

Bibliografische Information der Deutschen Nationalbibliothek
Die Deutsche Nationalbibliothek verzeichnet diese Publikation
in der Deutschen Nationalbibliografie; detaillierte bibliografische
Daten sind im Internet über http://dnb.d-nb.de abrufbar.

Umschlagdesign, Satz, Herstellung und Verlag:
BoD – Books on Demand, Norderstedt

ISBN 978-3-7526-5257-4

KAPITEL 1

Die Sonne stand im Zenit und brannte auf meine winterblasse Haut. Ich scherte mich nicht darum, dass ich einen Sonnenbrand riskierte, denn ich brauchte jetzt dieses Gefühl von Wärme, das sich durch meine Haut den Weg in mein Inneres bahnte.

Im Hintergrund hörte ich Jonas und Maik jauchzen. Ich konnte mich an kein einziges Familienfest erinnern, bei dem meine idiotischen Brüder nicht damit beschäftigt gewesen waren, die Blumenbeete meiner Mutter mit ihren grauenhaften Fußballkünsten zu bedrohen. Abgesehen von Weihnachten natürlich. Da fürchteten eher die Menschen in Schneeball-Reichweite um ihr Leben, wohingegen die Natur von einer dicken weißen Decke beschützt war.

»Nicht so nah an meine Rosen, Jungs!«, hörte ich meine Mutter prompt schimpfen. Sie saß am Gartentisch und las in einem Klatsch-Blatt. Ich hatte mich schon oft gefragt, was Menschen reizte, sich den offensichtlich überspitzten Tratsch über Prominente und Möchtegern-Promis reinzuziehen.

Links neben mir im Liegestuhl lag meine beste Freundin Anna. Ihre rechte Hand war verziert mit wunderschönen Henna-Malereien. Auch meine Hand schmückten diese Verzierungen, aber sie waren bereits dabei, zu verblassen.

Vor ein paar Wochen hatten wir angefangen, uns in der Schule mit Henna-Farbstiften Hände und Arme zu bemalen – das war gerade voll im Trend. Irgendwann war Anna sogar dazu übergegangen, nicht mehr nur fantasievolle Schnörkeleien zu zeichnen, sie entwarf nun richtige Gemälde. Besonders gut gefielen mir die Vögel, die sie malte. Sie vermittelten ein Gefühl von Freiheit, das mich irgendwie berührte.

Einmal hatte Anna mir zwei dunkle Amseln aufs Handgelenk gemalt und gesagt: »Das sind du und ich. Irgendwann fliegen wir beide los und erobern gemeinsam die Welt.«

Diese Idee hatte mir so gut gefallen, dass die beiden Vögel nicht mehr wegzudenken waren, solange die Henna-Phase dauerte. Und wir planten tatsächlich insgeheim, nach der Schule via Work and Travel zusammen die Welt zu erkunden. Unseren Eltern verrieten wir lieber noch nichts davon, die würden nicht sonderlich begeistert sein.

»Isst jemand ein Nackensteak?«, rief mein Vater, der hinter dem Grill stand und gerade dabei war, das Fleisch über der Glut zu drapieren. Gelegentlich musste er sich dabei vor Fehlpässen meiner Brüder in Acht nehmen, doch man hörte nie ein negatives Wort aus seinem Mund. Im Gegenteil, stets kommentierte er ihr albernes Treiben mit wohlwollender Zustimmung.

Wie liebte ich dieses Leben doch. Um mich herum waren all die Menschen, die mir so viel bedeuteten. Nur einer fehlte ... Helge. Gerade wollte ich mich nach ihm umschauen, als er lächelnd aus der Terrassentür trat. In seinen Händen trug er etwas, das ich erst beim Näherkommen erkannte.

»Ihr verderbt euch noch den Appetit«, schallten die mahnenden Worte meiner Mutter abermals an mein Ohr.

»Ist doch nur Wassereis«, beruhigte ich sie und schenkte meinem Freund ein Lächeln, das er mit aller Wärme erwiderte, bevor er Anna und mir ein Eis am Stiel reichte und zu meiner Rechten Platz nahm.

Besser konnte mein Leben nicht werden. Ich hatte meine Familie bei mir, meine neue beste Freundin saß links von mir und in der rechten Hand hielt ich die Hand meines festen Freunds, während ich in der Ostersonne mein Wassereis genoss.

»Alles wird gut«, flüsterte eine tiefe Stimme in mein Ohr. Ich erschrak und drehte mich um, doch es war niemand zu sehen. Als ich den Blick zurück zu meiner Familie wandte, dämmerte mir langsam, woher diese Stimme gekommen war. Doch ich war eigentlich noch nicht bereit, zu gehen. *Was hätte ich darum gegeben, in diesem Moment mit all meinen Lieben zu verharren?* Ich wollte diesen Ort, an dem ich mich so wohl und sicher fühlte, nie wieder verlassen. Doch hatte ich eine Wahl? Irgendwann musste ich meine glückliche Erinnerung loslassen und mich der Realität stellen.

Gerade erst hatte ich mich bereiterklärt, mich der Welt zu öffnen, die sich mir vor Kurzem auf recht schonungslose Weise offenbart hatte. Ich hatte Tarjos zu dieser Gartenparty seiner

Freunde begleitet, um der Wahrheit endlich ins Auge zu blicken. Ich war bereit gewesen, meine eigene Vorstellung von der Welt um diesen bisher gut verborgenen Teil zu erweitern, die Tatsachen zu akzeptieren und in der wirklichen Wirklichkeit zu leben. *Und jetzt das!* Kaum betrat ich das neue Leben, brach meine alte Welt förmlich hinter mir zusammen.

Dass meine neue beste Freundin Julie wie all die anderen Gäste auf dieser Party Blut trinken musste, um zu überleben, hatte ich längst akzeptiert. Es machte mir nichts mehr aus, im Gegenteil, ich wollte mehr über sie erfahren. Doch statt Antworten türmten sich immer noch mehr Fragen auf. Es hatte mich sehr viel Kraft gekostet, die Besonderheit von Julie und Tarjos nicht mehr zu fürchten und sie anzunehmen, als mir klargemacht wurde, dass der eigentliche Schrecken längst Teil meines Lebens war. Eine Verschwörung war im Gange und zu allem Übel schien Frederik, mein Chef in dem Café, in dem ich nebenbei jobbte, ein Teil davon zu sein.

Das wollte einfach nicht in meinen Kopf gehen. Wie konnte jemand, den ich als so freundlich und gut kennengelernt hatte, so ein falsches Spiel spielen?

»Ich werde noch irre«, flüsterte ich und traute mich immer noch nicht, meine Augen zu öffnen. Denn dann würde ich der Realität ins Auge blicken müssen, dann gäbe es kein Zurück mehr.

»Ich weiß«, hörte ich Tarjos wieder flüstern und spürte seine starken Arme, die mich umklammerten und mir ein Gefühl von Geborgenheit verschafften, das mir seit Monaten fehlte. »So würde es jedem gehen. Und manch einem ist es schon so ergangen«, fügte er hinzu.

»Ich weiß gar nicht, woran ich noch glauben soll«, murmelte ich gedankenversunken und ignorierte, dass es vielleicht unpassend war, ausgerechnet Tarjos mein Herz auszuschütten, wo unser Verhältnis in den vergangenen Wochen so angespannt und kompliziert gewesen war. »Es ist einfach alles zu viel.«

Einen Moment lang blieb es still. Tarjos schien nachzudenken. Dann antwortete er: »Da musst du jetzt durch. Ich fürchte, es gibt kein Zurück.« Seine Stimme klang ruhig.

»Ich weiß nicht, wie viel ich noch ertragen kann«, gestand ich.

»Aber deswegen bist du doch hier. Weil du entschieden hast, alles zu erfahren.«

Ich brauchte einen Moment, um die Worte aufzunehmen, mein Kopf hatte große Schwierigkeiten, die Dinge zu verarbeiten. Das musste die Vorstufe des Wahnsinns sein, der nach mir griff.

»Da wusste ich ja noch nicht, dass auch die Menschen-Menschen um mich herum böse sind«, versuchte ich irgendwann meiner Verwirrung Ausdruck zu verleihen.

»Okay. Solange *wir* die Bösen sind, kannst du damit leben? Weil das so schön in dein naives Weltbild passt?« Tarjos' Stimme klang verärgert.

Nicht auch das noch. Nicht auch noch diese Konfrontation. Das ertrug ich jetzt nicht. Statt zu antworten, versuchte ich also angestrengt weiter über das nachzudenken, was gerade alles passiert war.

Nach einigen Minuten des Schweigens, in denen ich krampfhaft bemüht gewesen war, nicht wahnsinnig zu werden und stattdessen die Erkenntnisse in meinem Kopf zu sortieren, dämmerte mir, dass Tarjos Recht hatte. Wir wussten beide, dass ich es mir zu einfach machte. Aber es war gerade nicht nur eine neue Welt neben mir entstanden, meine alte Welt war im nächsten Moment regelrecht zerstört worden. Welcher verrückten Seite gehörte ich denn nun an?

»Entschuldige. Ich weiß, das ist blöd. Ich weiß nur nicht mehr, was richtig und was falsch ist. Wer gut und wer schlecht ist.«

»Das kann ich mir vorstellen«, entgegnete Tarjos. »Mir war von Anfang an klar, dass du nicht die Richtige dafür bist.«

Was wollte er denn damit nun wieder sagen? Wieso musste er ausgerechnet jetzt verletzend werden? Gerade jetzt, wo ich das Gefühl hatte, unser Verhältnis würde sich bessern und ich könnte ihm vertrauen. Ich versuchte mich von ihm wegzudrücken, doch er hielt mich fest.

»Menschen sind lernfähig«, murmelte er, als wollte er damit seine vorangegangene Gemeinheit abschwächen.

»Na, danke für dein Vertrauen«, schnaubte ich etwas zu zynisch und immer noch verärgert.

Doch dann überraschte Tarjos mich wieder einmal.

»Ich vertraue dir wirklich.« Seine Stimme klang ehrlich.

Und ich wusste, dass dies die Wahrheit war. Andernfalls hätte er mich nicht mit in seine Welt genommen.

Wieder vergingen Minuten, in denen wir ausschließlich dasaßen und aufs Wasser starrten. Es fühlte sich merkwürdig an, Tarjos so nah bei mir zu spüren. Einerseits waren wir uns so fremd, andererseits empfand ich zum ersten Mal seit Wochen einen festen Halt.

»Also, dann klär mich auf!«, forderte ich schließlich. »Und lass nichts aus, noch mehr Überraschungen ertrage ich nicht.«

»Bist du sicher? Wir können auch ein anderes Mal darüber sprechen.«

»Absolut sicher. Ich muss es jetzt wissen. Ich muss mich dem stellen«, bat ich ihn erneut, endlich reinen Tisch zu machen.

»Wo soll ich anfangen?«

»Na, wie wär's mit Frederik, meinem Chef?«

Ich weiß nicht, wie lange wir so dasaßen und sprachen. Es dämmerte bereits, als ich endlich das Gefühl hatte, für heute genug erfahren zu haben. Tarjos hatte mir erklärt, dass die dänische Regierung anscheinend Kenntnis davon erlangt hatte, dass es eine Gruppe Menschen gab, die darauf angewiesen war, Blut von anderen Menschen zu trinken. In Regierungskreisen hatte sich eine Vereinigung gebildet, die versuchte, an Informationen zu gelangen. Sie hatten eine Art Forschungsinstitut eingerichtet, das nach Tarjos' Aussage eher einem Gefängnis glich und in dem Tests gegen den Willen der Menschen durchgeführt wurden. Frederik schien Teil dieser Einheit zu sein und ihnen Informationen zu liefern. Und das Schlimmste von allem: Vermutlich hielten diese Leute Henrik fest.

»Wie können die das mit ihm denn herausgefunden haben?«, fragte ich besorgt.

»Keine Ahnung. Vieles von dem, was wir zu wissen glauben, basiert auf Spekulationen und wenig vertrauenswürdigen Berichten. Vielleicht ist er beim Bluttrinken erwischt oder von jemandem verraten worden.«

»Aber das können die doch nicht einfach machen!«, protestierte ich vehement. »Da muss doch irgendjemand etwas gegen unternehmen.«

»Was sollen wir denn bitte machen?«

Ich hatte keine Antwort auf diese Frage. Das Gefühl unendlicher Machtlosigkeit übermannte mich. Niemand hier wusste genau, was wirklich vor sich ging und wie viel die anderen Menschen wussten. Geschweige denn, was sie vorhatten. Aber das konnte nichts Gutes sein.

So langsam verstand ich Kristians Reaktion, der auf mich losgegangen war, als er gehört hatte, dass ich bei Frederik im Café arbeitete. Ich hätte mich vermutlich ähnlich verhalten.

»Der kriegt sich schon wieder ein«, sagte Tarjos, während er mir die Hand reichte, damit ich mich vom Boden aufrappeln konnte. Es sah mit Sicherheit besonders elegant aus, wie ich versuchte, wieder auf meine wackeligen Beine zu kommen.

Inzwischen waren fast alle Gäste gegangen. Ein paar standen noch am Grill, nicht um etwas zu essen, sondern um ihre Finger über der heißen Glut zu wärmen. Ich hatte die Kälte um mich herum bisher kaum wahrgenommen. Erst jetzt, als ich die Leute um den Grill herum stehen sah, fing auch ich an zu bibbern.

»Lass uns gehen!«, forderte Tarjos.

Ich hatte absolut nichts dagegen.

»War schön, dich kennengelernt zu haben«, sagte Tine. »Und wenn du noch Fragen hast, können wir uns gerne einmal treffen.«

»Vielen Dank, das weiß ich wirklich zu schätzen«, entgegnete ich. »Und entschuldige, dass ich eure Party ruiniert habe.«

»Ach Quatsch, so läuft das manchmal bei uns. Vor allem, wenn Tarjos dabei ist«, witzelte sie.

»Red' nicht so einen Unsinn!«, kommentierte er grimmig, doch Tine und ich lachten bloß.

Wir hatten uns gerade wenige Meter aus dem Garten entfernt und waren die Straße zurückgegangen, auf der wir vor einigen Stunden hergekommen waren, als mein Magen unüberhörbar knurrte. Doch anstatt einen dummen Spruch loszulassen, sagte Tarjos bloß: »Ich könnte langsam auch etwas zu essen vertragen.«

Ich fragte mich, wo man um diese Uhrzeit und in dieser Gegend wohl etwas herkriegen mochte, und als hätte er meine Gedanken gelesen, fragte er: »Was hältst du von Pizza?«

»Perfekt!«

»Dann lass uns zu mir gehen und Pizza bestellen, sind nur ein paar Minuten zu Fuß.«

Tarjos' Vorschlag überraschte mich. Was wollten wir denn bei ihm zuhause? Ich hatte ein komisches Gefühl bei der Sache. Es war immerhin Tarjos, der mich in seine Wohnung einlud. Klar, wir waren uns in den letzten Stunden auf eine schräge Weise nähergekommen, aber der Gedanke daran, alleine mit Tarjos in seiner Wohnung zu sein, löste Unbehagen in mir aus.

»Musst du erst noch jemanden um Erlaubnis fragen?«, wollte er wissen, als meine Reaktion auf sich warten ließ.

»Natürlich nicht«, antwortete ich. »Aber vielleicht sollte ich langsam mal zusehen, dass ich nach Hause komme.«

»Wenn du willst, kann ich dich anschließend fahren, mein Auto steht direkt vor der Tür.«

Sein Angebot klang reizvoll. Immerhin hatte ich reichlich wenig Lust, mich jetzt noch in die U-Bahn zu setzen und allein den Heimweg anzutreten. Dennoch dachte ich kurz darüber nach, ob das wirklich eine gute Idee war. Ich meine, die Vorstellung, neben Tarjos auf dem Sofa zu sitzen und Pizza zu essen, war irgendwie absurd. Aber was sollte passieren? Irgendwie vertraute ich diesem Mann, auch wenn der Gedanke an das Alleinsein mit ihm gemischte Gefühle in mir auslöste.

Schließlich siegte mein Hungergefühl und ich willigte ein. Wenn man mal ehrlich war, war der ganze Abend surreal gewesen, da spielte das Folgende auch keine Rolle mehr.

»Aber nur, wenn du versprichst, die Finger von mir zu lassen«, ergänzte ich schnell.

»Ich tue nichts, was du nicht willst«, versprach er.

Und da war es wieder, dieses Gefühl von Aufregung und Enttäuschung zugleich.

»Du kannst die Schuhe mit reinnehmen«, sagte Tarjos, als ich sie im Hausflur auszog, aber es machte mir nichts aus, meine Schuhe dort stehen zu lassen. Es würde sie schon keiner stehlen.

Ohne mir die Wohnung zu zeigen, führte Tarjos mich in sein Wohnzimmer und befahl mir, auf dem schwarzen Ledersofa in der Mitte des Raums Platz zu nehmen. Er verschwand kurz auf dem Flur, was mir Zeit gab, mich flüchtig umzusehen.

Das Zimmer war extrem aufgeräumt, es wirkte fast klinisch rein. Auf dem schwarzen Sideboard, dem Flachbildfernseher und dem kleinen Wohnzimmertisch direkt vor mir war nicht ein Körnchen Staub zu finden. Ich musste an seinen Wagen denken, der mir ebenfalls als überraschend sauber aufgefallen war. Auch die Blu-ray Discs im Regal über dem Fernseher standen so, als hätte man sie mit Lineal und Wasserwaage angeordnet. Nicht einmal bei meiner Oma – und sie hatte das Aufräumen geliebt – war alles so akkurat sortiert gewesen.

Wieder einmal wurde mir bewusst, dass ich den Mann, auf dessen Sofa ich gerade saß, überhaupt nicht kannte. Ich fragte mich kurz, ob er wohl eine Putzfrau hatte, die diese Ordnung für ihn herstellte. Aber schnell entschied ich, dass es wohl kaum eine Frau über längere Zeit mit ihm aushalten würde, also musste er es selbst gewesen sein. Doch es passte einfach nicht ins Bild, das ich von ihm hatte.

»Dafür, dass du dich ungern an Regeln hältst, ist es hier ganz schön ordentlich«, verschaffte ich meiner Verwunderung Ausdruck und versuchte, aus den Eindrücken schlau zu werden, als er wieder ins Wohnzimmer trat.

»Das eine hat mit dem anderen ja auch reichlich wenig zu tun«, sagte er nur und damit schien das Thema für ihn abgehakt zu sein.

»Was hättest du gerne?«, wollte er wissen und setzte sich ans andere Ende der Couch, den Blick auf sein Handy gerichtet.

»Thunfisch«, sagte ich und wartete auf seine Reaktion. Die blieb aus. Stattdessen schien er uns über eine App Pizza zu bestellen, denn als er das Handy vor sich rechtwinklig auf den Tisch legte, auch mit Winkelmesser hätte man es nicht besser machen können, sagte er bloß: »Dauert etwa dreißig Minuten.«

Und da saßen wir nun, in Tarjos' Wohnung, auf Tarjos' Couch, lediglich durch wenige Sofakissen getrennt.

»Soll ich den Fernseher einschalten?«, fragte er und verhinderte damit, dass eine unangenehme Stille entstand.

»Meinetwegen. Ich richte mich ganz nach dir«, entgegnete ich und versuchte, meine Unsicherheit zu überspielen.

»Warum nicht gleich so?«, witzelte er und schnappte sich eine der Fernbedienungen. Erst jetzt sah ich, dass diese – es waren insgesamt drei an der Zahl – ebenfalls akkurat auf der Ablage unter dem Couchtisch nebeneinander angeordnet waren. Was wohl passieren würde, wenn eine davon verrutschte? Ich nahm mir vor, das bei Gelegenheit einmal zu testen.

Im Fernsehen lief wie immer nur Mist. Auch Tarjos war nicht begeistert vom Programm, ständig zappte er weiter. *War das auch für ihn eine seltsame Situation?* Allerdings konnte ich mir vorstellen, dass schon diverse Frauen hier auf diesem Sofa gesessen oder vielmehr gelegen hatten. Daraufhin fragte ich mich, wie sein Schlafzimmer aussah und wie viele Zimmer die Wohnung noch haben mochte. Und wie konnte man sich eine solche Lage in Kopenhagen überhaupt leisten? Es wirkte nicht so, als hätte er noch einen Mitbewohner.

»Verdient man gut an der Uni als Doktorand?«, versuchte ich ihn in ein Gespräch zu verwickeln.

»Kommt immer drauf an«, antwortete er. Und als er sah, dass mir die Antwort nicht genügte, fügte er hinzu: »Es kommt darauf an, ob man ein Stipendium hat oder nicht. Außerdem arbeiten viele parallel als wissenschaftliche Mitarbeiter. Da verdient man nicht die Welt, aber wenn man beides hat, reicht es auf jeden Fall.«

»Ah okay«, bedankte ich mich für die Antwort. »Und worüber schreibst du deine Arbeit?«

»Snorri Sturlusons Einfluss auf die Gesellschaft des 13. und 14. Jahrhunderts.« Er antwortete, ohne den Blick vom Fernseher zu lösen.

»Ach herrje!«, entwischte es mir.

»Nicht ganz dein Ding, was?«, entgegnete Tarjos spöttisch.

Er hatte Recht. Ich hatte mich an der Kieler Uni zwei Semester lang mit der Snorra-Edda befassen müssen, einer Art Handbuch für Skalden, die der Herr Sturluson verfasst hatte. Am Anfang hatte ich es noch als recht amüsant empfunden, irgendwann hing es mir jedoch zum Hals heraus.

»Wie kamst du auf das Thema?«, ließ ich nicht locker und erntete dafür endlich einen genervten Blick.

»Du bist ganz schön neugierig«, stellte Tarjos fest.

»Entschuldige.« Ich wollte seine Laune nicht verderben.

»Es ergab sich einfach. Als geborener Isländer empfand ich es als passend, mich mit meiner Geschichte zu beschäftigen.«

»Oh, das wusste ich nicht«, gestand ich überrascht.

»Du weißt so einiges nicht, wie mir scheint.« Er grinste, den Blick wieder auf den Fernseher gerichtet.

»Woher auch?«, gab ich zurück.

Daraufhin schnappte er sich die Fernbedienung und schaltete den Fernseher auf stumm.

»Was möchtest du noch wissen?« Tarjos drehte sich zu mir und schaute mich an, was mich im ersten Moment irritierte. Es war mir schon immer schwergefallen, zu denken, wenn man mich auf diese Art anstarrte.

Dann fiel mir jedoch eine der Fragen ein, die ich Tine hatte stellen wollen, kurz bevor Kristian so ausgetickt war.

»Was hat es mit euren Zähnen auf sich?«

Tarjos sah mich verwirrt an. »Was meinst du?«

»Na, ihr habt ja offensichtlich keine Reißzähne, wie man sie aus Vampir-Filmen kennt. Und trotzdem hast du mich damals gebissen und es hat sofort angefangen zu bluten.«

»Ach so.« Er verstand meine Frage schließlich und grinste. »Das ist ein Geheimnis.«

»Na toll«, schmollte ich, was ihn noch mehr amüsierte.

»Willst du es wirklich wissen?«, fragte er beschwichtigend. »Dann musst du aber näher kommen!«

Das hatte ich jetzt davon. Entweder konnte ich *nein* sagen und dann blieb es weiterhin ein Rätsel oder ich konnte seiner Forderung nachgeben und mich in die Höhle des Löwen begeben.

»Sag mir erst, was du vorhast!«, forderte ich.

»Ich zeige dir, was es mit meinen Zähnen auf sich hat«, antwortete er, was mir nicht wirklich weiterhalf.

»Also willst du mich wieder beißen?«

»Jein, du wirst schon sehen! Dir passiert nichts, versprochen.«

Ich entschied, dass ich keine Lust mehr auf Geheimnisse und Rätsel hatte, und rückte näher an ihn heran.

»So. Und jetzt?«

»Gib mir deinen Finger!«, befahl er mir.

Etwas zögerlich reichte ich ihm meine Hand, er nahm meinen

Zeigefinger und führte ihn zu seinem Mund, woraufhin ich die Hand reflexartig wieder zurückzog.

»Sei nicht so ein Feigling!«, sagte er grinsend. »Ich beiße dir schon nicht den Finger ab.«

»Sonst verklag ich dich auch«, versuchte ich die verdammt merkwürdige Situation zu überspielen und hielt ihm erneut meine Hand hin.

Sein Griff war dieses Mal fester, vermutlich wollte er verhindern, dass ich ein zweites Mal Reißaus nahm. Er führte meinen Finger an seinen Mund.

»Pass auf!«, sagte er und fuhr mit der Fingerkuppe über seinen linken Eckzahn. Es passierte nichts. Kein Blut war zu sehen. Und der Zahn fühlte sich, soweit ich das beurteilen konnte, ganz normal an. Aber ich hatte auch noch nicht viele Zähne auf so merkwürdige Art und Weise berührt. Genau genommen nicht einen. Noch während ich darüber nachdachte, wie seltsam es war, jemandem den Finger in den Mund zu stecken und seine Zähne anzufassen, sagte er ein zweites Mal, dass ich aufpassen solle, und führte meinen Finger nun an seinen rechten Eckzahn, woraufhin ich augenblicklich ein kleines Pieken verspürte und meine Fingerkuppe leicht zu bluten begann.

»Was war das?«, fragte ich irritiert, denn sein rechter Zahn sah genauso aus wie der linke.

Ich starrte auf das Blut auf meinem Zeigefinger. Der Blutstropfen füllte sich langsam, schnell suchte ich nach etwas in meiner Hosentasche, was das Blut aufhalten konnte. Doch ich fand nichts.

»Hast du ein Taschentuch?«, fragte ich Tarjos, während das Blut meinen Finger hinunterlief.

»Brauchst du nicht, das hört gleich wieder auf.«

»Aber bis dahin habe ich hier alles eingesaut«, konterte ich.

»Stell dich nicht so an!«, sagte er, griff ein weiteres Mal nach meinem Finger und leckte das Blut ab.

Es ging so schnell, dass ich nicht in der Lage war, es zu verhindern. Seine Zunge an meinem Finger löste sofort ein aufregendes Kribbeln in meinem Bauch aus. Das war die merkwürdigste Situation, die ich je erlebt hatte, den Besuch an Julies Krankenbett miteingeschlossen. Die Tatsache, dass Tarjos meinen blutigen

Finger in seinen Mund nahm und ableckte, war absurd, gleichzeitig machte es mich irgendwie scharf, seine warme, weiche Zunge an meiner Haut zu spüren.

»Siehst du, alles wieder gut«, murmelte er und ließ meine Hand los.

Ich starrte auf meinen Finger. Tatsächlich war nur ein minimaler Schnitt zu sehen und es blutete nicht mehr. Inzwischen hatte Tarjos den Ton des Fernsehers wieder eingeschaltet und verhielt sich, als wäre nichts Ungewöhnliches geschehen. Für ihn mochte es ja völlig normal sein, sich so zu benehmen, aber für mich war es das definitiv nicht.

»Habt ihr immer das Bedürfnis, Blut zu trinken, wenn ihr welches seht?«, erkundigte ich mich, ohne über diese Frage nachgedacht zu haben.

»Nicht wirklich. Vielleicht, wenn man ewig nichts getrunken hat. Aber es ist nicht so, dass man dann zur Bestie wird, falls du das meinst.«

Ja, das hatte ich gemeint.

»Und schmeckt das nicht eklig?«, wollte ich wissen. Mir wurde schon schlecht, wenn ich nach dem Zähneputzen einmal Zahnfleischbluten bekam.

»Vermutlich schon. Keine Ahnung. Irgendwie gehört es ja dazu, deshalb habe ich keine Abneigung dagegen. Allerdings würde ich es auch nicht unbedingt als Genussmittel bezeichnen.«

»Also war das für dich jetzt gerade nicht das reinste Vergnügen?«, hakte ich nach und hob meinen minimal verwundeten Zeigefinger demonstrativ in die Luft.

»Das Vergnügen entsteht nicht unbedingt über den Geschmack des Blutes«, erklärte er. »*Dich* zu schmecken, bereitet Vergnügen.«

Er musste diese Worte gar nicht zu Ende aussprechen, da fühlte ich schon ein leichtes Zucken in meinem Unterleib. Mir wurde am ganzen Körper warm, meine Wangen erröteten. Tarjos nahm kein Blatt vor den Mund und das machte mich wieder einmal unglaublich scharf. Jedoch versuchte ich, mir nichts anmerken zu lassen. Dann fiel mir auf, dass er gar nicht erklärt hatte, warum mein Finger erst beim zweiten Mal zu bluten begonnen hatte.

»Einige von uns haben evolutionsbedingt einen Schneide- oder Eckzahn, der scharf oder spitz genug ist, um durch die Haut zu kommen. Meistens sehen die gar nicht anders aus als gewöhnliche Zähne«, erklärte Tarjos.

»Einige von euch also. Und was ist mit den Übrigen?«

»Die müssen sich anderweitig behelfen. Spitze Gegenstände, Klingen, was auch immer. Einige übertreiben es und lassen sich beim Spezialisten die Zähne schärfen oder hinter dem Zahn etwas implantieren, das diesen Zweck erfüllt. Das hat dann aber oftmals zur Folge, dass sie sich selbst dauernd die Zunge aufschneiden. Kein schöner Anblick, wenn du mich fragst.«

Tarjos' Erklärungen wurden vom Klingeln an der Tür unterbrochen. Er stand auf und nahm die Pizzen entgegen.

»Was bekommst du?«, fragte ich.

»Gar nichts«, sagte er bloß.

»Du musst mich wirklich nicht einladen«, versuchte ich es erneut, doch er ließ sich nicht darauf ein.

Tarjos setzte sich mit seinem Pizzakarton neben mich und zappte wieder durchs TV-Programm, bis er bei der Show hängenblieb, die wir schon einmal zusammen geschaut hatten, als er für einige Zeit in meinem Zimmer auf den Trockner gewartet hatte.

Die Pizza schmeckte unglaublich gut. Lag mit Sicherheit daran, dass ich vollkommen unterzuckert war. Nach etwa der Hälfte bekam ich allerdings keinen Bissen mehr hinunter. Eigentlich gehörte ich nicht unbedingt zu den Mädels, die wie ein Spatz aßen. Aber mein Körper hatte in letzter Zeit ganz schön was mitgemacht, da war es nur verständlich, dass er nicht überfordert werden wollte. Und ich hörte darauf.

Irgendwie fühlte es sich gut an, neben Tarjos auf der Couch zu sitzen, bekloppte Dating-Shows zu schauen und Pizza zu essen, als wäre es das Normalste der Welt. Er wirkte ebenfalls recht zufrieden. Seine Kommentare über die Kandidaten waren äußerst amüsant. Es war angenehm, zur Abwechslung einmal nicht das Ziel seiner spitzen Bemerkungen zu sein. *Würde sich das jemals ändern?* Immerhin kamen wir uns nach und nach näher, nicht unbedingt auf körperlicher Ebene, aber er wirkte viel offener und gelassener, als ich ihn bisher erlebt hatte.

»Bist du eigentlich schon immer so, wie soll ich sagen ...«, ich suchte nach dem passenden Wort, »so übelgesinnt gewesen? Oder gibt es einen Grund für deine griesgrämige Art?«, fragte ich und versuchte dabei nicht allzu beleidigend zu klingen.

Tarjos schaute mich verwundert an.

»Griesgrämig?«, fragte er und runzelte die Stirn. »Das klingt nach alten Weibern.«

Ich musste lachen über diesen Vergleich. Ein bisschen hatte er Recht damit.

»Also, du weißt ja selbst, dass du dich oft wie ein Arsch benimmst. Das meine ich. Wieso ist das so?«, wählte ich klarere Worte.

»Warum denn nicht?«

Was war das denn für eine Antwort?

»Na, weil das Leben vielleicht so viel schöner wäre, wenn man nicht jeden Menschen um sich herum verschrecken würde«, versuchte ich meine Frage zu rechtfertigen.

Er nahm das letzte Stück Pizza aus dem Karton und legte ihn zur Seite.

»Klingt langweilig«, sagte er und biss ab, doch ich merkte, dass ich mit meiner Frage einen wunden Punkt getroffen hatte. Daher ließ ich es auf sich beruhen. Fürs Erste.

Mir war klar, dass ich ihn niemals ändern konnte, und das wollte ich auch gar nicht. Aber vielleicht konnte ich irgendwann einmal verstehen, warum er so war, wie er nun einmal war. Auch wenn das vielleicht nichts besser machte.

Tarjos hielt Wort und fuhr mich nach Hause. Ein wenig verletzte es mich, dass er nicht einmal gefragt hatte, ob ich bei ihm übernachten wollte. Natürlich hätte ich abgelehnt. Aber zumindest fragen hätte er ja können. Wobei es vielleicht das Beste war. Wir wollten im Grunde genommen ja nichts weiter voneinander.

Da waren wir uns einig, glaubte ich wenigstens.

Kapitel 2

Am nächsten Tag erzählte ich Julie von den Ereignissen des gestrigen Tages. Natürlich ließ ich meinen Besuch bei Tarjos aus. Langsam fragte ich mich, ob ich ihr nicht einfach sagen sollte, dass Tarjos und ich uns vor einiger Zeit einmal nähergekommen waren. Aber irgendwie hatte ich Angst davor, wie sie reagieren würde. Vielleicht hielt sie mich dann für eine Schlampe oder sie wäre sauer, dass ich ihr so lange nichts erzählt hatte. Oder schlimmer, sie wäre traurig darüber. Und das wollte ich auf keinen Fall riskieren, jetzt, wo sie langsam ihre Lebenslust zurückerlangte.

»Ich kann das mit Frederik kaum glauben«, gestand Julie und ich konnte nur allzu gut nachvollziehen, wie sie sich fühlte. »Hast du nicht erzählt, er habe diverse Auszeichnungen für sein ehrenamtliches Engagement erhalten?«

»Ganz genau. Aber wie es scheint, beliefert er nicht selbstlos Obdachlose mit den übrig gebliebenen Lebensmitteln, sondern das Gefängnis. Und allem Anschein nach ist er nicht der Einzige, der das tut.«

»Das ist widerlich«, sagte Julie und ich stimmte ihr zu. »Vor allem, dass das Ganze unter dem Deckmantel des ehrenamtlichen Engagements läuft. Echt abartig.«

»Stimmt. Und so muss die Regierung keine offiziellen Mittel aufbringen, um die Inhaftierten zu versorgen. Das könnte ja Fragen aufwerfen.«

»Und was machst du jetzt? Wirst du kündigen?«, wollte Julie wissen und lenkte damit ab von der Verschwörungstheorie, die ihr sicherlich große Angst machte.

Das war eine sehr gute Frage. Darüber hatte ich mir in dem ganzen Trubel überhaupt keine Gedanken gemacht.

»Ich weiß nicht, was das Schlauste ist. Eigentlich habe ich keine große Lust, dort weiterhin zu arbeiten.«

»Am besten fragen wir mal Tarjos, was er dazu meint«, schlug Julie vor. Und zu ihrem Erstaunen war ich zum ersten Mal auf Anhieb einverstanden, ihn um Rat zu bitten. Wen hätte ich auch sonst ansprechen sollen? Er war der Einzige in unserem Umfeld, der den Überblick über alles zu haben schien.

In diesem Augenblick wurde mir klar, wie verändert meine Sicht auf die Dinge – und die Personen – plötzlich war. Noch vor einigen Wochen war Tarjos derjenige gewesen, den ich um alles auf der Welt zu meiden versuchte. Er war derjenige, der meine Welt ins Wanken gebracht hatte und sie irgendwann einstürzen ließ. Mittlerweile hatte sich das ins Gegenteil gekehrt. Mittlerweile war er sogar derjenige, der mir die Welt, in der wir lebten, zu erklären vermochte. Er war der Einzige, bei dem ich den nötigen Halt gefunden hatte, um nicht wahnsinnig zu werden.

Wie seltsam das Leben doch manchmal spielte. Und wie unbefriedigend, wenn nicht sogar angsteinflößend die Erkenntnis doch war, dass man als einzelner so wenig Einfluss auf sein Leben, auf seine Welt hatte.

»Ich schreibe ihm gleich mal«, riss Julie mich aus meinen philosophischen Gedanken.

Ich konnte gar nicht so schnell reagieren, da hatte sie bereits eine Antwort erhalten und sagte: »Er trifft sich heute Mittag mit uns vor der Mensa, dann können wir das bequatschen.«

Mein Seminar an diesem Vormittag wollte einfach nicht vorübergehen. Ich erwischte mich irgendwann sogar dabei, wie ich in Gedanken alle Pro- und Kontraargumente zu der Frage erörterte, ob ich bei Frederik bleiben sollte oder nicht. Letzten Endes überwog keine Seite deutlich, daher war ich umso erleichterter, dass mir jemand bei der Entscheidung helfen würde. Auch wenn es Tarjos war.

Zu meinem Erstaunen begrüßte er nicht nur Julie mit einer Umarmung, sondern mich gleich mit. Julies verschmitztes Grinsen sprach Bände, auch Tarjos entging das nicht.

»Reiß dich zusammen!«, drohte er ihr gespielt.

Ich fragte mich, ob er ihr überhaupt jemals wegen etwas böse sein konnte. Sie wirkten fast wie Bruder und Schwester, wie sie miteinander umgingen. Einerseits waren sie so verschieden, wie es überhaupt nur sein konnte, andererseits spürte man bei jeder Begegnung, dass die beiden etwas verband. Es musste ein schönes Gefühl sein, jemanden zu haben, auf den man sich immer verlassen konnte.

Wir setzten uns auf die Wiese hinter der Mensa. Alles blühte um uns herum so wundervoll und ich nahm mir vor, morgen für die Mittagspause eine Decke mitzunehmen, sodass ich mich hier draußen entspannen konnte, anstatt in der bei den steigenden Temperaturen überaus muffigen Mensa zu hocken.

»Also, natürlich ist es deine Entscheidung«, fing Tarjos ohne große Umschweife an, als Julie endlich mal einen Punkt gesetzt hatte. »Aber wir denken, dass es besser wäre, wenn du versuchst, dich unauffällig zu verhalten, und dort weiter deiner Arbeit nachgehst, bis wir mehr wissen«, fügte er zu meinem Erstaunen hinzu.

»Wir?«, fragte ich, und es war nicht das erste Mal, dass Tarjos von sich in der Mehrzahl sprach.

»Ja, ich habe vorhin mit Jette, also Frau Jansen, darüber gesprochen, und wir sind unabhängig voneinander zum gleichen Urteil gekommen.«

»Oh, okay«, antwortete ich bloß. Es war ein merkwürdiges Gefühl, zu wissen, dass auch eine Dozentin in das ganze Spektakel verstrickt war. Bisher hatte ich das relativ erfolgreich zu verdrängen versucht. Aber mit dieser Aussage wusste ich, dass ich mich damit nun abfinden musste. Scheinbar war sie stets gut über alles informiert.

»Aber ist das nicht gefährlich?«, fragte Julie besorgt. Typisch, sie machte sich mal wieder mehr Gedanken um mich, als ich es selbst tat. Und darüber war ich froh, denn diese Frage war nicht unberechtigt.

»Das denke ich nicht. Frederik hat es ja nicht auf Eva abgesehen. Und soweit ich das beurteilen kann, scheint er überwiegend ahnungslos zu sein. In jedem Fall, was sie und uns betrifft.«

Tarjos' Antwort war nicht wirklich befriedigend.

»Ich weiß nicht. Ich glaube auch nicht, dass er mir irgendwas antun würde, aber ich habe bis gestern auch noch gedacht, dass er ein netter Typ ist«, gab ich zu.

»Man kann eben niemandem trauen«, konstatierte Tarjos mit einem Ton, der nach Verbitterung klang.

»Doch. Mir!«, protestierte Julie sofort und entlockte ihm damit ein flüchtiges Lächeln. »Und Eva auch. Und dir auch.«

Ich bekam sofort ein schlechtes Gewissen, weil ich sie anlog, was mein Verhältnis zu Tarjos anging, und ich fragte mich, ob es ihm ähnlich ging. Unauffällig versuchte ich seinen Blick zu deuten, doch ich konnte nichts Ungewöhnliches darin erkennen.

»Was meinst du eigentlich mit ›bis wir mehr wissen‹?«, hakte Julie noch einmal nach. Stimmt, das hatte mich auch verwundert.

»Ich darf natürlich nicht großartig darüber sprechen. Aber Frederik und die anderen Regierungsanhänger sind nicht die Einzigen, die ihre Fühler ausstrecken. Gut möglich, dass sich bald einiges ändert«, sagte Tarjos und blickte dabei keinen von uns beiden an. Sein Verhalten machte mir Angst.

Julie klang besorgt: »Wie meinst du das?«

»Ich sagte doch, dass ich nicht drüber reden kann. Verhaltet euch einfach unauffällig wie bisher. Das wäre das Beste für uns alle, denke ich. Es wird schon gutgehen, und wenn es etwas Neues gibt, informiere ich euch«, versuchte Tarjos uns zu beruhigen, was ihm nur ansatzweise gelang.

Recht bald darauf verabschiedete er sich mit der offensichtlichen Ausrede, dass er noch etwas zu tun habe, bevor das nächste Seminar beginnen würde, und ließ Julie und mich allein auf der Wiese zurück. Es dauerte nicht lange und es kam, was da kommen musste.

»Siehst du!«, grinste sie schelmisch.

»Siehst du was?«, tat ich, als wüsste ich nicht längst, worauf sie hinauswollte.

»Er ist gar nicht so schlimm, wie du denkst«, sagte sie lächelnd.

Ich wusste nicht, was ich dazu sagen sollte. Recht geben wollte ich ihr nicht, aber komplett zu widersprechen war nun offensichtlich auch nicht mehr möglich.

»Na ja«, brachte ich hervor und lenkte schnell von diesem Thema ab.

Statt uns weiterhin über die beunruhigenden Neuigkeiten Gedanken zu machen, sprachen wir noch ein paar Minuten über eine Einsendeaufgabe, die wir für Prof. Pálsson erledigen mussten, um zur Klausur am Ende des Semesters zugelassen zu werden. Schließlich verabschiedeten wir uns in dem Vorhaben, in zwei Stunden, nach dem Seminar, zusammen nach Hause zu fahren. Ausnahmsweise passte das einmal, da Julies letzte Vorlesung an diesem Tag ausfiel.

»Wollen wir dann irgendwas unternehmen, um das tolle Wetter zu nutzen?«, erkundigte sie sich.

»Klar, gerne, was schwebt dir vor?«

»Hm, fürs Freibad ist es vermutlich noch etwas zu kalt«, überlegte Julie laut.

»Hier gibt es ein Freibad?«, fragte ich erstaunt und versuchte mir auszumalen, wo man in dieser Stadt genügend Platz für so etwas finden könnte.

»Nein, nicht direkt, aber etwas außerhalb. Bei Taastrup zum Beispiel, kommt man aber auch ganz gut mit der Bahn hin. Oder wir fahren heute mal nach Amager an den Strand. Wir müssen ja nicht baden gehen, nur etwas spazieren«, schlug sie vor.

»Klingt gut«, bestätigte ich ihren Vorschlag. Es freute mich, dass ich wieder mehr von der Umgebung zu sehen bekommen und damit etwas Abstand zu den einengenden Gefühlen der letzten Stunden bekommen würde.

Der Ausflug mit Julie tat wahnsinnig gut. Erst hatte ich die Befürchtung, dass der Strand zu versnobt sei, weil man zunächst einen riesigen Golfplatz erblickte, bevor man das Meer sah. Als wir jedoch das Wasser erreicht hatten, blies der salzige Meereswind alle Vorbehalte von dannen. In diesem Moment nahm ich mir vor, fortan immer in der Nähe des Meeres zu wohnen. Es würde alle bösen Gedanken von mir nehmen, wenn es mir wieder einmal schlechter gehen sollte.

Wir gingen eine ganze Weile schweigend nebeneinander her, blieben gelegentlich stehen, um den Ausblick in die endlose Weite zu genießen, bevor unsere Beine vom Laufen im lockeren Sand langsam müde wurden und wir kehrtmachten.

Auf dem Rückweg nahmen wir uns vom Imbiss des Golfplatzes etwas zu essen mit, das wir größtenteils schon in der Bahn verhafteten. Als wir schließlich zuhause angekommen waren, war es schon weit nach acht, wir mussten beide noch etwas für die Uni vorbereiten, also verabschiedeten wir uns voneinander und versprachen uns gegenseitig, diesen Ausflug möglichst bald zu wiederholen.

Am nächsten Tag konnte ich Torge nach dem Deutschseminar tatsächlich überreden, sich mit mir auf meiner extra mitgeschleppten Decke hinter der Mensa in der Sonne niederzulassen. Er hatte zwar eine kurze Hose an, aber seine Haut war so blass, dass ich befürchtete, er würde allein von der halben Stunde Sonnenbad einen Sonnenbrand bekommen.

»Willst du dir da vielleicht etwas drüberlegen?«, fragte ich besorgt.

»Bist du meine Mutter, oder was?«, murmelte er und schloss die Augen.

Eigentlich hatte ich gehofft, von ihm zu erfahren, was es Neues gab. Ich erinnerte mich, dass er auf der Party vor den Semesterferien ein Mädchen kennengelernt hatte, jedoch sprach er nie von ihr und es brannte mir unter den Nägeln, zu erfahren, was daraus geworden war.

Da ich mir dachte, dass es ohnehin nicht gut wäre, in der Mittagspause wegzudösen, wenn man anschließend noch etwas lernen sollte, sprach ich ihn einfach darauf an.

»Ach die, das war nix«, sagte er bloß und ließ mich mit weiteren Fragezeichen im Gesicht sitzen.

»Warum nicht?«, hakte ich nach.

Torge öffnete lediglich ein Auge und sah mich skeptisch an.

»Du bist gar nicht neugierig, was?«

»Entschuldige. Du erzählst halt immer so wenig.«

Er erkannte endlich, dass es keinen Sinn machte, weiter die Augen geschlossen zu halten, und setzte sich aufrecht neben mich.

»Weiß auch nicht, irgendwie war die komisch«, erlöste er mich schließlich. »Erst wollte sie, dass ich unbedingt an dem Abend mit zu ihr komme, zehn Minuten später hatte sie es sich aber anders überlegt.«

»Das ist wirklich merkwürdig«, bekräftigte ich sein Urteil.

»Redet ihr über mich?«, sagte eine dunkle Männerstimme hinter uns und setzte sich, ohne um Erlaubnis zu fragen, zu uns. Das konnte nur einer sein, ich erkannte seine Stimme sofort.

Torges Blick war ein Bild für die Götter. Eine Mischung aus Überraschung, Belustigung und Verachtung zugleich. Vermutlich wusste er selbst nicht, welches Gefühl überwog.

»Es dreht sich nicht alles immer um dich«, antwortete ich, selbst etwas überrascht über Tarjos' Verhalten. Ich fragte mich, was er wohl wollte.

»Schade«, sagte er bloß. Und wie um noch einen draufzusetzen, machte er keine Anstalten, sein Erscheinen zu erklären, sondern streckte sich wie selbstverständlich auf dem kleinen Stück Decke neben mir der Länge nach gemütlich aus und sonnte sich in der warmen Frühsommerluft.

»Ich mach' mich dann mal auf den Weg«, sagte Torge, immer noch sichtlich verwirrt.

»Ist vielleicht keine schlechte Idee«, kommentierte Tarjos.

»Sei nicht so ein Arsch!«, raunte ich ihn an und wandte mich Torge zu: »Quatsch, du bleibst gefälligst. Wir müssen doch eh zusammen rüberlaufen.«

Torge warf mir einen skeptischen Blick zu. Zum ersten Mal, seit ich ihm begegnet war, sah man ihm an, dass er keine Ahnung hatte, wie er sich verhalten sollte. Aber woher auch, ich wusste es ja selbst nicht.

Was war das hier für eine verrückte Aktion? Da saß ich nun zwischen Torge auf der rechten und Tarjos auf der linken Seite, und keiner machte auch nur im Geringsten Anstalten, sich über irgendetwas zu unterhalten, um diese merkwürdige Situation aufzulockern.

Drei Minuten später hielt Torge es nicht mehr aus. »Ich habe ganz vergessen, dass ich noch einmal in den Buchshop muss, bevor der Kurs beginnt.«

Dieses Mal entschied ich, ihn ziehen zu lassen. Ich wollte ihn ja nicht quälen. Und so erfuhr ich vielleicht, was Tarjos von mir wollte.

Ich sah Torge nach, bis er, ohne sich noch einmal umzublicken, hinter dem Mensagebäude verschwunden war.

»Habt ihr was miteinander?«, fragte Tarjos gewohnt direkt.

»Torge und ich?«, prustete ich los.

»Ich glaube, er steht auf dich.«

»Ach Quatsch!«, widersprach ich vehement. Das konnte ich mir wirklich nicht vorstellen. Wir mochten uns zwar, aber mehr sicherlich nicht.

»Männer und Frauen können auch einfach nur befreundet

sein, falls du das nicht wusstest«, erklärte ich Tarjos besserwisserisch.

»Ist das so?«, antwortete er, ohne die Augen zu öffnen.

»Auf jeden Fall.«

»Das ist doch langweilig.«

»Du wiederholst dich«, rutschte es mir heraus, da er genau das zu mir gesagt hatte, als ich ihn in seiner Wohnung auf seine griesgrämige Art angesprochen hatte.

»Ja, mag sein«, entgegnete er.

»Und sonst so?«, versuchte ich erneut den Grund für sein Erscheinen herauszufinden.

»Alles gut soweit. Und bei dir?«

Ich wurde nicht schlau aus ihm. Hatte er Langeweile? Wollte er mit mir über irgendetwas sprechen, aber wusste nicht, wie er es anfangen sollte? Was wollte er bloß? Er schien nicht vorzuhaben, es mir zu sagen. Also fing ich wieder an.

»Ich habe ein schlechtes Gewissen, weil wir Julie anlügen«, gestand ich, weil mich das in letzter Zeit immer stärker belastete. Sie wusste weder, dass ich nach der Gartenparty bei ihm gewesen war, noch hatte ich ihr erzählt, dass Tarjos und ich im vergangenen Semester miteinander geschlafen hatten.

Tarjos öffnete die Augen und rappelte sich so auf, dass er nun seitlich zu mir lag und mir in die Augen sehen konnte, ohne geblendet zu werden.

»Du darfst dir nicht immer so viele Gedanken machen«, sagte er ganz ruhig. Es klang tatsächlich wie ein guter Ratschlag, nicht wie eine seiner blöden Mir-ist-alles-scheißegal-Antworten.

»Aber sie ist meine Freundin und ich hintergehe sie«, versuchte ich zu erklären.

»Sie wird es schon nicht erfahren. Und selbst wenn, sie kann doch niemandem lange böse sein.«

Mit dieser Antwort war ich genauso unzufrieden wie zuvor. Aber zumindest in Teilen hatte er Recht, Julie würde mir mit Sicherheit verzeihen. Aber war es dann nicht langsam mal an der Zeit, es ihr zu sagen?

»Das musst du entscheiden«, sagte Tarjos zu meiner Überraschung. Ich hatte angenommen, dass er vielleicht nicht wollen würde, dass sie es erfuhr. Aber scheinbar war es ihm gleichgültig. Oder zumindest hatte er nichts dagegen. Ich wusste nicht so recht, wie ich das finden sollte.

»Aber so richtig etwas zu erzählen, gibt es da ja auch nicht«, sagte ich schließlich. Ich wollte noch hinzufügen, dass es nichts von Bedeutung war, entschied mich jedoch dagegen. Schließlich wollte ich Tarjos nicht verletzen. Auch wenn ich mir gar nicht sicher war, ob ihn überhaupt irgendetwas oder irgendjemand verletzen konnte.

»Aber sei so gut und lass mich es ihr sagen, wenn ich mich irgendwann dazu entscheide, okay?«, bat ich Tarjos vorerst zu schweigen.

»Ich werde mein Bestes geben«, versprach er gespielt vornehm und legte sich auf den Rücken.

Nach kurzer Zeit meldete er sich wieder zu Wort. »Musst du nicht langsam los?«

»Du liegst auf meiner Decke«, gab ich zurück, woraufhin ich lediglich ein Grinsen als Antwort erntete.

Einen Augenblick später war er aufgesprungen und reichte mir die Hand, um mir aufzuhelfen. Am liebsten hätte ich abgelehnt und betont, dass ich das auch ohne Hilfe schaffen würde, aber ich wollte ihn nicht zurückweisen. Immerhin war er die letzten Minuten nicht unfreundlich gewesen. Das verbuchte ich als Fortschritt.

Auf dem Weg zum Kurs versuchte ich, die Situation auf der Wiese Revue passieren zu lassen, es gelang mir jedoch nicht, Tarjos' Verhalten einzuordnen. Der Kerl war wie immer schwer zu durchschauen. Vielleicht hatte er einfach eine Gelegenheit gesehen, sich zu sonnen. Wer wusste das schon?

Bereits beim Übertreten der Türschwelle ins Seminar sah ich Torge an, dass er kaum erwarten konnte, meine Erklärung für die absurde Situation auf der Wiese zu hören. Ich blieb ehrlich und sagte, dass ich auch nicht wusste, was genau Tarjos wollte, aber dass ich in letzter Zeit öfter mit ihm zu tun gehabt hatte, da er mit Julie befreundet war. Das war zumindest die halbe Wahrheit.

Torge machte, ohne ein Blatt vor den Mund zu nehmen, deutlich, was er von Tarjos hielt. Und mir wäre fast ein »Er ist gar nicht so schlimm, wenn man ihn besser kennt« herausgerutscht. Julie hatte ganze Arbeit geleistet, ich musste innerlich lachen.

KAPITEL 3

Die nächsten Wochen vergingen verhältnismäßig unspektakulär. Aber verglichen mit dem, was ich in den Monaten seit meiner Ankunft in Kopenhagen erlebt hatte, erschien nahezu alles unspektakulär. Julie und ich verhielten uns wie normale Studentinnen. Wir besuchten gelegentlich den Yoga-Kurs und verärgerten Kommilitonen mit unserer strebsamen Art. Torge und Jasper trafen wir regelmäßig in Johannes Bar, die fast zu unserem Stammlokal geworden war, und auch Mads hatte uns gelegentlich mit seiner Anwesenheit beehrt, wenn er nicht gerade arbeiten musste. Mein Job im Café erwies sich weiterhin als unproblematisch. Frederik ließ sich, wie gewohnt, immer nur für einige Stunden blicken, bevor er wieder verschwand, ohne weitere Worte zu verlieren. Ich bemühte mich, nicht großartig darüber nachzudenken, was er in dieser Zeit wohl trieb. Nur einmal verkündete er, dass bald das zehnjährige Bestehen des Cafés vor der Tür stünde und er vorhatte, eine Party zu schmeißen.

»Bring ruhig ein paar Freunde mit!«, schlug er vor.

»Ja, gerne«, antwortete ich, während ich in Gedanken nach einer Ausrede suchte, weshalb ich nicht kommen könnte.

Abgesehen von dieser Situation fühlte sich mein Leben relativ normal an. Auch Julie schien zunehmend offener mit ihrem Schicksal umzugehen, was mich erfreute. Denn es brachte nichts, sich dem Ganzen zu verschließen. Wir trafen uns sogar einmal mit Tine in einer Bar in der Innenstadt und verbrachten einen sehr netten, wenn auch wenig aufregenden Abend mit ihr. Ich sah Julie an, dass es ihr guttat, Tine zu treffen und sich über ihr etwas besonderes Dasein zu unterhalten, als sei es das Normalste der Welt. Und irgendwie war es das ja auch. Sie waren Menschen wie ich. Punkt. Jeder von uns war doch auf seine eigene Art ein wenig anders. Das machte uns Menschen ja aus. Wären wir alle gleich, wäre das langweilig gewesen. Während ich das dachte, musste ich grinsen. Jetzt zitierte ich schon Tarjos. Das konnte ja heiter werden.

Ihn hatte ich in letzter Zeit ebenfalls öfter gesehen. Unsere Mittagspausen auf der Wiese waren fast zur Gewohnheit geworden.

Allerdings sprachen wir nicht viel miteinander. Gelegentlich machte er irgendwelche anzüglichen Bemerkungen über mein Outfit, die ich meist mit einem Klaps auf seinen Oberarm gespielt schockiert rügte. Ich fragte nicht mehr nach, warum er so oft zu mir kam. Denn für gewöhnlich erhielt ich irgendeine blöde Antwort, die mich lediglich frustrierte. Also ließ ich es bleiben. Aber merkwürdig war es schon. Einerseits waren wir uns oft so nah, andererseits auch denkbar fern.

Eines Tages kam er wie gewohnt zu mir auf die Decke, schien jedoch sehr aufgebracht zu sein. Er schnaubte und schimpfte vor sich hin, sodass ich wie so oft versucht war, in Deckung zu gehen. Irgendwann beruhigte er sich und schloss die Augen für einen Moment.

»Willst du gar nicht wissen, was mich so aufregt?«, durchbrach er plötzlich die Stille.

»Hm«, sagte ich bloß. »Meist fahre ich besser, wenn ich nicht nachfrage«, entgegnete ich und erwartete irgendeinen verletzenden Spruch.

Tarjos grinste und schwieg. Damit machte er mich neugierig. Scheinbar musste es irgendetwas Neues geben, was auch mich betraf, sonst hätte er es nicht angesprochen.

»Okay, raus mit der Sprache!«, forderte ich ihn schließlich auf, Licht ins Dunkel zu bringen.

»Ach, auf einmal?«, entgegnete er und öffnete seine Augen einen kleinen Spalt.

»Tarjos, das Leben ist zu kurz für Spielchen«, stellte ich genervt fest. »Wenn du mir etwas sagen willst, dann tu das. Ansonsten gönn' mir meine Ruhe!«

»Ich komme dich heute Abend besuchen. So gegen acht«, überraschte Tarjos mich. Er war seit meinem Nervenzusammenbruch nicht mehr in meinem Zimmer gewesen, was wollte er nun?

»Erzählst du mir auch, warum?«

»Wo bleibt denn da der Spaß? Keine Sorge, ich gehe dir nicht an die Wäsche. Versprochen«, sagte er, während er aufstand und verschwand.

Diese Aussage brachte in mir wie gewohnt Enttäuschung

hervor. Ich wollte zwar nicht wirklich etwas von ihm, aber ich konnte auch nicht von der Hand weisen, dass ich ihn immer noch verdammt heiß fand. Aber es führte ja zu nichts.

Um Punkt acht Uhr klopfte es leise an der Tür. Zu meiner Überraschung stand dort Julie und bat um Einlass.

»Hej, Tarjos sagte, ich solle herkommen«, erklärte sie kurz. »Ist er noch nicht da?«

»Nicht, dass ich wüsste«, antwortete ich scherzhaft. »Weißt du, was er von uns will?« Ich nahm an, dass sie mehr wusste, immerhin waren die beiden schon ewig befreundet und sprachen sicher mehr miteinander, als Tarjos und ich das taten.

»Absolut keine Ahnung«, entgegnete sie mit sichtbarem Fragezeichen auf der Stirn.

Julie setzte sich auf mein Bett und starrte gespannt auf die Tür. Erst zwanzig Minuten später kam Tarjos herein. Ohne anzuklopfen.

»Du bist zu spät!«, entfuhr es mir genervt.

»Ich war eigentlich schon früher hier, aber ich wusste, dass du dich so gerne aufregst«, erklärte er, woraufhin er von Julie mahnende Worte erntete.

»Schon gut, schon gut«, sagte er und lehnte sich gegen den Schreibtisch. »Es gibt Neuigkeiten, die ihr sicher hören wollt«, steigerte er unsere Neugier, bevor er ohne große Umschweife zur Sache kam. »Ende Juni wird ein Kongress in Århus stattfinden, an dem Betroffene aus verschiedenen Ländern teilnehmen und beraten, wie es mit uns und der übrigen Gesellschaft in Zukunft weitergehen soll.«

»Mit ›Betroffene‹ meinst du Menschen wie dich und Julie?«, hakte ich irritiert von seiner Wortwahl nach.

»Im Grunde darf jeder teilnehmen, der möchte, also du zum Beispiel auch, denn es wird darum gehen, wie wir fortan in der Gesellschaft leben und wahrgenommen werden wollen«, beantwortete er meine Frage und setzte fort: »Es wird immer offensichtlicher, dass Regierungskreise unser Geheimnis erkannt haben und nun in ihrer Ahnungslosigkeit menschenverachtende Praktiken anwenden, gegen die wir uns wehren müssen. Darüber soll beim Kongress entschieden werden.«

»Und woher wissen Menschen aus anderen Ländern Bescheid?«, wollte Julie wissen.

»Es gibt seit einigen Jahren Vereinigungen über die Landesgrenzen hinaus, die unser Geheimnis hüten. Als Jette letztes Semester für einige Wochen abwesend war, hat sie verschiedene Mitglieder aufgesucht, um sich Gehör für unser Problem zu verschaffen. Jetzt möchten sie gemeinsam entscheiden, wie es weitergehen soll.«

Ich bekam schlagartig eine Gänsehaut. Das hörte sich irgendwie nach Geheimbünden und Verschwörung an und ließ mir einen kalten Schauer über den Rücken laufen. Julie scheinbar auch.

»Das klingt fast, als wollten die in den Krieg ziehen«, gab sie ihre Sorge zu.

»Keine Angst, so weit wird es schon nicht kommen«, versuchte Tarjos uns beide zu beruhigen. »Jette vertritt die Auffassung, dass es langsam an der Zeit sei, offen mit der übrigen Gesellschaft umzugehen. Nur so können wir uns gegen geheime Machenschaften und Experimente wehren.«

»Und was denkst du darüber?«, wollte ich wissen, denn ich wurde das Gefühl nicht los, dass Tarjos nicht ganz mit Frau Jansens Ansichten übereinstimmte.

»Ich sage lieber nichts dazu«, entgegnete er und bestätigte meine Vermutungen.

»Das macht mir Angst«, flüsterte Julie und blickte hilfesuchend zu Tarjos, der aufstand und sie in den Arm nahm. Überraschend liebevoll versuchte er sie zu beruhigen, indem er ihr gut zuredete. Doch an seinem Blick erkannte ich, dass auch er besorgt war. Und das wiederum bereitete mir große Sorge.

»Ihr müsst mir versprechen, dass ihr mit niemandem darüber redet«, sagte Tarjos schließlich ernst, als er sich wieder aufmachte zu gehen.

»Apropos mit niemandem reden«, hielt ich ihn auf. »Frederik feiert nächstes Wochenende sein Firmenjubiläum. Ich bin eingeladen, Freunde mitzubringen. Aber ich gehe einfach selbst nicht hin«, entschied ich kurzfristig.

»Hm, ist vielleicht etwas auffällig, wenn du dich bei sowas rausziehst, oder?«, gab Tarjos zu bedenken.

»Ach, ich sage einfach, ich sei in der Heimat. Das passt schon. Was soll ich sonst auch machen? Ich kann ja schlecht Julie mitnehmen«, erwiderte ich.

»Hast du keine anderen Freunde?« Tarjos' Ton war eindeutig zu abfällig für meinen Geschmack.

Gerade, als ich zum Konter ausholen wollte, sprang Julie dazwischen.

»Frag doch Torge und Jasper, die kommen bestimmt mit. Zum Tanzen ist in dem Laden eh zu wenig Platz, das wird Torge überzeugen.« Sie lächelte.

»Mal gucken«, antwortete ich und ließ keinen Zweifel daran, dass mich dieses Gespräch gerade ziemlich nervte.

»Danke, dass du das alles auf dich nimmst«, entgegnete Julie und warf Tarjos einen bösen Blick zu.

Na toll, wie sollte man da widersprechen?

»Nimmst du eigentlich an dem Kongress teil?«, fragte Julie und beendete damit das Thema Frederik klugerweise.

»Auf jeden Fall. Dein Vater wird übrigens auch dabei sein«, beantwortete Tarjos ihre Frage.

»Vielleicht sollten wir dann alle zusammen hinfahren«, schlug Julie vor.

»Das können wir entscheiden, wenn es so weit ist. Noch haben wir ein paar Wochen«, erklärte Tarjos und verabschiedete sich.

Julie und ich beschlossen an diesem Abend, erst einmal kein weiteres Wort über die Angelegenheit zu verlieren. Vermutlich, weil wir uns beide insgeheim vor dem fürchteten, was da auf uns zukommen mochte.

KAPITEL 4

W arum müssen wir dich noch gleich zu deiner Arbeit begleiten?«, fragte Torge auf seine übliche charmante Art.

»Ich arbeite nicht, wir feiern unser Zehnjähriges«, entgegnete ich bloß.

»Also ich habe Lust. Ist mal was anderes«, bemühte Jasper sich, die Stimmung zu heben, bevor wir das Café betraten.

Es war bereits 22 Uhr durch, Jasper hatte selbst arbeiten müssen und Torge hatte unbedingt heute seine Hausarbeit für ein Sprachwissenschaftsseminar fertigstellen wollen, sodass wir uns erst jetzt hatten treffen können. Der Laden brummte, überall standen Menschen, die mir fremd waren. Die Tische und Stühle, die sonst den Raum füllten, sah ich beim Hereingehen aufgereiht neben der Hauswand. Noch bevor ich Katerine oder sonst irgendwen ausmachen konnte, mit dem ich zusammenarbeitete, nahm uns Frederik in Empfang. Er umarmte mich überschwänglich, sein Atem stank widerlich nach Alkohol und Zigarettenqualm. Bereits bei dieser Begrüßung zog sich mein Magen bitter zusammen. Als er endlich von mir abließ, wanderte sein Blick zu den beiden Jungs. Ich sah sofort, dass er nicht gerade begeistert war von der Wahl meiner Begleiter, dennoch schüttelte er ihnen die Hand und hieß sie Willkommen.

»Komm, wir besorgen euch erstmal Getränke!«, wies Frederik mich an, ihm zu folgen.

Die Utensilien für Kaffee und andere Heißgetränke, die sonst hinter dem Bartresen aufgereiht standen, mussten heute Abend Schneidebrettern für Zitrusfrüchte und anderem Cocktailzubehör weichen. Der Boden klebte bereits vom verschütteten Alkohol. Ich hielt Ausschau nach sauberen Gläsern und gerade, als ich diese gefunden hatte, sprach Frederik mich von der Seite an.

»Als ich sagte, du solltest Freunde mitbringen, hatte ich eigentlich an ein paar heiße Kommilitoninnen gedacht«, sagte er mit einem blöden Grinsen. Und bevor ich passende Worte für eine Antwort fand, kam er näher und sprach mir direkt ins Ohr, ohne jedoch die Stimme zu senken: »Stattdessen schleppst du hier Prinz Harry und seinen Kumpel Elton John an.«

Schlagartig verkrampfte mein Magen sich schmerzhaft. *Hatte er das wirklich gerade gesagt?* Seine feuchte Aussprache an meinem Ohr förderte noch stärker den Ekel, den seine Worte in mir auslösten.

Unverzüglich ließ ich von meinem Vorhaben ab, uns Getränke zu mixen, und machte direkt kehrt in Richtung Ausgang. Während ich versuchte, meine Wut über das, was gerade passiert war, zu zügeln, hörte ich ihn hinter mir rufen: »Du musst mich verstehen. Ich hab' nichts gegen Schwule, aber ich muss sie auch nicht unbedingt auf meiner Party haben.«

Den Rest verstand ich schon nicht mehr. Ich krallte mir Torge und Jasper, die zu meiner Erleichterung immer noch in der Tür herumstanden, und zog sie, ihren Protest ignorierend, nach draußen.

»Was ist denn jetzt los?«, fragte Jasper verwirrt.

Ich schwieg. Ich war unfassbar wütend. Ich hatte gewusst, dass Frederik mit Vorsicht zu genießen war. Aber mir gegenüber war er bisher nie negativ aufgefallen. Und jetzt das. Was für ein Arsch!

»Lass mich raten!«, versuchte Torge es nach einigen Sekunden der Stille erneut, während ich die Jungs weiterhin die Straße mit hinunter schleifte, ohne mich auch nur eine Sekunde lang umzublicken. »Dein Chef hat dich dumm angemacht?«

Erleichterung machte sich in mir breit. Ich hatte nicht gewusst, wie ich den beiden schonend hätte beibringen können, was mein widerlicher Chef da gerade von sich gegeben hatte. Torge lieferte mir die perfekte Ausrede.

»Ganz genau«, log ich und war froh, dass sie demnach keines von Frederiks Worten mitbekommen hatten.

»So ein Schwein!«, mischte sich Jasper empört ein. »Ich fand ihn sowieso auf Anhieb unsympathisch.«

»Tut mir leid«, schloss Torge sich an. Es überraschte mich, dass er keine neunmalkluge Antwort parat hatte. Vielleicht tat es ihm wirklich leid.

»Passt schon. Nur blöd, dass ich mir jetzt wohl einen neuen Job suchen darf.«

»Meinst du nicht, ihr könnt das klären, wenn er wieder nüchtern ist?«, fragte Torge.

»Bist du verrückt?« Jasper nahm mir die Antwort ab. »Schwein bleibt Schwein. Sieh zu, dass du da wegkommst!«

Ich stimmte ihm zu und bat darum, das Thema nicht weiter zu vertiefen.

»Und was machen wir jetzt?«, fragte Torge. »Habe ich mich umsonst rausgeputzt für heute Abend?«

Jasper und ich mussten lachen. Das tat gut. Meine Anspannung ließ langsam nach. Nachdem wir Torge beruhigt hatten, entschieden wir, den Abend in Johannes Bar ausklingen zu lassen. Jasper musste ihr natürlich erzählen, was im Café passiert war, woraufhin sie zustimmte: »Der Kerl ist widerlich. Lass bloß die Finger davon!«

Am nächsten Tag erhielt ich eine WhatsApp-Nachricht von Tarjos. Ich hatte noch nie zuvor eine Nachricht von ihm erhalten. Er erkundigte sich, wie der Abend gelaufen war. Meine Antwort fiel knapp aus.

Beschissen. Ich werde nächste Woche kündigen. Frag nicht weiter.

Kaum hatte ich die Antwort verschickt, klingelte mein Smartphone. Darauf hatte ich nun wirklich keine Lust. Ich wollte den Mist einfach nur vergessen.

»Frag nicht weiter, heißt, dass du nicht weiter fragen sollst«, begrüßte ich Tarjos am Telefon.

»Das ist keine Option, wie du dir vielleicht vorstellen kannst.« Auch Tarjos hatte kaum Worte der Höflichkeit für mich übrig.

»Keine Sorge. Hat nichts mit euch zu tun. Mein Chef, nein, Ex-Chef war einfach ziemlich betrunken und hat sich danebenbenommen«, erklärte ich.

»Was hat er denn gemacht? Wollte er dir an die Wäsche?«

Erstaunlich, dass alle sofort davon ausgingen, dass Frederik mich angemacht haben könnte. Tarjos klang sehr wütend, sodass ich beschloss, ihm die Wahrheit zu sagen. Nach einigen Sekunden wurde mir klar, dass das ein Fehler gewesen war. Anstatt schockiert zu sein, wie ich selbst es immer noch war, amüsierte er sich über Frederiks Aussagen.

»Mir sind heiße Studentinnen auch lieber«, witzelte er. »Humor hat er, das muss man ihm lassen.«

Ich reagierte auf diese dumme Antwort, indem ich einfach auflegte. Was für ein Blödmann. Wären sie keine Feinde, würden er und Frederik sicher bestens miteinander auskommen. Tarjos versuchte noch einmal, mich anzurufen, aber ich ignorierte ihn. Kurze Zeit später erhielt ich die nächste Nachricht.

Ist ok, wenn du kündigst.

Es regte mich extrem auf, dass er davon ausging, dass ich seine Erlaubnis brauchte. Aber so war Tarjos eben.

Immerhin fragte er eine Woche später, wie mein Kündigungsgespräch im Café gelaufen sei. Ich hatte ihm zwar nicht erzählt, wann ich das machen wollte, aber Julie hatte ihn vermutlich unterrichtet.

Tatsächlich traf ich Frederik nicht einmal persönlich an. Ich legte ihm das Kündigungsschreiben auf den Tisch und füllte einen Urlaubsantrag aus, sodass ich meinen Resturlaub dazu nutzen konnte, die verbleibenden Arbeitstage so weit wie möglich zu reduzieren. Die wenigen Male, die ich Frederik noch über den Weg lief, wechselten wir kaum ein Wort miteinander. Keiner sprach je wieder über diesen unsäglichen Abend, auch wenn ich mich gelegentlich fragte, ob er sich dafür wohl schämte oder ob er sein Verhalten womöglich sogar noch rechtfertigen würde.

Natürlich musste ich mir nun Gedanken über eine neue Jobmöglichkeit machen. Glücklicherweise hatte ich in den Monaten zuvor den einen oder anderen Groschen beiseitelegen können, da ich nur selten Geld für Freizeitaktivitäten oder Shopping ausgegeben hatte. Stattdessen hatte ich mich voll und ganz auf die Uni konzentriert. Ich war in allen Fächern gut mitgekommen, hatte mir fleißig meine Notizen gemacht und im Übereifer bereits erste Lernkärtchen für die Klausuren angefertigt, die am Ende des Semesters anstanden. Langsam erkannte ich mich kaum wieder. Julie erzählte ich davon nichts. Wenn die Klausuren dieses Mal noch besser liefen, wollte ich mir ihr Triumphieren ersparen. Schließlich hatte ich ihr eifriges Lernverhalten zu Beginn unserer Freundschaft mehr oder weniger als überflüssig erklärt.

In der ersten Juniwoche fanden kaum Vorlesungen und Seminare statt. Stattdessen verwandelte sich der Campus in eine Art riesige Jobmesse. Überall, wo man hinblickte, sah man Infostände unterschiedlichster Art. Dänische, aber auch ausländische Unternehmen präsentierten sich mithilfe von großen Plakaten, Flyern, Werbefilmen auf mobilen Leinwänden, Kugelschreibern und sonstigen Artikeln, mit deren Hilfe sie Studenten anlockten, um sie anwerben zu können. Zunächst nahm ich nur am Rande Notiz von dieser Veranstaltung und freute mich vor allem über die zusätzliche freie Zeit, die mir durch das Wegfallen der Vorlesungen geschenkt wurde. Julie zuliebe schlenderte ich aber auch einen Nachmittag mit über die Messe und ergatterte neue, kunterbunte Textmarker und Post-its in verschiedensten Farben und Formen, leider mit Werbesprüchen versehen; aber gebrauchen konnte ich sie für meine Literatursuche beim Hausarbeitsschreiben trotzdem. Irgendwann verlor ich Julie aus den Augen, was zu erwarten gewesen, aber nicht weiter tragisch war, da wir von vornherein einen festen Treffpunkt mit Uhrzeit vereinbart hatten für genau diesen Fall. Ich stellte mir gerade vor, wie sie sich durch die dichte Studentenmenge wühlte und die Messeveranstalter mit ihren Millionen Fragen in den Wahnsinn trieb, als ich aus dem Augenwinkel jemanden erblickte, der mir irgendwie bekannt vorkam. Es war ein gutaussehender junger Mann, der mich an irgendjemanden erinnerte.

Er unterhielt sich mit einem Vertreter des Staatlichen Kunstmuseums, was mich irritierte, denn mit Kunst hatte ich absolut nichts am Hut. Jedoch löste sein Anblick ein warmes, irgendwie freudiges Gefühl in mir aus, weshalb ich stehenblieb und ihn beobachtete. Um nicht aufzufallen, schnappte ich mir einen Flyer des Unternehmens, an dessen Stand ich gerade gestrandet war, und fing an, darin zu blättern. Die Firma sagte mir nichts und den engagierten Vertreter, der nach wenigen Sekunden neben mir auftauchte, schickte ich höflich wieder weg.

Woher kannte ich diesen Jungen bloß? Oder bildete ich mir

das nur ein? Er gefiel mir optisch, hatte etwas zottelige, dunkelblonde Haare, trug blaue Jeans und ein graues Shirt, dazu einen dunkelgrünen Rucksack von Carhartt. Einen ähnlichen hatte einer meiner Brüder einmal besessen, als er seine Skater-Phase gehabt hatte. Vermutlich machten die meisten Jungs irgendwann einmal in ihrem Leben eine solche Phase durch.

Als der Kerl sich von dem Museums-Typen die Karte geben ließ und sich zu verabschieden schien, entschied ich, die Initiative zu ergreifen und ihn anzusprechen, um das Geheimnis zu lüften. Sonst würde ich vermutlich noch Tage ohne befriedigende Lösung rätseln.

Zu meinem Glück machte er sich in meiner Richtung auf den Weg, sodass ich ihm direkt entgegenlaufen konnte und ihm nicht inmitten der Studentenmassen hinterherrennen musste. Er schien so in Gedanken versunken, dass ich ihn fast anrempeln musste, damit er mich bemerkte.

»Hej«, sagte ich und lächelte ihn an.

Er erblickte mich und seine Gesichtszüge hellten sich auf.

»Hej, Eva!«, antwortete er. »Schön, dich wiederzusehen. Hätte nicht gedacht, dass es nochmal klappt.« Er lächelte.

Während er das sagte, dämmerte es mir so langsam. Bilder aus einem Nacht-Club schossen mir in den Kopf.

»Äh ja, kannst du mal sehen«, gab ich wenig geistreich zurück. Ich war immer noch leicht verwirrt von den Erinnerungen, die gerade vor meinem geistigen Auge aufflackerten. »Ich dachte, ich spreche dich einfach mal an. War damals wohl nicht mein bester Abend«, erklärte ich, als mir wieder einfiel, dass ich ihn in der Nacht getroffen hatte, als ich mit Julie, Torge und Jasper feiern gewesen war. An diesem Abend hatte ich viel zu viel getrunken und mich zuhause sogar noch übergeben.

»Das kann ich mir vorstellen. Ich heiße Finn, falls du dich nicht mehr erinnerst«, half er mir lächelnd auf die Sprünge.

»Daran erinnere ich mich natürlich noch«, log ich und wurde ein wenig rot dabei.

»Hast du irgendwelche Termine oder wollen wir uns vielleicht da vorne einen Kaffee holen?«, fragte er mich zu meiner Überraschung und Freude nach ein paar Runden wenig zielführenden Smalltalks.

Ohne nachzudenken, willigte ich ein. Bis zum Treffen mit Julie hatte ich immerhin noch eine Dreiviertelstunde Zeit und die Messe interessierte mich nach wie vor nicht sonderlich. Und hier in dem Gewühle, wo man ständig angerempelt und unterbrochen wurde, wäre es schwer gewesen, unsere Unterhaltung fortzuführen.

Wir suchten uns einen freien Tisch im gar nicht mal so überfüllten Campus-Café und bestellten etwas zu trinken. Ich erinnerte mich daran, dass Tarjos gesagt hatte, Finn sei einer von ihnen. Vor ein paar Monaten hätte ich vermutlich auf der Stelle das Weite gesucht. Heute störte es mich nicht im Geringsten. Es machte keinen Unterschied. Er schien ein netter Junge zu sein. Und ich erinnerte mich, dass er mir an dem Abend einen Drink spendiert hatte, woraufhin ich mich wenig elegant aus dem Staub gemacht hatte. Das wollte ich wiedergutmachen. Daher bezahlte ich seinen Kaffee. Es war zwar ein wenig Überredungskunst nötig, irgendwann gab er aber zu meiner Zufriedenheit klein bei.

»Erzähl mir nochmal ein bisschen was von dir!«, forderte ich ihn auf und schlürfte an meinem viel zu heißen Kaffee.

»Was möchtest du wissen?«, fragte er und grinste mich dabei an.

Sein Lächeln war umwerfend. Seine Zähne glänzten strahlendweiß und standen absolut aufrecht in Reih und Glied, als hätte ein Künstler sie mit Lineal und Wasserwaage penibel angeordnet.

»Was studierst du noch gleich?«, fragte ich leicht verlegen, denn ich erinnerte wirklich kaum etwas von dem Abend.

Finn lachte laut auf und begann zu erzählen.

Die Zeit flog vorbei, unser Gespräch fühlte sich so leicht und ungezwungen an, dass ich nicht lange überlegen musste, als er mich fragte, ob wir uns wiedersehen wollten. Wir tauschten Nummern aus und vereinbarten, uns in den nächsten Tagen zum Mittagessen in der Mensa wiederzutreffen. Ein wenig wunderte es mich, dass er nicht nach einem *richtigen* Date gefragt hatte, allerdings empfand ich die Idee mit der Mensa als sehr angenehm. Ich musste ja nicht gleich mit jedem netten Jungen, den ich kennenlernte, etwas anfangen.

Julie kam wie erwartet zehn Minuten zu spät an unserem Treffpunkt an, dafür bis obenhin beladen mit Werbeartikeln. Was wollte sie bloß mit all dem Zeug? Ich erzählte ihr von meiner Begegnung mit Finn, was ich direkt wieder bereute, weil sie viel zu aufgedreht von den ganzen Eindrücken der Messe war, sodass mir das Erreichen unserer Fahrräder schließlich wie eine Erlösung vorkam, da sie sich auf der Heimfahrt auf das Fahrradfahren konzentrieren musste und keine Chance zu reden hatte. Die Hälfte ihrer Eroberungen durfte ich auf meinem Rad transportieren, vermutlich absolut verkehrswidrig, aber sonst hätte sie den ganzen Müll dort lassen müssen. Und sie trennte sich einfach ziemlich ungern von Dingen, egal, wie nutzlos diese auch erscheinen mochten.

Während ich am vereinbarten Treffpunkt auf Julie gewartet hatte, war mir ein Stand aufgefallen, der neben den dänischen auch deutschsprachige Flyer ausliegen hatte. Schnell hatte ich mir einen geschnappt und in meiner Tasche verstaut, bevor Julie mich mit ihrem Zeug überrannt hatte.

Zuhause kramte ich den Flyer wieder hervor, leider war er etwas lädiert, weil Julies Werbeartikel ihren Platz forderten, aber zumindest konnte ich die wichtigsten Informationen noch mühelos entnehmen. Es handelte sich hierbei weniger um ein Unternehmen als vielmehr um einen Zusammenschluss deutscher und dänischer Firmen, die die grenzübergreifende Zusammenarbeit förderten. Aus dem Grenzland kannte ich einige Bemühungen der Länder, stärker zusammenzuarbeiten, allein schon aufgrund der Dänischen Minderheit in Norddeutschland und der Deutschen Minderheit in Süddänemark und deren Vereinigungen. Aber hier in Kopenhagen hatte ich von derartigen Projekten noch nichts gehört, immerhin war die Grenze einige Stunden und Gewässerüberquerungen entfernt. Obwohl ich nicht ganz schlau daraus wurde, inwieweit dieser Zusammenschluss für mich selbst von Interesse sein konnte, weckte das Projekt meine Neugier, sodass ich beschloss, mir am nächsten Tag noch einmal persönlich nähere Informationen an dem Stand einzuholen.

Später am Abend klopfte Julie leise an meine Tür. Ich lag bereits im Bett und war ein wenig überrascht, da sie sonst immer deutlich früher als ich schlafen ging. In ihrem rosafarbenen Nachthemd und den hellblauen Plüschhausschuhen schlurfte sie in mein Zimmer und setzte sich auf den Schreibtischstuhl.

»Was ist los?«, fragte ich besorgt.

»Ich kann nicht schlafen.«

Ich nahm an, dass es an dem ereignisreichen Tag lag und sie sich nun immer noch Gedanken über ihre Berufswahl machte.

»Nein, das ist es nicht«, erklärte sie.

»Was denn dann?« Langsam begann ich, mir ernsthaft Sorgen zu machen.

»Hast du dir schon überlegt, ob du mit nach Århus fahren willst?«, rückte sie schließlich heraus mit der Sprache.

Dieses Thema und den bevorstehenden Kongress hatte ich in den vergangenen Wochen nahezu verdrängt, sodass es einen Augenblick dauerte, bis ich verstand.

»Nein, noch gar nicht«, gab ich ehrlich zu. »Gibt es denn mittlerweile einen festen Termin?«

»Ja. Tarjos schrieb ihn mir vorgestern. Es wird am 28. und 29. Juni stattfinden.«

»Oh okay.« Ich dachte kurz nach. »Das ist ja das Wochenende vor unseren Klausuren.«

»Stimmt. Das macht die Entscheidung nicht gerade leichter«, gestand Julie ein. Nach einigen Sekunden der Stille fügte sie hinzu: »Meine Eltern wollen beide hinfahren.«

»Echt? Deine Mutter auch?«, fragte ich verwundert.

»Ja. Sie wollen ab sofort alles gemeinsam entscheiden.«

»Klingt vernünftig«, schloss ich wiederum. »Und was möchtest du?«

»Ich weiß es nicht genau. Eigentlich möchte ich mich da raushalten, aber irgendwie habe ich das Gefühl, dass das keine Option mehr ist. Und wenn sich etwas verändern soll, dann möchte ich das auch mitbekommen. Und nicht erst, wenn es schon im vollen Gange ist.«

Ich konnte sie verstehen. So ähnlich ging es mir auch. Ich hatte zwar das Gefühl, dass ich nicht mitreden konnte und auch nicht mitreden sollte, und dennoch wollte ich wissen, wie es weitergehen würde.

»Und dann halt noch die Klausuren«, fügte Julie hinzu.

»Ach, die schaffst du doch mit links. Du fängst ja nicht erst am Wochenende vorher an zu lernen«, witzelte ich.

»Und was ist mit dir?«, fragte sie sichtlich besorgt um meine Noten.

»Da mach dir mal keine Gedanken, das bekomme ich schon hin«, erklärte ich, ohne ihr von meinen bereits vorhandenen Lernkärtchen zu berichten.

»Also, wenn du mitkommst, dann fahre ich auch«, entschied Julie schließlich.

»Dann soll es wohl so sein«, sagte ich.

Und damit war das Gespräch beendet. Wir waren beide nicht sonderlich glücklich oder erleichtert, aber zumindest hatten wir nun eine Entscheidung getroffen, die wir nicht weiter vor uns herschieben mussten.

Am nächsten Tag auf dem Unigelände stellte sich heraus, dass die DDKK – was eine Abkürzung für Deutsch-Dänische-Kooperation-Kopenhagen war – nicht nur im Bereich Forschung, Produktentwicklung, Produktion und Marketing die Kooperation zahlreicher Firmen grenzüberschreitend förderte, sondern auch eine eigene Abteilung für kulturellen Austausch besaß, deren Ziel es war, den Mitarbeitern der beteiligten Firmen, aber auch anderen Interessierten die Kultur des Nachbarlandes näherzubringen und somit die Beziehung zwischen den beiden Ländern zu verbessern. Ich hatte das Glück, mit der stellvertretenden Ausbildungskoordinatorin der DDKK sprechen zu können, die mir, nachdem ich ihr sehr anschaulich mein Interesse an dem Projekt dargelegt hatte, zu meinem Erstaunen direkt einen Praktikumsplatz für die Semesterferien anbot. Da war er wieder einmal, der kleine Unterschied zwischen den Ländern. In Deutschland hätte es einen riesigen Bürokratieakt erfordert, ich hätte Zeugnisse, Bewerbungsanschreiben, Lebenslauf vorlegen müssen und vermutlich hätte man sich nach einem langen, nervenaufreibenden Auswahlverfahren für eine qualifiziertere Praktikantin entschieden. Hier reichte der guten Dame die mündliche Vorstellung meiner Person, ein kurzes Gespräch über Herkunft, Studium und Interessen, und

schon hatte ich einen aus meiner Sicht begehrten Praktikumsplatz sicher.

Natürlich musste ich nicht lange überlegen und nahm das Angebot an. Geld würde ich keines verdienen, dafür aber in meine
Zukunft investieren, denn ich wusste bis heute nicht, was ich in
gut einem Jahr mit meinem abgeschlossenen Studium anfangen
wollte. Selbst wenn die Arbeit bei der DDKK mit Sicherheit nicht
die Antwort auf das große Fragezeichen in meinem Kopf sein
würde, so konnte ich zumindest ein wenig Erfahrung sammeln,
die mir bei der Jobsuche nützlich sein konnte. Außerdem machte
sich ein freiwilliges Praktikum sicherlich gut in meinem Lebenslauf, zumal ich ohnehin nicht vorgehabt hatte, die ganzen zwei
Monate Ferien bei meinen Eltern oder allein in meinem Wohnheimzimmer zu verbringen.

KAPITEL 5

Bevor ich mich ein paar Tage später mit Finn in der Mensa traf, nutzte ich die Gelegenheit und durchforstete die Aushänge am Schwarzen Brett nach einem geeigneten Nebenjob. Mein Resturlaub im Café war aufgebraucht und es wurde Zeit, mein Konto wieder aufzufüllen, bevor sämtliche Ersparnisse verprasst waren.

Neben typischen Aushilfsjobs in kleineren Läden, Bars und Restaurants hingen dort vor allem Gesuche nach Korrektoren für Hausarbeiten oder Abschlussarbeiten. Da ich weder Lust hatte, wieder zu kellnern, noch Interesse daran hatte, mir die Augen mit zusätzlichen Korrekturen über meine eigenen Arbeiten hinaus zu verderben, entschied ich, weiter nach etwas anderem Ausschau zu halten.

Beim Betreten des Speisesaals sah ich Finn bereits an einem der Tische sitzen und war erleichtert, dass er sich schon etwas zu essen organisiert hatte. Ich hatte mir im Vorfeld intensiv den Kopf darüber zerbrochen, wie das Treffen wohl ablaufen würde und ob er darauf bestand, mich einzuladen. Ich wusste nicht, wie ich in diesem Falle hätte reagieren sollen, immerhin sollte es nur ein lockeres Mittagessen und kein Date werden. Finn war einer unangenehmen Ich-lade-dich-ein-Situation zuvorgekommen und dafür war ich ihm jetzt schon dankbar.

Da ich mich beim Essen vermutlich reichlich unelegant anstellen würde, bestellte ich das Gericht, das am wenigsten Geschick beim Verzehr erforderte: eine Minestrone. Meine Mutter wäre stolz auf mich gewesen, allzu oft lag sie mir in den Ohren: »Kind, du musst mehr Gemüse essen!« Bitteschön. Mit meinem Tablett bewaffnet stolzierte ich zu Finn und nahm ihm gegenüber Platz.

»Hej, da bist du ja. Schön dich zu sehen«, begrüßte er mich.

»Danke gleichfalls«, erwiderte ich und fragte ihn, wie seine Woche gelaufen war.

»Kann mich nicht beschweren.« Er lächelte. »Das ist aber gesund!« Er wies mit dem Baguette in seiner Hand auf meine Suppe.

»Ja. Der Mensch braucht Vitamine«, erklärte ich und musste

selbst über mich lachen. »Ich kann aber auch anders«, fügte ich zügig hinzu, um zu verhindern, dass er mich womöglich für so ein Gesundheits-mager-Mädchen hielt.

»Gut zu wissen«, sagte er.

Wir sprachen eine Weile über das Studium und unsere Semesterferienpläne, woraufhin er mich nach meinem bisherigen Werdegang in Kiel ausquetschte. Natürlich ließ ich meine lange Beziehung mit Helge nicht aus und machte im gleichen Atemzug deutlich, dass ich vorerst für nichts Ernstes zu haben sei.

»Ein bisschen schade ist das schon«, kommentierte Finn meine Erklärung und ich bereute sie ein wenig. Vermutlich hatte ich mir den Kerl damit nun eigenhändig und unwillentlich vom Hals geschafft.

»Aber man kann ja auch anders Spaß haben.« Er grinste und machte deutlich, dass ihn das nicht völlig abschreckte, woraufhin ich ihn ungeniert nach seinen bisherigen Beziehungen ausfragte. Warum auch lange drum herumreden?

»Meine längste Beziehung ging knapp zwei Jahre. Länger hat es noch keine Frau mit mir ausgehalten«, berichtete er und setzte dabei einen traurigen Hundeblick auf, der ihn unglaublich süß aussehen ließ. »Ich weiß auch nicht, was ich falsch mache.«

»Wird ja wohl kaum nur an dir liegen«, munterte ich ihn auf. »Immerhin gehören immer zwei dazu.«

»Das stimmt. Hat eben nie so richtig gepasst.«

»Ich glaube, es ist überhaupt unglaublich schwierig, den passenden Partner zu finden. Sowas wie den Partner fürs Leben gibt es, glaube ich, nicht.«

»Das ist aber eine sehr entmutigende Sichtweise«, beurteilte Finn meine Aussage.

»Mag sein. Vielleicht bin ich einfach ein Stück weit desillusioniert.« Ich liebte dieses Wort. *Desillusioniert.* Es war zwar furchtbar schwer auszusprechen, aber wenn es einem gelang, wirkte man gleich zwanzig IQ-Punkte schlauer.

»Ich meine, wir Menschen leben heute in einer sich ständig verändernden Welt. Gestern noch studierte ich in Kiel, heute in Kopenhagen. Wir haben so viele Möglichkeiten, uns immer wieder zu verändern, neu zu erfinden, weiterzuentwickeln, dass es einfach ziemlich schwierig für einen Partner ist, den Gleichschritt aufrechtzuerhalten«, untermauerte ich meinen Standpunkt.

»Damit hast du sicherlich Recht«, gab Finn zu, »aber Gleichschritt ist auf Dauer ja auch anstrengend und langweilig. Ich denke, wenn die Basis stimmt, kann der Einzelne sich in einem gewissen Rahmen verändern, ohne dass die Beziehung gleich zerbrechen muss. Und manchmal entwickelt man sich ja auch gemeinsam.«

Seine Worte leuchteten ein. Zwar widerstrebten sie mir irgendwo, weil ich mich in der letzten Zeit mehr oder weniger darauf eingestellt hatte, nicht die Liebe fürs Leben zu suchen, sondern mit Lebensabschnittsgefährten vorliebzunehmen. Auch wenn das Wort unglaublich bescheuert klang. Aber es passte perfekt zu meiner Vorstellung von Beziehungen. Partner, die einen über einen gewissen Lebensabschnitt begleiteten, bevor sie einen wieder verließen. Finns Vorstellung hingegen schaffte es irgendwie, meine Überlegungen zu sich verändernden Menschen und Umständen in die Idee der ewigen Liebe zu integrieren. Und dennoch würde es unglaublich schwierig sein, den einen Partner zu finden, bei dem die Basis so stabil war, dass sie die Schwankungen aushielt.

»Was machst du denn morgen Abend?«, riss Finn mich aus meinen Gedanken.

Ich musste kurz überlegen.

»Bisher nur Yoga«, fiel mir ein.

»Auch das noch«, schmunzelte er, »Gemüsesuppe und Yoga.«

»Na ja, man muss ja beweglich bleiben«, zwinkerte ich ihm zu und seine Augen blitzten auf.

»Wollen wir danach vielleicht noch etwas unternehmen?«, fragte er. »Ich meine, wenn du ohnehin schon mal aufgewärmt bist …«

»Hey!«, unterbrach ich ihn gespielt entrüstet.

»Entschuldige, war nur ein Witz«, gab er zu und sein niedlicher Blick kam wieder zum Vorschein. »Wir könnten uns irgendwo in eine Bar setzen oder so. Ganz entspannt natürlich, nicht datemäßig«, zwinkerte er zurück und ich musste lachen.

Sein Vorschlag gefiel mir. Und Finn gefiel mir auch. Er war nicht nur nicht auf den Kopf gefallen, sondern hatte auch noch

Humor und Charme. Sicher war er kein Tarjos, der mich mit seiner schamlosen, ungehörigen Art auf eine ganz spezielle Weise reizte, aber *ein* Tarjos im Leben war auch genug. Etwas Berechenbarkeit und Bodenhaftung kamen mir ganz gelegen. Und es sollte ja auch kein Date im klassischen Sinne werden. Also stimmte ich zu und entschied, Finn näher kennenlernen zu wollen.

Am nächsten Tag beehrte mich Tarjos in der Mittagspause wieder mit seiner Anwesenheit auf der Wiese hinter dem Unigebäude. Sonderlich gesprächig war er wieder einmal nicht, also nutzte ich die Gelegenheit und versuchte zu erfahren, was er über Finn wusste.

»Wie kommst du denn auf den Typen?«, antwortete er freundlich wie immer. »Von dem weiß ich nichts.«

»Na irgendetwas scheinst du ja zu wissen, sonst hättest du mich damals im Club wohl nicht auf ihn angesprochen«, bohrte ich nach.

»Ach, ich hab' ihn nur hier und da mal auf irgendwelchen Partys gesehen. Hast du etwa was mit dem?« Tarjos öffnete nicht einmal die Augen, während er das fragte.

»Geht dich doch nichts an!«, konterte ich ebenso monoton.

»Wenn du meinst«, sagte er bloß, stand auf und ging.

Was zum Teufel war das jetzt schon wieder? Aus dem Kerl wurde ich einfach nicht schlau. Hatte ihn unser Gespräch gerade verletzt? Das konnte ich mir kaum vorstellen, ich war mir absolut sicher, dass Tarjos keine tieferen Gefühle für mich hegte. Und dennoch verhielt er sich merkwürdig.

Es vergingen einige Minuten, in denen ich versuchte, sein Verhalten zu interpretieren, bevor ich entschied, dass meine Zeit zu kostbar für diesen Kinderkram war. Wenn Tarjos mir etwas sagen wollte, konnte er das schließlich jederzeit tun.

Während ich mich für das Treffen mit Finn stylte, stattete Julie mir einen kurzen Besuch auf meinem Zimmer ab. Sie sprach, genau wie vor und nach der Yoga-Stunde, unentwegt von einer Französisch-Dozentin, die doch tatsächlich die Dreistigkeit besessen hatte, ihre Kommilitonin Tessa vor versammeltem Seminar auf ihre mangelnden Sprachkenntnisse hinzuweisen.

»Sowas ist doch unmöglich!«, protestierte sie entrüstet. »Kann man sich nicht irgendwo über die beschweren?«

»Ich glaube, da hat Tessa schlechte Karten. Entweder man kommt mit den Dozenten zurecht, oder man wechselt den Kurs«, gab ich meine ernüchternde Überzeugung zu.

Erst jetzt schien Julie zu bemerken, dass ich mich gerade auf dem Sprung befand.

»Was hast du denn noch vor?« Ihre Neugier war nicht zu übersehen.

»Ich treffe mich nochmal mit Finn«, gab ich zu. »Aber kein Date. Nur so.«

»Prima«, grinste sie vielsagend. »Roll du nur mit den Augen, ich finde es trotzdem gut, dass ihr euch trefft. Er scheint ein netter Kerl zu sein.«

Nachdem sie mir mehrfach einen schönen Abend und ganz viel Spaß gewünscht hatte, huschte Julie zurück auf ihr Zimmer und ich kramte meine sieben Sachen in meiner Handtasche zusammen. Als ich einen Blick auf mein Handy warf, fand ich eine Nachricht von Tarjos. Nicht schon wieder. Mein ungutes Gefühl täuschte mich nicht.

Gummi nicht vergessen.

Mehr hatte er nicht geschrieben. Dieser Idiot. Was ging ihn das bitte an? Ich hätte es einfach lassen und die Nachricht löschen sollen. Aber in meinem Frust antwortete ich ihm viel zu voreilig.

Du kannst mich mal.

Im gleichen Augenblick bereute ich meine Wortwahl und erhielt prompt die Quittung.

Wann und wo?

Genervt warf ich mein Handy in meine Handtasche. Ihn zu ignorieren, hatte bisher immer am besten funktioniert.

Der Abend mit Finn verlief einfach klasse und ließ mich den Ärger mit Tarjos schnell vergessen. Seine lockere Art amüsierte mich und trug dazu bei, dass ich völlig entspannt die Zeit mit ihm genoss, ohne dauernd darüber nachzudenken, ob meine Haare noch richtig saßen oder meine Schminke auch nicht verlaufen war.

Statt über die schweren Themen zu reden, wie wir es in der Mensa am Tag zuvor getan hatten, sprachen wir über Musik, Lieblingsfilme und -serien, Spiele, die wir gerne spielten, und alles, was Spaß machte. Er erzählte mir, dass er seit einem Jahr im A-Cappella-Chor der Uni sang, woraufhin ich ihn ungläubig ansah.

»Wirklich. Ich veräppele dich nicht. Klingt zwar nicht besonders cool, wenn man das erzählt, aber es macht riesig Spaß«, versicherte er.

In einem Chor zu singen, stand wirklich nicht gerade ganz oben auf der Liste besonders cooler Freizeitaktivitäten, aber irgendwie machte ihn das nur noch sympathischer. Ich gestand, dass ich in Kiel auch mal eine Weile im Chor gesungen hatte, woraufhin er versuchte mich zu überreden, mitzumachen.

»Auf gar keinen Fall. Für A-Cappella bin ich viel zu schlecht«, erklärte ich.

»Ach Quatsch. Das sind doch alles keine Profis.« Finn war weiterhin bemüht, mich zu überzeugen.

Schließlich beendete ich das Thema mit dem Versprechen, mir den nächsten Auftritt anzusehen und dann zu entscheiden. Damit gab er sich geschlagen. Zur Verabschiedung umarmten wir uns freundschaftlich und Finn gab mir einen Kuss auf die Wange.

»Bis bald hoffentlich«, rief er mir zu, während er sich von mir abwandte. Und ich hoffte ebenfalls, dass wir das bald wiederholen würden.

Im Wohnheim wollte ich nachsehen, ob er noch irgendetwas geschrieben hatte, doch das hatte er nicht. Dafür jemand anderes. Tarjos. Kurz überlegte ich, ob ich seine Nachricht einfach ungelesen löschen sollte, doch ich hasste es, zu wissen, dass ich irgendetwas verpasste oder etwas unausgesprochen zwischen mir und einer anderen Person stand. Also las ich.

Ich passe doch nur auf dich auf.

Wie war das denn nun wieder gemeint? War das auf das Kondom bezogen? Wollte er mich erneut verarschen? Oder machte er sich tatsächlich Sorgen um mich?

Danke, aber das musst du nicht. Bin heil zurück.

Neutral zu antworten, erschien mir am sinnvollsten, so bot ich ihm möglichst wenig Angriffsfläche. Ich erhielt keine Antwort und entschied, mich bettfertig zu machen. Bevor ich einschlief, ließ ich den Tag Revue passieren und freute mich darüber, dass ich eine tolle Zeit mit Finn gehabt hatte.

Am nächsten Morgen erhielt ich Tarjos' Antwort.

Prima.

Ich musste lachen. Genau das hatte Julie gestern Abend zu mir gesagt, als sie von meinem Date mit Finn erfahren hatte.

Kapitel 6

Aufgeregt saß ich mit meinen Unterlagen vor der Bürotür von Prof. Alberts, dessen Seminar zu Goethes Werken ich im letzten Semester zusammen mit Torge besucht hatte. Stimmen drangen aus dem Büro nach draußen, es mussten sich mindestens drei Personen in dem Raum befinden, auf dessen Tür ich gerade starrte. Das machte mich noch nervöser. Eigentlich hatte ich angenommen, so ein Vorstellungsgespräch für den Job als Wissenschaftliche Mitarbeiterin liefe irgendwie formloser ab. Stattdessen musste die Person, die vor mir ihren Termin hatte, mindestens schon eine knappe halbe Stunde im Gespräch sein. Ich war wie immer viel zu früh vor Ort gewesen und hatte in dieser Zeit, in der ich mich gedanklich auf das Gespräch mit dem Professor vorbereitete, niemanden in das Büro hineingehen oder herauskommen gesehen.

Die Tatsache, dass ich keine Ahnung hatte, welche Referenzen man für diese Arbeit benötigte, machte es mir nicht leichter, entspannt an die Sache heranzugehen. Ich hatte auf der Homepage des *Institutes für Neuere Deutsche Literatur* eine knappe Anzeige entdeckt, in der lediglich »Hiwi gesucht, bitte bei Prof. Dr. Alberts melden!« stand. Also saß ich hier und war gespannt auf das, was da kommen mochte. Dass der Professor ziemlich anspruchsvoll und streng war, wusste ich, aber ich wollte mir die Chance einfach nicht entgehen lassen, einen Nebenjob an der Uni zu ergattern, den ich vermutlich um einiges besser in meinen Unialltag integrieren konnte, als alle anderen Aushilfsarbeiten, die man Studenten in dieser Stadt anbot.

Als endlich die Tür aufging, war ich äußerst überrascht, statt eines Bewerbers zwei Dozenten des Institutes herauskommen zu sehen. Darunter Frau Peters, bei der ich einen Kurs zu *Mittelniederdeutscher Literatur* besuchte, in dem wir die meiste Zeit damit verbrachten, »*Reynke de Vos*« zu lesen, was ich insgeheim als eine Zumutung für mein zartes Gemüt empfand. Aber ich quälte mich trotzdem durch, den Zeitraum zu Beginn des Semesters, in dem man das Seminar hätte wechseln können, hatte ich verpasst, weil ich mit anderen Dingen beschäftigt gewesen war.

Scheinbar hatte ich mich getäuscht und es hatte kein anderes Vorstellungsgespräch vor meinem Termin stattgefunden. Was natürlich nicht hieß, dass es nicht noch zahlreiche andere Bewerber gab, mit denen ich um die Stelle konkurrierte.

Der Professor begrüßte mich freundlich und bat mich herein. Ich händigte ihm meinen Lebenslauf, mein Bachelorzeugnis und die Übersicht über meine bisherigen Leistungen des Masterstudienganges aus, die er ohne jegliche Regung im Gesicht zur Kenntnis nahm, um sich dann nach den Unterschieden zwischen dem Studium in Deutschland und dem in Dänemark zu erkundigen. Gelegentlich seufzte er und kommentierte meine Ausführungen mit »Das sollte man hier auch einführen« oder »Stimmt, ich erinnere mich«. Scheinbar vermisste er die deutschen Verhältnisse. Nachdem er sich über meine Vergangenheit ausreichend informiert hatte, fragte er nach meinen Zukunftsplänen und ich war froh, das anstehende Praktikum bei der DDKK anführen zu können, so wirkte ich zumindest nicht völlig planlos.

»Das erscheint mir äußert sinnvoll«, bestätigte er mich in meinem Vorhaben. »Falls Sie sich noch nicht persönlich vor Ort vorgestellt haben, sollten Sie dies in den nächsten Tagen unbedingt nachholen. Ich erlebe leider sehr häufig, dass auf der Jobmesse getroffene Vereinbarungen nicht eingehalten werden. Von beiden Seiten.«

Aufrichtig bedankte ich mich für diesen Ratschlag und nahm mir vor, ihn so bald wie möglich in die Tat umzusetzen.

»Wir haben noch einige weitere Bewerber und Bewerberinnen, die sich in den nächsten drei Tagen vorstellen werden. Bitte melden Sie sich am Freitag im Büro meiner Assistentin und erkundigen sich nach dem Stand des Verfahrens, dann erfahren Sie mehr«, schloss der Professor unser Gespräch nach einigen Minuten.

Es war mir absolut nicht möglich, einzuschätzen, ob es gut oder weniger erfolgreich gelaufen war. Prof. Alberts blieb die ganze Zeit über höflich distanziert wie immer. Jetzt hieß es abwarten.

Den nächsten Tag nutzte ich direkt dazu, nach der Uni zur DDKK zu fahren, um den mir angebotenen Praktikumsplatz in trockene

Tücher zu bringen. Ich hatte Julie gefragt, ob sie mich dorthin begleiten wollen würde, und sie hatte sofort zugestimmt.

»Ich liiiebe Nyhavn!«, hatte sie lauthals verkündet. »Ich setze mich einfach in ein schnuckeliges Café und genieße die Sonne, während ich auf dich warte.«

Nyhavn war wirklich ein besonderer Ort mit einer ganz einzigartigen Atmosphäre. Die bunten Häuser und das fröhliche Treiben an, neben und auf den Segelbooten luden jeden dazu ein, gute Laune zu bekommen. Dass sich die Räumlichkeiten der DDKK hier in Hafennähe befanden, freute mich umso mehr. So konnte ich den Feierabend in den Semesterferien an diesem wunderbaren Ort ausklingen lassen, wann immer ich wollte.

Ich ließ Julie an einem kleinen Fischrestaurant zurück, sie hatte sich kurzfristig umentschieden und Hunger bekommen. Einige Meter weiter bog ich um die Ecke in die Holbergstraße und fand das gesuchte Gebäude auf Anhieb. Es wirkte, als würde es ausschließlich aus Glas bestehen. Eine offene, modern gestaltete Eingangshalle nahm mich in Empfang und bot mir den Weg zu einem Informationstresen, den ich unverzüglich ansteuerte.

Zehn Minuten später verließ ich das Gebäude wieder und fand bald darauf Platz neben Julie, die gerade zum ersten Mal in ihr Fischbrötchen beißen wollte.

»Was machst du denn schon wieder hier?«, fragte sie entsetzt. »Hast du es nicht gefunden?«

»Doch, alles gut«, beruhigte ich sie. »Ging ganz schnell. Ich fragte nach Frau Christiansen, die mir den Platz auf der Jobmesse angeboten hatte, und eine Minute später tauchte sie in der Eingangshalle auf und erkannte mich sofort wieder. Sie informierte mich darüber, dass ich eine von drei Praktikanten in diesem Zeitraum sein würde, und wir vereinbarten einen gemeinsamen Beginn in der dritten Juliwoche.«

»Oh, okay«, sagte Julie wenig begeistert, also hakte ich nach.

»Na, ich dachte, du seist die einzige Praktikantin«, erklärte sie ihre Skepsis.

»Eigentlich finde ich das ganz gut«, entgegnete ich. »Ich meine, ich male mir ja noch keine Berufschancen in dem Betrieb aus, sondern möchte einfach ein wenig Erfahrung sammeln. Und zu dritt wird es vielleicht lustiger.«

»Ja, das stimmt auch wieder«, bestätigte sie lächelnd und aß beruhigt ihr Fischbrötchen.

»Hast du eigentlich mal mit Finn über das gewisse Thema gesprochen«, fragte sie aus heiterem Himmel, während sie sich die letzten Reste Remoulade aus den Mundwinkeln wischte und die Serviette zusammengeknüllt auf den Teller vor sich fallen ließ. Ich verstand nicht sofort, worauf sie hinauswollte.

»Du weißt schon, das Blutding«, flüsterte sie.

»Ach so, nein, bisher noch nicht«, erwiderte ich.

Ich hatte mich seit dem Abend in der Bar noch zweimal mit Finn getroffen, einmal zum Mittagessen in der Mensa und das andere Mal hatte er mich zu einer Hausparty eingeladen, die einer seiner Kommilitonen veranstaltet hatte. Wir waren uns nur geringfügig nähergekommen, es war nicht so, dass es zwischen uns knisterte, aber es fühlte sich dennoch gut an, ihn um mich zu haben, mich mit ihm zu unterhalten und mit ihm zu tanzen.

»Und wann willst du das machen?«, blieb Julie hartnäckig.

»Ich weiß nicht, darüber habe ich mir noch keine Gedanken gemacht«, antwortete ich ehrlich. Es spielte für mich keine besonders große Rolle.

»In eineinhalb Wochen steht der Kongress an«, flüsterte sie weiter, »vielleicht solltest du es vorher tun.«

Kurz dachte ich über ihre Worte nach, kam aber zu keinem befriedigenden Ergebnis.

»Ich weiß nicht. Wann und wie soll man sowas denn ansprechen?«, wollte ich von ihr wissen, vielleicht hatte sie ja einen sinnvollen Einfall. Immerhin war sie näher an dem Thema dran, als ich es war.

»Hm, ja, das ist eine gute Frage«, gab Julie zu. »Wie wär's, wenn wir uns mal alle zusammen mit ihm treffen, also du und ich, Torge, Jasper, vielleicht Mads ...«, schlug sie vor.

»Und dann wollen wir das Thema in versammelter Runde besprechen?«, fragte ich ungläubig.

»Nein, natürlich nicht. Aber ihr könnt euch ja zwischendurch mal in Ruhe zurückziehen. Vielleicht ist es in solch einem Rahmen etwas leichter, weil es eben nur nebenbei zur Sprache kommt. Verstehst du, wie ich meine?«

Ich hatte verstanden. Und die Idee war gar nicht so schlecht.

Falls es schiefging und er sich vom Acker machen wollte, würde ich zumindest nicht allein zurückbleiben.

Freitagvormittag hätte ich vor lauter Unikram beinahe vergessen, mich bei Prof. Alberts' Assistentin nach dem Hiwi-Job zu erkundigen, für den ich mich vorgestellt hatte. Zehn Minuten vor Büroschluss rief ich dort an und erfuhr, dass sich der Professor für eine andere Studentin für diese Stelle entschieden hatte. Meine anfängliche Enttäuschung löste die gute Dame am anderen Ende der Leitung jedoch mit der Aussage, dass der Prof mich lieber in einem Projektteam unterbringen wollen würde, das sich mit der Erforschung der Darstellung interkultureller Unterschiede in der modernen deutschen und dänischen Literatur befasste. Das Projekt startete zwar offiziell erst zu Beginn des nächsten Semesters, aber ich könnte schon vorab einige von ihm vorgeschlagene Werke analysieren und darüber hinaus eigenständige Recherche betreiben, wofür ich bereits entsprechend vergütet werden würde.

Insgeheim gefiel mir dieses Angebot noch besser als die Hiwi-Stelle. Zum einen war ich nicht an feste Zeiten gebunden, abgesehen von einem wöchentlichen Termin, an dem sich das Projekt-Team treffen und Ergebnisse austauschen würde. Außerdem liebte ich das Lesen und Recherchieren, sodass ich mich kaum langweilen würde. Dankend nahm ich an und verabredete einen Termin, um mir nähere Informationen einzuholen und den Papierkram auszufüllen.

Am Anfang der darauffolgenden Woche trafen Julie und ich uns mit Torge, Jasper und Finn in Johannes Bar. Sogar Mads war wieder dabei. Finn kannte die Bar und hatte sich direkt bereiterklärt, mit uns etwas trinken zu gehen. Die Jungs verstanden sich prächtig. Besonders Torge und Finn wetteiferten den ganzen Abend um den Titel des fiesesten Kommentators. Jasper und Mads schienen zunächst interessiert, waren aber nach einem ersten Abchecken stärker mit sich selbst beschäftigt. Mal turtelten sie, mal zickten sie sich an, wofür sie Gemecker von Julie ernteten, woraufhin sie lachten und weiterturtelten.

Irgendwann verschwanden Julie und ich zur Toilette, wo sie mich fragte, ob ich nicht bald mal mit Finn sprechen wollte.

»Ehrlich gesagt gefällt mir der Abend so gut, ich möchte uns nicht die Stimmung verderben«, versuchte ich meine Zweifel an dem Vorhaben zu beschreiben. Zu meiner Überraschung stimmte Julie mir zu und ließ es auf sich beruhen, ohne weiter nachzuhaken.

Als wir zurück an den Tisch kamen, setzte ich mich neben Finn auf die Bank, der seinen Arm um meine Schulter legte. Aus dem Augenwinkel sah ich Julies Strahlen. Immerhin hielt sie den Mund. Auch Jasper hatte irgendwann aus dem Gespräch mit Mads aufgeblickt und breit gegrinst, als er Finn und mich sah. Nur Torge blieb regungslos, es hielt ihn nicht einmal davon ab, weiterhin fiese Witze mit Finn zu reißen.

Finns Arm um meine Schultern fühlte sich gut an. Zwischenzeitlich erhielt er mal einen leichten Ellenbogenhieb von mir zwischen die Rippen, wenn er sich über mich lustig machte oder einer seiner Sprüche einfach zu frech war. Aber ansonsten genoss ich die Wärme, die von ihm ausging. Als ich müde vom Alkohol des Cocktails wurde, ließ ich mich weiter in Finns Arm sinken und schloss die Augen. Er roch wahnsinnig gut. Das war mir zuvor noch nie aufgefallen. Männlich, aber irgendwie auch angenehm süßlich. Sein Arm war zwar muskulös, aber nicht zu sehr, sodass ich es recht bequem hatte. Ich stellte mir vor, wie er wohl ohne T-Shirt aussehen würde.

»Hey, nicht einpennen!« Julie rüttelte gnadenlos an meinem Ärmel und riss mich damit aus meiner Träumerei.

»Es war gerade so gemütlich«, murmelte ich und löste mich aus meiner Position, woraufhin Finn seinen Arm zurückzog.

»Du bist gemein«, maulte ich Julie gespielt verärgert an.

Bald darauf machten wir uns auf den Heimweg. Torge und Finn verabredeten sich für das nächste Fußballspiel der Unimannschaft. Ich wusste gar nicht, dass Torge auf Fußball stand. Aber wirklich überraschend war es auch wieder nicht.

Die Umarmung mit Finn zum Abschied fiel besonders lang aus.

»Das hat Spaß gemacht!«, raunte er in mein Ohr, während er mich weiterhin umklammerte und am Gehen hinderte.

»Finde ich auch. Schön, dass du dabei warst.«

»Gerne wieder. Deine Freunde sind cool«, antwortete er.

»Geht so«, lachte ich. »Aber ich mag sie sehr gerne.«

»Das haben wir gehört«, rief Torge.

»Seid ihr jetzt ein Paar?«, fragte Julie am Wohnheim, während ihr die Neugier förmlich aus dem Gesicht sprang. Es musste hart für sie gewesen sein, diese Frage die ganze Fahrradfahrt über nicht stellen zu können.

»Nein, wir mögen uns nur«, erklärte ich zu ihrer Enttäuschung. Auf dem Flur zu unseren Zimmern hakte sie noch einmal nach. »Ist es wegen der Blutsache?«

Ich konnte sie kaum verstehen, so leise sprach sie. Ihr Blick senkte sich Richtung Boden.

Um das Thema nicht in aller Öffentlichkeit besprechen zu müssen, deutete ich ihr an, in ihrem Zimmer weitersprechen zu wollen, und wir gingen hinein.

»Wie meinst du das?«, wollte ich wissen.

»Ob du mit ihm nicht zusammen sein möchtest, weil er ... halt anders ist«, stammelte sie unsicher.

Sofort ärgerte ich mich darüber, dass sie so von mir dachte.

»Natürlich nicht. Wie kommst du denn darauf?«, machte ich meiner Verärgerung Luft.

»Entschuldige. Ihr versteht euch so gut und trotzdem möchtest du nicht ...« Sie musste den Satz nicht beenden.

»Ich möchte nicht, weil ich allgemein keine Beziehung möchte. Das weißt du doch«, rechtfertigte ich mein Verhalten.

»Ja. Tut mir leid. Ich denke halt immer noch..., ach egal.«

»Nein, überhaupt nicht egal. Sag mir bitte, was du denkst!«, forderte ich Julie auf, mit der Sprache rauszurücken.

»Ich denke halt«, stammelte sie, »dass man jemanden, der so ist wie ich, nicht lieben kann.«

Während sie das aussprach, sah ich, dass ihr jeden Moment die Tränen kommen würden. Sie setzte sich auf ihr Bett und war sichtlich bemüht, nicht die Fassung zu verlieren.

»Bist du verrückt?«, rief ich viel zu laut. Ich war einerseits wütend, andererseits tat sie mir unglaublich leid. Also setzte ich mich zu ihr und versuchte sie zu trösten.

»Das ist doch totaler Quatsch. Wie kommst du nur darauf?

Guck mal, dich hab' ich doch auch lieb«, versicherte ich ihr, woraufhin sie anfing, etwas zu lächeln und sich die angestauten Tränen aus den Augenwinkeln zu wischen.

»Das ist wirklich kein Grund für mich. Ich denke nicht einmal darüber nach, wenn ich mit dir oder Finn zusammen bin. Das spielt absolut keine Rolle«, versicherte ich ihr.

Julie umarmte mich überschwänglich und entschuldigte sich.

»Dir muss gar nichts leidtun. Mir tut es eher leid, dass du solche Dinge denken musst.«

Einen Moment lang schweigen wir.

»Hältst du dich deshalb von den Jungs fern?«, rutschte es mir heraus und sofort fürchtete ich, damit einen wunden Punkt getroffen zu haben. Aber irgendwann musste diese Frage einmal gestellt werden.

»Vielleicht ein bisschen«, gab sie zu und wirkte dabei deutlich gefasster, als ich erwartet hatte. »Aber auch, weil ich den Richtigen noch nicht getroffen habe.«

Sie überraschte mich nur wenig mit dieser Aussage. Unterschiedlicher hätten unsere Ansichten wohl nicht sein können. Aber das hielt uns nicht davon ab, gute Freundinnen zu sein.

Dann fiel mir das Lucia-Fest im Winter wieder ein.

»Was ist denn mit dem Jungen vom Lagerfeuer letztes Jahr?«, fragte ich frei heraus. »Mit dem hast du dich doch prima verstanden.«

»Du meinst Bo?« Sie lachte verlegen. »Nein, Bo ist einfach nur nett.«

»Das sah aber nach mehr als einfach nur nett aus«, bohrte ich nach und es fühlte sich an, als hätten wir gerade die Rollen getauscht.

»Nee«, kicherte sie. »Ich meine, er sieht ja ganz gut aus, aber wir sind nur befreundet.«

»Bist du dir da sicher?«, ließ ich immer noch nicht locker.

»Keine Ahnung. Lass uns das Thema beenden!«, forderte sie auf einmal und jetzt musste ich lachen.

»Nun merkst du mal, wie das ist, so ausgequetscht zu werden.« Ich grinste sie an. »Das Thema ist noch nicht endgültig vorbei«, fügte ich schließlich hinzu und Julie lächelte verlegen.

Kapitel 7

Die nächsten Tage vergingen wie im Flug und das Wochenende stand bevor.

»Pack einen Badeanzug ein«, rief Julie, als sie am Freitagnachmittag aus meinem Zimmer gehen wollte.

»Einen Badeanzug?«, fragte ich überrascht.

Sie drehte sich noch einmal um. »Ja, einen Badeanzug. Dieses gummistoffartige Teil, das man anzieht, wenn man schwimmen geht.«

Ich sah sie nach wie vor irritiert an.

»Das Hotel, in dem wir absteigen, hat einen Pool«, erklärte sie grinsend.

»Ah, okay ... Das ist ja wenig dekadent«, frotzelte ich und fühlte mich gleich noch viel schlechter, dass ich von den Andersens eingeladen werden sollte.

Als Herr Andersen, den ich nur noch Joachim nennen durfte, uns abholte, saßen Gitte und Tarjos bereits im Auto. Julie stieg als Erste ein und setzte sich hinten in die Mitte neben ihre Mutter, danach folgte ich ihr.

»Vielen Dank nochmal, dass ihr mich mitnehmt«, sagte ich höflich.

Gitte wirkte wieder einmal unglaublich nett. Mit der Zeit, in der ich sie kennenlernen durfte, bekam ich immer mehr das Gefühl, dass Julie quasi eine jüngere Kopie ihrer Mutter war. Die beiden waren sich nicht nur in ihrem zierlichen Körperbau, sondern auch von der Stimme her und dem, was und wie sie Dinge von sich gaben, absolut ähnlich. Joachim tat mir zwischenzeitlich ein wenig leid, es konnte auf Dauer sicher anstrengend mit den beiden Damen werden. Andererseits waren sie auch einfach absolut liebenswert. Ich freute mich, dass sie wieder eine glückliche Familie zu sein schienen.

Bisher kamen wir gut durch den Feierabendverkehr und waren in keinen größeren Stau geraten. Als wir jedoch gerade die große Belt-Brücke zwischen Seeland und Fünen überquerten, fing Julie an zu jammern.

»Mir ist so schlecht.«

Ich blickte zu ihr herüber und sah, dass sie tatsächlich ganz blass um die Nase geworden war.

»Schatz, hältst du es noch ein paar Minuten aus? Ich kann hier schlecht halten«, fragte Joachim besorgt.

»Ich gebe mein Bestes«, versprach Julie und in Gedanken durchsuchte ich bereits meinen Rucksack nach einer Tüte oder einem geeigneten Behältnis, falls sie sich wirklich jeden Moment übergeben musste.

Wenige Minuten später erreichten wir ohne Zwischenfall einen kleinen Parkplatz am Ende der Brücke und ehe ich mich versah, sprang Julie beinahe über mich herüber aus dem Auto, rannte zu einem Busch und übergab sich. Ich musste mich zusammenreißen, bei dem Geräusch nicht auch gleich mit zu würgen, daher entfernte ich mich einige Meter vom Ort des Geschehens.

Von diesem Parkplatz aus hatte man einen Wahnsinnsblick über den Großen Belt, der die beiden Inseln trennte. Ich ließ mir den frischen Meereswind um die Ohren blasen und schloss die Augen, um die Stille zu genießen. Das Rauschen der vorbeifahrenden Autos blendete ich völlig aus.

»Schön, nicht wahr?«, riss Tarjos mich aus meiner Entspannung und zeigte auf die leicht rötlich gefärbte Sonne, die sich über dem Gewässer spiegelte. Das war mir zuvor gar nicht aufgefallen.

»Ähm ja. Und ein bisschen kitschig«, amüsierte ich mich über seine Aussage.

Ich sah Tarjos an, dass er versuchte, sich ein Grinsen zu verkneifen.

»Ich vergaß, du stehst ja nicht auf Romantik, sondern vielmehr auf harte, handfeste Dinge«, sagte er viel zu laut.

»Psst. Pass doch auf!«, fauchte ich in der Furcht, die anderen könnten etwas mitbekommen. Das wäre hochgradig peinlich geworden.

»Was denn?«, fragte er völlig unschuldig.

»Als ob du der große Romantiker wärst.« Ich ließ seinen blöden Kommentar nicht auf mir sitzen.

»Och, bei der richtigen Frau weiß man ja nie ...«, grinste er breit.

Das hatte gesessen. Ich drehte mich um und ging zum Wagen zurück, nicht dass die anderen auf dumme Gedanken kämen, was Tarjos und mich anging. Er blieb weiterhin am Rand des Parkplatzes stehen. Aus sicherer Entfernung betrachtete ich ihn und konnte wieder nur feststellen, wie verdammt verführerisch er aussah. Groß und muskulös, mit seinen Händen lässig in den Hosentaschen, das dunkle Haar, das im Wind tanzte.

Julies erneute Würggeräusche holten mich unsanft auf den Boden der Tatsachen zurück.

»Ich glaube, jetzt ist alles raus«, sagte sie nach einiger Zeit.

Die Arme konnte einem richtig leidtun.

»Du setzt dich besser nach vorne«, schlug Tarjos vor, den ich gar nicht zurückkommen gesehen hatte.

»Aber deine langen Beine«, protestierte sie.

»Die finden auch hinten genug Platz.«

»Tarjos hat Recht, Schatz. Vielleicht wird dir dann nicht so schnell wieder übel«, mischte sich Gitte ein, bevor Julie erneut ansetzen konnte.

Damit war die Sache geklärt. Ich rutschte in die Mitte des Wagens und Tarjos nahm rechts von mir Platz.

»Wenn ich dich irgendwann mal ablösen soll, sag Bescheid«, wandte Tarjos sich an Joachim.

»Das ist nicht nötig. Aber danke. Schlaft ihr lieber ein bisschen, morgen wird sicherlich ein anstrengender Tag werden.«

Schlafen? Um diese Uhrzeit? Es war gerade mal halb sechs, wie sollte ich da schlafen? Gitte neben mir schien den Rat anzunehmen, griff mit dem rechten Arm hinter sich und kramte ein Kissen aus dem Kofferraum hervor.

»Da sind noch mehr, falls ihr auch welche braucht«, bot sie uns an, doch Tarjos und ich lehnten beide dankend ab.

Es dauerte nicht lange, dann schien sie tatsächlich tief und fest zu schlafen. Das kannte ich sonst nur von kleinen Kindern, dass sie während der Autofahrt so fest einpennen konnten. Das Rotieren der Räder auf dem tadellosen Asphalt schien eine beruhigende Wirkung zu haben, denn auch von Julie war schon lange Zeit nichts mehr zu hören. Das konnte nur eines bedeuten: Sie schlief ebenfalls.

Na super, dachte ich. Ich konnte ohnehin nie gut längere Zeit stillsitzen und jetzt wurde mir auch noch langweilig. Und ich ärgerte mich, dass ich meinen MP3-Player im Koffer statt in meinem Rucksack verstaut hatte. Lesen wollte ich auch nicht, nicht dass ich es Julie gleichtat und den nächstbesten Busch aufsuchen musste. Außerdem war das schwache Licht im Auto nicht gerade augenfreundlich. Als ich einen Blick zu Tarjos wagte, sah ich, dass sein Kopf an der Kopfstütze lehnte, seine Augen waren geschlossen und in den Ohren hatte er schwarze Kopfhörerstöpsel, die mit seinem Handy verbunden waren. Zumindest führten sie in seine Hosentasche. Vermutlich hörte er Metal-Musik. Wie konnte man dabei denn schlafen? Oder schlief er gar nicht? Ich versuchte herauszufinden, ob er noch wach war, indem ich langsam mein Knie gegen seines lehnte und hoffte, irgendeine Reaktion zu vernehmen. Die blieb jedoch aus. Also versuchte ich anhand seiner Atmung zu erkennen, ob er wohl schlief. Sein Oberkörper hob und senkte sich so regelmäßig, dass es sowohl das eine als auch das andere bedeuten konnte.

»Was machst du da?«, murmelte er, ohne die Augen zu öffnen.

Wie machte er das bloß immer? Ich fühlte mich ertappt.

»Mir ist langweilig«, flüsterte ich und nahm an, dass er das aufgrund der Musik gar nicht hören konnte, wurde jedoch eines Besseren belehrt.

»Selbst schuld«, schnaubte er.

Und es stimmte. Ich spürte, wie sich ein Lächeln auf meinen Lippen ausbreitete. Ich mochte es, wenn Tarjos so gnadenlos war. Ein bisschen erinnerte mich das an Torge, der auch immer sagte, was er dachte, und selten Rücksicht auf andere nahm. Natürlich mochte ich keine Rücksichtslosigkeit, aber solange es sich in Grenzen hielt und niemand ernsthaft verletzt wurde, empfand ich diesen Wesenszug doch als reizvoll. Zumindest amüsant.

Tarjos' Worte provozierten mich oft so, dass ich Dinge tat, die ich von mir aus nie getan hätte. Ich wollte plötzlich, dass auch er auf irgendeine Art und Weise litt, wie ich es gerade tat.

Getrieben von einer Mischung aus Langeweile und Übermut legte ich meine rechte Hand auf seinen linken Oberschenkel. Die Reaktion ließ nicht lange auf sich warten. Tarjos atmete deutlich hörbar ein, sein Oberkörper hob sich wesentlich stärker als bei den Atemzügen zuvor. Seine Augen hielt er jedoch weiterhin geschlossen. Ich spürte ein Kribbeln in meinem Bauch. Es war ein tolles Gefühl, so etwas bei einem Mann auslösen zu können.

Noch einmal vergewisserte ich mich, dass es keiner mitbekommen würde. Aber Gitte und Julie schienen tief und fest zu schlafen und Joachim war so fixiert auf die Straße, dass er nichts merkte. Außerdem war ich mir sicher, dass er im Rückspiegel nicht erkennen konnte, wo meine Hand sich befand.

Also ließ ich sie ganz langsam höher wandern. Stück für Stück, so langsam wie ich nur konnte. Tarjos' Atmung beschleunigte sich, ein Blick auf seine enger werdende Jeans verriet mir, dass er es genoss, wenn ich ihn berührte. Und ich tat es ebenfalls. Sein muskulöser Oberschenkel gepaart mit dem, was ich bei ihm durch eine einfache Berührung bewirken konnte, machte mich kribbelig. Ein wenig bereute ich es, dass wir nicht alleine waren. Auf der anderen Seite ermöglichte es mir jedoch, mit ihm zu spielen, ohne dass er mir das Ruder aus der Hand nehmen konnte, wie er es bisher immer getan hatte.

Meine Finger wanderten langsam unaufhörlich höher, und erst kurz bevor ich sein bestes Stück unter der Jeans erreichte, ließ ich meine Hand zurück in meinen Schoß gleiten, wo sie zuvor gelegen hatte. Tarjos atmete hörbar aus.

Einige Sekunden vergingen, vielleicht sogar eine ganze Minute, bis er sich zu Wort meldete.

»Das kriegst du zurück!«, drohte er leise, ohne dabei die Mundwinkel zu verziehen oder die Augen zu öffnen.

Das Spiel war eröffnet. Ein Kribbeln breitete sich in meinem Unterleib aus. Gleichzeitig spürte ich plötzlich mein schlechtes Gewissen. Ich dachte an Finn. Scheinbar hatte ich den Jungen stärker liebgewonnen, als mir bewusst war. Doch warum empfand ich diese Art von Schuld? Immerhin waren wir kein Paar und er wusste, dass ich keine Beziehung wollte. Wir hatten zwar nie darüber gesprochen, dass ich deshalb nicht unschuldig und brav leben wollte, allerdings ging es ihn ja auch nichts an, was ich mit anderen Männern tat. Ich versuchte mir einzureden, dass es in Ordnung sei. Und es funktionierte.

Die restliche Zeit verbrachte ich damit, Autoschilder zu entziffern und aus den Buchstaben idiotische Namen oder Sätze zu formen. Langsam wurde auch ich müde. Weniger wegen der Uhrzeit, sondern vielmehr aus Langeweile. Ich spürte, wie mir die Augen immer mal wieder zufielen und ich ruckartig aufschreckte, wenn ich dabei war, einzunicken. Mein Kopf fühlte sich mit einem Mal so schwer an. An der Kopfstütze in meinem Nacken fand er nur wenig Halt, links neben mir schlief nach wie vor Gitte mit ihrem Kissen an die Fensterscheibe gelehnt.

Vorsichtig versuchte ich mir ebenfalls ein Kissen aus dem Kofferraum zu angeln, kam aber an keines heran. Gerade als ich aufgeben wollte, streckte Tarjos seinen linken Arm aus und holte mir ein Kissen.

»Du weckst noch alle auf mit deinem Gezappel«, murmelte er.

»Danke«, sagte ich so liebreizend wie möglich und freute mich über das flauschige Kissen.

Zuerst legte ich es mir in den Nacken, um dann festzustellen, dass mein Kopf dadurch nur noch weniger Halt hatte und ständig drohte, unangenehm nach vorne zu kippen. Das sah bestimmt super aus, wie ich kurz vorm Einschlafen immer wieder ruckartig meinen Kopf nach hinten riss und mir dabei den Hals Stück für Stück verrenkte. Also nahm ich das Kissen fest in den Arm und versuchte, mein Kinn darauf abzulegen, was ziemlich schnell dazu führte, dass mir der Nacken nun von der starken Überdehnung schmerzte. Schließlich fiel mir nur noch ein, das Kissen auf meine Knie zu legen und mich so weit wie möglich nach vorne zu beugen, sodass ich endlich meinen Kopf sicher und weich auf meinen Knien ablegen konnte. Gerade als ich merkte, dass auch das auf Dauer ziemlich unbequem werden würde, und versuchte, mich aufzurichten, ohne mir dabei den zu lange gestreckten Rücken zu verrenken, riss mir Tarjos das Kissen aus der Hand.

»Das gibt's doch nicht!«, meckerte er und legte es zwischen uns an seine Schulter, sodass ich endlich einen Platz für meinen Kopf hatte. Inzwischen war ich fast schon nicht mehr müde, aber wenn ich ihm das jetzt gesagt hätte, wäre er sicher ausgeflippt. Ich musste schmunzeln. Irgendwie war das voll süß, auch wenn er ziemlich genervt zu sein schien.

Ich lehnte meinen Kopf an das Kissen, das mich von seinem muskulösen Oberkörper trennte, und schlief tatsächlich seelenruhig ein.

Erst als der Wagen hielt, erwachte ich und erschrak sofort, als ich in Julies Gesicht guckte, die sich zu uns beugte und irgendetwas von »Aufwachen« und »Schlafmützen« sagte. Toll, das konnte ja ein anstrengender Abend werden, so aufgedreht wie sie war.

Noch nicht wieder ganz bei Sinnen taumelte ich aus dem Auto und staunte nicht schlecht beim Anblick des schlossartigen Gebäudes, vor dem wir geparkt hatten. Ich konnte kaum glauben, dass das unser Hotel sein sollte. Es kam mir ein wenig vor wie im Märchen. Auch wenn die Umstände vermutlich weniger märchenhaft erschienen.

»Wahnsinn!«, war alles, was ich herausbrachte.

Ich schleppte meinen Koffer über den Kieselweg hinter den anderen her und hörte, wie Julie Tarjos fragte, ob er seine Badehose eingepackt hatte. Innerlich musste ich lachen.

»Ähm, nein?«, antwortete er ebenso verwirrt wie ich auf die Badeanzugaktion.

»Oh nein! Aber wir wollen doch alle nach dem Essen in den Pool«, jammerte sie.

»Von ALLEN kann nicht die Rede sein«, versuchte Joachim Tarjos zu retten.

»Bestimmt kann man welche an der Rezeption bekommen«, fügte Julie unbeirrt hinzu und war so schnell im Eingang verschwunden, dass Tarjos gar nicht die Möglichkeit hatte, zu protestieren.

Als wir hereinkamen, rief Julie uns bereits entgegen, dass sie auch Badehosen im Angebot hätten. An der Rezeption erklärte Tarjos dem netten Mann hinter dem Tresen jedoch, dass er erst einmal einchecken und sich das mit der Badehose noch überlegen würde. Dabei richtete er seinen Blick sehr merkwürdig in meine Richtung, als ob er die Antwort auf die Frage, ob er sich eine besorgen sollte, auf meiner Stirn finden würde.

»Hier! Geht schon mal auf eure Zimmer, in einer Viertelstunde treffen wir uns wieder unten zum Abendessen«, befahl Joachim und reichte uns die Zimmerschlüssel, während er den Papierkram erledigte.

»Vielen Dank nochmal«, bedankte ich mich für die großzügige Einladung. Das schlechte Gewissen verschwand jedoch nicht und wurde umso größer, als ich später die saftigen Preise auf der Speisekarte entdeckte.

»Das Essen zahle ich aber selbst«, stellte ich klar.

»Kommt gar nicht in Frage«, erklang es gleichzeitig aus Gittes und Joachims Mund.

»Das kann ich ja nie wiedergutmachen.«

»Wir wissen alle, dass du das längst hast«, entgegnete Joachim und wirkte dabei ein wenig traurig. Ich meine, klar, ich hatte Julie mein Blut gegeben und dadurch vermutlich ihr Leben gerettet. Aber deshalb mussten sie doch nicht versuchen, es mit solch teuren Gesten wiedergutzumachen. Als könnte sie meine Gedanken lesen, fügte Gitte hinzu: »Außerdem kann Joachim einen Teil der Kosten von der Steuer absetzen. Also mach dir keine Sorgen. Du machst uns nicht arm.«

»Aber ...«, wollte ich gerade ansetzen, als Tarjos mich unterbrach.

»Glaub mir, diesen Kampf kannst du nicht gewinnen.« Er schien aus Erfahrung zu sprechen.

Ich nahm schließlich trotzdem nur einen Salat, der für meinen Geschmack ebenfalls viel zu teuer war, und erntete damit noch einmal gespielte Empörung von den Andersens. Aber sie ließen mich in Frieden mit meinem Grünzeug.

Als ich nach dem Essen auf dem Zimmer ankam, war Julie schon halb ausgezogen und verschwand mit ihrem Badeanzug im Badezimmer, während ich erst einmal meine Sachen für die Nacht feinsäuberlich auf dem Bett drapierte.

Kurze Zeit später stand sie mit Badeschlappen und Bademantel bekleidet und mit ihrem Duschzeug bewaffnet vor mir.

»Beeil dich!«, feuerte sie mich an.

»Du weißt, dass man nicht direkt nach dem Essen schwimmen gehen soll«, ermahnte ich sie.

»Das gilt für die offene See und nicht für den Hotelpool«, konterte sie amüsiert.

»Ich meine ja nur. Nicht, dass du dich wieder übergibst«, neckte ich sie, was sie gar nicht lustig fand. »Okay, okay, eine Minute«, beschwichtigte ich Julie schließlich und verschwand ebenfalls mit Bikini und Schlappen im Bad. Als ich wieder herauskam, konnte ich mir gerade noch meinen Bademantel überwerfen, bevor Julie die Tür aufriss und gen Aufzug watschelte.

»Mein Gott, hast du es eilig«, schnaufte ich hinterher.

Wir fuhren ins Stockwerk -1, neben den Knöpfen stand in Großbuchstaben »SPA«, so konnte man den Wellnessbereich gar nicht verfehlen. Es sei denn, man war ein Mann.

Beim Anblick des Pools war ich nur wenig überrascht, dass wir nicht die Einzigen waren. Im Becken selbst schwammen drei ältere Damen mit Schaumstoffgürteln wie Bojen umher, ein jüngeres Mädel und zwei Herren mittleren Alters besetzten drei der Liegestühle, die um den Pool herum aufgestellt waren.

»Mann, hier ist ja was los!«, rutschte es mir heraus.

»Ja, weil du so getrödelt hast«, versuchte Julie mir die Schuld in die Schuhe zu schieben, was mich ein wenig amüsierte.

Sie warf ihren Bademantel von sich, der nur mit Glück auf einer der Liegen landete, und huschte in Windeseile über die Stufen am Anfang des Beckens in den Pool. Das Wasser schimmerte leicht bläulich, es roch im ganzen Raum sehr aromatisch nach Lavendel, und auch sonst sah der Spa-Bereich sehr gepflegt aus. Dennoch hatte ich keine große Lust, direkt nach dem Essen ins Wasser zu steigen. Oder generell hier schwimmen zu gehen. Beim Gedanken daran, was da womöglich noch alles drin schwamm, verging mir die Badelust. Also begab ich mich zu der Liege neben der, auf die Julie ihren Bademantel gepfeffert hatte, zog meine Latschen aus und machte es mir gemütlich. Die warme Luft und der angenehme Duft ließen mich schnell entspannen.

Bis Tarjos hereinkam. Den Bademantel über den Arm geworfen schritt er auf die Liegestühle zu. Schlagartig wurde es mucksmäuschenstill im ganzen Raum. Jeder, aber auch wirklich jeder, richtete den Blick auf diesen muskulösen, heiß tätowierten Mann. Eine Mischung aus verächtlichen Blicken bei den Alten und schmachtenden Blicken bei den Jüngeren. Ich fragte mich, ob er den ganzen Weg vom Hotelzimmer bis hierher ausschließlich in dieser gar nicht mal zu verachtenden, dunkelblauen Badehose zurückgelegt hatte.

»Ist das Julies?«, fragte er und zeigte auf den zusammenge-knüllten Bademantel neben mir auf der Liege.

»Mhhmhh«, nickte ich nur und verpasste ihm damit ein brei-tes Grinsen. Natürlich wusste er, wie heiß er aussah.

Er legte seine Sachen dazu und kurz nachdem er anfing, im Pool seine Bahnen zu ziehen, flüchteten die alten Schreck-schraubbojen aus dem Wasser und wurden nie mehr gesehen.

Nach und nach leerte sich der Raum. Julie hatte nicht lange durchgehalten, einfach nur ihre Bahnen zu ziehen, und hatte es nun auf Tarjos abgesehen, der stur hin und her schwamm. Immer, wenn er an ihr vorbeikam, schwamm sie ihm in den Weg, sodass er um sie herumschwimmen oder auch mal unter ihr durchtauchen musste. Irgendwann wurde es ihm wohl zu bunt, er setzte erneut zum Tauchgang an, kam aber direkt unter ihr wieder nach oben, sodass Julie erst von seinem starken Rücken hochgehoben wurde, woraufhin sie kläglich und laut kreischend ins Wasser krachte. Als sie wieder hochkam, prustete sie heftig.

Ich hatte schon Angst, sie würde wieder so einen grässlichen Hustenanfall wie damals auf der Party in der Mensa bekommen, aber es ging ihr gut, sie musste bloß lachen. Tarjos stand nicht weit von ihr entfernt und vergewisserte sich ebenfalls, dass ihr nichts fehlte, als er von einer Vielzahl von kleinen Wassertrop-fen mitten im Gesicht getroffen wurde, die Julie mit ihrer zarten Hand nach ihm gespritzt hatte.

»Na warte!«, drohte er ihr und ging auf sie los, während Julie laut schreiend das Weite suchte und schließlich das rettende Ufer erreichte, noch bevor Tarjos sie erwischen konnte.

Julie ließ Tarjos und mich, nachdem sie sich von der Verfolgungs-jagd erholt hatte, mit der jüngeren Dame allein im Pool-Bereich zurück. Alle anderen waren bereits gegangen. Ich fragte mich, ob die Frau wegen Tarjos blieb. Sie hatte immer mal wieder ein Auge auf ihn geworfen. Ich spürte ein kleines Stechen in meiner Brustgegend. Ich war eifersüchtig. Wieder einmal. Dieses Mal jedoch auf eine Wildfremde. Das war neu. Bis zu meiner ersten Begegnung mit Tarjos war mir dieses Gefühl beinahe unbekannt gewesen. Ich glaube, das war eines der schmerzhaftesten Ge-fühle, die ein Mensch zu bieten hatte, abgesehen von Trauer natürlich. Dabei hatte ich nach wie vor nicht das Bedürfnis, mit Tarjos eine Beziehung einzugehen, mal ganz davon abgesehen, dass er es vermutlich ebenso wenig wollte. Und dennoch war die Frau mir ein Dorn im Auge.

Als sie schließlich verschwand, konnte ich mich endlich vollends entspannen.

Nach ein paar Minuten der Ruhe riss mich Tarjos schließlich aus meinem Entspannungszustand.

»Willst du nicht reinkommen?«, fragte er.

Ich öffnete die Augen. Er lehnte wenige Meter von mir entfernt am Beckenrand und stützte sich mit den Ellenbogen auf.

»Nein, danke, ist gerade so gemütlich hier.«

»Gott, bist du wieder langweilig!«

»Wenigstens hol' ich mir hier nichts weg«, konterte ich.

»Ist das wirklich deine Sorge?«, fragte Tarjos überrascht.

»Ein bisschen«, gab ich zu.

»Ach, Quatsch! Was meinst du, was hier los wäre, wenn man sich im Pool etwas einfangen würde. Wir sind ja nicht in so 'nem schäbigen Inselhotel.« Womit er vermutlich auf die Anlagen in den zahlreichen Feriendomizilen anspielte, in denen wir Deutschen so gerne Urlaub machten.

»Und solange man hier nichts Unanständiges treibt, kann da nix passieren«, fügte er grinsend hinzu.

»Hey!«, ermahnte ich ihn. Immer war er so ungeniert. Selbst in der Öffentlichkeit.

»Was denn? Hier ist doch keiner.« Er zuckte mit den Schultern und ich musste lachen, weil er irgendwie niedlich aussah mit seinen nassen, nach hinten gestriffenen Haaren.

Und ein bisschen hatte ich schon Lust, zu schwimmen. Aber dann musste ich auch wieder duschen gehen. Während ich innerlich die Vor- und Nachteile erörterte, stieg Tarjos langsam aus dem Wasser und trat vor meine Liege.

»Entweder du kommst freiwillig mit oder ich werde dich zwingen«, drohte er mir, was mich gleichzeitig amüsierte und scharf machte.

»Das will ich sehen!«

Ich konnte gar nicht so schnell gucken, da hatte er mich samt Bademantel von der Liege gehoben und schleppte mich, mein

Gekreische und vehementen Protest ignorierend, zum Pool, um kurz vor der Wasserkante anzuhalten. Ich schlang meine Arme um seinen nassen Hals, um nicht hineinzustürzen.

»Du hast die Wahl, entweder mit Bademantel oder ohne.«

»Okay, okay«, lenkte ich ein und Tarjos ließ mich herunter.

Während ich mir den Bademantel auszog und ihn zur Liege brachte, sprang er bereits kopfüber wieder ins Wasser. Langsam schlenderte ich in meinem Bikini zur Treppe, um Stufe für Stufe ins warme Nass zu steigen, während ich meine Haare mit einem Zopfgummi, den ich in weiser Voraussicht am Handgelenk trug, nach oben band und mir ausmalte, was man alles in so einem Pool anstellen konnte. Dabei war ich äußerst froh über die Tatsache, dass man einer Frau nicht direkt ansah, wenn sie scharf wurde.

Tarjos hatte sich an den gegenüberliegenden Beckenrand gelehnt und beobachtete jeden Schritt von mir, fast wie ein Alligator, der seine Beute ins Wasser steigen sah. Ich versuchte, beim Schwimmen nicht ganz so dämlich auszusehen und meine Haare trotzdem nicht nass werden zu lassen.

»Zufrieden?«, fragte ich, als ich am anderen Ende angekommen war.

»Ich bin nicht unzufrieden.« Das war alles, was er sagte, während er mich weiterhin nicht aus den Augen ließ. Ich drehte mich um und wollte die Bahn wieder zurückschwimmen, als etwas beim dritten Zug meinen Fuß festhielt und mich wieder nach hinten zog. Dabei schluckte ich vor lauter Schreck so viel Wasser, wie ich vermutlich während des ganzen Abendessens nicht getrunken hatte. Im Gegensatz zu Julie musste ich wirklich schrecklich husten und im nächsten Moment hielt mich Tarjos in seinen Armen über Wasser und brachte mich an die Poolkante, sodass ich mich an den Rand klammern und erst einmal wieder durchatmen konnte.

»Das war nicht mein Plan«, sagte er entschuldigend, als ich wieder ansprechbar war.

»Was war denn dann dein Plan?«, wollte ich wissen und versuchte, erschöpfter zu klingen, als ich es war, um ihm ein schlechtes Gewissen zu machen.

»Weiß nicht, wollte nur nicht, dass du wieder abhaust«, gab er total süß zu.

»Das hatte ich gar nicht vor«, grinste ich. »Ich wollte nur ein bisschen schwimmen.«

»Dann ist ja gut.« Er lächelte.

Und ich konnte ihm ansehen, dass es ihm etwas unangenehm war.

»Aber du kannst mich gerne immer wieder retten«, versuchte ich die Stimmung wieder zu heben, was mir gelang.

Seine Augen fingen an zu funkeln.

»Du siehst unglaublich scharf aus im Bikini«, raunte er mit einer tiefen, fast flüsternden Stimme, die Augen auf mich gerichtet.

Ich drehte mich um, sodass ich nun mit dem Rücken zur Beckenwand stand und bis zum Hals mit Wasser bedeckt war, woraufhin er immer näher an mich heranrückte.

»Kannst du hier stehen?«, fragte ich ihn.

Er guckte etwas verdutzt über die Frage.

»Klar«, antwortete er und bewies es mir, indem er sich vor mir hinstellte.

»Gut«, erwiderte ich, während ich meine Arme auf der Poolkante abstützte und meine Beine ausstreckte, ihn damit umschlang und an mich heranzog.

»Ganz schön besitzergreifend«, murmelte Tarjos, zog mich jedoch noch dichter an sich heran und drückte mich mit dem Rücken gegen den Beckenrand.

»Kannst loslassen!« Er forderte mich auf, meine Arme von der Poolkante zu lösen, was ich tat, um sie um seine starken Schultern zu legen.

»Wäre das mein Pool, hättest du nackt baden müssen.« Er grinste.

»Wäre das mein Pool, würdest du es mir bereits besorgen«, erwiderte ich und war selbst von dieser frivolen Antwort überrascht.

Tarjos' Grinsen verflog und zum Vorschein kam ein lüsterner Ausdruck, der mehr denn je sagte, dass er mich wollte. Fest drückte er mich gegen die Poolwand und küsste mich so lustvoll, dass ich ihm am liebsten auf der Stelle die Badehose heruntergerissen hätte, damit er mich endlich nehmen konnte. Ich spürte seine harte Erektion unter mir, was mich nur noch mehr aufstöhnen ließ. Seine Lippen lösten sich von meinen und er fing an, meinen Hals zu küssen.

»Gott, ich will dich so sehr«, stöhnte ich leise in sein Ohr.

»Wenn du so weitermachst, kann ich mich nicht mehr zurückhalten«, keuchte Tarjos und hielt inne.

»Vielleicht sollten wir dann den Pool lieber verlassen«, schlug ich schließlich nach ein paar Sekunden der Stille vor.

»Wir können ja zusammen duschen gehen«, meinte Tarjos. »Irgendwie erinnere ich, dass das Spaß gemacht hat.«

»Hm, geht leider nicht. Ich habe mein Duschzeug oben gelassen, und du weißt doch, Julie ... Wenn ich nicht oben dusche, wird sie Fragen stellen.«

»Meinst du, das merkt sie?«, fragte er mich.

»Auf jeden Fall«, musste ich leider zugeben.

»Dann gehst du eben zweimal duschen«, versuchte er, mich zu überreden.

Beim Gedanken, hier im Hotel beim Sex erwischt zu werden, verging mir die Lust jedoch ein Stück weit. Ich erklärte Tarjos, dass ich das für keine gute Idee hielt.

»Aber vielleicht komme ich nach dem Duschen noch einmal vorbei, falls Julie früh schlafen geht. Natürlich nur, wenn du das auch möchtest«, ergänzte ich.

»Mal sehen«, ärgerte Tarjos mich und grinste dabei fies, nur um mich im nächsten Moment unter Wasser zu gluckern. Wenigstens hielt ich dieses Mal meinen Mund geschlossen. Als ich wieder auftauchte, war er gerade dabei, neben mir aus dem Wasser zu klettern. Ich wäre vermutlich elend gescheitert bei dem Versuch, meinen Körper dort herauszuhieven. Also schwamm ich brav zur Treppe zurück und stieg genauso elegant und stilvoll wieder aus dem Wasser, wie ich zuvor hineingestiegen war.

Auf dem Zimmer begrüßte Julie mich direkt mit den Worten: »Hey, du warst ja doch im Wasser.« Sie lag bereits mit geputzten Zähnen im Bett und zappte durch das Abendprogramm im Fernsehen.

»Jepp, und deshalb muss ich jetzt unbedingt duschen«, gab ich zu verstehen und verschwand im Bad. Unter der Dusche schwirrten meine Gedanken rund um die Szene im Pool und unsere Begegnung in der Gemeinschaftsdusche damals. *Wie konnte mich dieser Mann bloß so scharf machen?* Aber ich genoss dieses Kribbeln und das Gefühl, begehrt zu werden, so sehr, dass es mich nicht mal störte, kaum Herrin der Lage zu sein.

Zu meinem Bedauern machte Julie noch lange keine Anstalten, schlafen zu gehen. Mein Drang, Tarjos auf seinem Zimmer zu besuchen, war groß, aber ich wollte sie auch nicht anlügen, indem ich mir irgendeine Geschichte überlegte, warum ich nochmal wegmusste. Etwas Sinnvolles fiel mir ohnehin nicht ein. Julie war so aufgeregt wegen des Kongresses und brabbelte in einer Tour gegen den Fernseher an, sodass ich fast Kopfschmerzen von der Reizüberflutung bekam. Irgendwann schloss ich die Augen, um zumindest ein Sinnesorgan zu schonen, und kurze Zeit später schaltete schließlich auch Julie den Fernseher ab und legte sich schlafen. Ich warf heimlich einen Blick auf die Uhr meines Handys, es war mittlerweile halb zwölf. Vermutlich war Tarjos ebenfalls längst eingeschlafen, schoss es mir durch den Kopf. Und was, wenn er die ganze Zeit auf mich wartete?

Kurze Zeit später, nachdem ich sicher war, dass Julie nichts mehr um sich herum mitbekam, entschied ich, es darauf ankommen zu lassen, schlüpfte leise aus meinem Pyjama und stattdessen in einen roten Spitzentanga, warf mir meinen Bademantel über und schlich lediglich mit meinem Zimmerschlüssel und meinen Hausschlappen bewaffnet über den Flur zu Tarjos' Zimmertür.

Ich klopfte extra ganz leise an, wenn er schon schlafen würde, würde ich ihn damit zumindest nicht wecken. Zu meiner großen Freude öffnete sich ziemlich zügig die Tür und vor mir stand Tarjos, mit nichts weiter bekleidet als seinen schwarzen Jeans.

»Na endlich!«, grinste er. »Tolle Schuhe.«

»Ging nicht schneller«, gab ich zurück und huschte durch die Tür, seinen Kommentar zu meinen Schlappen ignorierend.

»Wie war das gleich? Ach ja, wäre das mein Zimmer, müsstest du nackt sein«, raunte er, griff nach meinem Handgelenk und zog mich an sich.

»Wie gut, dass das nicht dein Zimmer ist«, versuchte ich zu kontern.

»Na ja, zur Hälfte ja schon irgendwie«, entgegnete er jedoch.

»Okay, ich ziehe meinen Bademantel aus und du dafür deine Jeans«, schlug ich vor.

»Deal!« Er knöpfte langsam seine Jeans auf und stieg heraus. Wie er dort in seinen engen schwarzen Boxershorts vor mir stand, das war einfach nur scharf.

»Jetzt du!«, befahl er.

Ich schlüpfte aus den Schlappen, griff nach dem Gürtel des Bademantels, öffnete ihn langsam und ließ ihn dann über meine Schultern zu Boden fallen. Da ich mir in der Eile keinen BH angezogen hatte, stand ich lediglich im Tanga vor Tarjos. Seine Augen weiteten sich und sein Blick wanderte über meinen Körper, ich konnte sehen, wie ihn mein Anblick heiß machte. Dann schritt er auf mich zu, legte seine rechte Hand fest in meinen Nacken und küsste mich fordernd.

»Du machst mich so scharf«, raunte er zwischendurch, um mich dann weiter mit seiner fordernden Zunge zu verwöhnen.

Meine Hände wanderten über seinen Körper, alles an ihm fühlte sich so hart an, so muskulös und wohlgeformt.

»Hast du noch einen so guten Deal für mich?«, fragte er zwischen den Küssen, die mir beinahe die Knie weich werden ließen.

»Wie wäre es damit: Ich ziehe auch noch den Rest aus, wenn du im Gegenzug versprichst, mich wieder kommen zu lassen.«

»Das hatte ich sowieso vor.« Er grinste und hob mich schwungvoll auf seine Arme, wie er es auch am Pool schon getan hatte, legte mich aufs Bett und beugte sich über mich.

»Bist du bereit, etwas anderes auszuprobieren?«

»Kommt ganz drauf an.«

»Okay. Vertraust du mir?«

»Hm ...«, ich ließ ihn kurz zappeln. »Ich denke schon.«

»Denken reicht nicht. Ja oder nein?«

»Dann ja.«

Er küsste mich ein weiteres Mal innig.

»Schließ die Augen!«, befahl er mir und entfernte sich von mir. Ich folgte seiner Anweisung, auch wenn mir nicht ganz wohl bei der Sache war. So gut kannten wir uns ja doch nicht. Aber ich vertraute ihm, dass er nichts Schlimmes vorhatte, zumindest nicht schmutziger als das, was wir eh schon getan hatten.

»Lass die Augen geschlossen!«, betonte er noch einmal, bevor ich seine Hand an meinem linken Knöchel spürte. Dann spürte ich etwas Weiches, das er darum wickelte. Aus Reflex blinzelte ich und erkannte, dass es der Gürtel des Bademantels war. Ob meines oder seines Mantels, wusste ich nicht.

»Du sollst doch die Augen geschlossen halten«, raunte er, während er das andere Ende des weißen Stoffgürtels an einen der Bettpfosten band.

»Ich bin so neugierig«, versuchte ich zu beschwichtigen.

»Ist mir nicht entgangen ...«

Im festen Entschluss, sie nicht wieder zu öffnen, bevor er es nicht erlaubte, schloss ich erneut meine Augen und spürte seine Hand im nächsten Moment an meinem rechten Knöchel, kurz bevor er nun auch um diesen etwas band. Vermutlich den Gürtel des anderen Bademantels. Aber ich hielt mein Versprechen und schaute nicht nach.

Dann spürte ich beide Hände an meinen Knöcheln oberhalb der Bänder, ganz langsam schob er meine Schenkel auseinander, sodass ich reflexartig meine eine Hand schützend zwischen meine Beine legte. Er stieg zu mir aufs Bett, seine Lippen wanderten den Arm hoch, mit dem ich versuchte, mich zu bedecken. Dann beugte er sich über mich und befahl mir, ihn anzuschauen.

Ich blickte direkt in seine dunklen Augen und er sah mich fragend an. Dann küsste er mich und steigerte mein Verlangen ins Unermessliche.

»Vertraust du mir?«, wollte er wissen, woraufhin ich nickte, weil ich mir schon dachte, was jetzt kommen würde. Er löste sich von mir, wanderte langsam an meinem Körper herunter, ergriff meinen Tanga an beiden Seiten und zog ihn bis zu meinen Knöcheln herunter und über den rechten Fuß, der noch nicht am Bett festgebunden war. Dann ging er zu seiner Nachttischlampe und schaltete sie ein, bevor er die große Zimmerleuchte zu meiner Freude erlöschen ließ.

»Besser?«, fragte er.

»Definitiv.«

Ohne Umwege trat er wieder an das Fußende des Bettes.

»Augen zu!«, befahl er ein drittes Mal, dieses Mal deutlich tiefer und bestimmter als die letzten beiden Male. Dieser Tonfall löste in mir eine wahnsinnige Vorfreude aus, und ich tat, was er verlangte.

»Leg beide Hände neben dich auf die Bettdecke!«, forderte er zudem, und ich folgte seinen Anweisungen, wenn auch zögerlich.

»Du bist unglaublich heiß, weißt du das?«

Ich hörte, wie seine Atmung schwerer wurde. Dann spürte ich erneut seine Hände an meinen Knöcheln, wie sie langsam aber sicher auf der Innenseite meiner Beine gleichmäßig immer höher wanderten und meine Schenkel dabei Stück für Stück auseinander drückten. Ich errötete bei dem Gedanken, dass ich so entblößt und breitbeinig vor ihm lag. Und dennoch fühlte es sich unfassbar scharf an, wie er meine Beine spreizte für das, was auch immer er vorhatte.

Als seine Hände fast an meiner feuchten Stelle angekommen waren, ließ er sie ein kleines Stück wieder zurückwandern, dann spürte ich einen kleinen Ruck am rechten Knöchel und war mir sicher, dass er diesen nun auch mit dem Gürtel am Bettpfosten befestigt hatte. Ich vergewisserte mich, indem ich versuchte, meine Beine wieder etwas zu schließen, was mir nicht gelang.

Im nächsten Moment glitten Tarjos' Hände ein weiteres Mal an meinen Schenkeln hinauf, dann fühlte ich seine Lippen auf der Innenseite meiner Oberschenkel und seine Zunge, die ganz zart Kreise auf meiner Haut zog. Sie war warm und feucht, kam immer und immer näher, tänzelte um meine feuchte Stelle herum, liebkoste meinen Unterleib, während die starken Hände weiterhin meine Oberschenkel fest im Griff hielten.

»Dein Körper ist der Wahnsinn«, hauchte Tarjos auf meine Haut, die vor Erregung erzitterte.

»Ich will dich!«, stöhnte ich, weil ich es nicht mehr aushielt.

»Sehr gerne«, antwortete er und ich konnte sein zufriedenes Grinsen förmlich vor meinem geistigen Auge sehen.

Zielstrebig wanderten seine Küsse auf meinem Venushügel immer tiefer, bis Tarjos schließlich genau zwischen meinen Beinen ankam und mich seine Zunge spüren ließ. Ich konnte mein Stöhnen kaum kontrollieren, so überwältigend war es, ihn zwischen mir zu fühlen. Seine festen Hände, die meine Schenkel scheinbar immer weiter auseinanderdrückten, seine warmen, zarten Lippen, und seine feuchte, göttliche Zunge, die Wellen der Lust in mir erzeugte. Es dauerte nicht lange und ich gab mich dem Genuss voll und ganz hin. Der Orgasmus, der mich überrollte, war so heftig, dass ich mir das Kissen unterm Kopf hervorzog, um meine Lust dort hineinzuschreien.

Tarjos löste sich nur langsam von mir, kletterte zu mir nach oben und küsste mich innig. Zwischen meinen Beinen spürte ich seinen harten Schwanz unter der Boxershorts, die er immer noch trug.

»Ich will dich!«, stöhnte ich erneut, schob meine Hand in seine Shorts und umschloss seinen harten Schwanz fest mit meinen Fingern.

»Gott!«, stöhnte er, als ich sein bestes Stück berührte. Langsam schob ich meine Hand auf und ab, sodass er immer härter wurde.

Tarjos löste sich noch einmal von mir, jedoch nur, um seine Boxershorts loszuwerden und ein Kondom vom Nachttisch zu angeln, streifte es über, und legte sich, ohne weitere Zeit zu verlieren, zwischen meine Beine.

Ich konnte ein tiefes Stöhnen nicht unterdrücken, als sein harter Schwanz in mich eindrang. Vorsichtig, aber bestimmt. Auch Tarjos stöhnte in mir auf, seine Lippen dicht über meinem Gesicht. Langsam bewegte er sich vor und zurück, küsste mich intensiv, während ich meine Finger mit jeder Aufwärtsbewegung tiefer in seinen muskulösen Rücken krallte. Meine Beine immer noch fest an die Bettpfosten gebunden und seine starken Arme links und rechts von mir abgestützt, fühlte ich mich wehrlos und geborgen zugleich. Unser Stöhnen steigerte sich mit den Wellen der Lust, die uns überrollten. Es war mir egal, ob uns die Zimmernachbarn hören konnten, es war einfach ein so unbeschreiblich gutes Gefühl, ihn in mir zu spüren, dass ich alles um mich herum vergaß.

Nach einiger Zeit löste ich mich von Tarjos und wollte wieder in mein Zimmer huschen, doch bevor ich das Bett verlassen konnte, hielt er mich am Handgelenk fest.

»Was ist los?« Ich blickte ihn fragend an.

»Bleib noch ein bisschen!«, forderte er zu meiner Überraschung.

»Du willst jetzt aber bitte nicht kuscheln, oder?«, witzelte ich, denn Tarjos war doch absolut nicht der Typ dafür.

»Natürlich nicht«, raunte er und zog mich zu sich zurück. »Nur nicht allein sein«, fügte er zu meiner Verwunderung hinzu.

Ich sah ihn an. Die Augen wie so oft geschlossen lag er auf dem Rücken, die Arme hinter dem Kopf verschränkt. Es war unmöglich, ihm anzusehen, was in ihm vorging. Doch ich hatte so eine Ahnung.

Der morgige Tag würde unser aller Leben verändern. Sein Leben noch stärker als meines. Ich wusste, dass er tief im Inneren Angst hatte, auch wenn er es niemals zugeben würde.

Daher beschloss ich, mich noch einen Moment neben ihn zu legen, und hoffte, dass Julie nicht irgendwann aufwachen und zur Toilette müssen würde, um dann festzustellen, dass ich mich nicht in meinem Bett befand. Vermutlich würde sie das gesamte Hotel in Alarmbereitschaft versetzen und Suchmannschaften losschicken.

Tarjos machte natürlich keine Anstalten, seinen Arm vom Kissen zu nehmen, sodass mir nur übrigblieb, mich an ihn heranzuschmiegen, wenn ich nicht riskieren wollte, von der Bettkante zu fallen. Es fühlte sich gar nicht so ungewohnt an, wie ich gedacht hatte. Aber wir waren uns in den vergangenen Monaten auch auf eine sehr merkwürdige Art und Weise nähergekommen. Gelegentlich hatten wir Zeit miteinander verbracht, wobei es sich immer so angefühlt hatte, als lebten wir nebeneinanderher, nicht miteinander. Unsere Gespräche waren selten tiefgründig gewesen, über Smalltalk und anzügliche Bemerkungen waren wir nicht hinausgekommen. Und Tarjos hatte nie Anstalten gemacht, das zu ändern. Trotzdem spürte ich, dass er mir näherkam. Innerlich. Vielleicht erwartete er, dass ich den ersten Schritt machte und ein bedeutsameres Gespräch begann. Andererseits würde er vermutlich bei jeder noch so harmlosen Frage nach seinem Privatleben dichtmachen. Aber in diesem Moment, als er darum bat, nicht alleine zu sein, erschien er mir so verletzlich wie nie.

»Also, du kommst ursprünglich aus Island?«, tastete ich mich vorsichtig und möglichst neutral vor und erwartete dennoch, jeden Moment eine verbale Abfuhr zu kassieren.

Doch Tarjos grummelte nur und nickte.

»Wie alt warst du, als du nach Dänemark gekommen bist?«, setzte ich behutsam fort.

»Sechzehn.« Sein Tonfall war neutral – was aber auch nicht weiter schwierig war bei einer Ein-Wort-Antwort.

»Warum seid ihr damals hierhergekommen?«, wollte ich wissen.

Tarjos schnaubte. Nun hatte ich also den Punkt erreicht, an dem er genug hatte.

»Ging nicht anders«, sagte er dennoch.

»War das nicht blöd für dich, einfach aus deinem Bekanntenkreis, von deinen Freunden weggerissen zu werden?«

»Klar war das blöd, aber meine Eltern trifft keine Schuld«, erwiderte er ziemlich schnell, als wolle er sie in Schutz nehmen. »Sie haben es für mich getan.«

»Oh!« Mehr fiel mir auf die Schnelle nicht ein. Ich nahm an, dass es mit der Blutsache zusammenhing, und entschloss, nicht weiter nachzuhaken.

Ein paar Minuten lagen wir schweigend nebeneinander. Irgendwann würde ich in mein Zimmer zurückkehren müssen, ging es mir ständig durch den Kopf. Doch ich wollte ihn in dieser schwierigen Situation auch nicht einfach allein lassen. Zumal ich vermutlich gerade eben noch einmal alte Wunden aufgerissen hatte.

»Du bist auch oft umgezogen, richtig?«, fragte er plötzlich.

»Stimmt.« Noch während ich darüber nachdachte, woher er das wohl wusste, lieferte er die Antwort: »Julie. Sie redet viel.«

Ich musste lachen und an dem leichten Muskelzucken in Tarjos Bauch erkannte ich, dass auch er sich amüsierte.

»Ihr scheint euch echt gut zu verstehen«, stellte ich fest.

»Überrascht?«

»Natürlich. Du musst zugeben, ihr seid schon ein etwas merkwürdiges Gespann.«

»Da magst du Recht haben«, gab Tarjos zu.

»Kannst du das bitte noch einmal wiederholen?«, ärgerte ich ihn.

»Treib es nicht zu weit, kleines Mädchen!«, warnte er mich und löste damit nur ein aufregendes Kribbeln in meinem Bauch aus.

»Sonst was?«, provozierte ich ihn in dem vollen Bewusstsein, dass ich es vermutlich bereuen würde.

Doch es geschah nichts. Gerade, als ich vermutete, dass Tarjos womöglich dabei war, einzuschlafen, redete er weiter.

»Sie ist sowas wie eine kleine Schwester für mich. Ich muss sie beschützen«, erklärte er und ich fragte mich, ob etwas Schlimmes vorgefallen war, weshalb er so empfand.

»Und ich bin dankbar, dass du das auch tust«, fuhr er fort.

»Ich beschütze sie nicht. Ich bin nur ihre Freundin«, stellte ich klar.

»Was auch immer. Es scheint zu helfen.«

Es musste schlimm für ihn gewesen sein, mit anzusehen, wie sie sich im vergangenen Jahr runtergehungert hatte, im Wunsch, irgendwann zu sterben. Er tat mir leid. Sie tat mir leid.

»Sie ist auf einem guten Weg«, versuchte ich ihn aufzumuntern. Und es stimmte. Julie wirkte mittlerweile wie das blühende Leben auf mich.

»Wir passen einfach auf, dass das nicht noch einmal passiert«, ergänzte Tarjos.

»Wo bekommst du eigentlich das Blut her?«, fragte ich mich, oder ihn, ich hatte es nämlich laut ausgesprochen. Im gleichen Moment fiel mir ein, dass er einmal irgendwas von Mädels erzählt hatte, die ihm ihr Blut anboten, und ich bereute meine Frage.

»Habe schon eine Weile nichts mehr getrunken«, gestand er jedoch zu meiner Überraschung.

»Warum nicht?«

»Ach, ich hab' meine Gründe.«

»Aber du fängst jetzt nicht an wie Julie, oder?«

Tarjos lachte laut auf. »Nein. Keine Sorge.«

»Na dann ist ja gut.«

»Aber nett, dass du dich um mich sorgst«, stichelte er.

»Julie braucht ihren Beschützer.«

So viele Male hatte er in der Vergangenheit deutlich gemacht, dass er sich nur für mich interessierte, weil ich half, dass es Julie besser ging. Abgesehen vom Sex natürlich. Den wollte er nicht wegen Julie. Hoffentlich. Das wäre ein bisschen merkwürdig gewesen.

Von Tarjos kam keine Reaktion und je mehr Zeit verging, desto stärker tat mir meine Aussage leid. In Anbetracht des bevorstehenden Tages war es wohl kaum angebracht gewesen, ihn auch noch zu verletzen.

»Entschuldige.«

»Schon okay«, murmelte er. »Vermutlich habe ich das verdient.«

»Vielleicht ein bisschen. Aber du bist schon ganz in Ordnung«, bemühte ich mich, ihn aufzumuntern. »Im Großen und Ganzen zumindest. Denke ich.« Ich konnte es einfach nicht lassen.

Tarjos fing erneut an zu schmunzeln und ich wusste, dass er verstand, was ich meinte.

»Ich muss langsam rüber, sonst schöpft Julie noch Verdacht.«

»Okay.« Tarjos machte keine Anstalten, aufzustehen, also schnappte ich mir zügig meine sieben Sachen und ging zur Tür.

»Schlaf gut«, flüsterte ich und öffnete die Tür.

»Du auch«, antwortete er. »Und danke.«

KAPITEL 8

Die Anspannung war beim Frühstück nicht zu übersehen. Die meiste Zeit über schwiegen wir. Wenn gesprochen wurde, dann nur das Nötigste und ohne große Ausschmückungen oder überflüssige Höflichkeiten.

Ich bemerkte, dass Tarjos gelegentlich Blickkontakt suchte, und fragte mich, ob ihm abgesehen vom bevorstehenden Tag irgendetwas auf der Seele lag, was er noch hätte loswerden wollen. Als er sich allein zum Buffet aufmachte, um seine Kaffeetasse aufzufüllen, folgte ich ihm. Ich stellte mich dicht neben ihn, sodass uns keiner hören konnte. Die Andersens saßen mit dem Rücken zu uns und bekamen nichts mit.

»Alles okay bei dir?«, fragte ich leise.

»So okay, wie es an einem solchen Tag sein kann«, antwortete er sichtlich bemüht, freundlich zu klingen.

Ich verstand ihn. Vermutlich hatte er ähnlich wie Julie und ich viel Zeit damit verbracht, das Bevorstehende zu verdrängen. Ich konnte mich an keinen anderen Tag in der Geschichte der Menschheit erinnern, an dem der Fortgang des gesellschaftlichen Zusammenlebens so sehr in Frage gestellt wurde wie am heutigen. Niemand wusste, wie es weitergehen würde. Aber im Grunde war allen klar, dass es keinen anderen Weg gab, als mit offenen Karten zu spielen. Zumindest hatte ich das angenommen.

Ich blickte an dem überwältigenden Gebäude vor mir hoch. Schwarze Steinplatten verzierten die Außenwände, eingerahmt von sandweißen Fugen. Jede einzelne Platte musste mindestens zwei Meter hoch und einen Meter breit sein, am liebsten hätte ich sie gezählt, um einzuschätzen, wie hoch das Haus vor uns wohl sein mochte. Jedoch zerrte Julie an meinem Arm Richtung Eingang, der aus drei großen Drehtüren aus Glas bestand. Über den Eingangstüren stand etwas in lateinischer Sprache, was ich auf die Schnelle nicht entziffern konnte. Vermutlich hätte ich es auch nicht entziffern können, hätte ich mehr Zeit gehabt. Latein war noch nie meine Stärke gewesen. Ich hätte ja gerne fleißig

Vokabeln gelernt, aber die Pubertät war mir damals dazwischengekommen.

Die Glasscheiben der Drehtüren führten das Emblem der Universität Århus. Und ehe wir uns versahen, standen wir in einer riesigen Eingangshalle, in der es nur so vor Menschen wimmelte.

»Bleibt zusammen!«, befahl uns Joachim und wies uns an, ihm zu folgen. Scheinbar kannte er sich hier aus.

Die meisten Menschen, an denen wir vorbeiliefen, sahen aus wie alle anderen, denen man im Alltag auf der Straße begegnete. Nur hin und wieder entdeckte ich einzelne, merkwürdige Gestalten, die eine dunkle Atmosphäre umgab. Ich war bemüht, sie nicht anzustarren, was mir jedoch schwerfiel, denn nicht jeden Tag bekam man erwachsene Menschen zu sehen, die aussahen, als wären sie erst kürzlich der Gruft entstiegen. Bleiche Gesichter umrahmt von schwarzem, langem Haar, zuweilen zusammengebunden wie bei mittelalterlichen Hofgestalten, dazu bodenlange, dunkle Mäntel oder eher Gewänder. Ich stellte mir vor, dass sie moderig riechen mussten, während Julie mich mit sich zog.

Es dauerte nicht lange und wir standen vor dem Hörsaal, in dem der Kongress stattfinden sollte. Security-Leute durchsuchten unsere Taschen und Jacken, bevor sie uns Einlass gewährten.

Ich war große Hörsäle aus Kiel und Kopenhagen gewohnt, aber das hier übertraf meine Vorstellungen bei Weitem. Im Gegensatz zu den üblichen Hörsälen waren die Sitzplätze beinahe kreisförmig angeordnet, sodass man nicht nur das Podium von jedem Platz aus im Blick hatte, sondern auch sehr gut die Mithörenden gegenüber und seitlich des Sitzplatzes begutachten konnte.

Auf der Bühne sah ich links und rechts Männer einer Sicherheitsfirma. Scheinbar erwartete man Unruhen, aber das erschien mir nicht weiter verwunderlich in Anbetracht des heiklen Themas, wenngleich es mich ein wenig ängstigte.

Auf der Autofahrt hierher hatte ich nach Hinweisschildern oder Plakaten Ausschau gehalten, die auf die Veranstaltung hinwiesen, ohne zu offenbaren, worum es tatsächlich ging. Aber nichts dergleichen hatte ich entdecken können. Ich fragte mich, wie diese Menschen wohl davon erfahren hatten und ob es geheime Netzwerke gab oder ob die Informationen lediglich von Mund zu Mund wie in unserem Fall weitergetragen worden waren. Tatsache war, dass es funktioniert hatte, denn bereits zwanzig Minuten vor Kongress-Beginn waren sämtliche Sitzreihen belegt. Überall, wo man Platz fand, wurden zusätzlich Klappstühle aufgestellt, Menschen ließen sich auf den großen Treppen nieder, die zwischen den Sitzreihen nach unten führten, einige blieben im oberen Teil neben den Eingangstüren stehen.

Um Punkt elf Uhr betraten fünf Personen das Podium. Frau Jansen erkannte ich sofort an ihrem adretten Outfit. Wie immer sah sie blendend aus. Neben ihr ging ein etwas älterer, grauhaariger Mann in einem dunkelbraunen Anzug, der das Mikrofon ansteuerte, während die Übrigen auf den Stühlen neben dem Rednerpult Platz nahmen. Der ältere Herr kramte eine Fernbedienung hervor, schaltete den Beamer ein und klopfte auf das Mikro, um sicherzustellen, dass es eingeschaltet war, bevor er sich vorstellte.

»Liebe Gäste. Ich freue mich über euer zahlreiches Erscheinen an diesem vielleicht wichtigsten Tag in der Geschichte der Menschheit.«

Im Hintergrund gewann nach und nach die Projektion einer PowerPoint-Präsentation mit dem nichtssagenden Titel »Århus« und dem heutigen Datum an Stärke. Darunter war ein Name zu erkennen: Prof. Dr. Vikowsky. Das musste der Name des Redners sein und meine Annahme wurde im gleichen Atemzug bestätigt. Er stellte sich als leitender Professor der *Humanbiologischen Abteilung der Universität Århus* vor. In den folgenden Minuten warf er mit zahlreichen hochwissenschaftlichen, biologisch-medizinischen Fachbegriffen um sich, sodass ich nicht einmal die Hälfte dessen, was er sagte, verstand. Ich warf einen raschen Blick zu Julie, die gebannt an seinen Lippen hing. Verstand sie etwa, was der Mann uns mitteilen wollte?

Nach einiger Zeit blätterte er in seiner Präsentation zur ersten Folie, die selbst ich auf Anhieb begriff. Es handelte sich um eine Landkarte, in der einige Bereiche rot, andere grün eingefärbt waren, während der Rest weiß erschien.

»Was ihr hier seht, ist eine Darstellung gesellschaftlicher Auseinandersetzung mit unserer Art. Natürlich um ein Vielfaches vereinfacht. Es werden weder Abstufungen dargestellt, noch bildet die Karte den Ist-Zustand in diesen Regionen zum selben Zeitpunkt ab, sondern es handelt sich vielmehr um eine grobe Darstellung, wie der Umgang mit der Erkenntnis unserer Art sich gestaltet oder bereits gestaltet hat. Die roten Bereiche zeigen negative gesellschaftliche Auswirkungen, von Ausgrenzung und Verachtung, über Verfolgung bis hin zu Ausrottung. Die grünen Gebiete hingegen machen Hoffnung und zeigen uns, dass es durchaus möglich ist, ein friedliches Zusammenleben mit Bekanntgabe unserer Existenz zu gestalten. In Grönland beispielsweise leben wir in einigen Regionen des Landes durch und durch integriert als vollwertige Mitglieder der Gesellschaft.«

Er machte eine Pause und wir hatten Zeit, uns die Karte genauer anzusehen. Die roten Gebiete überwogen deutlich, sie machten meiner Einschätzung nach etwa fünfundsiebzig bis achtzig Prozent aus. Die restlichen grünen Markierungen verteilten sich überwiegend auf Regionen, die meinen geographischen Kenntnissen zufolge nur schwach besiedelt und wenig fortschrittlich waren. Kein einziges Industrieland war darunter zu finden. Tatsächlich handelte es sich vorwiegend um indigene Völker, in denen Gleichstellung erreicht wurde, wie der Professor anschließend bestätigte. Das erklärte auch, warum bis heute kaum einer von ihrer Existenz erfahren hatte. Forscher, die die erstaunliche Entdeckung gemacht hatten, wurden vermutlich entweder belächelt oder die Andersartigkeit wurde als kulturelle Besonderheit des jeweiligen Stammes abgetan.

»Was diese Karte natürlich nicht zeigt, ist die Tatsache, dass auch in den weißen Bereichen täglich Kontakte zwischen uns und der übrigen Gesellschaft stattfinden, die teilweise von sehr offenem Umgang geprägt sind, ohne dass es jedoch belastbare Zahlen darüber gibt. Und Tatsache ist auch, dass es im Grunde nur eine Frage der Zeit ist, bis unsere Existenz offiziell bekannt wird. Es wird – nicht zuletzt aufgrund der zunehmenden Digitalisierung unserer Welt – immer schwieriger, unser Dasein zu verbergen und Erkenntnisse unter den Teppich zu kehren. Und die Frage, die wir uns heute stellen sollten, lautet: Ist es nicht an der Zeit, dass wir uns offen zu erkennen geben?«

Damit schloss der Professor seine Ausführungen. Vonseiten der Zuhörer kamen weder Applaus noch irgendwelche negativen Reaktionen, im Gegenteil, ein einziges Gegrummel stieg im Raum auf, jeder unterhielt sich angeregt mit seinem Sitznachbarn. Zum Teil waren es sehr hitzige Diskussionen, Wortfetzen drangen an mein Ohr, die von Zerstörung und Untergang berichteten. Aber auch hoffnungsvolle Gedanken waren dabei, beispielsweise, dass für die Kinder beim Ausbruch des Gens keine Welt mehr zusammenbrechen müsse, wenn sie in einer Welt lebten, in der es normal wäre, sich zu verändern. Hinter mir hörte ich, wie ein Pärchen darüber sprach, wo sie nach dem Kongress etwas essen gehen könnten. Das beruhigte mich sehr, denn es brachte Normalität an diesen ungewöhnlichen Ort.

Als die Stimmen im Hörsaal nach einer Weile leiser wurden, trat Frau Jansen an das Rednerpult und stellte sich kurz vor, bevor sie von ihrer Unternehmung im vergangenen Semester sprach, als sie verschiedene Länder aufgesucht hatte, um sich unter Gleichgesinnten Gehör für ihr Anliegen zu verschaffen.

»Fakt ist, als Vertreter der Länder sind wir uns einig, dass die Offenbarung der einzige Weg ist.«

Ein großes Raunen ging durch den Saal. Viele schienen sich vor den Kopf gestoßen zu fühlen, vor vollendete Tatsachen gestellt worden zu sein und protestierten lauthals. Frau Jansen brauchte einen Moment, um die Menge wieder zu beruhigen, damit man ihr weiter zuhörte. Dann setzte sie fort und argumentierte insbesondere auf Grundlage ethischer Überzeugungen.

»Natürlich wird es für jeden von uns Veränderung bedeuten. Freundschaften werden zerbrechen, Familien werden zerstört werden, wir werden gegen Vorurteile, Angst und Missgunst kämpfen müssen. Aber wir dürfen nicht egoistisch sein und unser bisheriges Leben weiterhin blind genießen, während wir darauf warten, dass diese Konfrontation erst zustande kommt, wenn wir alt sind oder bereits unter der Erde liegen. Das, was wir jetzt erkämpfen, kommt den Generationen nach uns zugute. Wir werden um Anerkennung und Freundschaften kämpfen müssen, aber irgendwann müssen wir als gleichwertiger Teil der Gesellschaft angesehen werden. Unsere Existenz ist dann nicht mehr leugbar und die nachfolgenden Generationen können in einer Welt aufwachsen, die offener und ehrlicher ist. In einer Welt, in der sie sich nicht verstecken müssen.«

»Schwachsinn!«, hörte ich jemanden aus dem Publikum links von uns rufen.

»Genau«, unterstützten ihn andere.

»Die werden uns abschlachten«, rief eine zierliche Frau mit hoher, piepsiger Stimme, die nur wenige Reihen vor uns saß.

Frau Jansen gab den Gegenstimmen einen Moment lang Raum, bevor sie fortsetzte: »Wenn wir uns den jetzigen Stand der Dinge ansehen, dann sehe ich auch heute viel Leid um uns herum. Nicht nur das Leid, das die Kinder erfahren, wenn sie aufgrund des Genausbruchs alles verlieren, an das sie glaubten und das sie liebten. Sondern auch das Leid, das jeder von uns Erwachsenen kennt, der einem geliebten Menschen nahe sein möchte, aber entweder mit einem Geheimnis leben oder damit rechnen muss, verstoßen zu werden. Ganz davon abgesehen, welches Leid mittlerweile diejenigen ertragen müssen, die von der Regierung gefangen genommen und gefoltert werden.«

Während sie das sagte, erschien im Hintergrund ein Bild aus einer Gefängniszelle. Ein Mann lag zusammengekauert auf einem Fliesenboden, seine Handgelenke bluteten. Man konnte nicht erkennen, ob er noch lebte oder bereits tot war.

Mein Magen krampfte sich schmerzhaft zusammen. Der Anblick dieses Menschen war grauenvoll. Um mich herum erkannte ich große Empörung und Angst in den Gesichtern. Dann Wut. Die Stimmen wurden lauter.

»Ist das wahr?«

»Das können die doch nicht machen!«

»Diese Schweine!«

»Nicht wir sollten da liegen, sondern die!«

Ein Mann stand im Hörsaal auf. Ich vermutete, dass er um die Fünfzig war. Er trug einen blauen Anzug, sah sehr vornehm aus. Nach und nach wanderten die Blicke der Zuhörer weg von Frau Jansen und hin zu diesem Mann.

»Das ist der Beweis«, fing er an, »das ist der Beweis, dass die Menschheit nicht bereit ist, diesen Schritt zu gehen. Sie behandeln uns wie Dreck. Wie Abschaum. Als wertloses Leben. Wenn wir diesen Schritt gehen, den uns Frau Jansen und ihre Freunde da unten vorschlagen, dann werden wir alle dort enden. Auf dem Boden. Blutend. Und elendig verrecken.«

Applaus und zustimmende Rufe hallten durch den Hörsaal, aber nicht jeder klatschte. Es waren nur ein paar Grüppchen, verteilt auf den großen Raum. Doch die Stimmung, die von ihnen ausging, war gewaltig. Erschreckend. Ein Blick zu Julie verriet mir, dass sie genauso verängstigt war wie ich. Ob es an dem lag, was sie sagten, oder daran, wie sie es sagten, wusste ich nicht. Vermutlich eine Mischung aus beidem. So erging es mir jedenfalls.

Bevor es völlig ausartete, ergriff Frau Jansen wieder das Wort und bat die aufgebrachten Zuhörer, sich zu beruhigen. Eine Glasflasche flog durch den Raum Richtung Podium und zerschellte krachend nur wenige Zentimeter vor Frau Jansens Füßen. Doch sie ließ sich nicht beirren und wich keinen Zentimeter zur Seite.

»Es ist richtig. Wir haben Kenntnis darüber, dass Menschen unserer Art gefangengenommen und Experimente an ihnen durchgeführt wurden. Und das geschieht nicht nur in unserem Land, sondern überall dort, wo wir entdeckt werden, ohne dass die restliche Bevölkerung aufgeklärt ist. Die einzige Möglichkeit, wie wir uns gegen diese illegalen Praktiken wehren können, ist Offenheit. Es sind einzelne, nicht die große Mehrheit, die aus Angst und Unwissenheit zu solchen Mitteln greifen. Wenn die große Mehrheit von uns erfahren und erkennen würde, dass keine Gefahr von uns ausgeht, könnten wir derartige Experimente verhindern. Wir müssen uns der Gesellschaft offenbaren. Ich bin fest davon überzeugt, dass die Mehrheit uns respektieren wird, wenn wir mit offenen Karten spielen. Und wir müssen endlich für unsere Rechte eintreten. Andernfalls werden immer wieder einzelne von uns für immer verschwinden.«

»Besser einzelne, als wenn auf uns alle Jagd gemacht wird«, rief der Mann in dem blauen Anzug und erhielt dafür erneut zustimmende Zurufe. Allerdings deutlich weniger als zuvor.

»Nein. Eben nicht!«, wandte sich Frau Jansen nun selbstbewusst direkt gegen ihn. »Wir sind alle gleich viel wert. Wenn einem von uns Unrecht getan wird, dann ist es unsere Pflicht, ihm zu helfen. Das macht uns als Menschen aus. Ich fordere ein Ende des egoistischen Wegsehens. Ich fordere Mitgefühl und Courage.«

Schweigen erfüllte den Saal.

Dann stand Julie plötzlich neben mir auf, blickte Frau Jansen an und fing hastig an zu klatschen.

»Julie, setz dich wieder!«, forderte ihre Mutter.

»Nein. Sie hat Recht!«, entgegnete die kleine, zarte Julie selbstbewusst und verpasste mir damit eine Gänsehaut, wie ich sie noch nie in meinem Leben verspürt hatte.

Nun standen auch Tarjos und Joachim auf, gefolgt von anderen Zuhörern um uns herum.

»Sie hat Recht. Wir müssen uns endlich erheben«, rief eine korpulente Frau, die gerade ein paar Plätze neben uns aufgestanden war, woraufhin immer mehr Leute ihre Sitzplätze verließen und dem Jubel beistimmten. Gitte und ich folgten ihrem Beispiel. Die Stimmung im Raum war nur schwer zu fassen. Einige von denen, die zuvor gegen Frau Jansen gewettert hatten, verließen den Raum. Viele standen mittlerweile und applaudierten, sprachen sich immer wieder Mut zu. Eine Mischung aus Vorfreude und Tatendrang, aber auch Unsicherheit und Furcht hing im Saal.

Frau Jansen entschied, den Vortrag erst nach einer kurzen Pause fortzusetzen.

Vor den Toiletten herrschte riesiger Andrang. Julies Vater und Tarjos begleiteten uns, nur Gitte blieb zurück, um die Plätze freizuhalten. In der Schlange vor den Toiletten wurde wild diskutiert. Zum Teil euphorisch, zum Teil verängstigt wirkten die Menschen um mich herum. Tarjos sprach wie immer gar nicht. Irgendwann trennten sich unsere Wege. Julie und ich drängten fast gleichzeitig in die Räumlichkeiten der Damentoilette. Aufgrund des hohen Andranges an den Waschbecken vereinbarten wir jedoch, uns draußen vor dem Saal wiederzutreffen.

Als ich dort auf sie wartete, fragte ich mich, was sie so lange machte, oder ob sie sich womöglich verlaufen hatte, denn es vergingen einige Minuten, in denen ich ungeduldig auf ihre Rückkehr hoffte. Nach und nach strömten die Menschen wieder in den Saal und eroberten ihre Sitzplätze zurück. Kurz fragte ich mich, ob Julie womöglich längst wieder neben ihrer Mutter saß und mich übersehen oder vergessen hatte, also warf ich einen Blick in den Saal, als mich plötzlich jemand von hinten böse anmachte.

»Geh aus dem Weg, schwaches Weib!«, drohte ein dicker, langbärtiger Mann, der kurz davor war, mich umzurennen. Im letzten Moment zog mich Tarjos, der wie aus dem Nichts aufgetaucht war, zur Seite und verhinderte damit, dass ich von dem Fettwanst totgetrampelt wurde. Noch während er mich festhielt, wollte ich dem Idioten hinterherrufen, ob er kein Benehmen habe, aber Tarjos hielt mich davon ab. So kannte ich ihn gar nicht. Sonst war er immer derjenige, der andere mit seinen fiesen Sprüchen beleidigte. Doch er hielt mich immer noch fest.

»Hast du etwa Angst vor dem?«, fragte ich ihn ein wenig spöttisch. Daraufhin ließ er mich los.

»Quatsch. Ich doch nicht«, verneinte er. »Aber du solltest es besser.«

Ich sah ihn fragend an.

»Das sind Ultras. Sieht man doch.« Mehr sagte er dazu nicht, denn im selben Moment kam Julie um die Ecke. Mit Finn im Schlepptau.

»Schaut mal, wen ich gefunden habe.« Julie lächelte breit.

»Ganz toll!«, murmelte Tarjos und verschwand auf der Stelle im Hörsaal.

Ich war zwar ein wenig überrascht, so sehr dann aber auch wieder nicht. Immerhin wusste ich ja, dass Finn dazugehörte. Nur hatte ich nicht gewusst, dass er hier sein würde, weil ich bisher zu feige gewesen war, das Thema anzusprechen.

»So schnell sieht man sich wieder«, sagte er etwas verlegen.

Ich umarmte ihn. »Schön, dich zu sehen«, sagte ich.

Sein Blick war schüchtern, nach einem kurzen Smalltalk drängelte Julie, dass wir unbedingt wieder rein müssten.

»Wir schnacken später nochmal«, verabschiedete ich mich von Finn, um klarzustellen, dass ich keinesfalls abgeneigt war.

Im zweiten Teil berichtete ein Soziologe aus Grönland, wie es in einigen der grün gefärbten Gebiete gelungen war, eine friedliche Koexistenz oder sogar Integration zu erreichen. Anschließend stellte er weitere Konzepte aus anderen Ländern vor, die von einem Politologen aus Kopenhagen ergänzt wurden. Scheinbar war in den letzten Monaten sehr intensiv an Konzepten gearbeitet worden, wie eine Offenbarung und damit das Ziel der Integration erreicht werden konnte. Einige der Theorien und Ideen klangen einleuchtend, andere eher weithergeholt. Klar war, dass jede Gesellschaft eine individuelle Lösung erarbeiten musste, über die am Nachmittag in Arbeitsgruppen diskutiert werden sollte. Die Redner stellten sich in dieser Zeit für Fragen zur Verfügung, während die Besucher des Kongresses selbständig wählen konnten, mit welchem Schwerpunkt sie sich befassen wollten.

»Ihr fahrt nachher mit Mama in die Stadt!«, stellte Joachim in einer kurzen Redepause klar und ließ durchblicken, dass sein Beschluss keinen Raum für Diskussionen ließ. »Tarjos und ich bleiben noch und besuchen die Workshops.«

Wie das klang. *Workshop*. Ich hatte dieses Wort bisher immer mit etwas Positivem verbunden. Aber hier ging es nicht darum, in einem Workshop etwas zu lernen, sondern darum, dass unsere Welt sich verändern würde, und man musste nun diskutieren, wie man diese Veränderung in Gang setzte und positiv beeinflusste.

Wir widersprachen Joachim nicht, denn irgendwie war klar, dass wir dort wenig zu suchen hatten. Außerdem kam es mir ganz gelegen, mal ein wenig Abstand zu dem Thema zu erlangen und ein bisschen Normalität zu verspüren, solange das noch möglich war. Am nächsten Tag würden bereits die Ergebnisse vorgestellt und eine Entscheidung getroffen werden.

»Wollen wir dann ins ARoS?«, fragte Julies Mutter mit einem Leuchten in den Augen.

Julie stimmte freudig zu.

»ARoS?«, flüsterte ich irritiert.

»Kunstmuseum«, sagte Julie.

Oha. Das klang ja richtig aufregend. Ich fragte mich, wie ich aus der Nummer rauskäme, ohne die beiden zu verletzten, indem ich erklärte, wie wenig Lust ich gerade auf Kunst hatte. Dann fiel mir ein, dass ich die Zeit gut nutzen konnte, um mit Finn zu sprechen. Da das ohnehin schon das Wochenende der Offenbarungen war, war der Zeitpunkt optimal. Sofern er nicht in den Arbeitsgruppen mitarbeiten wollen würde. Also schrieb ich ihm eine Nachricht. Während des restlichen Vortrags schaute ich immer mal wieder auf mein Smartphone, erhielt jedoch keine Antwort.

Erst als wir den Saal schließlich verließen, erschien seine Nachricht, die meinen Vorschlag bestätigte.

Da es in dem Gewühle unmöglich war, sich wiederzufinden, vereinbarten wir, uns vor dem Gebäude rechts von den großen Glastüren zu treffen. Ich wünschte Julie und ihrer Mutter viel Spaß, sie zeigten sich ein wenig traurig, dass ich nicht mitkam, aber hatten Verständnis dafür, dass ich mich mit Finn aussprechen wollte. Daran, dass sie sich auch ohne mich unglaublich amüsieren würden, hatte ich keinerlei Zweifel. Vermutlich sogar noch mehr als mit mir im Schlepptau.

Finn umarmte mich nicht, sondern schlug vor, dass wir uns in der Nähe irgendwo einen Kaffee besorgen und uns ein ruhiges Plätzchen suchen sollten.

»Ist es wirklich okay für dich? Ich möchte dich von nichts abhalten«, vergewisserte ich mich und wies auf das Gebäude, aus dem wir gerade gekommen waren.

»Nein, alles gut«, erwiderte er freundlich, jedoch distanzierter als gewöhnlich.

Wir hatten schnell einen Kaffeestand auf dem Campus gefunden und setzten uns auf eine etwas modrige Holzbank in der Nähe des großen Hörsaals. Glücklicherweise war es die letzten Tage relativ trocken gewesen und die Temperaturen erlaubten, sich über längere Zeit im Freien aufzuhalten, ohne sich gleich eine Blasenentzündung zuzuziehen. Auf dem Weg hatten wir kaum ein Wort gesprochen, ich fragte mich, wie es wohl in ihm aussehen mochte an diesem ereignisreichen, aufwühlenden Tag.

»Bist du ganz allein hergekommen?«, wollte ich wissen.

»Nein. Zum Glück nicht. Ich bin mit zwei Freunden hier«, erklärte er zu meiner Erleichterung. So etwas sollte niemand alleine durchstehen.

»Nun liegt das Thema also auf dem Tisch«, fing ich an. »Du wirktest nicht sonderlich überrascht, mich zu sehen. Du wusstest, dass ich Bescheid weiß, richtig?«, fragte ich ihn. Es brachte ja nichts, weiter um den heißen Brei herumzureden.

»Ja. Irgendwie schon. Ich hatte dich gelegentlich mit Tarjos gesehen. Und wer freiwillig mit ihm rumhängt, muss entweder mehr wissen oder völlig verrückt sein«, lächelte er etwas verlegen.

»Na, dann bin ich ja froh, dass du dich für ersteres entschieden hast«, versuchte ich die Stimmung zu heben.

»Ganz sicher war ich mir nicht«, entgegnete er und grinste, woraufhin ich ihn an der Schulter knuffte und mit einem fiesen Blick strafte.

»Entschuldige.« Er setzte seinen niedlichen Hundeblick auf und entlockte mir damit ein Lächeln.

»Und du hast ja auch gesehen, dass schon jemand von mir getrunken hat«, ergänzte ich seine Erklärung.

»Wie meinst du das?« Sein Gesichtsausdruck zeigte, dass ihn meine Aussage irritierte.

»Na, in dem Club, als du meine Hand geküsst hast«, versuchte ich zu erklären, doch Finns Verwirrung schien nur noch größer zu werden. »Ihr erkennt das doch, oder nicht?«, fügte ich unsicher hinzu.

»Ähm, nicht dass ich wüsste. Wie kommst du darauf?«

»Oh, okay«, gab ich nun selbst etwas irritiert zu. »Tarjos hatte mal so etwas erwähnt. Aber vielleicht habe ich das auch nur falsch verstanden«, versuchte ich das Thema zu beenden und nahm mir vor, Tarjos sehr bald darauf anzusprechen. Offensichtlich hatte er mich damals angelogen. Und das ärgerte mich. Gleichzeitig fragte ich mich wieder, ob er mir vielleicht noch mehr Märchen aufgetischt hatte.

»Seit wann weißt du Bescheid?«, riss Finn mich aus meinen wütenden Gedanken.

»Was genau meinst du? Das mit dir oder allgemein?«

»Sowohl als auch«, entgegnete er und lächelte. Gott sei Dank. Da war sein schönes Lächeln wieder. Er schien sich langsam zu entspannen.

»Etwa seit den letzten Semesterferien. Und das mit dir, seit wir uns zum ersten Mal begegnet sind«, gestand ich.

»Oh. Tarjos?«, erkundigte er sich.

»Tarjos«, bestätigte ich.

»Das ist ja noch nicht lange her. Dafür scheinst du es aber ziemlich gut zu verkraften.«

»Na ja. Du hättest mich mal vor ein paar Monaten sehen sollen«, erklärte ich selbstironisch. »Ich war kurz vorm Durchdrehen.«

»Kein Wunder«, sagte er. »Und jetzt macht es dir nichts mehr aus?«

»Was genau sollte mir denn etwas ausmachen?«, wollte ich wissen. Ich kannte dieses Gesprächsthema ja schon von meiner besten Freundin. »Tarjos hat mich, soweit ich das beurteilen kann, ziemlich detailliert aufgeklärt, und abgesehen davon, dass ihr gelegentlich Blut trinken müsst, sehe ich keinen großen Unterschied.«

»Schade. Ich dachte, ich sähe besser aus als die anderen«, witzelte Finn und versuchte, besonders eitel zu wirken, woraufhin er selbst lachen musste.

»Du siehst ja auch ganz nett aus«, bestätigte ich grinsend.

»Hey, du weißt schon, was *ganz nett* heißt?« Er lachte.

»Wie kommst du damit zurecht?«, fragte ich schließlich.

»Mittlerweile ganz gut. Am Anfang war es schwierig. Meine Eltern wussten beide nichts mit mir anzufangen. Aber glücklicherweise habe ich einen Onkel und eine Tante, die betroffen sind. Daher darf ich mich nicht beschweren. Da haben andere es schwerer.«

»Freut mich, dass du da nicht allein durchmusstest.«

»Ja. Das war mein großes Glück«, bestätigte er. »Sag mal, wie kam es denn, dass Tarjos dich einfach aufgeklärt hat?«, wollte Finn nicht unbedingt zu meiner Freude wissen. »Habt ihr was miteinander und er wollte dich anzapfen?«

»Nein. Tarjos hat mich nicht *angezapft*.« Ich konnte es nicht lassen, dieses Wort betont abwertend auszusprechen.

»Entschuldige. Hat er von dir getrunken, meinte ich natürlich«, korrigierte Finn sich sofort. Ging doch.

»Nein, hat er nicht«, wiederholte ich meine vorherige Aussage. »Er musste sich mir gezwungenermaßen anvertrauen, da es Julie nicht gut ging«, versuchte ich zu erklären, ohne zu sehr ins Detail zu gehen. Julie würde das vermutlich nicht wollen.

»Ah okay. Also ist Julie auch ...« Er sah erleichtert aus.

»Genau. Jedoch ist mein Verhältnis zu Tarjos etwas speziell«, gestand ich, weil ich Finn nicht anlügen wollte.

»Speziell?« Er zog eine Augenbraue hoch. »Dann frage ich wohl lieber nicht weiter nach.« Er ließ die Augenbraue wieder sinken.

»Danke.«

»Ach, wofür? Du bist keinem gegenüber Rechenschaft schuldig, abgesehen von dir selbst«, erklärte er und wirkte dabei sehr erwachsen. »Solange er mich nicht verprügelt, wenn ich versuche dir näherzukommen ...« Finn grinste.

»Dann kriegt Tarjos es mit mir zu tun«, entgegnete ich mutig und amüsierte Finn damit nur noch mehr.

Die restliche Zeit bis zum Ende des Kongresses nutzen wir, um uns mehr über unsere Vergangenheit zu erzählen, während wir uns den Campus und seine Gärten ansahen. Finn kannte sich ein wenig aus, er hatte die Uni ein, zwei Mal besichtigt, bevor er entschieden hatte, nach Kopenhagen zu gehen. Ursprünglich kam er aus der Nähe von Odense, wie ich an diesem Nachmittag ebenfalls erfuhr.

»Sollten wir mal zusammen hinfahren«, schlug er vor. »Ist eine schöne Stadt.«

Ich freute mich, dass wir endlich offen über alles hatten sprechen können und uns weiterhin so gut verstanden. Er war unglaublich lieb, manchmal ein wenig frech, aber das mochte ich. Vermutlich genoss er es, wenn ich ihn vor Empörung knuffte oder leicht von mir wegstieß. So kamen wir uns immerhin körperlich näher. Wenn auch auf eine sehr spezielle Art und Weise.

Um Punkt siebzehn Uhr trafen wir uns auf dem Parkplatz wieder, auf dem wir bei unserer Ankunft das Auto abgestellt hatten. Das heißt, ich traf Joachim und Tarjos. Von Julie und ihrer Mutter war noch nichts zu sehen. Und ohne sie kamen wir nicht weg, da sie den Wagen genommen hatten, um zum Kunst-Museum zu kommen.

Joachim sah mich etwas verwirrt an.

»Ich bin nicht mit zum ARoS gefahren, sondern habe mich mit einem Freund getroffen«, klärte ich ihn auf.

»Mit Finn etwa?«, wollte Tarjos prompt wissen.

»Was dagegen?«, entgegnete ich in einem besonders liebreizenden Ton.

Joachim lächelte freundlich, wenn auch etwas irritiert.

Im gleichen Augenblick fuhr Gitte vor und forderte uns auf, ins

Auto zu springen. Joachim schlug ihr vor, sie abzulösen, doch sie ließ sich nicht vom Steuer wegzerren.

»Euer Nachmittag war sicherlich anstrengender als unserer«, sagte sie.

Julie rutschte hinten in die Mitte und ihr Vater lud zu meiner Erleichterung Tarjos ein, vorne einzusteigen, bevor er sich zu uns nach hinten setzte. Auf diese Weise musste ich Tarjos' Gesicht während der Fahrt wenigstens nicht sehen.

»Und, wie lief es?«, erkundigte sich Julie leise.

»Ganz gut. Haben über alles geredet. Das wird schon, glaube ich.«

»Super«, freute sie sich. »Er ist auch wirklich nett.«

»Absolut«, bestätigte ich lächelnd.

Ich erwartete, dass von vorne irgendeine dumme Bemerkung kommen würde, doch die blieb aus.

»Übrigens bin ich wahnsinnig stolz auf dich«, flüsterte ich Julie nach einer kurzen Pause zu.

Sie grinste nur breit und sagte dann: »Ich weiß auch nicht, wie das kam. Es fühlte sich einfach richtig an.«

Ich nickte und von da an verlor an diesem Abend keiner mehr ein Wort über den Kongress. Die Eindrücke waren vermutlich für uns alle derart überwältigend und aufwühlend gewesen, dass uns ein wenig Abstand guttat.

Im Hotel verschwanden wir kurz auf unseren Zimmern, um uns frisch zu machen, bevor wir uns zum Abendessen wiedertrafen.

»Gehen wir nachher wieder schwimmen?«, fragte Julie in die Runde.

Ich lehnte fast gleichzeitig mit Tarjos ab. Immerhin waren wir uns einmal einig.

»Warum denn nicht? Gestern war es doch auch so lustig«, bettelte Julie weiter.

»Ich bin ziemlich kaputt, war bisschen viel auf einmal heute«, gab ich ehrlich zu, denn ich spürte, wie ich mit vollem Magen immer müder und müder wurde.

»Tarjooos«, versuchte Julie es nun bei ihm.

»Ich komme mit«, rettete Gitte ihn.

Wo hatten die beiden Damen bloß diese Energie her? Die Besichtigung des Museums war sicherlich auch kein Spaziergang gewesen. Wurden die denn niemals müde?

»Bist du sicher, dass du nicht mitkommen willst?«, fragte Julie noch einmal auf unserem Zimmer, bereits mit Bademantel und Duschzeug bewaffnet.

»Ja. Absolut. Ich mache mich gleich bettfertig. Aber vorher muss ich noch ein ernstes Wörtchen mit Tarjos reden«, erzählte ich ihr und hätte es lieber gelassen.

»Nicht wieder streiten, bitte!«, quengelte sie.

»Er soll nur etwas klarstellen«, erklärte ich, um nicht zu weit auszuholen.

»Eigentlich magst du ihn doch«, versuchte sie es wieder mit einem schelmischen Grinsen im Gesicht und brachte mich damit ein bisschen zum Schmunzeln. »Und er dich auch.«

»Ach!«, spottete ich bloß.

»Doch, das weiß ich genau. Sonst würde er sich nicht dauernd nach dir erkundigen«, überraschte sie mich.

»Hör auf damit! Ich wollte doch böse auf ihn sein«, schmollte ich und vertrieb sie aus dem Zimmer.

Als ich an Tarjos' Zimmertür ankam, klopfte ich ein paar Mal, doch anstatt sie zu öffnen und mich zu begrüßen, rief Tarjos bloß: »Herein!«

Also betrat ich das Zimmer und fand ihn in einer ähnlichen Position auf dem Bett, in der er sich gestern Nacht befunden hatte, als ich das Zimmer verlassen hatte.

»Ich bin zu müde für Sex«, sagte er monoton.

»Sehr witzig«, erwiderte ich und schloss die Tür hinter mir.

»Das war kein Scherz.«

»Klang aber so.«

Vermutlich hätte das eine ganze Weile so weitergehen können, also kam ich gleich zur Sache.

»Ich muss mit dir reden«, begann ich und setzte mich auf die Bettkante.

»Können wir das nicht morgen machen? Der Tag war schon ätzend genug«, erklärte er widerwillig.

»Nein, können wir nicht.« Ich wollte es geklärt haben. Heute noch.

»Was willst du wissen?«, fragte er und nahm einfach an, dass ich auf der Suche nach seinem Rat war.

»Ich möchte wissen, warum du mich angelogen hast.«

»Angelogen?« Die Frage schien ihn zu überraschen, denn er richtete sich unerwarteterweise im Bett auf und sah mich gespannt an. »Da musst du schon etwas konkreter werden.«

»Erinnerst du dich an den Tag, an dem ich Julie mein Blut gegeben habe?«, begann ich von Neuem.

»Ist schwer zu vergessen.«

»Als du mich zum Wohnheim zurückgefahren hast, sagtest du, dass noch nie zuvor jemand von mir getrunken habe.« Ich sah ihn vorwurfsvoll an.

»Ach so, das meinst du«, beruhigte er sich und nahm wieder seine Liegeposition ein, als wäre das nicht weiter von Bedeutung.

»Ja, das meine ich. Du hast mich belogen. Du konntest es gar nicht wissen.«

»Hat Finn dir das etwa gesagt?«, wollte er wissen, ohne sich zu rühren.

»Lass doch mal Finn da raus!«

»Also ja«, schloss er und verzog das Gesicht.

»Das ist doch völlig egal. Es kam einfach zur Sprache und tut nichts zur Sache. Ich bin sauer, dass du mich angelogen hast. Du weißt genau, dass mir die Wahrheit wichtig ist.«

Tarjos schien kurz nachzudenken und rappelte sich erneut auf. Er sah mich an und erklärte: »Ich hatte keine andere Wahl.«

Da er sah, dass mir das als Antwort nicht reichte, setzte er fort: »Du warst kurz davor, irre zu werden. Ich wollte dir einfach die Angst nehmen, weil ich …«, er hielt kurz inne.

»Weil du was?«, bohrte ich nach.

»Weil ich Angst hatte, dass du für immer davonläufst«, gab er zu meiner überaus großen Verwunderung zu.

Erst nach einigen Sekunden begriff ich. »Ach so, wegen Julie.«

»Glaubst du das wirklich?«

Seine Frage irritierte mich.

»Eva, du solltest langsam wissen, dass es nicht nur wegen Julie ist.« Er sah mir in die Augen.

»Woher soll ich das denn bitte wissen?«, spottete ich. »So wie du dich mir gegenüber immer verhältst …«

»Sei nicht so ein Weichei!«, lachte er. »Jetzt mal im Ernst. Würde ich dich nicht mögen, hätte ich dich gar nicht erst ins Zimmer gelassen.«

Ich musste lachen. Das war typisch Tarjos. Ich konnte mich also schon geschmeichelt fühlen, dass er mich auf sein Zimmer einlud.

»Außerdem war es bestimmt keine Lüge. Ich kann mir nicht vorstellen, dass jemand irgendwann mal heimlich von dir getrunken hat. So einfach ist das auch wieder nicht«, erklärte er und ließ mich damit den Ärger über seine Halbwahrheit ein wenig vergessen.

»Jetzt glaub aber nicht, ich sei in dich verliebt.« Er lachte.

»Bestimmt nicht.« Ich musste selbst lachen. »Sowas wie Liebe kannst du doch gar nicht empfinden.«

»Wenn du wüsstest«, sagte er in einem Ton, der deutlich machte, dass meine Aussage ihn getroffen hatte.

»Entschuldige, das war nicht nett«, gab ich zu und hoffte, dass er es mir nicht allzu übelnahm.

»Nein, das war nicht nett. *Finn* ist nett«, ärgerte Tarjos und spielte auf Julies Aussage im Auto an.

»Du bist blöd. Was hast du bloß gegen ihn?«

»Ich hab' nichts gegen ihn«, log er offensichtlich. »Na gut, ein bisschen vielleicht. Er nervt.«

»Du nervst auch«, kommentierte ich sein albernes Verhalten.

»Ja, und du nicht?«

»Schon gut, schon gut. Bin ja schon weg.« Ich verließ sein Zimmer, während er grinsend auf seinem Bett zurückblieb.

Kapitel 9

Das Frühstück am nächsten Tag verlief deutlich entspannter als am Vortag. Joachim war richtig guter Laune, erlaubte sich den einen oder anderen Scherz mit Julie und amüsierte uns alle damit. Die ausgelassene Stimmung war vermutlich damit zu erklären, dass mit dem gestrigen Tag eine Entscheidung vorbereitet worden war, die dazu führen würde, dass sie nicht länger mit einer Lüge leben mussten. Sicher war der größte und wichtigste Schritt für Julie und Joachim gewesen, Gitte in ihr Geheimnis einzuweihen. Aber es musste unglaublich anstrengend sein, jedem jederzeit verheimlichen zu müssen, wer man eigentlich war. Ich stellte es mir grauenvoll vor. Erst recht, wenn man eigentlich ein ehrlicher Mensch war. Selbst ich fühlte mich zuweilen schlecht, dass ich meinen Eltern nichts von meinem neuen Wissen erzählt hatte, dabei war ich nur indirekt betroffen. Wie musste es ihnen erst gehen?

Der Hörsaal war wieder rappelvoll, trotzdem war deutlich sichtbar, dass nicht mehr alle erschienen waren, denn es fand jeder einen Sitzplatz, die Stehplätze blieben heute leer.

Herr Professor Vikowsky begrüßte uns freundlich und machte deutlich, dass es heute nicht mehr um ein »Ob«, sondern um das »Wie« ginge, also darum, wie sie der restlichen Bevölkerung ihre Existenz offenbaren würden. Nach und nach wurden Ergebnisse der Arbeitsgruppen vorgestellt. Viele ähnelten sich sehr, einige wenige erschienen mitunter etwas radikal, als wollte man den Spieß umdrehen und der übrigen Gesellschaft ihre Rechte entziehen.

Nachdem sämtliche Ergebnisse präsentiert worden waren, eröffnete der Politologe eine Diskussionsrunde, in der noch einmal Einwände, aber auch ergänzende Vorschläge eingebracht werden konnten. Es herrschte weitestgehend Konsens darüber, dass Mitglieder aller Gesellschaftsschichten, jedoch insbesondere die in höheren Ämtern die Offenbarung einleiten sollten. Einig war man sich ebenfalls darüber, dass man zunächst möglichst viele Gesellschaftsgruppen persönlich informieren wollte, bevor die

Medien ihr Übriges taten. Auf diese Weise wollte man verhindern, dass über die Nachrichten eine Massenpanik ausgelöst wurde, die aufgrund unzureichender Informationsweitergabe leicht entstehen konnte.

»Davon kann ich ein Liedchen singen«, rutschte es mir leise heraus.

Gitte nickte mir zu und Julie verzog schuldbewusst das Gesicht.

Am Ende des Gedankenaustausches rief Frau Jansen dazu auf, sich freiwillig für weitere Mitarbeit zu melden, da noch viel Planungsarbeit geleistet werden musste und die Umsetzung gut vorbereitet werden wollte.

»Denn von der Art und Weise, wie wir es den Menschen um uns herum beibringen, ist abhängig, wie wir weiterleben werden«, schloss der Professor schließlich den Kongress.

Es blieben zwei Monate Zeit, bevor am ersten September ein neues Zeitalter eingeläutet werden sollte.

»Dann wird sich alles ändern«, stellte Julie auf dem Weg nach draußen fest und ihre Stimme verriet, dass ihr die Ungewissheit Sorge bereitete.

»Hoffentlich zum Positiven«, sagte Joachim.

»Das hoffe ich auch. Die Menschen sind so weit«, versuchte ich Julie aufzumuntern.

»Hoffentlich sind nicht alle solche Schisser wie du«, wandte Tarjos zynisch ein.

»Hey!« Julie wollte mich in Schutz nehmen, doch ich lenkte ein.

»Nein, er hat ja Recht. Das hoffe ich auch. Aber im Gegensatz zu mir damals sind die Menschen wenigstens nicht allein, wenn sie es erfahren«, rechtfertigte ich mein Verhalten und versuchte, uns allen Mut zu machen.

Wir stiegen ins Auto, Julie wieder vorne auf dem Beifahrersitz, weil wir unsere Koffer schon im Auto hatten und nun direkt nach Hause fuhren.

»Wollen wir Donnerstag nach den Klausuren alle zusammen feiern gehen?«, fragte sie freudig, während sie sich anschnallte.

»Klar, können wir gerne machen«, stimmte ich zu.

»Du auch, Tarjos!«, forderte Julie und streckte ihren Hals zwischen den Kopflehnen hindurch, um Tarjos einen fordernden Blick zuzuwerfen.

Der lachte jedoch bloß.

»Ich geh doch nicht mit euch feiern«, antwortete er, während er Julies Kopf mit der flachen Hand wieder zurückschob.

»Doch. Das wirst du!« Sie ließ sich nicht irritieren und schlug seine Hand weg.

»Wieso?«, fragte Tarjos immer noch spöttisch.

»Weil du auch Spaß und Freunde brauchst. Wer weiß, was in zwei Monaten sein wird.«

»Hey. Ich hab Freunde.«

»Dann bring die halt mit!«, forderte Julie.

»Ja, klar.« Tarjos lachte wieder auf und ich schaute dem Treiben zwischen den beiden amüsiert zu. Es ging eine Weile hin und her, bis Joachim sie irgendwann bat, sich nicht mehr zu streiten.

»Aber dann musst du dich auch benehmen«, lenkte Tarjos irgendwann ein und brachte Julie damit in Verlegenheit vor ihren Eltern, weil er insgeheim auf ihre Alkohol-Eskapaden beim Winterball anspielte, von denen Julie ihren Eltern mit Sicherheit nichts erzählt hatte.

»Sei bloß still!«, fauchte sie von vorne und er lachte.

Dann kramte sie rosafarbene Lernkärtchen aus ihrer Tasche hervor und fing an, vor sich hin zu murmeln.

»Nicht, dass dir wieder schlecht wird«, warnte Joachim sie, doch Julie ließ sich nicht beirren.

Zurück im Wohnheim war alles unverändert. Wir wollten den normalen Gang aufrechterhalten, zumal die Klausuren vor der Tür standen und keine von uns eine schlechte Note riskieren wollte. Also verbrachten wir den restlichen Abend damit, uns gegenseitig abzufragen und schließlich jeder für sich noch einmal das Gelernte im Kopf durchzugehen.

In dieser Nacht schlief ich extrem unruhig, wirre Träume geisterten durch meinen Kopf und plagten meine angespannte Seele. Mehrere Male wachte ich auf. Schließlich war ich wie gerädert, als der Wecker klingelte, und dennoch in gewisser Weise froh, dass er mich aus den Fängen der Nacht erlöste.

Ich hatte am Montag zwei Klausuren, eine bereits morgens um acht Uhr, die zweite erst um vierzehn Uhr. In der Zeit dazwischen nahm ich mir vor, in der Uni zu bleiben und zu lernen.

Die erste Klausur lief super. Es kam nichts Unerwartetes dran, ich konnte all mein Wissen unterbringen und ging guter Dinge einige Stunden später nach einer intensiven Lernphase auf meiner Decke hinter dem Unigebäude in die zweite Klausur. Leider hatte ich dieses Mal kein Glück. Bereits beim ersten Durchlesen der Aufgaben machte sich Unsicherheit in mir breit. Bei zwei der Aufgaben wusste ich nicht einmal, was man von mir wollte.

Nach eineinhalb Stunden Quälerei gab ich meinen Klausurbogen ab und verließ ernüchtert den Hörsaal. Es war nicht so, dass ich nicht viel geschrieben hatte, aber mein Gefühl sagte mir, dass das ein Schuss in den Ofen gewesen war. Schade um die Mühe, die ich mir zuvor gemacht hatte. Ich fragte mich, ob ich an irgendeiner Stelle in der Vorlesung nicht richtig aufgepasst hatte, erfuhr dann aber später von einer Kommilitonin, dass es scheinbar vielen so wie mir ergangen war. Das ärgerte mich. Wenn man schon fleißig war und sich Mühe gab, sollte man dafür wenigstens auch belohnt werden.

Immerhin liefen die darauffolgenden Klausuren wieder wie geschmiert, das ließ mich den Ärger über die Montagsklausur schnell vergessen. Und schließlich leistete der Alkohol auf der Mensaparty seinen Beitrag und verschaffte mir einen schönen Abend mit Julie und den Jungs. Jasper und Mads waren zu einer Geburtstagsfeier eingeladen und konnten nicht dabei sein, stattdessen aber Finn; die meiste Zeit verbrachte ich jedoch mit Julie auf der Tanzfläche und amüsierte mich prächtig. Wir genossen die fröhliche Musik und ließen uns auch von Torges Gezeter nicht aus der Ruhe bringen. Immerhin saß er nun nicht mehr allein herum, sondern unterhielt sich angeregt mit Finn. Vermutlich lästerten sie pausenlos über unsere Tanzbewegungen, aber das war uns egal.

Erst gegen zwei Uhr morgens erschien Tarjos auf der Party. Er war allein gekommen und musste erst einmal Julies Zurechtweisungen über sein Zuspätkommen über sich ergehen lassen.

»Ging nicht früher«, versuchte er seine Haut zu retten und

erntete dafür einen bösen Blick, woraufhin er die Getränkebar ansteuerte.

»Sei nicht so hart zu ihm!«, versuchte ich Julie etwas zu bremsen.

Sie grinste.

»Ja, ja, ich weiß« Ich grinste zurück und zog sie mit mir zur Bar, um Tarjos, wenn er schon widerwillig gekommen war, wenigstens etwas Gesellschaft zu leisten. Er ignorierte uns zunächst und tippte irgendwas in sein Handy, bevor er uns dann doch fragte, ob wir etwas trinken wollten.

»Ja, zwei Caipis«, antwortete Julie.

»Du kriegst ein Wasser«, entgegnete Tarjos und bestellte tatsächlich Mineralwasser und einen Caipi, den er mir reichte, während er Julie das andere Glas in die Hand drückte. Sie verzog das Gesicht.

»Wir teilen uns den einfach«, flüsterte ich ihr ins Ohr, woraufhin sich ihr Gesichtsausdruck wieder auflockerte.

»Wem hast du denn so spät noch geschrieben?«, wollte Julie wissen.

»Geht dich nichts an«, gab Tarjos tonlos zurück.

»Du bist echt blöd«, maulte sie und forderte mich auf, wieder mit ihr tanzen zu gehen.

»Geht ihr man ruhig«, sagte Tarjos, als ich mich mit einem raschen Blick erkundigte, ob das in Ordnung für ihn sei.

Das ließ sich Julie nicht zweimal sagen und zog mich mit sich, sodass ich bei dem Versuch, mein Glas vorher noch an der Bar abzustellen, die Hälfte verschüttete.

»Das war dein Teil«, rief ich, doch sie hörte es wegen der lauten Musik nicht mehr.

Während wir tanzten, warf ich gelegentlich einen Blick zu Tarjos hinüber. Irgendwie tat es mir leid, dass er dort allein rumsitzen musste. Ich fragte mich, ob er überhaupt jemals tanzte. Doch als ich das nächste Mal nach ihm schaute, traute ich meinen Augen nicht. Neben ihm saß plötzlich Victoria, diese Zicke, und warf ihm verführerische Blicke zu, tätschelte an ihm herum und schlürfte an seinem Cola-Glas. Obwohl Tarjos und ich nur sowas wie Freunde waren, und darin war ich mir absolut sicher, denn ich hatte ja nicht das Bedürfnis, mit ihm eine Beziehung einzugehen, schmerzte es, ihn mit dieser Tussi zu sehen. Ich fragte mich, ob es daran lag, dass ich sie nicht ausstehen konnte, und ob es mich weniger stören würde, wenn er mit einem Mädchen herumhing, das keinen so miesen Charakter hatte wie Victoria. Tatsächlich war mir gar nicht klar gewesen, dass die beiden immer noch Kontakt hatten. Ich hatte sie ewig nicht mehr mit ihm gesehen. Und wenn ich ihr mal in der Uni begegnet war, hatten wir uns ignoriert.

Inzwischen war mir die Lust am Tanzen vergangen, also schrie ich Julie ins Ohr, dass ich eine Pause bräuchte, lief zur Bar, schnappte mir mein halbleeres Caipi-Glas und ging zurück an den Tisch, an dem immer noch Torge und Finn saßen, während ich Tarjos und seine Schlampe demonstrativ ignorierte.

»Na, genug abgezappelt?«, fragte Finn und bot mir sein linkes Bein als Sitzplatz an, da alle Stühle im näheren Umkreis belegt waren.

»Ja, ich muss erst einmal wieder zu Atem kommen«, log ich und nahm sein Angebot dankend an.

Direkt legte er seinen linken Arm um meine Hüfte, sodass ich nicht wegrutschen konnte, was mir ganz gelegen kam, denn der Alkohol zeigte so langsam seine Wirkung.

»Worüber redet ihr?«, fragte ich die beiden neugierig.

»Ach, Männerkram«, antwortete Torge viel zu schnell.

»So, so«, erwiderte ich amüsiert und hakte lieber nicht weiter nach.

»Was planst du eigentlich für die Ferien?«, wollte ich von Torge wissen.

Von Finn wusste ich, dass er jobben und einen Teil der Ferien mit seiner Familie in Odense verbringen würde; seine große Schwester wollte mit seinem Neffen zu Besuch kommen und er genoss es, den coolen Onkel zu spielen. Ich hatte mir vorgenommen, ihn beizeiten dort zu besuchen, um mir einmal die Stadt zeigen zu lassen.

»Nichts Spannendes«, antwortete Torge. »Ich muss nur noch eine Hausarbeit schreiben, werde eine Woche mit einem Kumpel in die Türkei fliegen und ansonsten viel daddeln und lesen und was man halt sonst noch so macht in seiner Freizeit.«

»Dann denk im Freien an den Sonnenschutz!«, riet ich ihm,

denn er war nach wie vor und trotz der vergangenen Wochen, in denen die Sonne immer mal wieder zwischen den Wolken hervorgeschaut hatte, blass wie der Mond.

»Musst du gerade sagen«, konterte er.

Dabei fand ich, dass ich für meine Verhältnisse ordentlich an Farbe gewonnen hatte. Zu Kieler Zeiten war mir das seltener gelungen.

Nach einer Weile spürte ich, dass meine rechte Pobacke eingeschlafen war. Die Position, die ich auf Finns Bein eingenommen hatte, war nicht gerade bequem. Ich stand auf und schüttelte meine Beine aus. Dabei ließ ich meinen Blick über die Tanzfläche wandern, um nach Julie Ausschau zu halten.

»Wollen wir tanzen?«, fragte Finn.

»Bloß nicht«, lehnte Torge ab, obwohl ihm klar sein musste, dass Finn eigentlich mich gemeint hatte.

»Gerne. Aber erst muss ich Julie finden.«

»Die sitzt da vorne bei Bo«, sagte Torge und zeigte in die Ecke des Saals.

Ich konnte mein Erstaunen kaum in Worte fassen. Julie saß tatsächlich dicht neben diesem Bo und unterhielt sich angeregt mit dem Jungen. Das freute mich unbeschreiblich. Gleichzeitig wunderte ich mich, dass sie den Mut gefasst hatte, allein zu ihm hinzugehen. Andererseits hatte sie mich in den letzten Tagen schon einmal mit ihrer neu gewonnenen Stärke beeindruckt. Sie veränderte sich. Und das freute mich riesig, denn es schien ihr gutzutun.

Natürlich wollte ich die beiden keinesfalls stören, also zog ich Finn hinter mir her auf die Tanzfläche.

»Lässt es sich aushalten mit Torge?«, wollte ich wissen.

Finn lachte. »Absolut. Wir kommen gut miteinander klar.«

Und auch das freute mich. Torges anderen Freunde kannte ich nicht. Sicherlich kam er mit denen auch prächtig aus. Männer waren ja etwas einfacher gestrickt, was Freundschaften anging. Aber es freute mich, dass Finn so gut in unsere Runde passte.

»Was überlegst du?«, riss mich Finn aus meinen Gedanken.

»Ach, unwichtig«, erklärte ich und schenkte ihm und der Musik meine volle Aufmerksamkeit.

Es machte wieder einmal Spaß, mit ihm zu tanzen. Er konnte

sich gut bewegen und suchte zunehmend Körperkontakt, was mir durchaus gefiel. Jedes Mal, wenn wir uns begegneten, genoss ich seine Anwesenheit. Und heute besonders. Ich wusste nicht, ob es am Alkohol lag oder daran, dass ich genervt von Tarjos' Verhalten war, aber ich ließ nur zu gerne zu, dass Finn mir immer näher kam, seine Hände auf meinen Hüften ablegte und mich dichter und dichter an sich heranzog, bis sich unsere Körper berührten. Er war ein ganzes Stück größer als ich, sodass ich meinen Kopf entspannt auf seiner Brust hätte ablegen können, wenn ich es gewollt hätte. Eigentlich wollte ich es, aber dafür lief nicht die passende Musik. Stattdessen legte ich meine rechte Hand auf seine Brust und die linke auf seinen Arm, sodass wir uns noch näher kamen und unsere Bewegungen beim Tanzen langsam miteinander verschmolzen.

Es fühlte sich gut an, seinen warmen Körper zu spüren. Für einige Sekunden vergaß ich alles um mich herum und genoss einfach den Moment, bis Finn plötzlich seinen Kopf senkte, um mir etwas zu sagen. Doch anstatt, wie erwartet, an meinem Ohr Halt zu machen, wanderte sein Mund weiter nach unten und hielt an meinem Hals inne, bevor er ihn mit einem leichten Kuss bedeckte. Schlagartig wurde mir warm innerlich. Nein, heiß. Warm war mir vom Tanzen ohnehin die ganze Zeit. Aber das war heiß. Finn küsste sanft Zentimeter für Zentimeter meines Halses und zog mich dabei, die Hände immer noch an den Hüften, noch dichter an sich heran. Ein Kribbeln durchlief meinen Körper.

Dann ließ er seinen Kopf wieder nach oben wandern, bis er schließlich wieder aufrecht stand und mich ansah. Sein Blick war lüstern und fragend zugleich.

»Nicht aufhören!«, antwortete ich, woraufhin er mir sein strahlendes Lächeln schenkte, das mir Schmetterlinge im Bauch verpasste.

Langsam ließ er seinen Mund wieder an meinem Hals herunterwandern, löste seine Hände jedoch von meiner Hüfte und griff nach meinem Hintern, um mich noch fester an seinen Körper zu drücken. Ein leichtes Stöhnen entfuhr mir und ich war froh, dass die Musik laut genug war, um es zu übertönen.

Als er seinen Kopf schließlich wieder hob, nutzte ich die Gelegenheit und zog seinen Kopf an mich heran, sodass unsere Lippen sich berührten. Es dauerte nicht lange und wir öffneten beide den Mund aus Lust nach mehr. Als seine weiche, warme Zunge die meine berührte, schien es erneut, als würde ein Schwarm Schmetterlinge in meinem Bauch vor Freude tanzen. Es fühlte sich so schön an, so richtig. Er schmeckte unglaublich gut, seine Lippen waren erstaunlich sanft und seine Zunge gleichzeitig so fordernd, was mir zeigte, dass auch er mich wollte. Am liebsten wäre ich sofort mit ihm nach Hause gegangen, stattdessen standen wir minutenlang knutschend auf der Tanzfläche, während wir um uns herum alles vergaßen.

Erst nach einiger Zeit löste er sich von mir, doch statt mich loszulassen, umarmte er mich, wobei er mich an sich drückte, als wolle er mich nie wieder loslassen. Jedoch tat er es im nächsten Augenblick leider und lächelte mich an.

»Möchtest du auch noch etwas trinken?«, fragte er.

Ich lehnte dankend ab, denn ich wollte mir den Abend nicht durch noch mehr Alkohol verderben.

»Nicht weglaufen!«, befahl Finn mir und verließ mich daraufhin in Richtung Bartresen.

Ich nutzte den Moment und hielt nach Julie Ausschau. Sie saß immer noch neben Bo, jedoch blickten beide in Richtung Tanzfläche, und als unsere Blicke sich trafen, winkte sie aufgeregt und grinste dabei breit. Dann wandten sie sich wieder einander zu und ich genoss die Musik für mich allein.

Kurze Zeit später kam Finn mit einem Cola-Glas zu mir zurück und gab mir zu verstehen, dass er es bei Torge parken und dann kurz noch einmal wohin verschwinden würde.

Kaum hatte er mir den Rücken zugekehrt, zog mich etwas ... oder jemand unsanft an meinem Arm von der Tanzfläche.

»Hey!«, protestierte ich, doch ich wusste genau, dass Tarjos erst anhielt, wenn es ihm passen würde.

Nach einigen Metern, in denen ich mit dem Versuch beschäftigt war, nicht auf die Nase zu fallen, war es dann etwas abseits des Geschehens so weit.

»Geht's noch?«, fragte ich verärgert und rieb mir den Arm.

Tarjos griff erneut nach eben diesem und betrachtete die roten Striemen, die sein fester Griff darauf hinterlassen hatte.

»Entschuldige, es gehörte nicht zu meinem Plan, dir wehzutun«, gab er stirnrunzelnd zu.

»Was war denn dann dein Plan?«, wollte ich wissen.

»Die Frage lautet wohl eher, was du vorhast?!«

Doch ich verstand wieder einmal nicht, was er von mir wollte. Außerdem war ich immer noch böse von dieser Aktion und der Tatsache, dass er mit dieser Kuh rumhing, daher konnte ich mir weitaus Schöneres vorstellen, als mich jetzt hier mit ihm zu unterhalten.

»Willst du mich eifersüchtig machen?«, fragte er frei heraus.

»Dasselbe könnte ich dich ja wohl auch fragen«, entgegnete ich genervt.

Daraufhin warf Tarjos den Kopf in den Nacken und lachte laut auf. »Mit Victoria?«

»Zum Beispiel«, entgegnete ich.

»Ich wusste gar nicht, dass dich das eifersüchtig macht.«

»Es nervt mich einfach. Ich mag sie nicht«, gestand ich ehrlich.

»Ich auch nicht besonders«, überraschte Tarjos mich mit seiner Antwort. »Aber ich brauche sie.«

»Wofür?«, wollte ich wissen und konnte mir zunächst überhaupt nicht vorstellen, dass das Weib zu irgendetwas nützlich sein konnte. Doch dann dämmerte es mir.

»Echt jetzt?«, fragte ich entsetzt, während mir Bilder in den Kopf schossen, auf denen Tarjos an Victorias Vene hing.

Er zuckte lediglich mit den Schultern und ich erinnerte mich daran, dass er mir im Hotel verriet, dass er lange kein Blut mehr getrunken hatte.

»Das muss doch auch anders gehen«, versuchte ich meine Irritation zu formulieren.

»Und wie?«, fragte er, woraufhin er klarmachte, dass er keine Antwort auf diese Frage erwartete: »Das lass mal schön meine Sorge sein.«

»Du kannst machen, was du willst. Aber deshalb muss ich das trotzdem nicht gut finden.«

»Nein, das musst du nicht«, gestand er mit einem erneuten Stirnrunzeln und zu meinem Erstaunen. »Aber ich muss auch nicht gut finden, was du so treibst.«

»Warum stört dich das?«, wollte ich wissen.

»Ich traue ihm nicht.«

»Dann lern ihn doch erstmal kennen«, schlug ich vor.

»Ja, klar.« Er lachte bloß.

»Finn ist ein Guter«, erklärte ich.

»Vielleicht mag ich ja gerade das nicht«, witzelte er.

»Du bist blöd«, entgegnete ich.

»Komisch. Du bist schon die Zweite, die das heute zu mir sagt«, amüsierte Tarjos sich, und noch bevor ich ihm sagen konnte, dass das ihm zu denken geben sollte, wechselte er das Thema. »Kennst du diesen Bo eigentlich?«

»Nein, nur vom Sehen. Aber Julie scheint ihn sehr zu mögen, also versau es ihr nicht!«, forderte ich Tarjos auf, sich zu benehmen.

»Käme mir nie in den Sinn«, sagte er ernsthaft.

»Ach so, aber mir darfst du die Stimmung verderben?«

»Das ist was anderes.«

»Warum?«

»Darum.«

»Na, vielen Dank auch.«

»Mann, musst du einem immer alles aus der Nase ziehen?«, fragte er genervt. »Du weißt doch genau, warum. Dich will ich ficken, Julie nicht«, brachte Tarjos es auf den Punkt.

»Sehr feinfühlig«, kommentierte ich seine Aussage und war sofort im Begriff zu gehen.

»Möchtest du lieber, dass ich feinfühlig bin?«, fragte er und legte die Hände um meine Hüften, bevor er mich an sich heranzog.

Ich spielte sein Spielchen nicht mit, sondern schubste ihn von mir weg. »Halt Abstand!«

»Siehst du, feinfühlig ist auch nicht dein Ding.«

»Nee, bei dir nicht!«, rief ich bloß und sah zu, dass ich Land gewann. Es führte ja zu nichts. Tarjos war genervt, dass er nicht der Einzige war, für den ich mich interessierte, obgleich er – und daran hegte ich keinerlei Zweifel – genauso wenig wie ich an einer Beziehung interessiert war. Entweder lernte er damit zu leben, dass ich Finn mochte, oder er ließ es eben bleiben. Ich konnte ja schlecht jedes Mal Tarjos um Erlaubnis fragen, wenn ich jemanden kennenlernte.

»Alles gut?«, fragte Finn, als ich zu ihm zurückkehrte. Vermutlich war ihm der letzte Teil meiner Diskussion mit Tarjos nicht entgangen. Wenigstens hatte er den Anfang nicht mitbekommen. Ich fragte mich kurz, wie Finn wohl reagiert hätte, wenn er das gesehen hätte.

»Ja, alles gut. Tarjos ist manchmal einfach etwas anstrengend«, gab ich zu verstehen.

»Das tut mir leid«, entgegnete er und ich entdeckte zum ersten Mal eine Sorgenfalte auf seiner Stirn.

»Das muss es nicht.« Ich versuchte zu lächeln. »Davon lassen wir uns nicht den Abend verderben.«

»Gut.« Finn lächelte zurück und gab mir einen Kuss auf die Wange.

Wir verbrachten noch eine lange Zeit mit Torge am Tisch, damit dieser sich nicht wieder beschweren konnte, dass wir ihn immer allein ließen. Andernfalls liefen wir Gefahr, dass er nicht noch einmal mitkommen würde.

»Ich habe eine Freundin, die würde gut zu ihm passen«, flüsterte Finn mir ins Ohr und ich musste ein wenig lachen.

»Ist sie auch so sarkastisch wie er?«, wollte ich wissen.

»Ein bisschen.«

»Dann sollten wir die beiden vielleicht mal miteinander bekanntmachen«, schlug ich vor.

»Ja, ist sicher nicht verkehrt«, entgegnete Finn grinsend.

»Sie ist aber nicht ...« Ich setzte den Satz nicht fort, doch Finn verstand sofort, was ich gemeint hatte.

»Nein. Definitiv nicht. Aber sie weiß Bescheid.«

»Okay, gut«, stellte ich fest. Das machte einiges leichter.

Dann kam mir jedoch der Gedanke, dass sie es vielleicht deshalb wusste, weil Finn womöglich von ihr trank. Schlagartig verspürte ich ein stechendes Gefühl in meiner Brust. Wir hatten nicht darüber gesprochen, wie er an sein Blut kam. Ich versuchte, das Gefühl so gut es ging zu verdrängen, schließlich sollte ich froh darüber sein, wenn jemand selbstlos war und ihm half. Dennoch blieb ein bitterer Geschmack zurück. Doch ich nahm mir vor, damit in Zukunft anders umzugehen. Mein Verhalten war unsinnig.

Irgendwann setzten sich Bo und Julie zu uns an den Tisch und wir verbrachten den restlichen Abend weitestgehend sitzend und quatschend. Schließlich gesellte sich sogar Tarjos zu Julies übergroßer Freude und unser aller Erstaunen zu uns, Victoria schien bereits gegangen zu sein. Er mischte sich nicht großartig in die Unterhaltung ein, verhielt sich aber auch nicht so herablassend oder beleidigend, wie er es sonst gerne tat. Gelegentlich trafen sich unsere Blicke und irgendwann konnten wir einander auch wieder anlächeln. Freundschaftlich.

Zum Abschluss tanzte ich noch einmal mit Julie, bevor wir alle zusammen die Party verließen. Finn küsste mich vor der Mensa zum Abschied innig. Am liebsten hätte ich ihn mit zu mir ins Wohnheim eingeladen. Doch irgendwie war es Tarjos gelungen, das zu verhindern, indem er angeboten hatte, Julie und mich nach Hause zu bringen.

»Wann sehen wir uns wieder?«, fragte ich Finn.

»So bald wie möglich«, entgegnete er und wir verabredeten, am nächsten Tag zu telefonieren.

Kapitel 10

Das Wochenende verbrachte ich bei meinen Eltern in Deutschland. Es war schön, zu sehen, dass es den beiden gut ging, doch die meiste Zeit über langweilte ich mich, da es nur noch wenig gab, womit ich mich beschäftigen konnte. Natürlich genoss ich die Nähe zu den beiden, die Spaziergänge und die Gespräche, auch wenn wir uns selten etwas Neues zu berichten hatten und meist nur Belangloses besprachen oder in Erinnerungen schwelgten. Manches Mal hatte ich in den vergangenen Monaten während meiner Besuche überlegt, ob ich sie nicht ebenfalls aufklären sollte, ihnen klarmachen, in welcher Welt wir lebten, in welcher ich jetzt lebte. Jedoch merkte ich nur allzu oft, dass meine Eltern noch nicht bereit dazu waren. Mehr und mehr erschienen mir ihre Ansichten engstirnig und eingefahren. Doch ich konnte es ihnen nicht verübeln. Noch bis vor einem Jahr hatte ich ähnliche Denkweisen gehabt, hatte ähnlich im ewig gleichen Trott gelebt, statt die Augen zu öffnen und die Welt zu erkennen, wie sie tatsächlich vor uns lag. Daher behielt ich mein Wissen wieder für mich und wartete den Tag ab, an dem es die ganze Welt erfahren würde. Dann würde ich die Chance ergreifen, ihnen die Angst zu nehmen und sie aufzuklären, so wie ich aufgeklärt worden war.

In der ersten Woche der Semesterferien beschäftigte ich mich damit, die erste von zwei Hausarbeiten fertigzustellen. Ich hatte bereits während des Semesters immer mal wieder nach geeigneter Literatur Ausschau gehalten, grobe Übersichten über Kapitelinhalte erstellt und das Inhaltsverzeichnis entworfen, sodass ich nun im Prinzip nur noch meine Stichpunkte durch die entsprechenden Textbelege ergänzen und das Ganze in ein ansprechendes Format bringen musste. Damit war ich nach dreieinhalb Tagen fertig und konnte die erste Hausarbeit bereits einreichen.

Bei der zweiten Arbeit gestaltete sich das Prozedere etwas komplizierter. Ich hatte noch keinen konkreten Ansatzpunkt gefunden und musste erst einmal in die Bibliothek, um zu recherchieren. Da das Wetter jedoch so herrlich war, ließ ich mich ständig davon abhalten. Julie hatte eigentlich auch die ersten beiden Wochen nutzen wollen, um intensiv an den ersten Kapiteln ihrer Bachelor-Arbeit zu schreiben, bevor sie mit ihren Eltern in den langersehnten Urlaub fuhr, aber selbst sie kam ständig auf neue Ideen, was man Schönes unternehmen könnte. Daher plantschten wir im Meer, besuchten wieder einmal den Botanischen Garten – der letzte Besuch war schon einige Monate her – und genossen das bunte Treiben in der Stadt, während wir täglich unsere mehr oder weniger verdiente Portion Eis zu uns nahmen. Meistens gab es Bananen-Spaghetti-Eis. Was für eine geniale Erfindung! Da hätte ich mich reinlegen können. Eigentlich war ich kein großer Fan von Obst, das meiste war mir zu sauer, aber Bananen konnte ich essen, bis ich umfiel.

Finn war in der ersten Woche mit einem Freund nach Schweden gefahren. Es sei schon zu Schulzeiten zur Tradition geworden, dass sie immer die erste Ferienwoche gemeinsam in einem Sommerhaus in Schweden verbrachten, das der Familie seines Kumpels gehörte. Am Tag nach der Party hatten wir telefoniert, ziemlich lange sogar. Eigentlich mochte ich telefonieren nicht sonderlich, ich hatte nie verstehen können, wie Frauen ständig und stundenlang mit ihren Freundinnen am Hörer hingen und sich dabei genau genommen kaum etwas zu erzählen hatten. Auch die Telefonate mit meiner Mutter strengten mich oft an. Aber im Gespräch mit Finn war die Zeit nur so verflogen, sodass ich mich selbst über die Minutenzahl gewundert hatte, die auf meinem Display erschienen war, nachdem wir das Telefonat beendet hatten.

Wir hatten uns für den Montag in der zweiten Ferienwoche verabredet, bevor ich ihm eine schöne Zeit in Schweden gewünscht und ihn gebeten hatte, auf sich aufzupassen. Sein Bericht ließ vermuten, dass das Haus relativ weit ab von jeglicher Zivilisation lag, und ich wusste ja nicht, wie draufgängerisch sein Kumpel war, daher sorgte ich mich ein wenig um ihn.

Wenn ich nicht gerade mit Julie unterwegs war, recherchierte ich für das Projekt von Herrn Prof. Alberts und stöberte die Literaturliste durch, die er mir mitgegeben hatte. Mit meiner Hausarbeit kam ich kaum voran, ständig fand ich etwas anderes, womit ich mich beschäftigen konnte. Ich nahm mir fest vor, in der zweiten Woche mehr Gas zu geben, um nicht während des Praktikums auch noch die Hausarbeit schreiben zu müssen.

Sonntagabend erhielt ich eine Nachricht von Finn, der gerade wieder nach Hause gekommen war.

Hej Süße,
Lust auf Tivoli morgen mit Torge und Lone?
Freu mich auf dich :*

Er hatte mir ihren Namen zuvor nicht verraten, doch ich nahm an, dass Lone das Mädchen war, von dem er mir auf der Mensa-Party erzählt hatte und mit dem er Torge verkuppeln wollte. Eigentlich hatte ich mich auf ein Date zu zweit gefreut, jedoch wollte ich Torge diese Chance nicht vermiesen, also stimmte ich zu und war sehr gespannt, wen ich am nächsten Tag kennenlernen würde.

Zu meiner Überraschung hatte Finn auch schon Torge gefragt, der dem Treffen zugestimmt hatte. Eigentlich hatte ich ja gewusst, dass die beiden auch ohne mich in Kontakt standen, aber irgendwie empfand ich es als merkwürdig.

Sie hatte wunderschöne lange, dunkelbraune Haare und Sommersprossen, die nicht nur ihr Gesicht, sondern auch ihren Hals, ihr Dekolleté und ihre Arme bedeckten. Ich mochte sie auf Anhieb, ohne auch nur ein Wort mit ihr gewechselt zu haben. Vom Äußeren her wirkte Lone total niedlich, erinnerte mich fast ein bisschen an Julie, da sie auch nicht besonders groß war, aber Finn hatte mir erzählt, sie hätte es faustdick hinter den Ohren. Bereits im Vorfeld freute ich mich darauf, das erleben zu dürfen, und meine Enttäuschung darüber, dass ich den Tag nicht alleine mit Finn verbringen konnte, war bei ihrem Anblick sofort verflogen.

Auch Torge wirkte begeistert, dabei wusste er noch gar nicht, welchen Plan Finn verfolgte. Natürlich hatte Lone da auch noch ein Wörtchen mitzureden, jedoch wirkte sie absolut nicht abgeneigt, es dauerte keine fünf Minuten und die beiden waren vertieft in ein Gespräch über die drastischen Folgen der Erderwärmung und die Konsequenzen für die dänische Bevölkerung, sodass Finn und ich gänzlich abgeschrieben waren.

Und so ging es den ganzen Tag. Lone schlug ein Fahrgeschäft nach dem anderen vor, Torge stimmte freudig zu – das hätte er bestimmt nicht getan, wäre *mir* der Einfall gekommen – und Finn und ich hefteten uns an ihre Fersen, bis es uns zu bunt beziehungsweise mir langsam übel wurde.

Natürlich machte Torge sich über mich lustig. Er meinte, dass es sicherer wäre, im nächsten Fahrgeschäft nicht in meiner Nähe zu sitzen, und Lone konnte sich ihr Schmunzeln kaum verkneifen.

»Entschuldige«, sagte sie und klang dabei, als täte es ihr tatsächlich etwas leid.

»Kein Problem! Das bin ich gewohnt«, erwiderte ich.

Finn gab mir als Entschädigung einen Kuss auf die Wange und versprach mir, es den Rest des Tages etwas ruhiger angehen zu lassen. Also verabredeten wir einfach einen Zeitpunkt, zu dem wir uns in einem der Lokale im Park wiederfinden und gemeinsam zu Abend essen wollten, und dann gingen wir getrennte Wege.

»Das war ja noch leichter, als ich angenommen hatte«, triumphierte Finn, während wir den beiden hinterhersahen, wie sie gemeinsam in der nächsten Achterbahn verschwanden.

»Abwarten«, sagte ich bloß, wobei nicht von der Hand zu weisen war, dass Lone und Torge sich prächtig verstanden. Aber vielleicht reichte es ja trotzdem nicht. Torge war speziell, das musste man schon mögen.

Wir wanderten ein wenig im Park umher, bis mir nicht mehr ganz so schwummrig war, und ließen uns schließlich mit einem kalten Getränk bewaffnet auf einer Bank mit Blick auf den Tivoli-See und die chinesische Pagode nieder.

»Du siehst schön aus heute«, machte Finn mir ein Kompliment, das ich mit einem verlegenen Lächeln quittierte.

Ich konnte noch nie gut mit Komplimenten umgehen, auch wenn ich wusste, dass Finn es ehrlich meinte. Und ich hatte mir bei meinem Outfit heute auch besonders viel Mühe gegeben, denn ich wollte ihm gefallen. Seit der Party und unserem Telefonat hatte ich häufig an ihn denken müssen. Ich freute mich jedes Mal wie eine Schneekönigin, wenn mein Handy vibrierte und ich seinen Namen auf dem Display las.

»Hast du schon Pläne für heute Abend?«, fragte er und lächelte dabei verschmitzt.

»Nichts Konkretes«, gab ich grinsend zurück.

»Gut«, erwiderte er bloß und richtete seinen Blick dann auf den See vor uns.

»Woran hast du gedacht?«, wollte ich wissen.

»Nichts Konkretes«, wiederholte er meine Worte und lachte, was ich mit einem Schmollmund quittierte.

»Du bist süß, wenn du bockig bist«, sagte er amüsiert.

Und als ich mit »Ich bin nicht bockig« antwortete, musste er noch viel lauter lachen.

»Komm her!«, forderte er schließlich und ich rutschte näher an ihn heran.

Er legte den Arm um mich. Sofort entspannte ich mich an seiner Schulter und genoss den Duft, der von ihm ausging. Eine Zeit lang saßen wir so da, genossen das Wetter und den Ausblick. Dann fing Finn an, von den bevorstehenden Wochen zu sprechen.

»Du wirst mir fehlen, wenn ich in Odense bin.«

Ich freute mich über seine Worte, denn ich wusste, dass es mir genauso gehen würde.

»Kommst du mich besuchen?«

Ich zögerte kurz, weil ich nicht wusste, wie er es gemeint hatte. Natürlich wollte ich mir gerne die Stadt ansehen. Aber seine Eltern wohnten in Odense und wenn er vorhatte, mich ihnen vorzustellen, dann war ich definitiv nicht bereit dazu.

»Keine Sorge, ich werde dich zu nichts zwingen«, fügte er hinzu, als er mein Zögern bemerkte.

»Du bist genau wie Tarjos«, rutschte es mir heraus.

Finn sah mich verwundert an und meinte bloß: »Das hoffe ich doch nicht.«

»Nein, nicht wirklich. Das wäre auch schlimm«, bestätigte ich schnell. »Aber er errät auch immer sofort, was ich denke«, erklärte ich meine Feststellung.

»Ich glaube, wir müssen einfach mehr als andere lernen zu verstehen, was in den Menschen um uns herum vorgeht, um zu erkennen, wem wir vertrauen können und wem nicht.«

»Muss ätzend sein, nicht zu wissen, wer einem wohlgesinnt ist und wer einem womöglich schaden könnte.«

»Stimmt«, bestätigte er. »Aber du bist für mich wie ein offenes

Buch. Nicht immer, aber meistens sieht man dir sofort an, was du gerade denkst.«

»Ach herrje!«, rutschte mir heraus.

»Nein, im Gegenteil. Daran erkennt man einen ehrlichen Menschen. Du verstellst dich nicht. Das finde ich gut. Vielleicht mochte ich dich deshalb auch auf Anhieb.«

»Ich mag dich auch«, gab ich lediglich zurück.

»Und es stört mich auch nicht, wenn du kein Exklusiv-Ding daraus machen möchtest. Ich freue mich einfach über die Momente, die wir zusammen haben, und alles andere braucht ohnehin seine Zeit.«

Finns Aussage überraschte und erleichterte mich zugleich. Einerseits mochte ich ihn wirklich total gern, genoss seine Nähe und jeden Augenblick mit ihm. Andererseits konnte ich mir nicht vorstellen, meine Freiheit, meine Abenteuer für immer aufzugeben und wieder in einer Beziehung zu enden.

»Manchmal ist es für eine Beziehung vielleicht sogar besser, wenn jeder noch sein eigenes Leben hat«, sprach Finn weiter, ohne eine Antwort meinerseits abzuwarten.

»Wie kommst du darauf?«, wollte ich wissen, obwohl ich ganz seiner Meinung war.

»Vielleicht gibt man sich dann mehr Mühe, wenn man weiß, dass nichts selbstverständlich ist.«

»Und du meinst wirklich, du kannst damit leben?«, fragte ich offen, denn ich war mir nicht ganz sicher, ob er das nur sagte, weil er wusste, dass ich es so sah, oder weil er es wirklich ernst meinte.

»Das muss sich zeigen«, gab er zu. »Ich hatte bisher keine offene Beziehung. Aber obwohl ich von dir und Tarjos weiß, macht es mir nicht großartig etwas aus.«

»Sicher?«, hakte ich immer noch skeptisch nach.

»Gut, okay. Am Anfang fand ich es gar nicht cool.« Finn lachte. »Aber jetzt, wo ich weiß, dass ihr zumindest auf emotionaler Ebene nur Freunde seid, macht es mir weniger aus.« Er machte eine kleine Pause, bevor er fortsetzte: »Und du musst mir ja nicht jedes Detail auf die Nase binden.«

Daraufhin musste ich schmunzeln. »Keine Sorge. Das hatte ich nicht vor«, versicherte ich. »Aber ich würde auch dich bitten, es einfach für dich zu behalten, wenn du jemanden kennenlernst. Nicht, dass *ich* dann womöglich noch eifersüchtig werde.« Ich musste lachen, obwohl ich es tatsächlich ernst meinte. Das mit der Eifersucht war neu für mich.

»Nein, versprochen. Ehrlich gesagt habe ich gerade keinerlei Bedürfnisse in dieser Hinsicht. Ich weiß auch nicht ... obwohl wir uns kaum kennen, fühlt es sich zurzeit einfach richtig an«, erklärte Finn. »Und glaub mir, du bist nicht die erste Frau, mit der ich Zeit verbringe.«

»Wie viele Freundinnen hattest du denn schon?«, musste ich nach diesem Kommentar nachhaken.

»Das willst du nicht wissen.« Finn lachte erneut.

»Jetzt erst recht«, gestand ich und sah ihn fragend an.

»Also Beziehungen, die länger als zwei Monate hielten, hatte ich insgesamt sechs«, gab er zu und überraschte mich mit dieser Aussage. Nicht, weil ich das Gefühl hatte, er sei nicht attraktiv genug für die Frauenwelt, im Gegenteil. Aber wie schaffte man es mit vierundzwanzig Jahren auf sechs Beziehungen?

»Die meisten hielten nicht besonders lange. Aber ich bin halt auch nicht der Typ für etwas Flüchtiges«, erklärte er und ich konnte das sehr gut nachvollziehen.

Im nächsten Moment fragte ich mich, ob alle von seiner Besonderheit wussten und ob er womöglich bei ihnen getrunken hatte. Wir hatten bisher nicht über das Thema gesprochen, irgendwie hatte er das immer vermieden.

»Alles okay?«, fragte Finn und sah mich skeptisch an.

Vermutlich nahm er an, dass mich die Anzahl seiner Beziehungen immer noch schockierte, deshalb entschied ich, ihm mitzuteilen, was mich beschäftigte.

»Um Gottes Willen«, sagte er. »Es gab nur zwei, die überhaupt davon wussten.«

Ich bereute fast, die Frage gestellt zu haben und damit womöglich ein heikles Thema angesprochen zu haben. Doch dann setzte er fort: »Bei meiner zweiten Freundin habe ich den Fehler gemacht und auf ihren Vorschlag hin von ihr getrunken. Danach hatte ich ständig das Gefühl, dass das zwischen uns stehen würde, und die Beziehung wurde kompliziert. Seitdem trinke ich nicht mehr von einer Partnerin.«

»Oh, okay.« Es überraschte mich zwar, aber andererseits klang es auch logisch. Vermutlich hatte er deshalb stets das Thema vermieden. »Und von wem trinkst du dann?«

»Von anderen Menschen, denen ich vertraue.«

»Sehr konkret.« Ich musste über Finns Versuch, mir auszuweichen, lachen. Doch ich wollte ihm seine Geheimnisse lassen und ihn nicht länger quälen. Daher wechselte ich das Thema: »Wie läuft's mit deinem Uni-Chor?«

Finn strahlte übers ganze Gesicht, als er davon berichtete. Erst Lones Anruf mit der Frage, wo wir denn blieben, riss uns aus dem Gespräch und rettete mich vor der Antwort auf die Frage, wann ich denn endlich mal zuschauen würde. Wir hatten völlig die Zeit aus dem Blick verloren und beeilten uns, damit die beiden nicht noch länger warten mussten. Wir trafen sie schließlich im parkeigenen Restaurant wieder.

Während wir auf unser Essen warteten, tauschten Lone und Torge Nummern aus und verabredeten sich zu einem Treffen am übernächsten Tag.

»Grins nicht so blöd!«, forderte Lone Finn auf und ich amüsierte mich königlich.

»Ich mag dich jetzt schon«, gestand ich ihr meine aufrichtige Zuneigung und wir mussten alle lachen.

Beim Essen fragte ich mich unweigerlich, ob Lone zu den Personen gehörte, denen Finn gut genug vertraute. Immerhin wusste sie Bescheid, daher lag die Vermutung nahe. Ein leichter Anflug von Eifersucht überkam mich bei dem Gedanken, wie er von ihr trinken würde. Doch ich ließ mir nichts anmerken und schob den Gedanken samt Gefühl einfach beiseite. Das war ganz allein Finns Angelegenheit, ich musste lernen, das zu akzeptieren.

Nach dem Essen verabschiedeten wir die beiden und blieben noch einen Moment vor dem Ausgang des Parks stehen.

»Und jetzt?«, wollte Finn wissen.

»Gute Frage«, gab ich zurück und überlegte. »Sollen wir zu mir gehen und uns zum Beispiel irgendetwas auf Netflix ansehen?«

»Gerne«, entgegnete er mit breitem Grinsen.

»Lone hat Recht. Du grinst echt blöd«, frotzelte ich und nahm zügig Reißaus, doch ich kam keine zwei Meter, da hatte Finn mich bereits gepackt und begann, mich zu kitzeln.

»Nimm das zurück!«, lachte er.

»Okay, okay. Frieden!«, rief ich bloß in der Hoffnung, er würde damit aufhören.

Noch bevor ich zu Atem kommen konnte, küsste er mich auf den Mund und sagte: »Dann zeig mir mal dein Reich!«

Finn bei mir auf dem Zimmer zu Besuch zu haben, fühlte sich genauso natürlich an, wie jedes andere Treffen mit ihm bisher auch. Ich machte mir keinerlei Gedanken darüber, was er wohl von meinem kleinen Reich halten würde, und auch er schien sich nicht unwohl bei mir zu fühlen.

Schnell hatten wir uns auf eine Serie bei Netflix geeinigt, bei der ein Kunstdieb dem FBI bei der Aufklärung von Verbrechen half. Das war perfekt. Eine gelungene Mischung aus Krimi, Humor und Unterhaltung. Währenddessen saß Finn auf meinem kleinen Bett mit dem Rücken gegen die Wand gelehnt und ich kuschelte mich an ihn heran. Kurz hatte ich überlegt, ob das nicht zu viel Nähe für mich war, dann jedoch entschieden, dass es okay sei, solange es sich gut für mich anfühlte. Und das tat es. Ich genoss die Wärme, die von ihm ausging, und entspannte mich. Erst als er fragte, ob er sich langsam auf den Weg machen sollte, stellte ich fest, dass ich kurz davor war, wegzudämmern.

Da es bereits Mitternacht war und ich absolut nichts dagegen hatte, schlug ich ihm vor, bei mir zu übernachten. Und das tat er. So verbrachten wir unsere erste gemeinsame Nacht zusammen, eng aneinander gekuschelt – und völlig jugendfrei. Seine zärtlichen Berührungen lösten zuweilen eine leichte Gänsehaut bei mir aus, aber ich genoss es, in seinen starken Armen einfach nur ins Reich der Träume zu wandern.

KAPITEL 11

Als ich am Montagmorgen topgestylt in der Leitstelle der DDKK angekommen war, herrschte bereits geschäftiges Treiben. Kurz überlegte ich, ob die neuen Pumps, die ich mir extra für das Praktikum angeschafft und mit einem schwarzen Bleistiftrock und einer zartrosafarbenen Bluse kombiniert hatte, nicht doch etwas zu chic für diesen Anlass waren. Als ich jedoch von der freundlichen Dame am Empfangstresen gebeten wurde, noch einen Moment auf dem grauen Sofa im Eingangsbereich zusammen mit den anderen Praktikanten Platz zu nehmen, stellte ich erleichtert fest, dass ich nicht die Einzige war, die sich herausgeputzt hatte.

Meine beiden Mitstreiter stellten sich als Lorena und Jens vor, wobei Lorena, die mir auf Anhieb sympathisch war, in etwa in meinem Alter war, während ich Jens auf Mitte dreißig schätzte. Er wirkte ein wenig überheblich, schien bereits einiges an Erfahrung gesammelt zu haben, was er auch in den folgenden Wochen bei jeder Gelegenheit mitzuteilen versuchte.

Wir wurden von einem jüngeren Herrn durch die Räumlichkeiten und unterschiedlichen Abteilungen geführt, der uns nach einem etwa zwanzigminütigen Rundgang bei einer adretten, blondhaarigen Dame mittleren Alters namens Maria absetzte, die für die nächsten Wochen unsere Vorgesetzte sein würde. Maria leitete die Abteilung der *Kulturellen Zusammenarbeit*, bot uns jedoch direkt zu Beginn an, zwischenzeitlich auch in die anderen Abteilungen hineinschnuppern zu dürfen, sollten wir daran Interesse haben. Jens machte unverblümt deutlich, dass er stärker an wirtschaftlichen Aspekten interessiert war als an Kultur, woraufhin ich hoffte, ihn somit in den nächsten Wochen nicht allzu oft sehen zu müssen.

Dem war an den ersten Tagen jedoch leider nicht so. Die meiste Zeit verbrachten wir Praktikanten zusammen in einem Großraumbüro und nutzten abgesehen von kleineren Kopieraufgaben die Zeit dazu, uns mit den Aufgabengebieten und inneren Strukturen der DDKK vertraut zu machen.

Erst am Donnerstag sprach Maria die erlösenden Worte und teilte uns verschiedenen Teams zu, sodass wir endlich tieferen Einblick in die Arbeitsprozesse erhielten und lediglich die Mittagspausen zusammen verbrachten. Meine neue Teamleiterin hatte zwar nicht sonderlich viel Zeit, sich meiner anzunehmen, jedoch vermittelte sie mich an einen Mitarbeiter namens Per-Ole, der den Rest der Woche alles gab, um mir sinnvolle Aufgaben zuzuschustern und mich in den tatsächlichen Arbeitsalltag so weit wie möglich zu integrieren, wofür ich ihm sehr dankbar war.

Freitagmorgen freute ich mich, die erste Praktikumswoche schon fast überstanden und in den vergangenen Tagen unheimlich viel gelernt zu haben. Und da Per-Ole mir am Vorabend in Aussicht gestellt hatte, heute bei gutem Wetter etwas früher Feierabend machen zu können, packte ich zuhause ein großes Badetuch, flache Sandalen und ein Buch, das ich für meine Hausarbeit lesen musste, in meine große Strandtasche und stolzierte wie in den vergangenen Tagen topgestylt aus dem Haus, um den letzten Arbeitstag der Woche anzugehen. Lieber wäre es mir gewesen, den Feierabend mit Julie oder Finn zu verbringen, doch Julie war mit ihren Eltern im wohlverdienten Gran Canaria-Urlaub, während Finn in Odense den coolen Onkel gab. Das hielt mich allerdings nicht davon ab, mir allein ein schönes Wochenende zu machen.

Nach Feierabend zerrte ich also meine große Badetasche aus dem Spint, wechselte meine guten Pumps gegen bequemere Sandalen und machte mich mit der Bahn auf in Richtung Strand, um die restlichen Sonnenstrahlen des Tages zu genießen. Als ich in der Bahn saß, spürte ich, dass mein Handy vibrierte. Eine Nachricht von Tarjos war eingegangen.

Wo bist du?

Wie immer verlor er nicht besonders viele Worte, sondern schrieb nur das Nötigste.

Auf dem Weg zum Strand. Melde mich später.

Ich wusste zwar nicht, was er wollte, aber so dringend konnte es ja nicht sein. Also ließ ich mein Handy wieder in meiner neuen Businesstasche verschwinden und genoss die restliche Fahrt, indem ich aus dem Fenster schaute und die sommerliche Natur bewunderte. Noch war es nicht so lange brütend heiß gewesen, dass alles nach Wasser lechzte und zu verdorren drohte. Hier und dort fuhr die Bahn an privaten Gärten vorbei. Kinder spielten in ihren Planschbecken, Erwachsene gammelten auf Sonnenliegen und in Hängematten herum, einige mähten ihren Rasen oder buddelten ihre Beete um, Hunde tobten über die Wiesen. Wie herrlich dieser Tag doch war!

Die Fahrt zur strandnahesten Haltestelle dauerte eine knappe halbe Stunde. Als ich dort aufstand, spürte ich, wie der Stoff meines Rockes unangenehm überall an meinem Hintern klebte. Möglichst unauffällig versuchte ich, Rock und Beine wieder zu trennen, damit ich wenigstens einigermaßen anständig aussah. Ich fragte mich, ob es den anderen nicht auch so ging, aber ich konnte niemanden entdecken, der sich mit einem ähnlichen Problem herumschlug und genauso ungeschickt an seinen Klamotten zerrte wie ich.

Stattdessen entdeckte ich Tarjos, als ich ausgestiegen war. Mit seiner dunklen Sonnenbrille im Gesicht lehnte er lässig neben einem kleinen Kiosk, der sich am Bahngleis befand, und schlürfte völlig entspannt eine Cola.

»Willst du mir den Feierabend verderben?«, fragte ich.

Ich war nicht sonderlich überrascht, dass er wusste, wo er mich abfangen konnte. Ich war in den letzten Wochen häufiger mit Julie an diesem Strand gewesen, sicher hatte sie ihm ausgiebig davon erzählt.

Er kam direkt auf mich zu.

»Nun werd' mal nicht frech, kleine Dame«, antwortete er und nahm mir meine große Tasche ab.

»Dankeschön«, säuselte ich liebreizend.

»Geht doch.«

»Hast du nichts zu tun?«, wollte ich wissen.

»Nö«, war alles, was er sagte.

»Was ist mit deiner Doktorarbeit?«, hakte ich nach.

»Die ist morgen auch noch da.«

Ich entschied, dass es keinen Sinn machte, nachzubohren. Bei Tarjos kam man damit nie besonders weit. Außerdem wollte ich meinen Feierabend entspannt ausklingen lassen, also akzeptierte ich, dass Tarjos wohl vorhatte, mich zu begleiten.

Am Strand zog ich die Decke aus der Badetasche und breitete sie aus. Noch bevor ich meine Schuhe ausgezogen hatte, hatte Tarjos sich bereits darauf breitgemacht.

»Hast du es bequem?«, fragte ich.

»Kann mich nicht beklagen.«

Ich nahm ebenfalls Platz und kramte das Buch hervor, das ich mir für meine Hausarbeitsrecherche in der Bibliothek ausgeliehen hatte.

»Echt jetzt?«, fragte Tarjos entsetzt. »Was bist du denn für eine Streberin?«

»Schließ doch einfach deine Augen und halt den Mund!«, schlug ich vor.

Eine Weile kam Tarjos meinem Ratschlag tatsächlich nach, doch irgendwann wurde ihm wohl langweilig. Er drehte sich auf die Seite und beobachtete mich beim Lesen.

»Das nervt«, ermahnte ich ihn, während ich das gefühlt zwanzigste Post-it in die Seite klebte, auf der ich gerade angekommen war.

»Dein Rumgestrebe nervt«, antwortete er.

»Hast du eine bessere Idee?«, wollte ich wissen.

»Nicht nur eine«, grinste er. »Lass uns schwimmen gehen!«

»Ich habe heute nicht vor, zu schwimmen.«

»Hast du vielleicht deinen Badeanzug vergessen? Das interessiert hier doch keinen«, erwiderte er.

Ich antwortete nicht und las einfach weiter.

»Oder hast du etwa deine Tage?«, fragte er plötzlich.

Es war mir fürchterlich unangenehm, dass er das so direkt aussprach.

»Brauchst deshalb doch nicht rot werden«, ärgerte er mich weiter und bewirkte damit, dass ich erst recht rot anlief.

»Du bist echt blöd!«, maulte ich ihn verlegen an und schlug mit einer meiner Sandalen nach ihm, während er sich totlachte.

»Ist doch nichts bei«, wiederholte er und nahm mir nicht nur die Sandale, sondern auch gleich das Buch aus der Hand.

»Dann lass uns eben …«, er blickte sich am Strand um, »… schaukeln gehen.« Seine Stimme klang ungewohnt euphorisch.

»Ja, klar«, kommentierte ich seinen kindischen Vorschlag ironisch. »Gib mir bitte mein Buch zurück!«

»Das ist mein voller Ernst.« Er grinste.

»Och, Tarjos, ich will hier entspannen.«

»Während du für die Uni büffelst? Also, entweder du kommst freiwillig mit oder ich schleife dich durch den Sand bis zur Schaukel«, drohte Tarjos und brachte mich damit doch wieder einmal zum Lachen.

Ich blieb demonstrativ sitzen.

»Ich scherze nicht.« Seine Stimme wurde dunkel und rauer. Das liebte ich so an ihm. Wenn er wollte, konnte er unglaublich verführerisch wirken. Vielleicht auch ein wenig bedrohlich. Ich nahm ihm mein Buch wieder weg und begann die Stelle zu suchen, die ich gerade gelesen hatte, bevor er es mir aus der Hand gerissen hatte. Plötzlich sprang er mit einem Satz auf, schnappte sich meine Fußgelenke und hielt sie in die Luft, sodass ich auf der Decke kläglich nach hinten kippte und vergebens nach Halt suchte.

»Tarjos!«

»Letzte Chance. Entweder du gehst oder du wirst gezogen. Deine Entscheidung.«

Ich wusste ganz genau, dass Tarjos das bringen würde. Er würde mich vor den Augen sämtlicher Badegäste und unter vehementem Protest meinerseits durch den Sand ziehen, ohne dabei auch nur mit der Wimper zu zucken.

»Okay, okay«, gab ich mich sicherheitshalber geschlagen. »Ich begleite dich zu deiner albernen Schaukel.«

»Die ist nicht albern. So, wie ich dich kenne, bettelst du bereits nach kurzer Zeit, wieder runter zu dürfen.«

Das konnte ich mir zunächst nicht vorstellen, aber da hatte ich die Schaukel auch noch nicht gesehen. Ich weiß gar nicht, ob man dieses Ding überhaupt Schaukel nennen durfte. Es sah eher aus wie eine Wippe, nur dass die beiden gegenüberliegenden Balken nicht waagerecht über dem Boden schwebten, sondern jeweils steil nach oben ragten, bis sie sich in der Mitte trafen. Und statt nur auf und ab, schien dieses Ding sich auch noch im Kreis bewegen zu können.

»Du hast Recht«, gab ich zu, nachdem ich das Gerät beäugt hatte. »Danach muss ich mich bestimmt übergeben.«

Ich hatte es noch nie gut abgekonnt, wenn sich etwas um mich herumdrehte, oder ich zum Beispiel auf dem Jahrmarkt in einem Fahrgestell saß, das um die eigene Achse fuhr.

»So schlimm ist es nicht, ich passe auf«, versprach Tarjos, was ich mit einem müden Lächeln kommentierte.

»Und wie kommen wir da jetzt drauf?«, wollte ich wissen, denn beide Sitzflächen hingen etwa auf Brusthöhe über dem Boden in der Luft.

»Ich komme dir ein bisschen entgegen«, schlug Tarjos vor und warf eines seiner langen Beine über den schwarzen Hartgummi-sitz und ließ ihn daraufhin noch ein Stück nach oben wandern, sodass meine Seite weiter nach unten kam. Jedoch nicht weit genug, ich konnte immer noch nicht entspannt aufsteigen.

»Du musst auch ein Bein drüberlegen und dann ziehen wir uns gleichzeitig hoch«, erklärte Tarjos.

Na toll, jetzt durfte ich mich auch noch mit meiner ungelenki-gen Art am Strand zum Deppen machen. Hinter verschlossenen Türen wie beim Yoga-Kurs war mir das lieber. Dennoch folgte ich seinen Anweisungen, krempelte meinen für diesen Anlass viel zu engen Bleistiftrock so weit hoch, wie ich konnte, und hatte große Schwierigkeiten, mit dem einen Bein den sicheren Stand am Boden zu wahren, während ich mein anderes Bein planlos über den Sitz hoch in der Luft warf.

»Also bei drei«, sagte Tarjos.

Und ehe ich mich versah, hatte er bis drei gezählt, sich auf seinen Sitz geschwungen und meine Seite damit in schwindel-erregende Höhe katapultiert, ohne dass ich auch nur die Spur einer Chance gehabt hätte, mich irgendwie auf den Sitz zu retten.

»Was treibst du denn da? Du musst dich hochziehen!«, schimpfte Tarjos.

Es war bestimmt wahnsinnig amüsant mit anzusehen, wie ich hilflos in der Luft hing und merkwürdige Laute von mir gab. Eine Mischung aus Fluchen und panischem Gekicher. Tarjos stieg mit dem einen Bein wieder ab und ließ die Wippe unter seinem anderen Bein erneut ein wenig nach oben rutschen, sodass ich mich langsam dem rettenden Boden näherte. Allerdings hing ich so schief auf dem Ding, dass ich nicht einmal in der Lage war, mein weiter unten baumelndes Bein aufzustellen und sicheren Stand zu finden. Stattdessen rutschte mein Bein im losen Sand unter dem Sitz weg und ich ließ mich wie ein nasser Sack auf den weichen Untergrund plumpsen.

Daraufhin hörte ich Tarjos auf der anderen Seite ungläubig »Das gibt es doch nicht!« stöhnen und ich bekam einen schrecklichen Lachanfall.

Als ich mich nach einigen Minuten wieder eingekriegt und seine blöden Kommentare weggesteckt hatte, starteten wir einen zweiten Versuch. Leider musste ich bereits beim Versuch, ein Bein über den Sitz zu heben, erneut schrecklich lachen.

Tarjos schüttelte hingegen nur ungläubig den Kopf.

Beim dritten Versuch versprach ich, nicht wieder zu lachen. Doch ich hatte mich vorher so sehr verausgabt, dass ich kaum noch Kraft in meinem Körper verspürte, um mich hochzuhieven.

»Du musst deinen Arsch da hochziehen!«, rief Tarjos mir von der anderen Seite aus zu.

»Ach so!« Ich tat, als hätte ich das Prinzip erst jetzt verstanden. Tatsächlich gelang es mir aufgrund seines bösen Spruchs endlich, erneut Kraft zu schöpfen und meinen Hintern auf den Sitz zu retten.

»Na geht doch! Hat ja nur fünf Minuten gedauert«, maulte Tarjos, nahm mit dem Ratschlag, ich solle mich ordentlich festhalten, Schwung und katapultierte mich auf der Wippe in die Höhe, sodass es in meinem Bauch schrecklich kribbelte. Ich kam bei der Abwärtsbewegung immer nur knapp über den Boden, sodass allein er es in der Hand hatte, wie hoch und schnell wir uns bewegten.

»Du bist zu schwer«, beschwerte ich mich, als ich wieder einmal kaum den Boden berührt hatte, während Tarjos sich königlich amüsierte. Das war genau sein Ding. Er hatte die komplette Kontrolle. Und es machte ihm riesig Spaß. Wie ein großes Kind saß er mir gegenüber, nahm immer wieder von neuem Anschwung und rief dabei laut: »Huuuiiii!«, was mich wiederum heftig zum Lachen brachte. Ich hatte ihn noch nie so ausgelassen erlebt. Er sah einfach glücklich aus.

Nach einiger Zeit wurde mir tatsächlich ein wenig übel und Tarjos ließ zu meiner Erleichterung Gnade walten. Wir genossen noch eine Weile die letzten Sonnenstrahlen und machten uns irgendwann auf zum Gehen.

»Kommst du mit zu mir?«, fragte er, während er mir netterweise dabei half, die Decke zu falten.

Ich sah ihn ungläubig an und schüttelte den Kopf.

»Was denn?«, fragte er und tat dabei ganz unschuldig.

»Das weißt du genau.«

»Einfach nur so«, schlug er vor. »Oder hast du nicht genug Stöpsel dabei?«, fragte er, ohne ein Blatt vor den Mund zu nehmen.

»Ich habe genug Tampons mit, danke der Nachfrage«, fauchte ich.

»Dann spricht doch nichts dagegen, oder?«

»Doch. Ich bin voller Sand und möchte duschen und dann in Ruhe schlafen gehen«, erklärte ich seine Idee für unpassend.

»Duschen kannst du auch bei mir.« Er grinste. »Und schlafen auch. Einfach nur als Freunde«, versuchte er mich zu überzeugen, als er sah, dass ich erneut den Kopf schüttelte.

»Das kriegst du doch nicht hin. Außerdem habe ich nicht einmal frische Klamotten für morgen dabei«, probierte ich es erneut.

»Morgen ist Samstag. Da brauchst du keine frischen Klamotten.«

»Das lässt ja tief blicken«, frotzelte ich, ließ mich jedoch nach zehn Minuten hin und her überlegen zu seiner Freude darauf ein. Ich hatte ohnehin nicht viel vor am Wochenende und Tarjos konnte sowieso aufgrund meiner Tage wenig mit mir anfangen. Vielleicht war das gerade die Chance, dass wir uns mal ohne Sex näherkamen. Also rein freundschaftlich.

Dieses Mal nahm ich meine Schuhe mit in Tarjos' Wohnung, auch wenn sie sicher noch etwas sandig waren. Aber das waren seine ja auch. Ich wollte nicht riskieren, dass sie über Nacht spurlos verschwanden, auch wenn ich Ersatzschuhe dabeihatte. Aber das musste ja nicht sein.

»Wo ist dein Bad?« Ich kam direkt zur Sache, denn ich wollte den Sand, der überall an mir klebte, nicht in der ganzen Wohnung verteilen.

»Du hast es aber eilig. Zweite Tür links. Soll ich dich nicht doch begleiten?«

»Nein, danke, das schaffe ich schon alleine«, entgegnete ich und verschwand in seinem Badezimmer.

Für Kopenhagener Verhältnisse war es geräumig, natürlich stand alles fein säuberlich an seinem Platz. Nach dem Eindruck, den ich bei meinem letzten Besuch in Tarjos' Wohnzimmer gewonnen hatte, hatte ich nichts anderes erwartet. Ich wusste noch, dass ich damals die Heimfahrt über dringend zur Toilette gemusst hatte, denn ich hatte mich nicht getraut, zu fragen, ob ich seine benutzen durfte.

Seit diesem Abend hatte sich einiges verändert. Insbesondere zwischen uns beiden. Ich hätte nicht gesagt, dass wir mittlerweile beste Freunde waren, aber wir waren auf einem guten Weg.

Das Duschen ließ mich endlich etwas entspannen, ich hatte zwar kein Shampoo dabei, aber ich entschied einfach, Tarjos' Duschzeug zu verwenden. Er würde schon nichts dagegen haben.

Das warme Wasser wusch nicht nur die Souvenirs vom Strand, sondern auch die Anstrengungen der ersten Praktikumswoche davon. Zusammenfassend war ich froh über die Möglichkeiten, die sich mir durch die DDKK boten, ich war es nur nicht gewohnt, fünf Tage am Stück durchgehend unter Strom zu stehen. Willkommen in der Arbeitswelt!

Als ich fertig war, stellte ich das Wasser ab und schaute mich nach Handtüchern um. Glücklicherweise fand ich sie auf Anhieb in einer Kommode neben der Dusche, sodass ich nicht das ganze Bad unter Wasser setzen musste. Das hätte Tarjos sicher nicht besonders lustig gefunden.

»Kannst du mir Schlafsachen leihen?«, rief ich durch einen kleinen Spalt in der Tür.

»Willst du etwa schon pennen gehen?«, antwortete er.

»Nein, aber auch nicht wieder in meine dreckigen Klamotten steigen«, erklärte ich.

Ich hörte, wie er durch die Wohnung schlurfte, und kurze Zeit später stolzierte er einfach ins Badezimmer, als ich gerade dabei war, mir die Haare mit dem Handtuch zu trocknen.

»Hey!«, protestierte ich.

»Was denn? Du wolltest doch die Klamotten!«

»Schon mal was von Anklopfen gehört?«, meckerte ich, während ich mir eilig das Handtuch vor den Körper hielt. Diese Unart, einfach unaufgefordert ins Zimmer zu kommen, war mir schon mehrfach unangenehm bei ihm aufgefallen.

»Das ist meine Wohnung, schon vergessen?«, konterte er. »Außerdem hab' ich dich schon nackt gesehen.«

»Danke.« Ich riss ihm die Klamotten aus der Hand, ein Shirt und eine seiner Boxershorts, und befahl ihm zu gehen.

»Du stellst dich immer an«, raunte er, als er den Raum verließ und ich mich in Ruhe fertigmachen konnte.

Als ich so weit war, wollte ich geradewegs ins Wohnzimmer gehen, doch Tarjos fing mich auf dem Flur ab und hielt mich fest.

»Was ist los?«, fragte ich verwirrt.

»Qualitätskontrolle.« Er grinste spöttisch.

»Tarjos, benimm dich!«, ermahnte ich ihn, obwohl er mich bereits in seinen Fängen hatte. Bei dem Versuch, mich zu befreien, scheiterte ich kläglich.

»Du riechst gut«, stellte er fest. »Nach mir.«

Daraufhin musste ich lachen. »Gar nicht selbstverliebt.«

»Was benutzt du auch mein Zeug?«, tadelte er und ließ mich wieder frei.

»Wir haben heute keinen Sex!«, betonte ich noch einmal, damit auch keine Zweifel blieben.

Doch Tarjos grinste nur.

»Ich meine es ernst«, wiederholte ich und flüchtete mich zur Couch.

»Ach, das bisschen Blut macht mir nichts aus.«

»Igitt, Tarjos!«, schimpfe ich und warf ein Sofakissen nach ihm. »Das ist eklig! Denk nicht einmal dran!«

»Entspann dich!«, lachte er und hob das Kissen vom Boden auf. »War nur ein Scherz.«

Er legte das Kissen an den Platz zurück, von dem ich es soeben genommen hatte.

»Dir traue ich alles zu«, gestand ich, wobei die Nummer wirklich widerlich gewesen wäre.

Tarjos ging nicht weiter darauf ein, sondern verließ den Raum und kam nach kurzer Zeit mit zwei Gläsern Wasser zurück. Dann drückte er mir die Fernbedienung in die Hand und sprang selbst unter die Dusche, während ich auf seinem Sofa sitzen blieb und in seinen Klamotten sicherlich besonders sexy aussah.

Wir verbrachten den Abend mit fernsehen und quatschen, bevor wir irgendwann ins Bett gingen. Es fühlte sich ein bisschen merkwürdig an, wir hatten noch nie eine Nacht zusammen verbracht, und wenn wir das Bett geteilt hatten, dann bisher nur für Unanständigkeiten. Tarjos musste mir noch einmal versprechen, anständig zu bleiben, dann rutschten wir beide unter seine Decke.

Sein Schlafzimmer war spartanisch eingerichtet. Bett und Schrank. Das war's. War nicht so, als hätte nicht noch viel mehr hineingepasst, aber scheinbar benötigte er nicht mehr. Männerhaushalt eben. Obwohl es mich wunderte, dass er keinen Fernseher im Schlafzimmer hatte. Das hätte ich ihm durchaus zugetraut.

»Untersteh dich, zu schnarchen!«, warnte er mich.

»Sehe ich so aus, als würde ich schnarchen?«, fragte ich belustigt.

»Ein bisschen«, entgegnete er, woraufhin ich ihn in den Oberarm kniff.

Er drehte sich auf die Seite und sah mir in die Augen.

»Fang keinen Kampf an, den du nicht gewinnen kannst!«, drohte Tarjos mir mit leiser, dunkler Stimme. Und sofort wurde mir heiß.

»Weißt du eigentlich, dass deine Stimme echt geil ist?«, stellte ich offen fest.

Tarjos rückte ein paar Zentimeter näher.

»Diese Stimme meinst du?«, raunte er noch langsamer und tiefer.

»Hör auf damit!«, forderte ich lachend und schubste ihn weg.

»Dafür, dass du keinen Körperkontakt willst, berührst du mich ganz schön oft«, stellte er grinsend fest.

»Das ist Notwehr«, rechtfertigte ich, woraufhin er unschuldig die Hände in die Luft hob und auf Abstand blieb.

Wir sprachen noch eine Weile über alles Mögliche, bevor ich müde wurde und mich auf den Rücken drehte. Ich wünschte ihm eine gute Nacht, schloss meine Augen und versuchte einzuschlafen.

Jedoch wollte es mir nicht gelingen. Zu viele Gedanken wuselten durch meinen Kopf, vom Praktikum, meiner Hausarbeit, der Tatsache, dass ich in einer fremden Wohnung war... Ich versuchte es erneut, indem ich mich auf die Seite drehte, doch auch das half nicht. Als ich mich zum wiederholten Male im Bett umdrehte, kam der zu erwartende Kommentar.

»Hast du es bald?«

»Entschuldige«, gab ich ehrlich zurück und hatte prompt ein Déjà-vu von der Autofahrt zum Kongress nach Århus.

»Wenn du nicht aufhörst, muss ich dich festhalten«, drohte er leise und ich musste erneut innerlich lachen.

»Ich hab's gleich, versprochen.«

Als ich mich aber wieder zurück auf die Seite rollte, weil ich auf dem Rücken einfach nicht gut liegen konnte, spürte ich Tarjos' Arm, der nach mir griff und mich zu sich heranzog.

»Du bist so unerzogen«, stellte er fest, während ich seinen Atem in meinem Nacken spürte.

»Ich bin nicht unerzogen«, antwortete ich und klang dabei wie ein bockiges Kind. »Ich habe nur zu viel im Kopf.«

»Dann entspann dich endlich!«, forderte er und versuchte scheinbar, wieder einzuschlafen.

»Sehr witzig«, flüsterte ich bloß. »Als ob das so einfach wäre.«

Besonders in dieser Position, die der Sache absolut nicht dienlich war. Ich lag auf der Seite, mit dem Rücken dicht an Tarjos, der seinen Arm nach wie vor um mich gelegt hatte, während sein warmer Atem meinen wehrlosen Nacken kitzelte.

Auch gefühlte zwanzig Minuten später war ich immer noch hellwach. Im Gegensatz zu Tarjos, der seelenruhig hinter mir atmete und keinen Mucks von sich gab. Erstaunlich, dass er so entspannt sein konnte. Und dass er mich im Arm hielt. So viel körperliche Nähe ohne offensichtliche Hintergedanken hätte ich ihm gar nicht zugetraut. Aber vielleicht fühlte er sich insgeheim ein wenig einsam und war froh, mal nicht alleine schlafen gehen zu müssen. Wobei ich mir vorstellen konnte, dass er nicht selten Frauen mit zu sich nach Hause nahm.

»Denk leiser!«, riss er mich plötzlich aus meinen Gedanken. Ich war irritiert.

»Ich dachte, ihr könnt keine Gedanken lesen«, entgegnete ich.

»Können wir auch nicht. Aber ich merke doch, dass du immer noch zappelig bist.«

»Tut mir leid, soll ich aufs Sofa gehen?«, schlug ich vor.

»Nein. Einfach nur entspannen und einschlafen.«

Ich wusste nicht, was ich darauf antworten sollte, und versuchte einfach, auf meine Atmung zu achten, so wie wir es beim Yoga gelernt hatten, um ruhiger zu werden. Gerade, als ich das Gefühl hatte, es würde mir gelingen, spürte ich, wie Tarjos seine Hand an meinen Bauch legte und die Finger sachte kreisen ließ. Ich zuckte zusammen.

»Das kitzelt«, flüsterte ich.

Tarjos stöhnte. Nicht vor Lust. Resigniert legte er seine Stirn in meinen Nacken. Doch anstatt aufzuhören, setzte er nach einigen Sekunden fort, dieses Mal waren seine Berührungen fester. Es fühlte sich gut an. Seine Hand an meinem Bauch ließ mich den ganzen anderen Kram im Nullkommanix vergessen. Ich konzentrierte mich nur auf die Berührungen und spürte, wie meine Glieder langsam schwerer wurden ..., bis seine Hand auf einmal weiter nach unten wanderte.

»Tarjos!«, ermahnte ich ihn erneut und war mit einem Mal wieder hellwach.

»Keine Sorge, nur ein bisschen«, raunte er und setzte seine Bewegungen fort.

Irgendwann erreichten seine kreisenden Abwärtsbewegungen den Bund der Boxershorts, die ich trug. Kurz hielt er inne, bevor er seine Finger mit einem Ruck unter dem Gummizug hindurchschob und auf meinem Venushügel zum Halten kam.

Statt ihn noch einmal erfolglos zu ermahnen, legte ich meine Hand auf seine und hielt sie fest.

»Entspann dich. Ich gehe nicht zu weit«, versprach er wieder.

Dieses Mal war ich es, die resignierte. Vielleicht wollte ich in meinem tiefsten Inneren auch einfach, dass er weitermachte.

Tarjos zog mich noch einmal fester an sich heran, ohne dabei die Hand aus meiner Shorts zu ziehen. Daraufhin spürte ich, wie seine Finger sich den Weg über meinen Venushügel weiter nach unten bahnten, und schon bei dem Gedanken daran, wo sie mich im nächsten Moment berühren würden, wurde ich scharf. Als seine Hand ihr Ziel zwischen meinen Beinen endlich erreichte, stöhnte ich leise auf und spürte kurz darauf Tarjos' harte Erektion an meinen Hintern pochen. Ich genoss es, in seinen Armen zu liegen und berührt zu werden. Er hielt Wort und liebkoste meine Klitoris sanft, ohne weiterzugehen. Ich entspannte mich endlich und ließ zu, dass er mich auf diese Weise verwöhnte. Das Gefühl, seinen starken Körper hinter mir zu spüren, während sein Arm mich umschlang und seine Hand zwischen meinen Beinen intensive Empfindungen hervorrief, war unbeschreiblich schön. Mit wechselnden Bewegungen, mal kreisend, mal auf und ab, steigerte er meine Erregung Stück für Stück.

»Komm für mich, Baby«, flüsterte er mir mit seiner leisen, dunklen Stimme ins Ohr und verschaffte mir damit nur noch größere Lust.

Ich konnte mein Stöhnen kaum noch unterdrücken.

»Ja, so ist gut«, raunte er und zog mich ein letztes Mal an sich heran und presste seinen harten Schwanz lustvoll an meinen Hintern.

»Nicht aufhören!«, stöhnte ich und bereitete ihm damit spürbar Vergnügen.

Mein Orgasmus ließ nicht lange auf sich warten. Und endlich fühlte ich mich unendlich entspannt.

Doch nun hatte Tarjos das Problem. Auch wenn man eine Erektion an sich vielleicht nicht als Problem bezeichnen sollte. Nach einer kurzen Erholungsphase drehte ich mich zu ihm um und befahl ihm, sich auf den Rücken zu legen.

»Eva, das musst du nicht tun«, sagte er gelassen.

»Hilf mir mal damit!«, forderte ich bei dem Versuch, seine enge Boxershorts loszuwerden.

»Hey, ich gebe hier die Befehle«, erwiderte Tarjos amüsiert.

»Jetzt nicht mehr«, entgegnete ich mit Nachdruck und brachte ihn dazu, die Hose auszuziehen.

»Und jetzt entspannst du dich!«, flüsterte ich, während sich meine Hand an seinem Oberschenkel hochschlängelte, bis sie irgendwann sein bestes Stück erreichte. Scharf zog Tarjos die Luft ein, als ich ihn mit der ganzen Hand umfasste und sein Glied mit langsamen Auf- und Abwärtsbewegungen dazu brachte, noch härter zu werden.

»Dein Schwanz ist echt geil!«, raunte ich, immer noch etwas außer Atem von meinem eigenen Orgasmus.

Tarjos antwortete lediglich mit einem tiefen Stöhnen, das mich ein zweites Mal scharf werden und den Orgasmus zwischen meinen Beinen spürbar nachhallen ließ. Ich wollte, dass er einen genauso intensiven Höhepunkt erlebte, wie er ihn mir beschert hatte. Ich wollte, dass ihm der Atem wegblieb vor Lust. Also erhob ich mich ein wenig und rutschte an ihm herunter, sodass ich seinen geilen Schwanz noch besser umfassen und in den Mund nehmen konnte. Tarjos stöhnte auf, sein Oberkörper bäumte sich vor Lust.

»Gott, bist du geil!«, raunte er.

Es bereitete mir Freude, mitanzusehen, wie er immer intensiver atmete. Ich liebkoste sein bestes Stück mit meiner feuchten Zunge, seine süßlich schmeckenden Lusttropfen verlangten nach mehr und sein Stöhnen wurde immer lauter. Es dauerte nicht lange und er war mir wehrlos ausgeliefert.

»Ich komme gleich«, warnte er mich mit halb erstickter Stimme.

Doch ich ließ mich nicht beirren und setzte mein Spiel fort. Kurz darauf spürte ich, wie Tarjos' Schwanz ein letztes Mal pulsierend anschwoll, bevor er zum Orgasmus kam.

Am nächsten Morgen wachte ich vor Tarjos auf, schlich mich aus dem Bett und sprang unter die Dusche. Mein Handtuch vom Vortag hing feinsäuberlich über der Duschwand, ich konnte mich nicht erinnern, es gestern dort aufgehängt zu haben. Vermutlich war es Tarjos in seinem Ordnungswahn gewesen.

Meine Klamotten hatte ich im Schlafzimmer vergessen, aber da Tarjos sich noch im Land der Träume befand, konnte ich unbeobachtet in meine Unterwäsche schlüpfen und meinen grauen Bleistiftrock vom Vortag anziehen. Kaum hatte ich den Reißverschluss oben, hörte ich seine Stimme.

»Bist du auf der Flucht?«, murmelte er heiser.

»Nein«, erklärte ich, »ich dachte, ich besorge uns Brötchen oder so.«

»Wow. Sex und Brötchen. Du darfst öfter zu Besuch kommen«, sagte er und verschränkte die Arme hinter dem Kopf, die Augen immer noch halb geschlossen. Ich schnappte mir meine Bluse, zog sie über, setzte mich aufs Bett und knöpfte sie zu.

»Nicht so schnell!«, forderte Tarjos, doch ich ließ mich nicht beirren.

»Sollen sich die Flattermänner auf deinem Rücken eigentlich irgendwann mal vermehren?«, wollte er wissen und verwirrte mich mit seiner Frage.

Ich sah ihn an.

»Na, die beiden Vögel«, erklärte er, »willst du dir nicht noch mehr tätowieren lassen?«

»Nee«, gab ich bloß zurück und knöpfte weiter.

»Schade«, entgegnete er.

»Bei dem, was sie mir bedeuten, ist es wohl besser so«, sagte ich und spürte eine schmerzliche Erinnerung in mir aufsteigen.

»Erzähl!«, forderte Tarjos.

Aber das wollte ich nicht, was ich dadurch deutlich machte, dass ich mir meinen Blazer schnappte und das Zimmer verließ.

»Wenn du Richtung S-Bahn läufst, die Zweite rechts«, rief er mir nach und meinte damit vermutlich die Straße zum Bäckerladen.

Da ich nicht wusste, was Tarjos zum Frühstück bevorzugte, besorgte ich eine Mischung aus allem. Als ich klingelte und er mir die Tür wieder öffnete, roch es verführerisch nach Kaffee. Tarjos stand noch in seinen Schlafklamotten im Flur, hatte aber bereits angefangen, den kleinen Tisch in seiner Küche zu decken.

»Ich springe kurz unter die Dusche, okay?«, fragte er und überraschte mich damit, dass er sich bei mir erkundigte, ob das in Ordnung sei.

»Klar«, antwortete ich. »Nur zu.«

Gerade biss ich in den letzten Happen meines Marmeladenbrötchens, als Tarjos erneut von meiner Tätowierung anfing.

»Willst du mir nicht erzählen, was dahintersteckt?«, fragte er. Scheinbar war er aufrichtig interessiert.

»Muss nicht sein«, versuchte ich seine Frage nicht allzu unhöflich zu verneinen.

»Warum nicht?«, bohrte er nach und nahm einen Schluck aus seiner Kaffeetasse, ohne den Blick von mir abzuwenden.

»Ist ein blödes Thema. Ich muss immer heulen, wenn ich darüber spreche. Und das wollen wir ja nicht.«

»Wäre ja nicht das erste Mal«, ärgerte er mich und musste lachen, wofür er sich sofort entschuldigte. Er wollte es sich wohl nicht mit mir verscherzen.

»Jetzt komm schon!«, startete er einen neuen Versuch. »Bei dem, was wir beide schon miteinander geteilt haben, kannst du mir das doch wohl nicht verheimlichen wollen.«

Ich ließ seine Aussage kurz sacken. Im Prinzip machte es mir nichts aus, ihm davon zu erzählen. Aber ich hasste es, wenn mich jemand weinen sah.

»Ich werde auch nicht lachen«, versprach er und brachte mich damit ein wenig zum Schmunzeln.

»Na, das hoffe ich doch. Ist auch nicht zum Lachen«, warnte ich ihn.

Und dann erzählte ich ihm von meiner allerersten und, von Julie abgesehen, einzigen besten Freundin, die, als wir beide fünfzehn waren, unheilbar an Krebs erkrankt und von einem auf den anderen Tag aus meinem Leben verschwunden war.

»Also ist sie gestorben?«, fragte Tarjos.

»Ja. Und ich war nicht bei ihr«, ergänzte ich und versuchte den Kloß in meinem Hals, der mir die Kehle zuzuschnüren drohte, herunterzuschlucken. »Sie kam in eine Klinik und kurz darauf zogen wir mal wieder um. Eigentlich wollten wir uns schreiben, was ich mehrmals tat, aber ich habe nie mehr eine Antwort von ihr bekommen.«

Ich bemühte mich, meine Tränen zurückzuhalten. Es schmerzte innerlich, aber die Jahre, die inzwischen vergangen waren, machten daraus einen dumpfen Schmerz. Er war nicht mehr so stechend wie damals, als ich von ihrer Diagnose erfahren hatte und gezwungen gewesen war, Abschied zu nehmen.

»Tut mir leid, das zu hören«, sagte Tarjos. Ich sah ihm an, dass es ihn nicht unberührt ließ. »Wie hieß deine Freundin denn?«

»Anna. Also eigentlich Anna-Lena. Aber ich habe sie immer nur Anna genannt. Die Vögel sollen mich an sie erinnern«, erklärte ich schließlich. »Ließ ich mir stechen, als ich achtzehn wurde.«

»Cool«, sagte er und hakte dann nicht weiter nach.

Wir schwiegen eine Weile, tranken unseren Kaffee und irgendwann begann Tarjos, den Tisch abzuräumen. Als ich ihm helfen wollte, wusste er das zu unterbinden, indem er meinte, ich würde ohnehin nur seine Ordnung zerstören. Das hob meine Stimmung.

»Lach ruhig. Du bist doch auch nicht viel besser«, meinte er.

»Also ich habe keinen Ordnungszwang«, entgegnete ich.

»Doch, in deinem Kopf.« Tarjos lachte.

Damit mochte er Recht haben.

KAPITEL 12

Den Rest des Tages verbrachte ich zuhause damit, weiter in dem Buch, das ich eigentlich am Strand hatte lesen wollen, nach nützlichen Textpassagen zu suchen. Ich kam recht gut voran, daher schnappte ich mir direkt das nächste Buch und konnte am Abend ein wichtiges Kapitel schreiben. Zwischendurch erhielt ich eine Nachricht von Finn mit der Frage, ob wir noch am selben Abend oder lieber erst Sonntagmorgen telefonieren wollten. Ich entschied mich für den morgigen Tag und schob meine Hausarbeit vor. Ganz gelogen war das natürlich nicht, aber tatsächlich hatte ich irgendwie ein schlechtes Gewissen, weil ich die letzte Nacht mit Tarjos verbracht hatte. Obwohl Finn betont hatte, dass es okay für ihn sei, dass er nicht der Einzige war, spürte ich, dass es mir selbst etwas zu schaffen machte. Dabei stellte Tarjos im Grunde keine Gefahr für mein Verhältnis zu Finn dar. Das, was uns verband, war nicht zu vergleichen mit dem, was Tarjos und ich miteinander hatten. Ich hätte nicht sagen können, dass das eine wertvoller war als das andere, es waren eben völlig verschiedene Bedeutungsebenen.

Julie schrieb mir am selben Abend, dass sie die Sonne auf Gran Canaria genoss und den ganzen Tag im Meer geplantscht habe. Im Prinzip hatte sie das an jedem der vergangenen Tage geschrieben. Dieses Mal fügte sie aber noch hinzu, dass sie sich darauf freue, bald mal wieder etwas mit mir und Finn zu unternehmen. Und dass Bo ja vielleicht auch mitkommen könnte. Aha. Daher wehte der Wind. Ich musste grinsen und legte mein Smartphone zur Seite. Es freute mich, dass sie sich so gut mit Bo verstand. Seit dem Abend in der Mensa schrieben sie sich sogar gelegentlich Nachrichten. Nichts Wildes, aber immerhin. Interesse schien auf beiden Seiten zu bestehen. Als ich so darüber nachdachte, was für ein süßes Pärchen die beiden abgeben würden, beschlich mich plötzlich ein ungutes Gefühl.

Es dauerte nicht mehr lange und die Welt würde erfahren, dass ihr bisheriges Menschenbild nicht komplett war. Wie würde Bo reagieren, wenn er erfuhr, dass Julie gelegentlich Blut trinken musste? Würde sie einen erneuten Rückschlag verkraften oder würde ihr Herz daran zerbrechen? Ich machte mir Sorgen um sie. Sie hatte sich zwar verändert, schien seit ihrem Tiefpunkt zu Beginn des Jahres stärker denn je zu sein, aber bisher hatte sie sich noch nie emotional auf einen Jungen eingelassen. Diese Gefühle mussten neu für sie sein. Und sie konnten überwältigend sein, das wusste ich nur zu gut aus eigener Erfahrung. Und im gleichen Maße, wie sie einen Menschen positiv beeinflussen konnten, konnten sie einen innerlich zerstören, wenn es nach hinten losging.

Ich nahm mir vor, noch einmal eindringlich mit Julie darüber zu sprechen, sobald sie zurück sein würde. Sie sollte sich zumindest seelisch auf alle Eventualitäten einstellen und mit Bo nichts überstürzen. Der Zeitpunkt war denkbar ungünstig.

Von Tarjos hörte ich das restliche Wochenende nichts. Aber das war nicht untypisch und machte mir auch nichts aus. Stattdessen freute ich mich am Sonntagmorgen, Finns Stimme zu hören. Ich war noch im Halbschlaf, als mein Handy klingelte und er mir einen guten Morgen wünschte.

»Du bist ja früh wach«, stellte ich erstaunt fest, obwohl ich gar nicht wusste, wie viel Uhr es überhaupt war.

»Das ist so, wenn kleine Kinder mit im Haus sind«, lachte er. »Da hat man keine Chance auf Schlaf.«

Er erzählte mir von den Unternehmungen der vergangenen Tage, und dass sie heute den Tieren im Zoo einen Besuch abstatten wollten. Im Hintergrund hörte ich seinen Neffen herumkaspern und ständig fragen, mit wem er spreche.

»Dienstag bin ich ihn wieder los«, gestand Finn irgendwann, dass es langsam anstrengend wurde.

Ich konnte es mir nur allzu gut vorstellen. Mit kleinen Kindern hatte ich noch nie viel am Hut gehabt, irgendwie war das nicht meine Welt. Ich wusste nicht einmal, ob ich überhaupt irgendwann eigene Kinder haben wollen würde. Und dennoch fand ich es total süß, wie Finn von seinem Neffen erzählte. Mitunter kam er richtig ins Schwärmen, der stolze Onkel.

»Und was hast du heute noch vor?«, fragte er, als er fertig war mit dem Berichten.

»Ich denke, ich werde noch einmal die Bibliothek aufsuchen und nach Literatur für die restlichen Kapitel suchen.«

Dadurch, dass ich am Tag zuvor so viel geschafft hatte, war ich richtig motiviert, voranzukommen. Und unter der Woche würde ich neben dem Praktikum ohnehin zu nichts kommen.

»Vorbildlich«, kommentierte Finn mein Vorhaben.

»Geht so. Vorbildlich wäre gewesen, wenn ich vor dem Praktikum fertig geworden wäre«, lachte ich.

»Daran bin ich vermutlich nicht ganz unschuldig, sorry«, entschuldigte er sich.

»Ach, Quatsch. Die Ablenkung kam mir sehr gelegen«, beruhigte ich ihn. »Immerhin hatten wir eine tolle Zeit.«

»Das stimmt«, bestätigte er. »Apropos, wann kommst du zu mir?«

Ich überlegte kurz, wann es am besten passen würde. Eigentlich brauchte ich die Wochenenden für die Fertigstellung meiner Hausarbeit, aber im Prinzip hatte ich dafür die kompletten Semesterferien Zeit, sodass ich es auch noch etwas aufschieben konnte. Andererseits würde es länger dauern, allein schon, weil ich ständig aus dem Thema gerissen wurde und mich gedanklich immer wieder neu einfinden müsste.

»Nimm doch einfach deine Bücher mit«, schlug Finn vor, als meine Antwort auf sich warten ließ. »Du kannst die Fahrt gut nutzen und auch hier noch etwas für deine Hausarbeit machen.«

»Ja, stimmt. Zumindest das mit der Fahrt. Ich denke, ich mache einen Tagesausflug daraus und fahre abends wieder zurück«, erklärte ich, um unangenehme Familienkennenlernsituationen zu vermeiden.

»Bist du sicher? Das lohnt sich doch kaum bei der langen Fahrt«, wandte Finn skeptisch ein. Er hatte nicht ganz Unrecht.

»Ich denke noch einmal darüber nach«, meinte ich schließlich, um mich nicht festlegen zu müssen. »Sind ja noch ein paar Tage Zeit.«

Mir war einfach nicht wohl bei dem Gedanken, über Nacht zu bleiben und seine Eltern kennenzulernen. Dazu war ich nicht bereit. Gleichzeitig wollte ich es Finn nicht so direkt sagen, weil ich ihn nicht verletzten wollte. Er akzeptierte meinen Vorschlag und gab mir zu verstehen, dass er sich auf mich freute, egal, ob für einen Nachmittag oder ein ganzes Wochenende. Und ich freute mich auch auf ihn. Er fehlte mir wirklich.

Die zweite Praktikumswoche verlief etwas entspannter als die erste. Das lag in erster Linie daran, dass ich den Laden nun besser kannte und etwas routinierter an meine Aufgaben gehen konnte. Am Mittwoch kündigte einer der Teamleiter an, sein Name war Bjarne, dass er Mitte August für zwei Tage in den Süden, genaugenommen nach Flensburg, fahren würde, um sich dort mit Vertretern deutscher Unternehmen über eine geplante Zusammenarbeit auszutauschen. Meine Vorgesetzte, Maria, fügte hinzu, dass noch Plätze für diese Unternehmung frei seien und dass einer von uns Praktikanten gerne daran teilnehmen dürfe. Wir nahmen das Angebot nickend zur Kenntnis, woraufhin das nächste Thema der Tagesordnung aufgerufen wurde.

»Wie denkt ihr darüber?«, fragte ich Jens und Lorena beim Mittagessen. Jetzt waren wir ja unter uns.

»Für mich ist das nichts«, gestand Jens, wie ich erwartet hatte. »Mit meinem schlechten Deutsch blamiere ich mich da bloß.«

»Ich hätte schon Lust«, sagte Lorena, »aber ich glaube, mein Freund würde das nicht erlauben.«

»Echt jetzt?«, kommentierte Jens ihre Aussage mit einer Mischung aus Erstaunen und Herablassung.

»Er ist halt sehr eifersüchtig«, versuchte sie ihre Aussage zu rechtfertigen.

Mit einem langgezogenen »Ooookay« nahm Jens ihre Antwort zur Kenntnis und ließ keine Zweifel daran, dass er das albern fand. Ich mischte mich lieber nicht ein. Irgendwie mochte ich Lorena zwar, im Gegensatz zu Jens, aber es war ihre Sache, wie sie ihre Beziehung führte. Immerhin hätte ich auch nicht gewollt, dass mir jemand Ratschläge erteilte, wie ich zu leben hatte.

»Was ist mit dir?«, fragte Lorena.

»Ich weiß es noch nicht. Eigentlich spricht nichts dagegen. Aber ich werde mir noch ein paar Infos einholen, bevor ich mich entscheide«, erklärte ich.

»Mach das ruhig. Bjarne freut sich sicher, wenn junges Gemüse dabei ist«, machte Jens sich lustig.

»Du bist echt ätzend!« Ich schnappte mir mein Tablett und deutete Lorena an, zu gehen. Sie stand auf und folgte mir. Wir beschlossen, ab sofort nur noch zu zweit Mittagessen zu gehen und Jens sich selbst zu überlassen. Der Kerl war einfach nur unangenehm, darin waren wir uns einig.

Am darauffolgenden Tag hatte ich Gelegenheit, Maria zu dem Flensburg-Aufenthalt genauer zu befragen, und entschied mich, daran teilzunehmen. Immerhin sah es nicht danach aus, als würden die anderen beiden Anspruch darauf erheben, also war die Sache abgemacht. Auf diese Weise würde ich einen noch intensiveren Einblick in die Arbeit der DDKK bekommen und gleichzeitig nahm ich mir vor, meine Eltern zu bitten, sich die beiden Tage freizuhalten. Vielleicht würde ich abends etwas Freizeit haben, um mich mit ihnen treffen zu können. So könnte ich mir eine zusätzliche Fahrt nach Deutschland sparen und nebenbei etwas lernen.

Am selben Abend telefonierte ich mit Finn, der mein Vorhaben zu meiner Erleichterung ebenfalls positiv aufnahm.

»Das klingt nach einer super Chance. Übrigens, meine Eltern sind übers Wochenende nicht zuhause. Ich wollte es nicht ungesagt lassen, falls das deine Entscheidung irgendwie beeinflusst.«

Natürlich tat es das. Das machte mir meinen Entschluss ziemlich leicht, was ich ihm natürlich nicht so direkt sagen konnte.

»Wie kommt's?«, wollte ich wissen, bevor ich ihm mitteilen würde, dass ich über Nacht bleiben würde. Es konnte zwar trotzdem etwas seltsam sein, allein mit ihm im Haus seiner Eltern zu sein, aber immerhin waren wir ungestört. Und ich wollte ihn unbedingt sehen. Je länger, desto besser.

»Sie sind abends auf einem Geburtstag in Nyborg und übernachten dort. Vor Sonntagmittag ist nicht mit ihnen zu rechnen«, erklärte Finn.

Ich versprach, mir noch am Abend meine Bahnzeiten herauszusuchen und ihm via WhatsApp mitzuteilen, wann ich ankommen würde. Daraufhin sprachen wir noch einige Zeit darüber, was wir alles in Odense unternehmen könnten, bevor wir uns wie immer liebevoll voneinander verabschiedeten.

Ich entschied, mir eine Verbindung herauszusuchen, mit der ich am frühen Nachmittag in Odense ankommen würde. Das hatte den Vorteil, dass ich vormittags noch ein wenig an meiner

Hausarbeit schreiben konnte und wir nach meiner Ankunft die Stadt erobern konnten. Soweit ich wusste, wohnten Finns Eltern etwas außerhalb der Stadt, und auf diese Weise würde ich ein Zusammentreffen mit ihnen elegant umgehen. Gleichzeitig tat es mir ein wenig leid, denn sie waren mit Sicherheit nette Menschen und vielleicht tat ich Finn damit auch Unrecht. Aber ich wollte einfach nichts überstürzen.

Anstatt die Bahnfahrt zum Lesen zu nutzen, hörte ich Musik und sah aus dem Fenster. Ich wollte nicht riskieren, dass mir beim Lesen im Zug schlecht wurde, außerdem war ich sehr zufrieden mit dem, was ich am Vormittag für meine Hausarbeit geschafft hatte, also hatte ich kurzerhand entschieden, meine schweren Bücher zuhause zu lassen und mich nur mit dem Nötigsten auf den Weg nach Odense zu machen. Es sollte ein zwangloses Wiedersehen werden. Das würde mir guttun.

Finn nahm mich freudestrahlend in Empfang und umarmte mich fest, wobei mir fast die Luft wegblieb.

»Na endlich!«, raunte er und gab mir einen Kuss auf die Wange. »Wie war die Fahrt?«

»Unspektakulär«, antwortete ich.

»Sehr gut. Dann ist ja noch Luft nach oben.« Finn nahm mir meine kleine Reisetasche ab. »Die ist ja gar nicht schwer«, sagte er erstaunt.

»Ist doch nur eine Nacht.«

»Ja, aber da bin ich trotzdem anderes gewohnt«, erklärte er und spielte vermutlich auf Mädels an, die bei einer solchen Gelegenheit gleich einen halben Kosmetiksalon mit sich führten.

»Bin halt kein typisches Mädchen«, gestand ich.

»Gefällt mir.« Er lächelte und setzte fort: »Ich parke nicht weit von hier. Wollen wir deine Tasche ins Auto werfen und dann die Stadt erkunden? Wir könnten sie aber auch mitnehmen, wiegt ja nichts.«

»Nein, das ist eine gute Idee. Ist nichts Wertvolles drin. Dann müssen wir die Tasche nicht unnötig mitschleppen.«

Kurze Zeit später erreichten wir seinen dunkelblauen Wagen und deponierten mein Hab und Gut im Kofferraum, bevor wir uns wieder auf den Weg in Richtung Innenstadt machten. Ich war bisher nur ein einziges Mal in Odense gewesen, zusammen mit einer Kommilitonin aus Kiel. Damals hatte es bei der Bahn Sonderangebote für Grenztickets gegeben und wir hatten uns an nur einem Tag Odense, Ribe und Esbjerg angeschaut. Dementsprechend wenig hatten wir tatsächlich zu sehen bekommen. In jeder Stadt waren uns lediglich ein bis zwei Stunden Zeit geblieben, sodass wir uns einen groben Überblick hatten verschaffen können, bevor es wieder in die Bahn und in die nächste Stadt gegangen war. Ich freute mich, Odense jetzt noch einmal intensiver erleben zu dürfen. Vor allem mit Finn.

An einer roten Ampel sah ich mich um und erkannte vor uns den Eingang in die Fußgängerzone wieder. Ich bekam nicht mit, dass die Ampel inzwischen auf Grün umgesprungen war, Finn nahm meine Hand und zog mich mit sich über die Straße.

»Oder wolltest du gerne dort stehen bleiben?«, fragte er amüsiert.

»Nein, ich war nur am Träumen«, gestand ich.

»Oha, dann muss ich wohl ein bisschen auf dich aufpassen«, entgegnete er und ließ meine Hand nicht wieder los.

Es störte mich nicht. Im Gegenteil. Ich genoss seine Nähe und ließ mich gerne ein wenig Herumführen. Es tat gut, mal nicht die Richtung vorgeben zu müssen und sich einfach mitziehen zu lassen.

»Hast du eigentlich Hunger?«, fragte er, als wir gerade an einem Hotdog-Stand vorbeikamen.

»Nein, eigentlich nicht. Habe im Zug eine Banane gegessen«, erwiderte ich. »Du vielleicht?«

»Nein, alles gut«, lächelte er.

Wir verbrachten fast zwei Stunden im H.C. Andersen-Museum. Eigentlich war ich der Typ Mensch, der ein Museum in Rekordzeit passierte und dann am Ende immer auf alle anderen warten musste, weil es mir viel zu anstrengend erschien, die ganzen kleinen, meist wenig interessanten Texte selbständig durchzulesen. Aber ich liebte Andersens Märchen und hatte mich bereits in Kiel während des Studiums intensiv mit diesem Autor befasst, daher langweilte ich mich überhaupt nicht. Außerdem genoss ich es, dass Finn sich von Zeit zu Zeit von hinten an mich heranschlich und seine Arme und mich schlang, während ich vor einem Glaskasten stand und die ausgestellten Textfragmente oder Bilder betrachtete. Ich ließ mir dann extra viel Zeit und kostete den Moment aus.

»Wenn du noch shoppen willst, müssen wir uns ein wenig sputen«, flüsterte er mir irgendwann ins Ohr.

»Nein, danke. Muss nicht sein«, entgegnete ich. »Aber wir können trotzdem bald weiter«, fügte ich hinzu, weil mir klar war, dass er sich schrecklich langweilen musste.

»Nur keinen Stress«, erwiderte er. Und obwohl ich wusste, dass er mir zuliebe noch Stunden bleiben würde, beeilte ich mich, damit er nicht allzu sehr litt.

Wir bummelten durch die kleinen Gassen, gönnten uns zwischendurch ein Eis und verhielten uns beinahe wie ein typisches, frisch verliebtes Pärchen. Ich genoss jeden Moment mit Finn. Es war alles so einfach, so entspannt. Er war unglaublich lieb, sah wie immer blendend aus in seinem grünen Shirt und den kurzen Shorts und er ließ es sich zuweilen nicht nehmen, mich ein wenig auf den Arm zu nehmen, was mich ziemlich amüsierte. Es war ein perfekter Nachmittag.

»Da vorne ist eine Kunstgalerie, falls du interessiert bist. Aber ich fürchte, die schließt recht bald«, verwies Finn auf ein Gebäude nicht weit von uns.

»Kunst ist nicht meine Welt«, gestand ich und hoffte insgeheim, dass das für ihn okay war. »Aber du findest das spannend, oder?«

»Auch nicht so richtig«, antwortete er.

»Okay, dachte ich irgendwie, weil du auch damals auf der Berufsmesse beim Stand des Kunstmuseums gestanden hast«, erklärte ich meine leichte Verwunderung.

»Ja«, lachte Finn. »Der Kerl, der dort gearbeitet hat, ist ein Kumpel von mir aus Schulzeiten. Hatte ihn nach langer Zeit zum ersten Mal wiedergesehen.«

»Ah«, verstand ich und war insgeheim ziemlich erleichtert, dass auch Finn nicht der große Kunstliebhaber war.

Irgendwann hatten wir genug von der Stadt gesehen und beschlossen, langsam den Heimweg anzutreten. Am Auto nahm

Finn mich noch einmal in den Arm und flüsterte mir ins Ohr: »Schön, dich hier zu haben.«

Ich bedankte mich für den tollen Ausflug und ließ mir die Beifahrertür aufhalten.

»Ein echter Gentleman«, lobte ich sein Verhalten.

»Für dich gerne«, entgegnete er und stieg auf der gegenüberliegenden Seite ein.

Die Fahrt über sprachen wir nur wenig, Finn konzentrierte sich auf den Verkehr, suchte aber immer wieder Körperkontakt, indem er nach meiner linken Hand griff oder seine Rechte auf meinem Oberschenkel platzierte. Im Radio liefen die dänischen Charts und ich betrachtete aufmerksam die Gegend, durch die wir fuhren, bis wir irgendwann vor einem schnuckeligen Einfamilienhaus in einem Stadtteil etwas außerhalb anhielten.

»Wir sind da«, erklärte Finn, stellte den Motor ab und lächelte mich an. »Bereit?«

»Wofür?«, wollte ich etwas irritiert wissen.

»Hineinzugehen natürlich.« Er lachte und stieg aus, öffnete den Kofferraum und nahm meine Tasche heraus, während ich mich parallel dazu selbst aus dem Auto hievte.

Der Eingangsbereich war ziemlich geräumig, weiße Fliesen in sämtlichen Räumen des Erdgeschosses. Alles war sauber und aufgeräumt, ich fühlte mich auf Anhieb wohl. Finn zeigte mir Küche, Wohnzimmer und Bad, dann nahmen wir die Treppe ins erste Stockwerk, wo er die Tür in unser Schlafreich öffnete.

»Ist das dein altes Zimmer?«, wollte ich wissen.

»Nicht so richtig, meine Eltern haben das Haus erst vor drei Jahren gekauft, da war ich schon ausgezogen. Aber trotzdem stehen hier einige Sachen von mir, die ich nicht mit in mein WG-Zimmer nehmen wollte«, erklärte er.

Ich sah mich ein wenig um und entdeckte ein Star-Wars-Poster an der Wand, hier und dort Bälle für verschiedene Sportarten und auf dem Schreibtisch eine Leselampe, an der ein kleines, rotes Plüschherz baumelte. Ich nahm es in die Hand und warf Finn einen skeptischen Blick zu. Er zuckte entschuldigend mit den Schultern und ich musste lachen.

»Hab' ich mal geschenkt bekommen.«

Ich winkte ab, um ihn nicht weiter in Verlegenheit zu bringen, und nahm auf dem Bett Platz, das den meisten Raum des Zimmers einnahm. Ich sah Finn an, dass er sich nicht ganz wohlfühlte in seiner Haut.

»Alles okay?«, erkundigte ich mich.

»Ja, eigentlich schon.«

»Eigentlich?«, hakte ich nach.

»Entschuldige. Irgendwie werde ich gerade nervös.« Er lächelte erneut und sah total niedlich aus, wie er dort etwas hilflos vor mir stand.

Um es ihm leichter zu machen, nahm ich seine Hand und zog ihn zu mir. Er setzte sich neben mich und schaute mir in die Augen.

»Bin doch nur ich«, beruhigte ich ihn.

»*Nur* ist gut«, antwortete er schüchtern lächelnd. »Ich mag dich, Eva, und ...«, doch bevor er weiterreden konnte, küsste ich ihn auf den Mund. Erst ganz zart, dann etwas intensiver und schließlich fand Finn seinen Mut wieder und küsste mich so innig, dass mir beinahe die Luft wegblieb. Ich ließ mich rückwärts aufs Bett fallen und er nahm die Einladung an, beugte sich über mich und küsste erst noch einmal meinen Mund, bevor er seine Lippen von meinen löste und meinen Hals liebkoste, wie er es damals beim Tanzen schon einmal getan hatte. Sofort stieg mir die Hitze in den Kopf. Ich liebte es, seine weichen, warmen Lippen auf meinem Hals zu spüren. Wie es sich wohl anfühlen mochte, wenn er meine Brüste liebkoste? Ein leichtes Stöhnen entfuhr mir bei dem Gedanken, schnell zog ich Finn an seinem Kinn wieder zu mir nach oben, sodass ich seine Zunge wieder an meiner spüren konnte.

Es vergingen einige Minuten, in denen wir knutschend auf seinem Bett lagen. Zwischendurch rutschten wir auf der Matratze ein bisschen höher, sodass wir beide nebeneinanderliegen konnten, und setzten dann unsere Knutscherei fort, während unsere Hände langsam über den Körper des anderen wanderten. Vorsichtig schob ich meine Finger unter Finns Shirt, sodass ich seine warme Haut und seinen harten Bauch spüren konnte. Er fühlte sich wahnsinnig gut an und ich wollte mehr, also befahl ich ihm, sein T-Shirt auszuziehen. Finn gehorchte. Ich betrachtete seinen nackten Oberkörper für einige Sekunden und ließ meine Finger vom Schlüsselbein über seine Brust weiter nach unten wandern. Sein Blick verriet mir, dass es ihm gefiel, von mir berührt zu werden.

Erneut küsste er mich und ließ auch seine Hand über mein Blusenkleid wandern, knöpfte es langsam von oben nach unten auf und legte seine warme Hand auf meinen Brustkorb, bevor er sich behutsam meinen Brüsten näherte. Er ließ sich eine Menge Zeit dabei und ich genoss jede Sekunde, in der seine Hand meinen Körper liebkoste. Als er seine Finger langsam unter meinen BH schob und meine harte Brustwarze zum ersten Mal berührte, schnappte ich vor Erregung nach Luft. Auch Finn törnte es sichtlich an, mich zu spüren, denn seine Küsse wurden immer fordernder. Während er wieder und wieder meinen Nippel streichelte und mich irgendwann mit leichten Kniffen fast zum Überkochen brachte, ließ ich meine Hand weiter an seinem Körper nach unten wandern, über seinen Hosenbund und zwischen seine Beine, sodass ich seine Erektion unter dem Stoff spüren konnte. Nun schnappte Finn nach Luft und begann zu stöhnen.

»Mein Gott, Eva, ich will dich.«

Seine Worte ließen mich feucht werden. Ich nahm seine Hand von meiner Brust und führte sie direkt zwischen meine Beine. Finn ließ sich das nicht zweimal sagen, schob den Stoff meines Kleids nach oben und anschließend seine Hand von meinem Oberschenkel aus langsam wieder zwischen meine Beine, bis er meinen Tanga berührte. Das Pochen seines Schwanzes war in diesem Moment deutlich durch den Stoff seiner Hose zu spüren. Ich knöpfte sie auf und schob sie, so weit ich konnte, nach unten. Finn löste sich kurz von mir, zog die Hose komplett aus und warf sie aus dem Bett. Sein Blick verriet mir, dass es nun kein Zurück mehr gab.

»Du bist so scharf«, sagte er mit einem lüsternen Blick und sah an meinem Körper hinunter. Ich nahm das als Aufforderung, zog mein Kleid aus und beförderte es zu seiner Hose auf den Fußboden.

»Oh Mann«, murmelte er, als ich in BH und Tanga vor ihm saß.

»Danke gleichfalls«, entgegnete ich mit Blick auf das, was sich unter seinen Boxershorts abzeichnete.

Ich entschied, meinen BH auch gleich loszuwerden, und legte mich, nur mit meinem Höschen bekleidet, auf den Rücken. Finn ließ seinen Blick über meinen Körper wandern, dann seine Lippen. Sanft küsste er meinen Hals, mein Schlüsselbein, meine Brüste, und als seine feuchte Zunge meine Nippel berührte, konnte ich mich kaum noch zurückhalten. Mit meiner Hand fühlte ich, dass sein hartes Glied nach Befreiung aus den Boxershorts verlangte. Während ich Finns Shorts nach unten schob, wanderten seine Finger an meinem Oberkörper nach unten, ohne dass er seine Lippen von meiner Brustwarze löste. Fast zeitgleich berührten wir uns und stöhnten auf vor Erregung. Seine Finger zwischen meinen Beinen zu spüren, wie sie mich sanft streichelten, und gleichzeitig sein bestes Stück in meiner Hand zu fühlen, war unfassbar geil.

»Ich will dich!«, raunte ich und zog ihn von meinen Brüsten weg zu mir nach oben. »Ich will dich jetzt!«

Hastig zog er die Boxershorts aus, kramte ein Kondom aus der Schreibtischschublade, öffnete die Packung und stülpte es sich über, während ich meinen Tanga loswurde. Dann legte er sich zwischen meine Beine und spreizte sie ein wenig, sodass er vorsichtig in mich eindringen konnte. Als ich ihn endlich in mir spürte, küsste ich ihn innig und winkelte meine Beine leicht an, sodass er noch tiefer kam. Er stützte seine Arme neben meinem Kopf ab, küsste mich und schob seine Hüfte langsam kreisend vor und zurück. Es fühlte sich unglaublich gut an, Finn in mir zu spüren. Immer wieder löste er seine Lippen von mir und ließ sie über meinen Hals wandern, womit er mir ein Stöhnen nach dem anderen entlockte.

»Du bist so schön«, keuchte er und sah mir dabei in die Augen, bevor er mich wieder küsste.

»Leg dich auf den Rücken!«, befahl ich ihm und er gehorchte aufs Wort.

Vorsichtig zog er sich aus mir heraus, darauf bedacht, dass das Kondom nicht abrutschte, und legte sich auf den Rücken. Ich stieg über ihn, küsste ihn noch einmal lustvoll und setzte mich vorsichtig auf sein hartes Glied. Als ich seinen Schwanz vollständig in mir aufgenommen hatte, begann ich, meine Hüften kreisen zu lassen. Auf diese Weise fühlte es sich noch intensiver an und es dauerte nicht lange, bis Finn meinen Hintern packte und mich fest an seine Hüften zog.

»Wenn du so weiter machst, komme ich gleich«, stöhnte er.

»Gut«, antwortete ich und setzte meine Bewegungen fort.

Finn löste seine Hände von meinem Po und ließ sie an meine Brüste wandern. Als er meine Brustwarzen liebevoll zwickte, warf ich meinen Kopf nach hinten und stöhnte laut auf vor Lust. Wenige Sekunden später pulsierte Finns Schwanz in mir und ihn überkam ein intensiver Orgasmus. Ich verlangsamte meine Bewegungen und legte mich auf seine warme, feuchte Brust, um erst einmal wieder zu Atem zu kommen.

Wir lagen noch eine ganze Weile zusammen im Bett, irgendwann war ich von Finn heruntergeklettert und hatte mich in seinen Arm gelegt. Er streichelte mich und küsste hin und wieder meine Finger, meine Hand, meinen Arm. Ich fühlte mich wahnsinnig wohl in seiner Nähe und wäre am liebsten den ganzen Abend nicht von seiner Seite gewichen, jedoch weckte mein Magen uns unsanft aus unserem Traum, indem er lauthals knurrte.

»Entschuldige«, murmelte ich etwas peinlich berührt und vergrub mein Gesicht an seiner warmen Brust.

»Ich kriege auch langsam Hunger«, tröstete er mich, zog mich am Kinn zu sich nach oben und küsste mich.

»Worauf hast du Appetit?«, fragte er.

»Ganz egal. Nur keine Umstände«, entgegnete ich.

Die Banane im Zug war schon viel zu lange her gewesen und das Eis hatte meinen Magen nicht wirklich gefüllt, daher konnte ich diese Stärkung wirklich gebrauchen. Zumal wir den ganzen Nachmittag über auf den Beinen gewesen waren. Finn staunte nicht schlecht, dass ich meinen von ihm viel zu voll gefüllten Teller mit Nudeln und Basilikum-Pesto komplett aufaß.

Er verhielt sich als Gastgeber vorbildlich, ich durfte keinen Finger rühren. Es war mir ein wenig unangenehm, mich derart bedienen zu lassen, aber Finn ließ sich auf keinerlei Diskussion ein.

Den restlichen Abend verbrachten wir in seinem Zimmer. Genauer gesagt in seinem Bett. Wir unterhielten uns, kuschelten dabei, streichelten uns gegenseitig und hatten schließlich ein zweites Mal Sex, bevor wir erschöpft von dem aufregenden Tag Arm in Arm einschliefen.

Nachdem wir ausgiebig gefrühstückt hatten, schlug Finn vor, einen Ausflug zum Egeskov Schloss zu machen, das etwa eine halbe Stunde entfernt lag, bevor er mich wieder zum Bahnhof fahren würde. Ich war einverstanden und freute mich, noch mehr von der Gegend zu sehen zu bekommen.

Das Schloss war eher eine von Wasser umgebene Burg und erinnerte mich an Schloss Glücksburg im Norden Deutschlands, das ich im Grunde nur kannte, weil eine Cousine dritten Grades dort vor einigen Jahren geheiratet und unsere komplette Familie eingeladen hatte. Ich konnte mich deshalb so gut daran erinnern, weil die Feier damals in einem Fiasko geendet war. Der Alkohol war in Strömen geflossen und zu späterer Stunde hatte man die Mutter der Braut mit dem Stiefvater des Bräutigams knutschend auf der Herrentoilette erwischt. Das war ein Spektakel. Ich musste innerlich ziemlich lachen, als ich daran zurückdachte. Zu damaliger Zeit hatte ich es als nahezu skandalös und verachtenswert empfunden. Mittlerweile amüsierte es mich eher. Auch wenn es im Grunde genommen sehr traurig war, dass die Eltern dem frisch gebackenen Ehepaar ihr schönes Fest ruiniert hatten.

Als ich Finn davon erzählte, musste er ebenfalls lachen und toppte die Geschichte sogar noch damit, dass er einen Onkel hatte, der eine Schülerin auf ihrem Abiball geschwängert hatte. Allerdings hatte er sie später geheiratet, auch wenn ihn das nur geringfügig ehrenhafter erscheinen ließ.

Wir verbrachten einige Minuten im Museum des Schlosses, jedoch deutlich weniger Zeit als am vorherigen Tag im H.C. Andersen-Museum. Das hier interessierte mich nur wenig. Stattdessen erwischte ich mich immer wieder dabei, wie ich, statt mir die Räumlichkeiten genauer anzusehen, ständig Finn aus dem Augenwinkel beobachtete und mich darüber freute, dass ich so einen tollen Jungen kennengelernt hatte. Wenn wir nicht gerade enge Wendeltreppen steigen mussten, hielt er die meiste Zeit meine Hand und führte mich durch das Schloss, bis wir den wunderschönen Garten erreichten. In der Nacht hatte es geregnet und die Pflanzen glänzten noch so schön frisch und strahlten um die Wette. Hier und da tanzte ein Schmetterling, als befände sich der Frühling ein zweites Mal im Anmarsch.

Wir entschieden, uns nicht auf einer der zahlreichen weißen Bänke niederzulassen, die hier für Parkbesucher aufgestellt worden waren, da diese noch vom Regen ziemlich feucht schienen. Stattdessen spazierten wir um das Schloss herum, bis wir zu einem kleinen Waldweg gelangten, der einladend wirkte. Mit Blick auf die Uhr und meiner Abfahrtszeit im Hinterkopf beschlossen wir, nur ein kleines Stück zu gehen, aber selbst das lohnte sich. Es herrschte eine selige Stille in diesem Wald. Keiner Menschenseele begegneten wir und fühlten uns kurze Zeit, als wären wir alleine auf dieser Welt. Schließlich blieben wir an einem kleinen Bächlein, es musste ein Zuläufer des Schlosssees gewesen sein, stehen und genossen die Atmosphäre.

»Danke für dieses schöne Wochenende.« Ich schenkte Finn ein Lächeln.

»Ich danke dir, dass du hergekommen bist«, erwiderte er, bevor er mich zärtlich küsste. Als er sich langsam von mir löste, blickte er mir in die Augen und sprach leise: »Ich bin froh, dass wir uns begegnet sind.«

Da ich nichts Passendes zu entgegnen wusste, nickte ich einfach und drückte ihm erneut einen Kuss auf den Mund, der deutlich machte, dass es mir ebenso erging.

Der Abschied am Bahngleis fiel uns beiden unheimlich schwer, aber wir trösteten uns mit der Gewissheit, dass Finn am folgenden Wochenende schon wieder nach Kopenhagen kommen würde, sodass zwischen unserem Wiedersehen und dem heutigen Tag lediglich fünf Wochentage lagen.

Auf der Rückfahrt ließ ich die Zeit in Odense noch einmal Revue passieren und schwelgte in Erinnerungen. Dabei erwischte ich mich, wie ich beim Gedanken an unseren Sex wieder feucht wurde. Ich war froh, dass der Wagon halbwegs leer und keiner in der Lage war, meine Gedanken zu lesen. Trotzdem spürte ich, wie ich ein wenig errötete. Das hielt mich jedoch nicht davon ab, weiter an die schöne Zeit mit Finn zu denken, bis mich die Durchsage des Lokführers aus meinen Träumen riss und ich merkte, dass ich aussteigen musste.

Anstatt die letzten Stunden des Tages für meine Hausarbeit zu nutzen, was überaus sinnvoll gewesen wäre, telefonierte ich noch einmal mit Finn. Eigentlich wollte ich ihm bloß mitteilen, dass ich heil gelandet war, aber irgendwie verquatschten wir uns wieder und damit war der Tag dann auch gelaufen.

Beim Zähneputzen mischte sich unter das Gefühl von Glück und Zufriedenheit jedoch auch ein zweifelnder Gedanke. So viel Nähe hatte ich ursprünglich noch nicht so schnell wieder gewollt. War es klug, mich zu diesem Zeitpunkt so intensiv auf einen Mann einzulassen? Aber Finn war nicht irgendein Mann. Ich hatte in kürzester Zeit wahnsinnig viel über ihn erfahren, es fühlte sich sehr bald so an, als würden wir uns schon unser ganzes Leben kennen. Und vor allem fühlte es sich richtig an. Schließlich bekämpfte ich den Zweifel mit der Tatsache, dass ich ihn in der nächsten Zeit ja ohnehin unter der Woche nur selten zu Gesicht bekommen würde, sodass ich mir keine Sorgen um zu viel Nähe würde machen müssen.

Und um auf Nummer sicher zu gehen, schrieb ich vorm Schlafengehen eine Nachricht an Tarjos mit der Frage, ob wir uns im Laufe der Woche nach Feierabend noch einmal treffen wollten.

Am nächsten Morgen erhielt ich seine Antwort und wir verabredeten uns für Mittwochabend am Strand. Bis dahin sollte das Wetter auch wieder besser werden, momentan regnete es ununterbrochen. Aber das machte mir nichts aus, ich würde ohnehin die meiste Zeit des Tages im Büro verbringen.

KAPITEL 13

Und, wie war dein Tag?«, fragte ich Tarjos, der mich auch an diesem Tag am Bahngleis in Empfang nahm. Dieses Mal jedoch nach vorheriger Absprache.

»Wie jeder andere auch«, erwiderte er vielsagend wie immer.

»Prima.« Ich nahm mir vor, mir meine gute Laune nicht von seiner Gleichgültigkeit verderben zu lassen.

Der Tag war im Vergleich zu den beiden davor relativ erfreulich verlaufen. Das wöchentliche Meeting gestaltete sich interessant, ich erfuhr bereits einiges über die Firmen, mit denen Bjarne, sein Team und ich uns Mitte August in Flensburg treffen wollten, und statt der üblichen Arbeit zur Unterstützung von Maria oder Per-Ole nachzugehen, durfte ich für Bjarne Konkurrenten in der Branche recherchieren. Wenn ich in einem gut war, dann im Recherchieren. Immerhin bestand mein halbes Studium darin, Informationen zu beschaffen und zielgerichtet aufzubereiten. Bjarne lobte meine Arbeit und entließ mich bereits eine ganze Stunde früher in die Sonne.

»Was grinst du denn so?«, wollte Tarjos wissen. »Ist ja unerträglich.«

»Ich bin einfach gut drauf.«

»Hat das was mit diesem Finn zu tun?« Sein Tonfall war herablassend geworden.

»Möglich«, sagte ich bloß, um das Thema nicht weiter ausführen zu müssen.

»Stimmt. Du warst doch am Wochenende bei ihm.« Tarjos erinnerte sich, dass ich ihm vergangene Woche von meinem Vorhaben, Finn zu besuchen, erzählt hatte.

»Hattet ihr Sex?«, fragte er ungeniert.

»Tarjos!«, ermahnte ich ihn.

»War es gut?« Er ließ sich nicht beirren.

»Möchtest du wirklich mit mir über Finn reden?«, versuchte ich erneut, das Thema beiseitezuschieben.

»Bestimmt war es nicht so gut wie mit mir.« Er grinste und ich verpasste ihm einen Ellbogenstoß in die Rippen.

»Du bist echt blöd.«

Damit ließ er es auf sich beruhen, bis wir am Wasser ankamen und uns auf der Decke niederließen.

»Bist du gekommen?«, fragte er aus heiterem Himmel und sah mich neugierig an. Es dauerte einen Moment, bis mir klarwurde, was er damit gemeint hatte.

»Kannst du die Fragerei jetzt mal bitte lassen? Das nervt!«

»Also nicht«, schlussfolgerte Tarjos.

»Das habe ich nicht gesagt.«

»Doch, hast du«, stellte er fest und legte sich mit einem zufriedenen Grinsen auf den Rücken, die Arme selbstgefällig hinter dem Kopf verschränkt.

Ich schwieg. Was sollte ich dazu auch sagen. Er war der Letzte, mit dem ich über den Sex mit Finn reden wollte. Auch wenn er Recht hatte, dass ich keinen Orgasmus bekommen hatte, spielte es doch überhaupt keine Rolle. Die Zeit, die ich mit Finn genossen hatte, war einfach perfekt gewesen. Er bedeutete mir viel und ich hatte an dem Wochenende nichts vermisst. Das war alles, was zählte.

Je länger ich darüber nachdachte, desto mehr machte es mich wütend, wie Tarjos über meinen Kopf hinweg seine Schlussfolgerungen zog. Um keine Diskussion anzufangen, die ich niemals hätte gewinnen können, entschied ich, im kühlen Nass runterzukommen, und stieg wortlos ins Meer.

Allerdings war es deutlich kälter, als ich angenommen hatte. Ich stand gerade mal bis zu den Knien im Wasser und begann bereits zu zittern. Die Regentage hatten ordentlich dazu beigetragen, dass sich das Wasser abkühlte. Oder es fühlte sich einfach kälter an, weil ich selbst zu erhitzt war. Plötzlich wurde ich von hinten komplett nassgespritzt.

»Mann, Tarjos!«, wetterte ich, und es tat gut, auf diese Weise meinen angestauten Frust loszuwerden, wenngleich mir furchtbar kalt wurde.

Er stapfte in seiner blauen Badehose, die er sich im Hotel in Århus angeschafft hatte, ins Wasser, bevor er mit einem Kopfsprung neben mir dafür sorgte, dass ich nun völlig nass wurde.

Ich wollte geradewegs umdrehen und zurück an den Strand, da ich auf der Stelle wie verrückt zu frieren begann.

»Jetzt komm schon!«, rief Tarjos mir nach.

»Ist mir zu kalt«, entgegnete ich und ging zurück zum Strand.

»Es wird besser, wenn man erst mal drin ist«, erklärte er und lief mir nach.

Nur wenige Meter trennten mich vom rettenden Ufer, als Tarjos mich an der Schulter festhielt. Selbst seine Hand war von den wenigen Sekunden im Wasser so furchtbar kalt, dass ich sofort eine Gänsehaut bekam.

»Eva! Stell dich nicht so an!«

»Siehst du das nicht?«, fragte ich und verwies auf meine nippelige Haut.

»Ja, weil du viel zu lange brauchst, um ins Wasser zu gehen. Wenn du es schnell machst wie ich, ist es halb so wild«, versuchte Tarjos mich zu überzeugen.

»Dafür ist es wohl zu spät.« Ich war immer noch genervt von seinem Verhalten.

Doch er ließ mich nicht gehen, sondern tat etwas völlig Unerwartetes. Er zog mich an sich und nahm mich in den Arm. Zuerst versuchte ich ihn wegzustoßen, weil seine nasse Haut nur noch mehr dafür sorgte, dass ich fror. Aber nach wenigen Sekunden gab ich den Kampf auf und spürte, wie seine Wärme sich langsam, aber sicher den Weg an meinen Körper bahnte. Meine vorherige Anspannung fiel von mir ab und ich genoss es, Tarjos so nah an mir zu spüren.

»Besser?«, fragte er nach einiger Zeit.

»Ja«, murmelte ich.

»Gut, dann lass uns schwimmen gehen«, schlug er vor.

»Ein anderes Mal. Mir ist gerade erst wieder warm geworden.«

»Kommt gar nicht in Frage. Oder willst du wieder schaukeln gehen?«

Das brachte mich zum Lachen.

»Komm, wir rennen zusammen rein.«

Und bevor ich überhaupt antworten konnte, zog er mich an der Hand mit sich ins tiefe Wasser, bis ich das Gleichgewicht verlor und kläglich hineinplatschte. Es war ein Schock, vom kalten Wasser verschluckt zu werden. Doch als ich versuchte, mich wieder hinzustellen, hielt Tarjos mich im Wasser fest.

»Du musst unten bleiben!«

Ich folgte bibbernd seinem Befehl, weil mir selbst klar war, dass nichts anderes half. Die Kälte brannte auf meiner Haut und ich schlotterte mit Armen und Beinen, um Wärme zu erzeugen.

»Boah, bist du empfindlich!« Tarjos schlang unter Wasser seine Arme um mich.

»Kann ja nicht jeder so hart sein wie du«, entgegnete ich spöttisch und legte meine Beine um seinen Körper, um seine Wärme überall an mir zu spüren.

»Wie soll ich denn so schwimmen?«, fragte er amüsiert.

»Ist mir doch egal«, antwortete ich, woraufhin Tarjos bloß lachte.

Ich mochte sein Lachen. Vor allem dieses Lachen. Nicht sein überhebliches, fieses Lachen. Ich fragte mich wirklich, was ihn so hatte werden lassen. So abweisend und sarkastisch. Soweit ich aus Julies Erzählungen wusste, waren seine Eltern ganz normale Leute. Sofern man heutzutage überhaupt noch irgendjemanden als normal bezeichnen konnte. Aber sie schienen keine schlechten Menschen zu sein. An ihnen lag es also vermutlich nicht.

»Woran denkst du?«, wollte Tarjos wissen, während er mit mir, die ich wie ein Klammeraffe an seinem Körper hing, tiefer und tiefer ins Wasser hüpfte.

»Ganz ehrlich?«

»Klar.«

»Ich frage mich wieder einmal, warum du nicht immer so nett bist wie jetzt.« Ich versuchte meine Gedanken möglichst wenig anklagend zu formulieren.

Er antwortete nicht, aber sein Blick und die Falte auf seiner Stirn verrieten mir, dass ich wieder einen Punkt getroffen hatte, der ihm zu schaffen machte. Bisher hatte er Fragen dieser Art immer abgewehrt. Nun aber schien es, als stecke tatsächlich mehr dahinter. Aber er schwieg. Und auf einmal tat er mir leid.

»Komm, wer als erster an der Boje ist«, forderte ich ihn zu einem Wettschwimmen auf und befreite ihn aus meinen Fängen.

»Als wenn du eine Chance hättest«, lachte er.

»Gib mir drei Sekunden Vorsprung«, bat ich.

»Zwei. Ab jetzt.«

Ich gab mein Bestes und schwamm, als wäre der weiße Hai hinter mir her. Doch es brachte nichts. Es dauerte nur wenige Sekunden und Tarjos hatte mich eingeholt. Natürlich erreichte er die Boje weit vor mir und kam mir auf den letzten Metern breit grinsend entgegengeschwommen.

»Okay, Glückwunsch«, gab ich mich geschlagen. Gleichzeitig freute ich mich, dass die Sorgenfalte von seiner Stirn gewichen war und sein übertriebenes Selbstwertgefühl wieder zum Vorschein kam. Den ganzen Weg zurück konnte ich mir anhören, wie wehrlos ich gegen ihn sei und wie ich bloß auf die Idee gekommen wäre, ihn herausfordern zu können.

Auf der Decke hüllte ich mich in mein flauschiges Frotteehandtuch, zog meinen nassen Badeanzug darunter aus und robbte an Tarjos heran, der sich lediglich einmal abgetrocknet und dann in nasser Badehose auf die Stranddecke gelegt hatte.

»Willst du die nicht ausziehen?«, fragte ich und zupfte am Bund seiner Badeshorts.

»Was? Jetzt und hier? Du gehst aber ran«, amüsierte er sich.

»Damit du dich nicht verkühlst«, betonte ich noch einmal das eigentliche Anliegen meiner Frage.

»Ich bin hart im Nehmen«, entgegnete er. »Oder hast du Angst um deine Decke?«

»Nein, die trocknet wieder.«

»Genau wie meine Badehose«, erwiderte Tarjos.

»Mach, was du willst«, schlug ich liebreizend vor. »Aber nicht jammern hinterher.«

»Ich bin ja nicht du.«

Ich legte meinen Kopf an seine Schulter, schloss meine Augen und genoss das Rauschen des Meeres. Die nervigen Möwen und Menschen um uns herum ignorierte ich einfach. Irgendwann spürte ich Tarjos' Hand an meinem Rücken. Ich wollte schon protestieren, er solle anständig bleiben, doch sie rührte sich nicht weiter, sondern lag regungslos auf meiner Haut. Und ich genoss seine Wärme sowie den rhythmisch und beruhigend pochenden Herzschlag in seiner Brust. Fast wäre ich eingeschlummert, hätte nicht irgendwann Tarjos' Smartphone geklingelt und mich aus meiner Entspannung gerissen.

»Da muss ich leider rangehen«, entschuldigte er sich mit sorgenvollem Blick auf das Display und stand auf.

Ich beobachtete ihn, wie er mit dem Handy am Ohr die Wasserkante entlang schlenderte. Hier und da schubste er Steine mit den Zehen ins Wasser oder versuchte, eine Möwe nasszuspritzen. Und irgendwann blieb er stehen, blickte aufs Wasser und schlug die freie Hand über den Kopf, als hätte er eine entsetzliche Nachricht erhalten. Kurze Zeit später nahm er sie wieder herunter und stemmte sie in die Hüfte. Er legte auf und kam sichtbar nachdenklich zurück zur Decke geschlurft. Ich schaute ihn fragend an.

»Jette«, sagte er bloß und setzte sich neben mich.

»Schlechte Nachrichten?«, wollte ich vorsichtig wissen.

»Das wird sich noch zeigen.«

»Du weißt, dass du mit mir reden kannst?«, bot ich an.

»Ja. Aber nicht jetzt.«

»Muss ätzend sein, so allein mit dem ganzen Scheiß zu sein«, rutschte es mir plötzlich heraus.

Auch Tarjos schien zunächst verwundert, gestand dann aber: »Das bin ich gewohnt.«

»Das tut mir leid«, sagte ich und er tat mir tatsächlich ziemlich leid.

»Muss es nicht«, entgegnete Tarjos jedoch und blickte nachdenklich aufs Meer.

»Ich muss leider gleich los. Soll ich dich rumfahren? Mein Wagen steht an der Bahnstation«, bot Tarjos an.

Ich bedankte mich für sein Angebot und nahm es an. Eigentlich hatte ich noch mehr Zeit am Strand verbringen wollen, aber irgendwie wurde ich das Gefühl nicht los, dass es für Tarjos wichtig war, in den nächsten Minuten nicht allein zu sein. Auch wenn er das niemals zugegeben hätte.

Donnerstag und Freitag vergingen, ohne dass ich etwas von Tarjos gehört hatte. Julie verriet mir jedoch, dass er Freitagabend zusammen mit seinen Eltern bei den Andersens eingeladen gewesen war, um deren Urlaubsabschluss zu feiern. Eigentlich war ich auch eingeladen, aber ich hatte mich bereits am Wochenende zuvor mit Finn für diesen Abend verabredet. Dafür musste ich Julie versprechen, Samstagabend etwas mit ihr zu unternehmen, wenn sie wieder im Wohnheim angekommen war. Ich ließ ihr freie Hand bei der Planung und sagte, sie solle mich einfach überraschen.

Das Wiedersehen mit Finn war atemberaubend. Der erste Kuss an meiner Zimmertür verlangte sofort nach mehr und wir konnten den ganzen Abend die Finger nicht voneinander lassen. Der Sex war fantastisch, aber noch mehr freute es mich, Finn beim Einschlafen an meinem Rücken zu spüren. Leider musste er am nächsten Morgen früh raus und befahl mir, noch liegen zu bleiben, was ich auch eine ganze Weile tat, bis mich das schlechte Gewissen zurück an den Schreibtisch trieb. Meine Hausarbeit verlangte nach Aufmerksamkeit.

Gegen Nachmittag riss mich Julie aus der Arbeit. Sie begrüßte mich überschwänglich, als hätten wir uns monatelang nicht gesehen, und unterbreitete mir den Plan für den heutigen Abend. Julie wollte mit mir und Finn zur Neueröffnung einer Bar ganz in der Nähe des Wohnheimes gehen.

»Okay. Ich schreibe Finn gleich mal«, akzeptierte ich ihr Vorhaben.

»Super«, bestätigte sie. »Und Tarjos kommt auch.« Sie freute sich.

»Wie hast du das denn hinbekommen?«, fragte ich schockiert. Es schockierte mich weniger, weil es mich überraschte, dass er mitkam, auch wenn es das im Grunde tat, als vielmehr, weil ich es für keine gute Idee hielt, mit Finn und Tarjos gleichzeitig in eine Bar zu gehen.

»Eigentlich war es sogar seine Idee«, lachte Julie. Und bevor ich die Möglichkeit hatte, zu sagen, dass ich mir das kaum vorstellen konnte, setzte sie fort: »Also er erzählte, dass ein Kumpel von ihm Teilhaber dieser Bar sei und er zu der Neueröffnung gehen werde. Und da wir ja auch etwas unternehmen wollten, habe ich uns direkt mit angekündigt.«

»Und wie hat Tarjos reagiert?«, fragte ich gespannt.

»Ach, du kennst doch Tarjos«, winkte sie ab. »Aber es macht ihm nichts aus.«

Sehr beruhigend. Ich entschied, Finn in der Nachricht mitzuteilen, dass Tarjos auch dort sein würde, dass er sich das nicht antun müsse und wir stattdessen am Sonntag Zeit zusammen verbringen könnten, aber er antwortete, dass es kein Problem für ihn sei und er ohnehin erst zu späterer Stunde eintreffen werde.

Julie berichtete noch stundenlang vom Urlaub mit ihren Eltern, zeigte mir gefühlt fünfhundert Bilder, die sich kaum unterschieden, und quetschte mich dann nach meinem Wochenende mit Finn in Odense aus, wobei sie jeden zweiten Satz quietschend, grinsend oder jubelnd kommentierte. Das hatte ich wirklich vermisst.

Die Bar war nicht gerade geräumig, aber da sich die immens hohen Mietpreise in Kopenhagen nach Quadratmetern berechneten, wunderte mich das nicht im Geringsten. Mehr störte mich, dass es proppenvoll war, Julie und ich mussten uns an der Hand halten, um uns nicht zu verlieren. Ich ärgerte mich, dass ich nur ein leichtes Sommerkleidchen trug, denn hier war Körperkontakt mit umherstehenden Personen quasi vorprogrammiert. Und ich hätte mir etwas mehr Stoff zwischen mir und den übrigen Anwesenden gewünscht.

Als wir nach einer gefühlten Ewigkeit den Bartresen erreichten, begrüßte uns Tarjos mit einem Cola-Glas in der Hand. Bei der Umarmung merkte ich jedoch schnell, dass sich nicht bloß Cola darin befand.

»Ich wusste gar nicht, dass du trinkst«, gestand ich, als ich den Alkohol roch.

»Warum denn auch nicht?«, fragte er belustigt.

Ich zuckte bloß mit den Schultern, da ich keine Antwort auf diese Frage hatte. Julie bestellte uns zwei Softdrinks, wir hatten am Nachmittag beschlossen, heute nüchtern zu bleiben, damit wir am Sonntag mit klarem Kopf etwas für die Uni tun konnten. Auch Julie hing ihrem gesteckten Zeitplan hinterher.

Während wir auf die Getränke warteten, schauten wir uns im Raum um. Ich war erleichtert, dass die Toiletten nicht weit vom Tresen entfernt lagen, ich hätte keine große Lust gehabt, mich wieder quer durch die Bar wühlen zu müssen. Weiter hinten in der Ecke meinte ich, einen Billard-Tisch zu entdecken. Das gefiel mir. Mein Vater war früher oft mit meinen Brüdern und mir Billardspielen gegangen, als wir alle noch zuhause gewohnt hatten. Das hatte mir immer unheimlich viel Freude bereitet. Hier und heute war es jedoch viel zu überfüllt, um ernsthaft spielen zu können. Das hätte nur zu unangenehmen Hieb- und Stichverletzungen geführt.

Julie und ich knüpften an unser Gespräch vom Nachmittag an, sie stellte mir eine Frage nach der anderen zu Finn, während ich aus dem Augenwinkel sah, dass Tarjos eine Mische nach der anderen leerte. Immer wieder versuchte ich vergebens, sie von diesem Thema abzubringen, bis mir ihre Bekanntschaft Bo einfiel und ich den Spieß endlich umdrehen konnte. Nach einer Weile hatte sie genug und zog sich mit der Ausrede aus der Affäre, sie müsse zur Toilette. Vielleicht musste sie wirklich, aber es schien ihr nicht ungelegen zu kommen. Also ließ ich sie ziehen und blickte erst einmal alleine in die Runde. Es dauerte nicht lange und Tarjos zog mich an sich heran.

»Wo ist dein Freund eigentlich?«, fragte er, wobei sein Lallen offenbarte, dass er inzwischen genug getrunken hatte.

»Kommt gleich«, sagte ich, auch wenn ich nicht wusste, ob das wirklich stimmte, denn Finn hatte mir keine konkrete Uhrzeit nennen können. Er war selbst noch bei einer Freundin eingeladen. Ursprünglich hatte er gefragt, ob ich mitkommen wollte, aber ich hatte dankend abgelehnt.

»Der passt doch gar nicht zu dir«, stichelte Tarjos weiter.

»Das lass mal schön meine Sorge sein«, entgegnete ich und hatte wenig Lust, mich mit dem betrunkenen Tarjos zu unterhalten.

»Nein, im Ernst.«

Tarjos nahm einen weiteren Schluck von seiner Cola-Korn-Mischung und stand auf. Ich nahm an, dass er pinkeln oder nach Hause gehen wollte, doch stattdessen baute er sich vor mir auf, legte seine Hände um meine Hüften und zog mich zu sich heran.

»Tarjos. Lass das!«

Er sah mir in die Augen.

»Aber du stehst doch darauf«, fuhr er fort und wollte mich küssen, doch ich drehte den Kopf zur Seite und stieß mich von ihm ab.

»Du bist betrunken. Hör auf damit!«, fauchte ich.

Im gleichen Moment spürte ich Finn hinter mir, der mich auffing und fragte, ob alles okay sei.

»Ja, schon gut«, versuchte ich die Situation zu entschärfen. »Ich hole Julie und dann lass uns gehen«, schlug ich vor.

»Ja, geh nur mit diesem Typen«, säuselte Tarjos. »Der weiß doch nicht mal, wie er es dir richtig besorgen soll.«

Finn fiel sprichwörtlich die Kinnlade herunter, seine Augen schmälerten sich und mir war klar, dass er wütend und entsetzt zugleich war. Er wollte auf Tarjos zugehen, doch ich stand immer noch zwischen beiden und wandte all meine Kraft auf, um Finn zurückzuhalten.

»Nicht!«, flehte ich ihn an. »Das ist es nicht wert.«

»Lass ihn doch herkommen!«, forderte Tarjos. »Dem Schlappschwanz zeig ich es.«

»Tarjos!«, schrie Julie ihn von der Seite an. »Was soll der Scheiß?«

Tarjos' Gesichtszüge erhellten sich für eine Millisekunde, bevor sein fieses Grinsen zurückkehrte. »Frag doch mal Eva, was der Scheiß soll!«, schlug er vor.

Julie sah mich verwirrt an. Ein Kloß steckte in meinem Hals. *Das durfte doch wohl nicht wahr sein! Nicht jetzt! Und nicht auf diese Weise!*

»Lass uns gehen, ich erkläre es dir später«, versuchte ich erneut, der Situation zu entkommen, doch Tarjos konnte es einfach nicht dabei belassen.

»Hast du ihr etwa immer noch nicht verraten, dass wir was miteinander haben?«

Da war es. Nun lag es auf dem Tisch. Offen und wehrlos. Und ich konnte es nicht mehr leugnen. Tarjos grinste und schnappte sich sein Glas, um seelenruhig einen weiteren Schluck daraus zu nehmen, während Julie vor Verwirrung kein Wort herauskriegte.

Eine unbeschreibliche Wut stieg in mir auf, wie ich sie schon lange nicht mehr empfunden hatte. Ich wusste, dass es verkehrt gewesen war, Julie das vorzuenthalten, aber Tarjos hatte nicht das Recht, ihr das derart vor die Füße zu knallen. Und schon gar nicht hatte er das Recht, meinen Freund so zu beleidigen. Ich ging einen Schritt auf ihn zu.

»Ich dachte wirklich, wir seien Freunde. Da habe ich mich wohl getäuscht«, sagte ich mit ruhigem und scharfem Ton und verschaffte meiner Enttäuschung damit Raum.

»Da hast du dich wohl getäuscht«, bestätigte er meine Aussage. »Mit jemandem wie dir möchte ich bestimmt nicht befreundet sein.«

Ich war fassungslos über seine Aussage, doch er setzte noch einen drauf: »Ich wollte dich nur ficken.«

Als hätte jemand eine eiserne Stricknadel zunächst im Feuer erhitzt und mir anschließend schonungslos ins pochende Herz gerammt, spürte ich, wie sich mein Inneres krampfhaft zusammenzog und mein Körper sich krümmte. Tränen schossen mir schlagartig in die Augen und mein Unterkiefer war starr vor Entsetzen. In Tarjos' Gesicht sah ich den blanken Hohn. Als mir keine zwei Sekunden später brennendheiße Tränen über die Wange rollten, meinte ich, für den Hauch einer Sekunde ein Bedauern in seinen Augen aufflackern zu sehen, bevor alles in meinem Sichtfeld verschwamm. Ich bekam kaum noch mit, dass Finn und Julie mich aus der Bar zogen. Ich fühlte mich wie gelähmt. Der Schmerz in meiner Brust war unbeschreiblich. Ich stolperte vorwärts, bis meine Beine schließlich gar nicht mehr gehorchten und ich mich auf den Bordstein vor mir plumpsen ließ. Ich konnte mich nicht mehr zurückhalten und fing bitterlich an zu schluchzen, meinen Kopf in meinen Armen vergrabend. Es war mir völlig egal, was die Leute um mich herum denken mochten. Tarjos' Worte taten so unfassbar weh. Er hatte alles zerstört. Und das mit voller Absicht. Meine Beziehung zu Finn, meine Freundschaft zu Julie und mein Verhältnis zu Tarjos waren in wenigen Sekunden vernichtet worden. Ich hatte das Gefühl, ein riesiger Riss täte sich in meinem Herzen auf und würde mich gnadenlos entzweireißen.

Einige Minuten musste ich heulend auf den kalten Steinen verharrt haben, bis ich endlich wahrnahm, dass links und rechts von mir jemand saß. Und nicht nur das, irgendjemand hatte auch seinen Arm um mich gelegt und redete beruhigend auf mich ein. Es dauerte noch weitere Minuten, bis ich realisierte, dass es Finns Arm war, der mich schützte, und Julies Hand, die meine Finger hielt. Als ich das erkannte, fing ich erneut an zu weinen und umklammerte Julies Hand so fest, dass es wehtat.

Irgendwann spürte ich gar nichts mehr. Nicht einmal die Kälte des Bordsteins unter meinem viel zu dünnen Sommerkleidchen. Weinen konnte ich auch nicht mehr. Ich war einfach leer. Ich wusste nicht, wie lange wir so dagesessen hatten, es hätten Stunden gewesen sein können. Ich war völlig taub.

»Lass uns gehen«, schlug Finn vor und Julie stimmte ihm zu.

Sie zerrten mich vom Boden hoch und deuteten mir die Richtung. Ich war nicht einmal froh darüber, dass wir so nah an unserem Wohnheim waren, dass ich in meinem Zustand nicht auch noch die U-Bahn nehmen musste. Es war mir völlig egal.

Julie und Finn sprachen nicht viel, das war mir recht. Ich ließ nicht zu, dass Finn meine Hand nahm, ich wollte einfach nichts spüren.

Im Wohnheim schloss ich wortlos mein Zimmer auf und setzte mich gleichgültig auf mein Bett, ohne auch nur einen der beiden anzusehen. Allerdings spürte ich, dass es mir leidtat, was ich ihnen angetan hatte. Unfassbar leid. Das hatten beide nicht verdient. Ich hoffte insgeheim, sie würden mich in meiner Schande alleine lassen. Doch das taten sie nicht. Finn setzte sich auf meinen Schreibtischstuhl und Julie nahm neben mir auf dem Bett Platz. Nach einer Weile durchbrach sie die Stille.

»Du und Tarjos also?«

Ich nickte bloß, ohne sie anzusehen. »Es tut mir leid«, flüsterte ich.

»Seit wann denn überhaupt?«, wollte sie wissen.

Ich musste ein paar Mal schlucken, bevor ich antworten konnte.

»Schon recht lange«, gestand ich und überlegte, wie es angefangen hatte. »Quasi seit Rømø.«

»Oh!«, reagierte sie überrascht. Verständlicherweise.

Eine Pause entstand.

»Warum hast du mir denn nichts gesagt?«, fragte Julie dann mit trauriger Stimme.

»Ich wollte es ja. Immer wieder«, antwortete ich ehrlich. »Aber anfangs dachte ich, du würdest es nicht verstehen. Und später wusste ich nicht mehr, wie ich es dir sagen sollte. Es tut mir wirklich leid.«

»Aber ihr seid nicht zusammen oder so?«

Ich sah auf und blickte zu Finn hinüber.

»Soll ich gehen?«, fragte er leise.

Ich schüttelte den Kopf.

»Nein, es war nur Sex«, antwortete ich schließlich auf ihre Frage. »Wobei ich dachte, dass wir inzwischen Freunde seien. Aber da lag ich wohl falsch.«

Wieder schossen mir die Tränen in die Augen und ich vergrub mein Gesicht in meinen Händen. Doch dann spürte ich Julies Hand an meiner Schulter.

»Es tut mir so leid«, sagte sie und klang, als würde sie selbst jeden Moment anfangen zu weinen.

Ich nahm sie in den Arm, ließ meine Tränen laufen und spürte, dass auch sie schluchzte. Einige Minuten saßen wir bloß so da. Als ich schließlich meine Sprache wiedergefunden hatte, ließ ich Julie los und sagte: »Dir muss gar nichts leidtun. Ich muss mich entschuldigen, dass ich dich belogen habe. Das war nie meine Absicht.«

»Halb so wild. Ich kann es irgendwo verstehen.«

Eine Welle der Erleichterung überrollte mich. Ich hatte wirklich Glück, so eine gute Freundin gefunden zu haben.

»Danke.« Ich drückte ihre Hand ganz fest und versuchte, sie anzulächeln. »Ich bin froh, dass es jetzt raus ist.«

Finn beobachtete das Geschehen nach wie vor schweigend von meinem Schreibtischstuhl aus.

»Ich lasse euch zwei mal alleine. Wir können ja morgen zusammen frühstücken und dann in Ruhe noch einmal über alles reden«, bot Julie an.

»Sei mir nicht allzu böse, okay?«, bat ich sie, denn ich hatte Angst, dass sie, wenn sie alleine war, über alles nachgrübeln und dann doch noch sauer werden würde.

»Versprochen, beste Freundin.« Sie lächelte liebevoll und verließ den Raum.

Ich mochte Finn gar nicht ansehen, so sehr schämte ich mich für alles, was geschehen und gesagt worden war.

»Tut mir leid, dass du das miterleben musstest«, entschuldigte ich mich mit Blick auf den Fußboden vor meinem Bett.

»Du hättest mich das klären lassen sollen«, sagte Finn leise und aus dem Augenwinkel sah ich, wie seine Fäuste sich ballten. Er war wütend.

»Nein«, antwortete ich. »Tarjos hätte dich verletzt.«

»Also hältst du mich auch für einen Schlappschwanz?«, fragte Finn.

Ich sah ihn an. Seine Wut über den Verlauf des Abends war kaum zu übersehen.

»Bist du verrückt?«, fragte ich und stand auf. Er konnte unmöglich annehmen, dass ich so von ihm dachte. Ich ging auf ihn zu und nahm seine Hände. Langsam löste er seine Ballen.

»Natürlich denke ich das nicht«, setzte ich fort. »Im Gegenteil. Ich liebe dich … irgendwie.«

Ich konnte nicht fassen, dass ich diese Worte gerade gesagt hatte. Ich hatte sie bisher nur einem Mann in meinem Leben geschenkt. Und Finn war der zweite. Auch er wirkte überrascht und sah mir in die Augen, bevor er aufstand und mich in den Arm nahm, woraufhin mir zum letzten Mal an diesem Abend die Tränen kamen.

»Ich dich doch auch«, sagte er, als er mein Schluchzen spürte. »Ich dich doch auch.«

Wir standen einige Zeit Arm in Arm und ich war froh, Finns Nähe zu spüren. Der stechende Schmerz in meiner Brust blieb trotzdem. Und er war auch noch da, als ich am nächsten Morgen aufwachte.

Finn war über Nacht geblieben, wir sprachen noch eine Weile über alles, was geschehen war, über Tarjos und mich, und ich konnte ihm ausreden, Tarjos noch einmal aufzusuchen und ihm die Meinung zu sagen. Finn war unglaublich wütend darüber, wie Tarjos mich behandelt hatte. Aber er versprach mir, dass er sich nicht einmischen würde. Das war *mein* Kampf und ich musste alleine damit zurechtkommen. Auch wenn es unfassbar schwer werden würde.

Irgendwann am Morgen übergab Finn mich in Julies Hände und Julie und ich gingen gemeinsam frühstücken. Er versprach, mich abends anzurufen, und schlug vor, mich am Montag von der Arbeit abzuholen, damit wir etwas Schönes zusammen unternehmen konnten.

»Bist du mir böse?«, fragte ich Julie auf dem Weg zum Bäcker, bei dem wir unser Frühstück einnehmen wollten.

»Nein«, sagte sie mit fester Stimme. »Ich hätte mir vielleicht gewünscht, es von dir zu erfahren, aber jetzt weiß ich es ja.«

»Okay. Tut mir wirklich leid.« Ich lud sie als kurzfristige Entschädigung zum Frühstück ein.

Anfangs war die Stimmung ein wenig angespannt zwischen uns, keine wollte etwas Falsches sagen. Aber spätestens nach dem zweiten Kaffee waren wir wieder die Alten, hatten unseren Spaß miteinander und sprachen offen über alles, was uns auf dem Herzen lag.

Als wir nach zwei Stunden ausgiebigem Frühstück am Wohnheim ankamen, sah ich Tarjos' Wagen auf dem Parkplatz vor dem Eingang stehen. Der brennende Schmerz schlich sich zurück in meine Brust und mit jeder Treppenstufe, die ich hinaufstieg, stieg auch die Wut in mir.

Er lehnte vor meiner Zimmertür und sah – milde ausgedrückt – beschissen aus. Seine Augenringe berichteten von der vergangenen Nacht und sein Gestank nach Alkohol und Rauch kam uns schon meterweit vorher entgegen. Eigentlich hatte ich mir vorgenommen, kein einziges Wort mehr mit ihm zu reden, doch als ich näher kam und ihm in die Augen sah, packte mich die blanke Wut.

»Hau ab!«, forderte ich ihn auf, das Weite zu suchen.

»Ich will mit dir reden«, sagte er und klang dabei nicht unbedingt freundlich.

»Ich aber nicht mit dir. Nie wieder!«, fügte ich hinzu und steckte meinen Schlüssel ins Schloss der Zimmertür.

Julie stand neben uns und schwieg.

»Es tut mir leid. Lass es mich bitte erklären«, bat er mich, ihm zuzuhören.

Ich drehte mich noch einmal zu Tarjos um und sah ihm in die Augen.

»Ist dir eigentlich klar, was du mir angetan hast?«, fragte ich, ohne eine Antwort abzuwarten. »Es gibt nichts mehr zu bereden.« Ich öffnete meine Zimmertür.

»Aber Eva …«, hörte ich Tarjos, dessen Stimme auf einmal ganz verändert klang.

»Tarjos!«, mischte sich Julie ein. »Lass sie in Ruhe. Bitte.«

Ich ging in mein Zimmer und schloss die Tür hinter mir. Dann warf ich mich aufs Bett, krallte mir meinen Kibi und heulte mich erneut in den Schlaf.

Eine Stunde später wachte ich auf und fühlte mich wie verkatert. Meine Augen brannten, mein Hals war viel zu trocken und mein

Kopf brummte schmerzlich. Doch das alles war nichts gegen das Stechen in meiner Brust, das sofort zurückgekehrt war, als ich das Land der Träume vollständig verlassen hatte.

Um mich abzulenken, schnappte ich mir meinen Laptop und meine Bücher und machte mich an die Arbeit. Irgendwann musste ich sie kurzzeitig unterbrechen, um eine Schmerztablette einzunehmen, da die Kopfschmerzen nicht von allein weggehen wollten, bevor ich mich weiter um meine Hausarbeit kümmerte. Das brachte mich auf andere Gedanken und ließ mich das Drama in meinem Leben für einige Stunden vergessen. Immer, wenn zwischendurch ein übler Gedanke, eine bittere Erinnerung auftauchte, ballte ich kurz die Fäuste und wandelte meinen Frust in Arbeitsenergie um. Das wirkte Wunder, am späten Nachmittag hatte ich den Großteil meiner Arbeit fertiggestellt, ich musste in den nächsten Tagen nur noch Einleitung und Fazit formulieren und den ganzen Mist Korrektur lesen.

Irgendwann sah ich auf mein Handy und war etwas enttäuscht, nur eine kurze Nachricht von Finn bekommen zu haben, freute mich jedoch, dass er an mich dachte.

Tief in meinem Inneren wünschte ich, dass Tarjos vor mir zu Kreuze kriechen und seine Taten bedauern würde. Doch ich musste mir eingestehen, dass ich mir etwas vormachte, wenn ich dachte, es würde ihn tatsächlich interessieren. *Ich* würde ihn interessieren. Das tat ich offensichtlich nicht.

Auf der Stelle musste ich ihn aus meinem Leben streichen. Dieser Gedanke schmerzte so sehr. Auch wenn wir grundverschieden waren und Tarjos zahlreiche Eigenschaften besaß, die ich überhaupt nicht gutheißen konnte, so war er mir in den vergangenen Monaten unglaublich wichtig geworden. Er war es gewesen, der mir die Welt gezeigt hatte, in der wir lebten. Er war es gewesen, der mir Halt gegeben hatte, als ich ihn vergebens gesucht hatte. Ich hatte ihm irgendwann blind vertraut und ihm viel zu viel über mich erzählt. Und irgendwie hatte ich mir eingebildet, er würde auch mich brauchen. Nicht nur zur Lustbefriedigung. Doch wie so oft im vergangenen Jahr hatte ich mich gründlich getäuscht. Verbitterung stieg in mir auf, und um nicht weiter an diesen elendigen Gedanken zu hängen, ging ich mit meinem Handy hinüber zu meinem Bett, wählte Finns Nummer und telefonierte mit ihm.

»Soll ich nicht doch vorbeikommen?«, fragte er besorgt.

»Nein danke. Ich muss morgen früh raus. Ich komme schon klar. Aber lieb von dir.«

In Wahrheit hätte ich ihn am liebsten gebeten, zu mir zu kommen und nie wieder zu gehen. Doch ich wollte nicht, dass er mich in diesem Zustand sah. Es war mir immer noch unangenehm, dass Finn mich gestern so erleben hatte müssen, auch wenn er immer wieder am Telefon betonte, dass das nichts an seinen Gefühlen für mich ändern würde und dass ich aufhören solle, Gedanken daran zu verschwenden.

Schließlich planten wir den morgigen Feierabend zusammen. Seinen Vorschlag, an den Strand zu fahren, lehnte ich ab und musste mich zusammenreißen, nicht sofort wieder loszuheulen. Schließlich einigten wir uns darauf, dass wir die Zeit in Nyhavn verbringen und irgendwo nett etwas essen gehen könnten.

Den restlichen Abend verbrachte ich überwiegend drüben bei Julie, die den Tag ebenfalls genutzt hatte, um mit ihrer Bachelor-Arbeit voranzukommen. Im Gegensatz zu mir hatte sie kaum etwas geschafft und jammerte, dass sie die nächsten Tage wohl in der Bibliothek verbringen müsste. Wir setzten uns zum Ziel, am kommenden Wochenende beide unsere Arbeiten abzuschließen, damit wir wieder Zeit für gemeinsame Unternehmungen hatten und den Unikram für einige Wochen aus unseren Köpfen streichen konnten.

KAPITEL 14

Es war Samstagnachmittag und Julie und ich lasen gegenseitig unsere Arbeiten Korrektur. Inzwischen war eine ganze Woche vergangen, in der ich kein Wort von Tarjos gehört hatte, nicht einmal Julie traute sich, ihn in meiner Gegenwart zu erwähnen. Es hätte mich eigentlich schon interessiert, ob sich ihr Verhältnis durch Tarjos' Offenbarung verändert hatte und ob sie über mich sprachen. Aber es war noch viel zu früh, seinen Namen wieder in den Mund zu nehmen. In meinem Kopf tauchte er dafür jedoch ständig lautlos auf, was mir Schmerzen bereitete. Zum ersten Mal kam mir der Gedanke, dass ich unglaublich froh sein konnte, nie von einem Jungen verlassen worden zu sein. Genauso musste es sich anfühlen. Völlig unvorbereitet aus dem Leben eines Menschen gekickt zu werden, erschien mir plötzlich so ziemlich das Schlimmste zu sein, was ein Mensch erleben konnte.

Meiner Arbeit bei der DDKK ging ich mechanisch und wie betäubt nach, fühlte mich zuweilen wie eine stählerne Maschine ohne Innenleben. Aber ich mochte es, von Zeit zu Zeit rein gar nichts mehr zu empfinden. Das war mir lieber, als diese grässlichen Gefühle auszuhalten, die mich überkamen, sobald ich an Vergangenes zurückdachte.

»Bis auf ein paar Kleinigkeiten habe ich nichts zu kritisieren«, beurteilte Julie meine Hausarbeit.

Ich hatte auch den einen oder anderen Flüchtigkeitsfehler bei ihr gefunden und sie darauf aufmerksam gemacht, dass ich an einer Stelle ihre Schlussfolgerungen nicht auf Anhieb nachvollziehen konnte, wofür sie sich ausführlich bedankte. Dann setzten wir uns beide rasch wieder an unsere Schreibtische und überarbeiteten unsere Arbeiten ein letztes Mal.

Ich war ein bisschen schneller fertig als meine Freundin, immerhin war ihre Arbeit doppelt so lang wie meine, also schrieb ich Finn schon mal, dass ich bald abholbereit sei. Wir wollten den Abend zusammen mit Torge, Lone, Bo und Julie in der City verbringen. Ich war nicht nur sehr gespannt, was aus Torge und Lone geworden war, sondern freute mich auch, Bo endlich näher kennenzulernen. Bisher kannte ich ihn nur aus Julies Erzählungen. Gestern Abend hatte das alljährliche Sommerhafenfest begonnen und Julie hatte entschieden, dass es die perfekte Gelegenheit wäre, uns einander vorzustellen. Die ungezwungene Atmosphäre würde es erleichtern, stimmte ich ihrem Vorschlag zu.

Es dauerte keine halbe Stunde und Finn stand bei mir vor der Tür, während ich noch dabei war, mein Outfit zusammenzustellen. Das war gar nicht so einfach, denn wir würden den ganzen Abend im Freien verbringen und es war weder sicher, dass es heute Abend trocken bleiben, noch wie kalt es wohl am Hafen sein würde. Ich platzierte Finn auf meinem Bett und kramte auf seinen Ratschlag hin noch eine dünne Sommerjacke aus meinem Kleiderschrank hervor. Dann musste ich die eben mitschleppen, aber das war mir lieber, als irgendwann zu frieren.

Finn saß schweigend auf meinem Bett und beobachtete das Spektakel vor meinem Schrank und Spiegel. Als ich meine Haare schließlich gebändigt hatte und nach ihm schaute, entdeckte ich eine Sorgenfalte auf seiner Stirn.

»Was ist los?«, fragte ich direkt.

»Was meinst du?«, wollte er wissen und schien aus seinen Gedanken gerissen.

»Du siehst nachdenklich aus. Ist alles okay?«

»Geht so«, sagte er bloß und verunsicherte mich.

Ich setzte mich neben ihn aufs Bett und nahm seine Hand. Schlagartig verspürte ich große Angst. *Konnte er das Geschehene womöglich doch nicht so gut wegstecken, wie er es behauptet hatte? Wollte er Abstand zu mir … oder vielleicht sogar mit mir Schluss machen?*

»Sag mir bitte, was dich beschäftigt!«, forderte ich, das Schlimmste erwartend.

»Ich möchte dir nicht den Abend verderben, entschuldige. Lass uns morgen darüber sprechen.«

Doch nun wollte ich erst recht wissen, was ihn bedrückte.

»Tarjos war heute bei mir«, rückte er schließlich heraus.

Ein Kloß entstand in meinem Hals und mein Magen verkrampfte sich.

»Was wollte der Arsch von dir?«, fragte ich wütend. »Geht es dir gut?«

»Ja. Alles gut«, sagte er, als er verstand, was ich annehmen musste. »Ehrlich gesagt war er sogar ziemlich freundlich und hat sich bei mir entschuldigt.«

Während Finn das sagte, wirkte es, als könne er selbst nicht glauben, was er da von sich gab. Immerhin machte sich für einen kleinen Moment Erleichterung in mir breit, dass Finn scheinbar nicht wegen seiner Gefühle mir gegenüber besorgt war.

»Du hast ihm hoffentlich die Tür vor der Nase zugeknallt«, entfuhr es mir.

Finn zog entschuldigend die Schultern hoch.

Das durfte doch wohl nicht wahr sein! Meine anfängliche Angst ging schlagartig in Wut über. Wie konnte Finn sich mit dem Kerl einlassen, der mich gerade erst so sehr verletzt hatte?

»Er tat mir irgendwie leid«, entschuldigte Finn sein Verhalten.

Ich wollte ihm nicht böse sein. Ich wollte Tarjos böse sein. Doch irgendwie vermischte sich das gerade. Ich löste meine Hand aus Finns und drehte mich ein Stück von ihm weg.

»Tut mir leid«, setzte er fort. »Es ist nicht zu entschuldigen, was er dir angetan hat. Das weiß ich. Sei mir nicht böse, bitte.«

Finn hatte Recht. Es war mit nichts zu entschuldigen, wie Tarjos mich verletzt hatte. Und dass er jetzt Finn tyrannisierte, nervte mich noch mehr.

»Entschuldige. Ich wollte dir den Abend nicht vermiesen«, setzte Finn erneut an, rutschte näher an mich heran und nahm mich in den Arm.

Ich hatte gar nicht gemerkt, dass mir schon wieder die Tränen über die Wangen rollten.

»Du musst dich für nichts entschuldigen«, flüsterte ich und versuchte den Kloß in meinem Hals loszuwerden. »Es ist nicht deine Schuld. Du hast nichts falsch gemacht.«

»Es fühlt sich aber so an«, gestand Finn.

»Nein. Schon gut. Es war richtig, dass du mir das erzählt hast.«

Er hielt mich eine Weile schweigend im Arm, bis Julie aufgeregt an die Tür klopfte und um Hilfe bei ihrer Outfitwahl bat. Ein kurzer Blick in den Spiegel überzeugte mich, dass ich nicht völlig verheult aussah, und dann überredete ich Julie zu einem – für ihre Verhältnisse – leicht gewagten, schwarzen Kleidchen und einer schicken Jeansjacke, bevor wir gemeinsam mit der Bahn zum Hafen fuhren.

Lone und Torge begrüßten uns händchenhaltend und ich konnte mir mein Grinsen nicht verkneifen. Torge erschien mit einem Mal so handzahm, nicht einmal mein unübersehbares Grinsen und Julies Gekicher kommentierte er zynisch, wie er es sonst immer tat. Ich freute mich riesig für die beiden. Dann stieß auch Bo zu uns und wir suchten uns ein etwas geschützteres Plätzchen abseits von einer Konzertbühne, auf der eine dänische Band Volksmusik spielte. Es klang grässlich, erheiterte uns jedoch.

Bo und Julie hielten sich die meiste Zeit ein wenig außerhalb unserer Gruppe auf, scheinbar hatten die beiden viel miteinander zu bereden. Ich erinnerte mich daran, dass ich eigentlich vorgehabt hatte, noch einmal mit ihr über ihr Verhältnis zu Bo zu sprechen und mögliche Zukunftsszenarien durchzuspielen. Das hatte ich in dem Drama um Tarjos leider völlig vergessen. *Du bist eine schlechte Freundin*, ging es mir durch den Kopf und löste erneut dieses fiese Brennen in meiner Brust aus.

»Ich hole mir etwas zu trinken«, entschied ich, um in Ruhe ein wenig nach Luft schnappen zu können, auch wenn wir uns bereits draußen im Freien befanden.

»Ich begleite dich«, sagte Finn.

»Nicht nötig«, winkte ich ab und gab ihm einen Kuss auf die Wange, damit er sich keine Sorgen machte. Ich brauchte ein wenig Abstand.

Am Getränkewagen herrschte ordentlich Trubel. Viele Leute um mich herum waren bereits betrunken und hätten sich für meinen Geschmack lieber nach Hause statt erneut an diesen Stand begeben sollen. Als ich an der Reihe war, hatte ich bereits den Entschluss gefasst, statt einer Cola ein paar Kurze zu bestellen und damit zu den anderen zurückzukehren, damit wir auf diesen Abend anstoßen konnten. Gleichzeitig hatte ich einfach Lust, Alkohol in mich hineinzukippen und den ganzen Scheiß der letzten Tage zu vergessen.

Auf dem Weg zurück zur Gruppe war ich so sehr darauf konzentriert, meine sechs kleinen Fläschchen nicht fallenzulassen, dass ich aus Versehen gegen einen Betrunkenen rempelte, der mir entgegengekommen war.

»Pass doch auf!«, rief er und musterte mich, woraufhin sich sein zunächst etwas zorniges Gesicht erhellte.

»Hej Süße, das ist aber lieb, dass du für uns sorgst«, säuselte er. Und ehe ich mich versah, hatte er bereits seinen nach Schweiß riechenden, schweren Arm um meine Schulter gelegt und war scheinbar im Begriff, mich mit zu seinen Freunden zu schleppen. Ich versuchte mich aus seinem Arm zu winden, ohne die Getränke fallenzulassen, und plötzlich stand Finn vor uns und blickte mich etwas amüsiert an.

»Dich kann man auch nicht alleine lassen«, lachte er und zog mich aus den Fängen des Betrunkenen. »Danke fürs Aufpassen«, sagte er dann zu ihm und nahm mich mit zu unserer Gruppe.

Mir war klar, dass er das nur gesagt hatte, um Streit mit dem Idioten zu vermeiden, aber trotzdem nervte es mich, wie er mich behandelte. Ich war doch kein kleines Kind.

Julie und Bo lehnten beide dankend ab, sodass ich gleich drei Kurze hintereinander wegkippen konnte, deren Wirkung rasch einsetzte. Ich hatte den ganzen Tag mit Schreiben und Korrigieren verbracht und kaum etwas gegessen, das rächte sich jetzt. Doch es störte mich nicht im Geringsten, keine halbe Stunde später fand ich mich erneut an dem Stand wieder und bestellte die nächste Runde.

»Was hast du vor?«, fragte Finn etwas skeptisch, doch ich ignorierte ihn, was ihm nicht entging.

Kurzerhand zog er mich beiseite und stellte mich zur Rede.

»Eva, das bringt doch nichts!«, kommentierte er mein Verhalten.

»Doch«, erwiderte ich, denn das tat es.

»Ja, für den Moment. Und morgen geht es dir noch schlechter.«

»Kann dir doch egal sein«, rutschte es mir heraus.

Doch ich bereute es nicht einmal. Keiner konnte auch nur im Mindesten nachempfinden, wie es mir im Moment ging. Also sollte mir auch keiner kluge Ratschläge erteilen.

»Es ist mir aber nicht egal ...«, sagte Finn ernst, hob mein Kinn an und blickte mir in die Augen, »... weil du mir nicht egal bist.«

Diese Worte stachen in mein Herz. Ich hasste es, dass ich Tarjos egal war. Es tat immer noch unfassbar weh.

»Wie soll ich dir das bloß glauben?«, fragte ich mit bebender Stimme.

Finn schlug die Arme um mich und streichelte meinen Kopf, während ich mich an seiner Schulter ausheulte.

»Es tut mir leid, dass man dich so verletzt hat«, flüsterte er immer wieder. »Aber ich liebe dich. Das musst du mir glauben. Sowas würde ich dir nie antun. Das schwöre ich dir.«

Ich wusste, dass Finn nicht wie Tarjos war. Und ich war froh, bei ihm Halt zu finden und ihn dicht bei mir zu spüren. Und trotzdem hatte mich Tarjos' Verhalten so sehr verletzt, mein Vertrauen so sehr erschüttert, dass ich alles in Frage stellte. Natürlich war es unfair Finn gegenüber, so zu denken. Aber ich musste mich schützen. Ein zweites Mal würde ich so eine Verletzung nicht verkraften.

Als ich mich wieder beruhigt hatte, kehrten wir zur Gruppe zurück. Die Übrigen hatten von unserem Gespräch zum Glück nicht viel mitbekommen. Julies und Bos Blicke waren auf die Bühne gerichtet und sein Arm lag um ihre Schultern, was mich zum ersten Mal wieder strahlen ließ.

Finn ließ mich an diesem Abend auch nicht mehr aus den Augen, er hielt die meiste Zeit über meine Hand und nahm mich bei jeder sich bietenden Gelegenheit in den Arm.

»Euer Geturtel ist echt widerlich«, kommentierte Lone, woraufhin Torge sie küsste.

»Das ist meine Frau«, sagte er stolz und grinste bis über beide Ohren.

Finn verbrachte die Nacht bei mir und streichelte mich liebevoll in den Schlaf. Den folgenden Tag nutzten wir dazu, uns noch besser kennenzulernen und gemeinsame Stunden im Freien zu verbringen. Abends schickte ich ihn nach Hause, da auch er am nächsten Tag früh raus musste, bevor ich mich zu Julie begab und sie noch einmal zu ihrem Verhältnis zu Bo interviewte.

Ich konnte nicht länger warten und legte ihr behutsam dar, was mir auf dem Herzen lag. Ich war erleichtert zu hören, dass auch sie bereits über die möglichen Konsequenzen nachgedacht hatte und dabei relativ gefasst wirkte.

»Entweder er versteht es oder eben nicht«, sagte sie. »Und bis dahin genieße ich die Zeit mit ihm.«

»Pass bitte auf, dass dir nicht wehgetan wird«, bat ich sie, obwohl mir klar war, dass sie da kaum Einfluss drauf hatte. Das hatte niemand. Denn niemand wusste, was passieren würde, wenn Anfang September offenbart wurde, dass die Menschen in einer Scheinwelt lebten. Blind für das, was wirklich um sie herum geschah. Plötzlich musste ich an Tarjos denken und daran, dass er womöglich ganz allein mit dieser Situation klarkommen musste. Aber ich verdrängte diesen Gedanken. Ich war noch lange nicht bereit dazu, Mitleid mit ihm zu empfinden, auch wenn es mich insgeheim noch einige Zeit beschäftigte, dass er den Anstand hatte, sich bei Finn für sein Verhalten ihm gegenüber zu entschuldigen. *Mochte doch noch etwas Gutes in ihm stecken? Nein.* Und selbst wenn das so wäre, könnte ich ihm nie verzeihen, was er mir angetan hatte. Er hatte mir das Herz gebrochen. Jeder Gedanke an ihn schmerzte. Aber immerhin musste ich nicht mehr weinen. Übrig blieb lediglich ein dumpfes Gefühl in meiner Brust.

Finns Übernachtungen auch unter der Woche bei mir wurden in der folgenden Zeit zur Gewohnheit. Seltener blieb ich über Nacht bei ihm, er wohnte einfach etwas ungünstig, sodass der Weg zur Arbeit eine Dreiviertelstunde länger dauerte. Aber es machte ihm nichts, bei mir zu bleiben. Im Gegenteil, meist war er es, der es vorschlug. Und ich hatte nichts dagegen.

Ansonsten vergingen die Tage bis zu unserer Geschäftsreise nach Flensburg langsam und beschwerlich. Die Arbeit bei der DDKK fing an, mich zu langweilen, sodass ich mittlerweile froh war, es in zwei Wochen hinter mir zu haben.

Umso mehr freute ich mich, mit der Flensburg-Fahrt die Möglichkeit zu bekommen, etwas Neues zu sehen und dem Laden für zwei Tage zu entfliehen. Wir fuhren mit zwei Firmenwagen und waren insgesamt zu siebt. Den Teamleiter Bjarne und mich begleiteten fünf weitere Mitarbeiter, darunter ein Deutscher, der aus Hamburg kam und mit dem ich die meiste Zeit über

Deutsch sprach, worüber er sehr dankbar war. Er hatte erst im fortgeschrittenen Alter begonnen, die dänische Sprache zu lernen, und das merkte man leider. Wir unterhielten uns über unsere Erfahrungen, die Unterschiede in den kulturellen Gepflogenheiten der Länder betreffend, wodurch die Fahrt wie im Flug verging.

In Flensburg fuhren wir direkt zum Meeting in die Stadt, da uns ein Unfall auf der A7 die Zeit geraubt hatte, vorher noch im Hotel einzuchecken. Es handelte sich jedoch lediglich um ein rein organisatorisches und informelles Vorabgespräch, sodass wir gegen sechzehn Uhr fertig waren und unsere Zimmer beziehen konnten. Auf der Fahrt zum Hotel hatte ich meinen Eltern geschrieben, dass sie sich auf den Weg machen konnten, die Adresse des Hotels hatte ich ihnen bereits am Vortag mitgeteilt.

Es war sehr schön, die beiden wiederzusehen und in die Arme zu schließen. Irgendwie spürte ich, dass mir das kleine Stückchen Heimat enorm guttat. Wir besuchten ein chinesisches Restaurant, in dem wir früher schon einige Male gegessen und uns immer sehr wohlgefühlt hatten. Der Abend verlief entspannt und erholsam. Obwohl ich in den vergangenen Monaten immer seltener an Zuhause gedacht und meine Eltern auch weniger besucht hatte, freute ich mich, sie wiederzusehen, und darüber, dass sie beide wohlauf waren. Die eigenen Eltern konnte einfach nichts und niemand ersetzen.

Ich erzählte ihnen von Finn, sie stellten ein paar skeptische Fragen, freuten sich aber für mich, da sie merkten, dass ich ihn liebgewonnen hatte. Gegen neunzehn Uhr dreißig setzten sie mich an meinem Hotel ab, ich drückte die beiden noch einmal fest an mich und wünschte ihnen eine gute Heimfahrt. Allzu weit hatten sie es glücklicherweise nicht.

Auf meinem Zimmer ging ich noch einmal die Unterlagen durch, die Bjarne mir auf der Fahrt ausgehändigt hatte. Ich konnte mich allerdings mehr oder weniger entspannt zurücklehnen und den morgigen Tag einfach auf mich zukommen lassen, da ich mit keiner größeren Aufgabe betreut worden war und stattdessen einfach zuhören und Erfahrungen sammeln durfte.

Um kurz vor acht klopfte es an meiner Zimmertür. Ich erschrak und fragte mich prompt, ob ich etwas im Auto meiner Eltern vergessen hatte, doch als ich die Tür öffnete, traute ich meinen Augen nicht.

Ich brauchte einen Moment, um klarzukommen, auch wenn ich von der ersten Sekunde an, in der ich sie erblickte, keinerlei Zweifel daran hatte, wer vor mir stand. *Aber wie war das möglich?*

KAPITEL 15

Die dunkelbraunen, kurzen Haare fielen lässig in ihr Gesicht. Sie trug eine schwarze Jeans mit Löchern an den Knien und einen tiefroten Kapuzenpullover mit einer weißen Aufschrift. Ihre Nase und beide Ohren waren gepierct, doch ihr Lächeln war das gleiche wie vor vielen Jahren.

»Anna?«, fragte ich erstaunt, ich konnte keinen klaren Gedanken fassen.

»Jepp«, sagte sie bloß und grinste, als wäre nichts gewesen. »Lässt du mich rein?«

»Klar«, stotterte ich und öffnete die Tür weiter, sodass sie eintreten konnte.

Sie sah sich einen Moment lang in meinem Zimmer um und setzte sich dann aufs Bett, während ich sie – immer noch die Tür in der Hand haltend – anstarrte.

»Ist 'ne Überraschung, was?«

»Kann man so sagen.« Mehr fiel mir nicht ein. Ich schloss die Zimmertür langsam, um mich dann auf den Stuhl neben dem kleinen Schreibtisch zu setzen, während ich krampfhaft versuchte, meine Gedanken zu ordnen und mir einen Reim auf das Ganze zu bilden. *War sie es wirklich oder bildete ich mir das alles gerade ein?*

»Wie kann es sein, dass du …« Ich konnte immer noch nicht richtig fassen, dass ich sie hier vor mir sah.

»… dass ich noch lebe?«, beendete sie meinen Satz.

»Ja«, sagte ich und spürte Freude in mir aufkommen. »Ich glaube, ich träume.«

»Tust du nicht«, grinste sie.

»Ich kann das gar nicht glauben, wie ist das möglich?« Ich spürte, wie mir die Tränen in die Augen stiegen. »Ich dachte, du wärst tot.«

Es war nicht zu verhindern, ich spürte Freude und Trauer in gleichen Maßen und fing an zu weinen. Annas taffes Auftreten schwand allmählich und ich sah, dass auch sie gerührt war. Sie griff nach den Taschentüchern auf meinem Nachttisch und hielt sie mir hin.

»Danke«, sagte ich, als ich mir eines genommen hatte, um meine Tränen zu bändigen und mir die Nase zu putzen. Dann setzte ich mich zu ihr auf die Bettkante und starrte sie an.

»Verrückt, oder?«, flüsterte sie und ich nickte zustimmend, woraufhin wir einige Sekunden lang schwiegen. Es kam mir vor wie eine Ewigkeit.

»Es tut mir leid, dass ich dir das antun musste«, fing sie irgendwann an. »Es ging einfach nicht anders.«

»Bitte, erzähl mir, was passiert ist und wo du jetzt herkommst!«

»So ein Typ namens Tarjos rief mich vor ein paar Wochen an. Klingelt da was bei dir?«

Natürlich tat es das, aber in diesem Zusammenhang verwirrte es mich nur noch mehr, seinen Namen zu hören.

»Lange Rede, kurzer Sinn: Er hat mich ausfindig gemacht und mir erzählt, dass du über uns Bescheid weißt. Und irgendwas von einer Tätowierung, was ich nicht ganz verstanden habe«, erklärte sie.

Ich musste, immer noch völlig verrotzt, lachen und zeigte ihr meinen Rücken.

»Du und ich, weißt du noch?«, fragte ich sie.

»Na klar«, lächelte sie und schien ebenfalls eine Träne zu unterdrücken.

»Ich habe dich nie vergessen«, flüsterte ich mit Kloß im Hals.

»Ich dich auch nicht«, gestand Anna und zog ihren Ärmel hoch, um ihren Unterarm zu zeigen, wo ebenfalls zwei schwarze Vögel zwitscherten. Ich konnte nicht anders, ich nahm sie fest in den Arm und wir mussten beide fürchterlich weinen.

Als wir wieder zu uns kamen, erzählte sie mir, dass sie damals nicht an Krebs erkrankt war, sondern das Gen ausgebrochen war und es Monate gedauert hätte, bis sie jemanden gefunden hatte, der ihr helfen konnte. Ihre Eltern hatten Bescheid gewusst, sich aber schrecklich distanziert verhalten, sodass sie im Prinzip kaum noch mit ihnen Kontakt hatte.

»Das tut mir so leid«, sagte ich ehrlich.

»Halb so wild. Ich habe irgendwann gute Menschen kennengelernt, die mich so akzeptieren, wie ich bin.«

Ich freute mich unendlich, das zu hören.

»Aber du scheinst ja auch deine Erfahrungen mit uns gemacht zu haben?«, hakte sie neugierig nach.

»Das kann man wohl sagen.« Ich musste lachen und berichtete ihr in groben Zügen, wie sich mein Leben im vergangenen Jahr verändert hatte.

»Ich habe sehr oft mit dem Gedanken gespielt, dich zu suchen und dir alles zu erzählen«, gestand Anna. »Aber ich hatte Angst vor deiner Reaktion.«

»Glaub mir, dafür habe ich vollstes Verständnis«, versuchte ich ihr die Schuldgefühle zu nehmen. »Und jetzt bin ich umso glücklicher, dass du noch lebst und mich gefunden hast.«

»Dafür kannst du deinem Tarjos danken.«

Ohne ihr zu sagen, dass unser Verhältnis gerade nicht das beste war, quatschte ich mit Anna bis tief in die Nacht. Erst gegen halb zwei verließ sie mich und wir versprachen uns gegenseitig hoch und heilig, dass wir uns bald wiedersehen würden. Äußerlich hatte sie sich verändert, innerlich aufgrund der Erlebnisse sicherlich auch. Aber ganz tief in unserem Innersten verband uns nach wie vor etwas. Und das fühlte sich unglaublich gut an.

Das Meeting am nächsten Tag war anstrengend. Ich hatte, wenn überhaupt, vielleicht dreieinhalb Stunden geschlafen, nur mein dick aufgetragenes Make-up verbarg, dass ich nicht fit für diesen Tag war. Wäre ich in Gedanken nicht die ganze Zeit bei Anna und ihren Erzählungen gewesen, hätte mir dieser Tag vielleicht sogar Freude bereitet. Immerhin erhielt ich die einmalige Möglichkeit, tiefere Einblicke in die Arbeit der DDKK zu erhalten und ihre Verhandlungsstrategien zu erlernen. Stattdessen schwelgte ich in Erinnerungen, ließ mir immer wieder Annas Worte durch den Kopf gehen und plante gedanklich unser Wiedersehen.

Finn erzählte ich nicht, was geschehen war, ich hatte ihm am späten Abend eine kurze Nachricht geschrieben und ihm eine gute Nacht gewünscht, bevor ich mich weiterhin an Annas Lippen geheftet hatte. Er wusste nichts von ihr und unserer Geschichte, daher machte es wenig Sinn, ihm zwischen Tür und Angel irgendetwas zu berichten. Erst in der Mittagspause las ich eine Nachricht von ihm, in der er mir einen aufregenden Tag wünschte, und ich antwortete, dass ich ihn heute Abend gerne sehen würde.

Ich konnte es immer noch nicht so richtig glauben. Jahrelang hatte ich angenommen, Anna sei gestorben. Ich hatte um sie getrauert, geweint, mich für unsere Freundschaft drei Jahre später tätowieren lassen, und gestern hatte sie auf einmal vor mir gestanden. Es erschien mir wie ein Wunder. Den gesamten Tag über stand ich mehr oder weniger neben mir, meine Gedanken schwebten auf einer ganz anderen Ebene, im Grunde bekam ich kaum etwas von dem mit, was geschäftlich vor sich ging. Ich sprach nur das Nötigste mit meinen Kollegen und versuchte zu verbergen, was sich eigentlich in mir abspielte. Es war ja nicht möglich, mit irgendjemandem darüber zu sprechen. Zumindest noch nicht. In ein paar Wochen würde sich das alles ändern. Dann würde es weniger Geheimnisse geben. Und so etwas wie mit Anna, dass man seinen Tod vortäuschen musste, um weiterleben zu können, würde es auch nicht mehr geben müssen. Hoffte ich zumindest.

Die Rückfahrt kam mir im Gegensatz zur Hinfahrt endlos vor, ich freute mich ungemein darauf, Julie und Finn zu berichten, was ich erlebt hatte. Die würden Augen machen. Es war bereits zwanzig Uhr durch, als man mich in der Nähe meines Wohnheimes raus ließ. Flüchtig bedankte ich mich bei meinen Kollegen, dass ich dabei sein hatte dürfen, und spurtete ins Wohnheim, um Julie mit meinen Neuigkeiten zu überfallen. Als ich an ihre Tür klopfte, dauerte es lange, bis sie endlich öffnete. Ich stürmte in ihr Zimmer und wollte gerade ausholen, als ich zu meiner Überraschung feststellte, dass Julie nicht alleine war. Bo saß auf ihrem Bett und lächelte etwas verlegen.

»Oh!«, entfuhr es mir. »Hej, entschuldigt die Störung.«

»Kein Problem«, sagte Bo.

Julie sah mich verlegen an. »Was ist mit dir denn los?«, wollte sie wissen.

»Ach, nicht so wichtig«, log ich, denn ich wollte die beiden ja nicht stören. »Erzähl ich dir morgen.«

»Sicher?«, fragte sie.

»Ganz sicher. Viel Spaß noch.« Ich lächelte etwas unbeholfen und verließ ihr Zimmer.

Ich war noch beim Auspacken, als Finn zu mir kam und mich umarmte und küsste, als hätten wir uns fünf Wochen lang nicht gesehen. Ich gab ihm gar nicht erst die Möglichkeit, zu fragen, wie es gewesen war, sondern legte direkt los und erzählte ihm die ganze Geschichte. Dabei war ich schon wieder so aufgeregt, dass ich mich ein paar Mal verhaspelte und vermutlich reichlich unverständlich ohne roten Faden alles von mir gab, was mir gerade durch den Kopf schoss. Als ich fertig war, entstand eine kurze Pause, in der Finn sichtlich bemüht war, das Gesagte zu verarbeiten.

»Und Tarjos hat sie ausfindig gemacht?«, hakte er schließlich ungläubig nach.

Das war es, was ihn daran überraschte? Nicht die Tatsache, dass ich über all die Jahre gedacht hatte, meine beste Freundin sei vor langer Zeit gestorben? Männer! Dann stellte sich jedoch heraus, dass es ihn tatsächlich nicht übermäßig überrascht hatte, und er berichtete mir, dass er bereits wusste, dass Menschen ihren Tod vortäuschten, wenn das Gen ausbrach. Das kam seiner Aussage nach nicht einmal selten vor.

»Aber echt krasse Geschichte«, schloss Finn die Unterhaltung.

»Nicht wahr? Ich bin froh, dass ich mit dir darüber reden kann.«

»Du kannst mit mir über alles reden, okay?!«

»Danke.« Ich küsste ihn und freute mich wieder einmal, dass Finn so lieb war.

Als wir schlafen gingen, war es schon wieder viel zu spät. Und obwohl ich die ganze Zeit in seinen Armen liegen konnte, schlief ich extrem unruhig. Ich träumte von Anna. Und von Tarjos.

Als ich am nächsten Morgen noch vor dem Weckerklingeln aufwachte, war mir klar, dass ich mich bei Tarjos bedanken musste. Scheinbar hatte er sich, direkt nachdem ich ihm von Anna erzählt hatte, auf die Suche nach ihr gemacht. Er musste geahnt haben, was dahintersteckte, vermutlich war er ebenso wenig überrascht, wie Finn es gestern Abend gewesen war, und hatte auf gut Glück nach ihr gesucht. Und er hatte Erfolg gehabt.

Ich fragte mich, ob das die Situation mit ihm nicht veränderte. Ob ich ihm nicht die Möglichkeit geben musste, sich mir gegenüber zu erklären. Doch nichts, was er mir sagen konnte, würde etwas daran ändern, wie sehr er mich verletzt hatte. Vielleicht sollte ich es also einfach dabei belassen. Schließlich entschied ich, dass ich das nicht sofort entscheiden musste, und startete wieder einmal mit Schlafmangel in den Tag. Aber da es Freitag war, gab es zumindest einen Lichtblick. Das Wochenende stand vor der Tür.

In der DDKK fragten mich Maria, Lorena und Jens nach meinem Ausflug mit Bjarne und ich konnte nur sehr oberflächlich berichten, gab mir jedoch größte Mühe, nur Positives von mir zu geben. Die Mittagspause verbrachte ich zur Abwechslung alleine, weil Lorena bereits früher Feierabend machen wollte und die Pause dafür ausfallen ließ. Das kam mir ganz gelegen, so konnte ich die halbe Stunde allein auf der Dachterrasse der kleinen Cafeteria des Hauses verbringen und in Ruhe die Sonne genießen. Die Wärme auf meiner Haut zu spüren, tat gut. Leider erinnerte mich das Sonnenbaden bald auch an meine Strandausflüge mit Tarjos, und irgendwann entschied ich, ihn noch einmal zur Rede zu stellen und mich wenigstens bei ihm zu bedanken. So würde ich nicht auf merkwürdige Weise in seiner Schuld stehen und konnte das Ganze besser verarbeiten und irgendwann hoffentlich vergessen.

Die Bahn war wie jeden Freitagnachmittag zum Feierabend-verkehr völlig überfüllt. Ein kleines bisschen ärgerte es mich, dass ich nicht direkt nach Hause gefahren, sondern die Bahn zu Tarjos genommen hatte. Aber ich wollte dieses Gespräch nicht länger vor mir herschieben, es würde mir nur weitere unruhige Momente und Nächte verschaffen. Und davon hatte ich langsam genug. Ich musste das Thema abschließen.

Vielleicht hätte ich vorher anrufen oder ihm eine Nachricht schicken sollen, so ärgerte ich mich erneut, als ich vor seiner verschlossenen Tür stand und niemand öffnete. Ich machte auf dem Absatz kehrt, griff nach meinem Handy und wählte seine Nummer. Aber keiner nahm ab. Also stapfte ich genervt zurück zum S-Bahnhof und wollte gerade in die Bahn Richtung Wohn-heim steigen, als ich eine Nachricht erhielt. Sie kam von Tarjos.

Alles okay bei dir?

Was war das für eine Frage? Natürlich war nicht alles okay bei mir, wie sollte es das auch sein? Oder dachte er, ich riefe an, weil ich in irgendwelchen Schwierigkeiten steckte? Je länger ich darüber nachdachte, desto weniger abwegig erschien mir der Gedanke, da ich ihn noch nie angerufen hatte. Stattdessen hatten wir, wenn überhaupt, immer nur über kurze Nachrichten kommuniziert. Also schrieb ich zurück.

Ja, alles okay. Wollte nur mit dir reden.

Keine drei Sekunden später kam die Antwort:

Bin in der Uni, komme anschließend vorbei.

Wann bitte war *anschließend*? Und wollte ich überhaupt, dass er zu mir kam? Ich war zwar erst für morgen wieder mit Finn verabredet, da er den Abend mit einem Kumpel verbrachte, aber das hieß nicht, dass ich stattdessen Tarjos zu mir einladen wollte.

Also schrieb ich ihm, dass wir uns an der Uni treffen würden, und zu meiner Überraschung hatte er nichts dagegen. Wir vereinbarten zwar keinen konkreten Treffpunkt, aber wir beide wussten, wo wir uns finden würden: auf der Wiese hinter dem Mensagebäude.

Als ich ankam, saß Tarjos auf dem Rasen mit dem Rücken zu mir, seine langen Beine angewinkelt und die muskulösen Arme auf seinen Knien abgelegt. Ihn dort zu sehen, setzte eine seltsame Mischung verschiedenster Gefühle in mir frei. Schmerzliche Erinnerungen an den Abend in der Bar stiegen in mir auf, ich war nach wie vor tief verletzt von seinen Worten, gleichzeitig spürte ich einen Hauch von Erleichterung, ohne genau zu wissen, warum. Und ich war plötzlich aufgeregt. Oder nervös. Meine Hände begannen leicht zu schwitzen, wie sie es taten, wenn ich ein Referat halten oder mich einer kritischen Situation aussetzen musste. Aber im Grunde war es das ja auch, eine kritische Situation. Einerseits war ich Tarjos dankbar dafür, dass er Anna zurückgebracht hatte, andererseits hasste ich die Gefühle, die sein Anblick in mir auslöste.

Ohne ein Wort der Begrüßung setzte ich mich zu ihm und versuchte mich nicht allzu sehr daran zu stören, dass mein Rock vermutlich Grasflecken bekam, die ich nie wieder rauskriegen würde.

Um uns herum war nichts los, kaum einer nutzte in den Semesterferien Sonnentage, um sich in der Uni aufzuhalten. Und schon gar nicht am frühen Freitagabend. Da Tarjos keine Anstalten machte, irgendetwas zu sagen, ergriff ich schließlich das Wort. Ich wollte es nicht noch länger hinauszögern.

»Anna war vorgestern bei mir«, sagte ich bloß und machte eine kurze Pause, in der keine Reaktion von ihm kam. »Sie hat mich in Flensburg im Hotel aufgesucht, aber das weißt du ja bereits.«

Tarjos nickte.

»Danke«, meinte ich ehrlich.

»Keine große Sache«, erwiderte er in einem monotonen Ton und blickte dabei in die Ferne.

»Doch, das ist es. Zumindest für mich, falls du dir das vorstellen kannst.« Es ärgerte mich, dass er so einsilbig und kalt war.

»Das kann ich«, gestand er schließlich. »Ich hoffe, es hat dich gefreut.«

»Das hat es. Absolut.«

»Schön.«

Dann schwiegen wir wieder. Es fühlte sich nicht besonders gut an, schweigend neben ihm auf der Wiese zu sitzen, nachdem er mir so wehgetan hatte. Ich hatte die letzten Wochen unglaublich gelitten und Schmerzen empfunden, wie ich sie noch nie verspürt hatte. Und nun saß ich neben ihm, bedankte mich und schwieg.

»Ich denke, ich werde dann mal wieder.«

Es lag mir fern, das Ganze noch länger hinauszuzögern. Offensichtlich hatten wir uns nichts mehr zu sagen. Und es schmerzte nur noch mehr, je länger ich dort saß und an alles zurückdachte, was uns verbunden hatte.

»Nein, bleib bitte noch!«, sagte Tarjos kaum merklich und blickte zwischen seinen Knien zu Boden.

Ihn so zu sehen, war neu für mich. Auf einmal wirkte er verletzlich, nicht so aufgeblasen und überheblich wie sonst.

Gegen jeden Verstand folgte ich seiner Bitte und blieb neben ihm sitzen. Aber weitere Minuten vergingen, in denen kein Ton von ihm kam. Endlich spürte ich auch noch Müdigkeit in mir aufsteigen, die vergangenen Tage hatten auch körperlich ihre Spuren hinterlassen. Ich musste dem Ganzen ein Ende setzen.

»Tarjos, ich kann das nicht mehr. Sei mir nicht böse.«

Ich stand auf, streifte meinen Rock glatt und wollte ihm gerade alles Gute wünschen, als er nach meiner Hand griff und mich ansah.

»Es gibt einen Grund, warum ich so bin«, sagte er und in seinen Augen sah ich, dass auch er am Boden war.

Bei seinem Anblick blieb mir fast das Herz in der Brust stehen. Ich hätte mir in meinen wildesten Träumen nicht vorstellen können, Tarjos einmal so zu sehen. *Leise. Verletzlich. Hilflos.*

Ich brachte es nicht übers Herz, ihn in diesem Zustand allein zu lassen, schlagartig tat er mir schrecklich leid. Dabei war doch ich diejenige, die verletzt war.

»Möchtest du mir erzählen, was los ist?«, fragte ich, um eine sanfte Stimme bemüht, denn ich konnte meinen Ärger nach wie vor nicht gänzlich verstecken.

»Nein«, versetzte mir seine Antwort einen erneuten Stich. »Nicht hier«, setzte er dann jedoch fort.

Wortlos fuhren wir in seinem schwarzen Wagen zu seiner Wohnung, vor der ich nun zum zweiten Mal an diesem Tag stand, während er die Tür öffnete. Auf der Fahrt hatte ich eine Nachricht von Julie erhalten, in der sie fragte, wo ich bliebe. Ich hatte ganz vergessen, ihr zu sagen, dass ich später kommen würde, also schrieb ich ihr schnell, dass sie nicht auf mich warten solle und dass wir morgen über alles reden würden. Sie gab sich damit erstaunlicherweise auf Anhieb zufrieden, ohne neugierige Fragen zu stellen. Scheinbar hatte Bo einen guten Einfluss auf sie.

Tarjos stand mir gegenüber, an die Arbeitsplatte neben seinem Kühlschrank gelehnt, während ich auf einem der Barhocker Platz nahm, die unter seinen Küchentisch geschoben waren.

»Möchtest du etwas trinken?«, fragte er tonlos.

»Nein, Tarjos. Eigentlich möchte ich nicht einmal hier sein«, entfuhr es mir.

»Ich weiß, tut mir leid«, erwiderte er mit leerem Blick.

»Was genau tut dir denn leid? Dass du mir meine Lebenszeit raubst oder dass du mir das Herz gebrochen hast?«, fragte ich.

Er antwortete nicht.

»Weißt du eigentlich, wie sich das anfühlt, wenn jemand, den man für einen Freund hält, einem gesteht, dass man nur fürs Bett gedacht war, dass man ihm nichts bedeutet?« Endlich konnte ich meiner Wut freien Lauf lassen. »Und das nach allem, was wir zusammen durchgemacht haben, nach allem, was ich dir anvertraut und mit dir geteilt habe. Du hast mich unfassbar verletzt.« Ich spürte, wie mir die Tränen über die Wangen liefen. Mein Herz brannte wieder.

Tarjos senkte seinen Blick zu Boden.

»Das wollte ich nie«, murmelte er kaum hörbar.

»Was wolltest du nie?«, fauchte ich.

»Dich verletzen«, gestand er und blickte schuldbewusst zu mir hoch. »Du bedeutest mir etwas.«

Ich lachte auf und ließ nicht zu, dass seine Worte mein Herz erreichten.

»Merkwürdige Art, das zu zeigen.«

Ich musste mich schützen, ich brauchte diese Mauer vor meinem Herzen, damit ich nicht noch einmal verletzt wurde.

»Ich weiß«, sagte er bloß. »Aber ich möchte es dir erklären.«

»Da bin ich aber gespannt.«

»Ich muss ein wenig ausholen«, sagte Tarjos und ich erkannte, wie schwer ihm das Ganze fiel.

Es vergingen einige Sekunden, in denen ich ihn erwartungsvoll anstarrte.

Und dann erzählte er mir zu meiner Überraschung zum ersten Mal etwas Persönliches aus seinem Leben. Von seiner Kindheit auf Island, von dem kleinen Ort, in dem er mit seinen Eltern gelebt hatte, von seiner Clique und der Schule, die er dort besucht hatte, dass seine Eltern eine kleine Arztpraxis in dem Dorf gehabt hatten, in der sein Vater als Hausarzt praktiziert und seine

Mutter sich um die Buchhaltung und Patientenbetreuung gekümmert hatte. Obwohl seine Erinnerungen glücklich wirkten, war ihm deutlich anzusehen, dass bald etwas Schmerzliches kommen musste, das alles für ihn verändert hatte. Und so war es.

Als bei Tarjos das Gen ausgebrochen war, war er seit einigen Monaten fest mit einem Mädchen aus seiner Clique liiert gewesen. Ihr Name war Svana. Er hatte schnell Hilfe von seinen Eltern und aus seinem Umfeld bekommen, da er in dem Dorf glücklicherweise nicht der Einzige war, der betroffen war. Tarjos erfuhr, dass sein Großvater das Gen in sich getragen und Tarjos' Vater aufgeklärt hatte, sodass man ihm schnell zu zeigen vermochte, wie er einigermaßen unbeschwert leben konnte. Seine Eltern standen voll und ganz hinter ihm, daher änderte sich für ihn zunächst kaum etwas.

Als Tarjos und Svana jedoch knapp ein Jahr zusammen gewesen waren und er sich ihrer Liebe sicher war, gestand er ihr gegen den Rat seiner Eltern, dass er anders war. Sie bekam fürchterliche Angst vor ihm, beschimpfte ihn als Missgeburt und trennte sich von ihm, ohne seine Erklärungsversuche zuzulassen. Dabei war es jedoch nicht geblieben. Als Tarjos nach einiger Zeit, die er gebraucht hatte, um das Geschehene zu verarbeiten, wieder seine Schule besuchte, drohten Svanas Eltern Tarjos' Familie, sie würden ihr Geheimnis überall bekannt machen, sollten sie das Dorf nicht bald verlassen. Auch die anderen Betroffenen waren äußerst verärgert über Tarjos' Verhalten, mit dem er in seiner jugendlichen Leichtgläubigkeit ihr aller Leben aufs Spiel gesetzt hatte. Sie legten der Familie nahe, niemals wiederzukehren, und das taten sie auch nicht.

Tarjos' Familie wurde von einem auf den anderen Tag die Lebensgrundlage entrissen. Alles, was sie sich über viele Jahre aufgebaut hatten, mussten sie zurücklassen, Teile der Familie, Freunde und Bekannte verlassen. Und das alles nur, weil Tarjos sein Vertrauen in die falsche Person gesetzt hatte.

Er musste schreckliche Schuldgefühle gegenüber seinen Eltern haben. Auch wenn er im Grunde nichts Falsches getan hatte, war mir klar, dass er sich vorwarf, ihr Leben zerstört zu haben.

Tarjos schwieg. Sein Blick war auf den Küchenboden gerichtet. Der Schmerz in meiner Brust war nicht mehr mein eigener, sondern Tarjos' Schmerz. Was musste dieser Junge bloß gefühlt haben, nachdem seine erste große Liebe ihn für ein Monster gehalten und ihn mithilfe ihrer Familie aus dem Land vertrieben hatte? Ich wollte mir gar nicht vorstellen, was er gedacht und empfunden haben musste, als das geschehen war. Ich wusste ja nun, wie es sich anfühlte, von jemandem verstoßen zu werden, der einem viel bedeutete. Aber mir war lediglich verbal vor den Kopf gestoßen worden, während diese Leute Tarjos' gesamte Existenz verflucht hatten.

Ich konnte nicht anders, als aufzustehen und meine Arme um den Mann zu legen. Ich wusste nicht, ob ich es für ihn oder für mich tat, so sehr vermischten sich meine Gefühle gerade mit seinen. Als ich Tarjos' warme, harte Brust spürte, erinnerte ich mich an die schönen Zeiten, die ich mit ihm erlebt hatte. Still fing ich an zu weinen und schwor mir, ihn nie wieder loszulassen.

Es vergingen einige Minuten, in denen wir nur so dastanden und den Schmerz zu verarbeiten versuchten, der uns verband. Tarjos fand zuerst wieder Worte. »Es tut mir wirklich leid«, flüsterte er über meinem Kopf.

»Und mir erst«, entgegnete ich, da meine Wut auf ihn gänzlich von dem Mitleid abgelöst worden war, das seine Geschichte in mir geweckt hatte.

»Dir muss gar nichts leidtun«, erwiderte er. Und bevor ich etwas entgegnen konnte, fuhr er fort: »Ich mag dich. Und ich hatte Angst, dich zu verlieren.«

Ich blickte zu ihm hoch. Das war nicht der Tarjos, den ich kannte. Es war der Junge, dem man das Herz gebrochen hatte.

Ich löste mich ein wenig von ihm, sodass ich ihm in die Augen sehen konnte, hielt ihn aber weiterhin fest in meinen Armen.

»Eine Sache verstehe ich nicht«, setzte ich noch einmal an. »Wenn du Angst hast, mich zu verlieren, warum hast du das dann getan?«

Es dauerte ein paar Sekunden, bis er mir antwortete.

»Ich dachte, es wäre für mich weniger schlimm, wenn ich dich abschießen würde, bevor du es mit mir tust«, gestand er schulterzuckend.

»Wie kommst du darauf, dass ich dich abschießen würde?«, griff ich seine Wortwahl auf.

»Na das ist doch offensichtlich«, murmelte er und sein Blick verhärtete sich.

Doch ich verstand nicht, inwiefern das offensichtlich sein sollte.

»Finn«, versuchte er zu erklären.

»Was hat denn Finn mit dir und mir zu tun?«, hakte ich nach, auch wenn es mir insgeheim dämmerte.

»Sobald ihr ein Paar seid, bin ich doch abgeschrieben«, antwortete Tarjos aus fester Überzeugung.

»So ein Quatsch!«, entfuhr es mir, doch er ließ sich nicht überzeugen.

»Im Grunde genommen sind wir schon sowas wie ein Paar. Und trotzdem stehe ich jetzt hier bei dir, oder? Finn tut mir gut. Ich mag ihn. Aber das ändert rein gar nichts daran, dass du mir ebenfalls viel bedeutest.«

»Ist das wahr?«, fragte er erstaunlich verunsichert.

»Tarjos. Du bist ein wichtiger Teil in meinem Leben. Und ich möchte, dass das so bleibt. Also hör auf, mich von dir wegzustoßen!«

Ich hatte die Worte noch nicht vollständig ausgesprochen, da zog er mich fest an sich heran, als müsse er meine Bitte wortwörtlich nehmen. Und wieder vergingen einige Minuten, in denen wir schweigend festumschlungen dastanden.

»Unser Verhältnis ist merkwürdig«, murmelte Tarjos irgendwann.

»Das kannst du wohl laut sagen.« Ich musste lachen und die ganze Anspannung der letzten Tage fiel mit einem Male von mir ab.

»Du bist so böse und trotzdem mag ich dich«, fügte ich hinzu.

»Und du bist furchtbar anstrengend, aber irgendwie auch ganz cool«, versuchte Tarjos seine Gefühle in Worte zu fassen und brachte mich erneut zum Lachen.

»Cool, ja?«, ärgerte ich ihn. Doch er ließ sich nicht provozieren.

»Du weißt, was ich meine«, sagte er mit ungewohnt sanfter Stimme.

Ich gab ihm einen Kuss auf die Wange und wollte mich von

ihm lösen, doch er hielt mich fest. Fragend sah ich ihn an und Tarjos antwortete mit einem Kuss auf meine Lippen. Ganz leicht und zart, wie ich es von ihm nie für möglich gehalten hätte. Er löste sich ein wenig von meinem Gesicht, sah mir in die Augen, und als ich keine Anstalten machte, wegzulaufen, setzte er den Kuss fort.

Seine warme, feuchte Zunge drang behutsam zwischen meinen Lippen in meinen Mund, und als sie meine Zunge berührte, war ich wie elektrisiert. Tarjos küsste mich so leidenschaftlich, dass mir die Luft wegblieb. Schlagartig wollte ich mehr, spürte ein unbeschreibliches Kribbeln von tief unten in mir aufsteigen. Seine Küsse wurden fordernder, seine Arme schlangen sich fest um meinen Körper, sodass ich keine Chance hatte, mich zu rühren. Mit einem Mal packte er mich, hob mich hoch und setzte mich auf den Küchentisch. Reflexartig schlang ich meine Beine um seinen Körper, zog ihn dichter an mich heran, sodass ich ihn überall spüren konnte. Unsere Blicke trafen sich und ich entdeckte das Feuer in seinen Augen, das verriet, wie sehr er mich wollte. Mit meinen Händen zog ich Tarjos' Gesicht dicht zu mir, sodass er mich von Neuem mit seiner Zunge verrücktmachen konnte.

»Du bist so scharf«, murmelte er und setzte seine Küsse an meinem Hals weiter fort.

Mit einem Mal wurde mir allerdings ganz anders. Ein ungutes Gefühl beschlich mich und ich hielt inne.

»Was ist los?«, stöhnte Tarjos, die Lippen immer noch an meinem Körper.

Als ich nicht antwortete, löste er sich von meinem Hals und sah mir direkt in die Augen.

»Eva?«

»Ich weiß nicht«, entgegnete ich und versuchte krampfhaft, nachzudenken. »Vielleicht geht mir das etwas zu schnell.«

»Wie meinst du das?«, wollte Tarjos wissen.

»Nach allem, was passiert ist, wäre es vielleicht nicht so klug, jetzt miteinander zu schlafen«, versuchte ich zu erklären und spürte, dass etwas von dem schmerzlichen Gefühl zurückgekehrt war, das Tarjos' Worte in der Bar in mir hervorgerufen hatten. »Immerhin hast du gesagt, du wolltest mich nur ficken.«

Als diese Worte ihn erreichten, sah ich, wie sehr sie ihn selbst verletzten. Aber anstatt von mir abzulassen, legte er seine Stirn gegen meine Brust und flüsterte erneut, wie leid ihm das Ganze täte. Und ich glaubte ihm.

Nach allem, was ich gerade über Tarjos und seine Vergangenheit erfahren hatte, wusste ich nur zu gut, was es bedeutete, dass er sich mir gegenüber so geöffnet hatte. Ich hielt ihn in meinen Armen und ließ ihn erst wieder los, als ich mir sicher war, dass wir beide gefühlsmäßig einigermaßen wohlauf waren.

Wir verbrachten den Abend zusammen und unterhielten uns eine Weile über Gott und die Welt, verrieten uns noch mehr voneinander, auch wenn das Thema Svana mit keinem Wort mehr angeschnitten wurde. Ich wusste, dass er nie wieder darüber sprechen wollte.

Auch die Nacht verbrachten wir zusammen, aber Tarjos machte keine Anstalten, mich zu verführen.

Am nächsten Morgen bot er mir sogar an, mich nach Hause zu fahren.

»Lieb von dir«, bedankte ich mich, als ich mich abschnallte und aussteigen wollte.

Er hielt mich fest und sagte: »Gewöhn dich nicht dran!«

»Hatte ich nicht vor«, entgegnete ich und freute mich, dass sein blödes Grinsen zurückgekehrt war.

Julie fing mich auf dem Hausflur ab und ich sagte ihr, sie würde nie für möglich halten, was in den letzten Tagen alles passiert sei. Dann erzählte ich ihr alles bis ins Detail, angefangen bei meinem Ausflug nach Flensburg bis hin zum Wiedersehen mit Anna und dem Abend bei Tarjos. Die Geschichte mit Svana umschrieb ich nur indirekt, da ich annahm, dass Julie nichts davon wusste oder wissen sollte.

Julie kam gar nicht mehr aus dem Staunen heraus. Sie freute sich unglaublich für Anna und mich. Und auch für Tarjos und mich.

»Aber nicht, dass ich jetzt abgeschrieben bin, wo Anna wieder da ist«, äußerte Julie ihre Sorge und ich beruhigte sie damit, dass uns nichts trennen könne.

»Aber jetzt erzähl mir mal, was zwischen dir und Bo läuft!«

Julie schwärmte ausführlich und absolut euphorisch von ihrem ersten Kuss mit Bo, was mich im Grunde überaus freute, wäre da nicht dieses blöde Fragezeichen gewesen mit der Ungewissheit, wie Bo sich verhalten würde, wenn er in ein paar Tagen von ihrer besonderen Art erfuhr. Wir entschieden jedoch, bis zu diesem Datum jeden Tag so zu genießen, als wäre es der letzte, und alle Bedenken beiseitezuschieben, weshalb wir zur Unterstützung unseres Vorhabens direkt die nächsten Wochen und Wochenenden mit gemeinsamen Unternehmungen verplanten.

Gegen Mittag fuhr ich zu Finn und setzte auch ihn in Kenntnis über den gestrigen Abend und meinen Besuch bei Tarjos. Einerseits wirkte er aufrichtig erfreut darüber, dass Tarjos und ich dieses Übel aus der Welt schaffen hatten können, andererseits schien es ihn doch sichtlich zu bekümmern, dass ich die Nacht bei Tarjos verbracht hatte, auch wenn er es nicht so direkt formulierte. Ich sagte ihm, dass Tarjos mir als Freund sehr wichtig sei und dass ich deshalb auch viel für ihn empfinden würde, versicherte ihm jedoch, dass mir nicht in den Sinn käme, jemals eine Liebesbeziehung mit Tarjos einzugehen. Das erleichterte Finn und er versprach, unserer Freundschaft nicht im Wege stehen zu wollen. Außer Tarjos würde sich noch einmal derart daneben benehmen. Aber in diesem Fall bräuchte ich wohl kaum Finns Unterstützung, um zu erkennen, dass unsere Freundschaft keine Chance mehr verdiente. Auch Finn gegenüber verschwieg ich Tarjos' Vergangenheit, Tarjos hätte sicher nicht gewollt, dass mein Freund davon erfuhr.

Finn hielt ebenfalls eine Menge von der Idee, die nächsten Tage möglichst intensiv zu erleben, weil keiner genau wusste, was Anfang September geschehen würde, daher verabredeten wir uns am folgenden Tag mit Julie und Bo am Strand. Lone und Torge hatten keine Zeit. Vielleicht wollten sie aber auch einfach nicht wieder so einen Pärchen-Ausflug wie beim Hafenfest erleben, da waren sie ja etwas eigen.

Wir plantschten und tobten durchs Wasser und durch den Sand, sonnten uns und genossen das schöne Wetter. Nur der Wind störte gelegentlich und erinnerte mich immer wieder daran, dass wir in Kopenhagen am Meer waren und nicht auf einer

Urlaubsinsel im Süden. Doch davon ließen wir uns nicht die gute Laune verderben.

Irgendwann verschwanden Julie und Bo händchenhaltend entlang der Wasserkante aus unserem Blickfeld, sodass Finn und ich knutschend unsere Zweisamkeit genießen konnten. Er schmeckte so gut und seine liebevollen Küsse ließen mich nur so dahinschmelzen.

»Kommst du heute Nacht wieder mit zu mir?«, fragte er, obwohl ich meine sieben Sachen bereits in seinem Kofferraum verstaut hatte. Er zog mich fest an sich und küsste mich innig.

»Das ist gemein«, murmelte ich. »Wie soll ich denn da widerstehen?«

»Also ja?«, hakte er nach.

»Nur, wenn du nicht aufhörst«, flüsterte ich und versuchte, verführerisch zu klingen.

»Alles, was Sie wünschen«, grinste er und setzte seine Verführung fort.

Von Weitem vernahm ich Julies unverkennbares Kichern und ließ widerwillig von Finns Lippen ab. Bo und Julie hielten immer noch Händchen und schienen sich bestens zu verstehen.

Aber irgendetwas störte mich. Es lag weniger an Bo als vielmehr an der Tatsache, dass Julie sichtlich außer Atem war. Natürlich strengte es an, in dem weichen Sand spazieren zu gehen, aber dieses leichte Schnaufen von Julie kam mir nur allzu bekannt vor. Ich erschrak.

»Wollen wir noch einmal ins Wasser, bevor wir fahren?«, schlug Bo vor, als sie unsere Decke erreicht hatten.

Julie setzte sich erstmal und lehnte direkt ab mit der Ausrede, dass sie gerade erst wieder trocken geworden sei. Ich schickte Finn mit ihm los und stellte Julie ohne Umschweife zur Rede.

»Du musst langsam mal wieder etwas trinken, oder?«, fragte ich besorgt, als die Jungs außer Hörweite waren.

Julie sah mich verwirrt an. Dann begriff sie.

»Ach, alles gut. War nur etwas anstrengend«, versuchte sie sich herauszureden.

»Julie!«

»Wirklich. Mir geht es gut.« Sie lächelte, doch ich wusste, dass das nicht stimmte.

»Willst du das Drama von damals etwa wiederholen?«, forderte ich sie auf, endlich der Tatsache ins Auge zu blicken, dass sie wieder Blut brauchte.

»Quatsch!«, entfuhr es ihr. Dann lenkte sie ein. »Hast ja Recht. Aber noch bleibt genügend Zeit.«

Ich gab mich damit zufrieden. Vorerst. Dennoch entschied ich, sie in den nächsten Tagen nicht aus den Augen zu lassen.

Die Nacht bei Finn war traumhaft. Ich liebte es, ihn zu küssen, seine Hände überall an meinem Körper zu spüren und mit ihm zu schlafen. Immer und immer wieder. Dass ich dabei nicht zum Orgasmus kam, war mir egal. Wir passten einfach perfekt zusammen, es gab nichts, was mich störte oder aufregte an ihm. Im Gegenteil, er war einfach unglaublich liebevoll, intelligent und brachte mich ständig zum Lachen. Ich liebte ihn und genoss mein Glück in vollen Zügen.

KAPITEL 16

M eine letzten Tage bei der DDKK vergingen glücklicherweise wie im Flug, ich durfte noch einmal in eine andere Abteilung hineinschnuppern, bevor ich mich schließlich bei meinen Betreuern und Kollegen mit reichlich Kuchen und Schokolade für die tolle Chance bedankte und in die Freiheit entlassen wurde. Maria versprach, mir in den nächsten Tagen per Post eine Art Praktikumszeugnis zukommen zu lassen, und ich umarmte sie zum Abschied, denn sie hatte mich die ganzen Wochen über nicht nur sehr wertschätzend behandelt, sondern mir auch noch reichlich Tipps und Anregungen für meine berufliche Zukunft mit auf den Weg gegeben.

Mein Praktikumsende wollten Julie und ich Freitagabend gemeinsam in Nyhavn feiern, doch kurz vor Feierabend schrieb sie mir eine Nachricht.

Hej Eva,
tut mir leid, mir geht es nicht so gut. Bist du böse, wenn wir
das Feiern auf morgen verschieben?

Erinnerungen an die Zeit vor den Frühjahrsferien wurden schlagartig wach und mir war klar, dass ich nicht zulassen konnte, dass Julie sich erneut so quälte. Ohne sie in meine Pläne einzuweihen, schrieb ich Tarjos, was Sache war, und bat ihn, noch am selben Abend im Wohnheim vorbeizuschauen.

Wenn man sich bei Tarjos bezüglich einer Sache sicher sein konnte, dann war es, dass er sich um Julie kümmern würde und alles stehen und liegen ließ, wenn es um ihr Wohlergehen ging. Und so stand er bereits wenige Minuten, nachdem ich selbst zuhause eingetroffen war, in meinem Türrahmen. Wir verloren keine Zeit und gingen zu Julie rüber, die wie erwartet in ihrem rosa Frottee-Schlafanzug in ihrem Bettchen kauerte.

»Was wollt ihr denn hier?«, fragte sie völlig überrascht und richtete sich im Bett auf.

»Kannst du dir das nicht denken?«, entgegnete Tarjos vorwurfsvoll.

»Hey, sei lieb zu ihr!«, forderte ich ihn auf, seinen Ton zu ändern.

»Es geht mir gut!«, zischte Julie mit scharfem Blick zu Tarjos.

»Das sieht man«, entgegnete er zynisch.

»Julie!«, mischte ich mich ein. »Wir wissen doch alle, dass du irgendwann wieder etwas trinken musst. Warum willst du das hinauszögern?«

»Weil es anständig ist«, sagte sie bockig und Tarjos verdrehte missbilligend die Augen.

»Wann hast *du* denn das letzte Mal etwas getrunken?«, fragte sie ihn wiederum vielsagend und schien mehr zu wissen als ich.

»Das spielt doch gerade gar keine Rolle«, gab Tarjos unbeeindruckt zurück.

»Ich halte noch ein paar Wochen durch«, versprach sie daraufhin und sah mich bittend an.

»Das mag ja sein«, mischte Tarjos sich wieder ein. »Aber in ein paar Tagen wird sich alles für uns ändern. Lass uns auf Nummer sicher gehen und vorher noch etwas trinken.« Seine Überredungskunst überraschte mich. »Wer weiß, wie sich alles entwickeln wird«, fügte er hinzu und machte nicht nur mir Angst damit.

»Okay«, gab Julie schließlich klein bei.

»Aber wie?«, fragte sie kurz darauf etwas verunsichert.

»Na von mir«, erklärte ich fest entschlossen.

Für mich war immer klar gewesen, dass ich Julie jederzeit mein Blut geben würde, wenn sie es brauchte. Daran ließ ich keinen Zweifel, als sie versuchte, sich rauszureden und eine andere Lösung zu finden.

»Mach es nicht so kompliziert!«, setzte Tarjos dem Gezeter schließlich ein Ende, nahm mein Handgelenk und biss ohne Vorwarnung hinein.

Der Schmerz war erträglich, ich beobachtete, wie sich ein Tropfen Blut bildete.

»Ist das wirklich okay für dich?«, fragte Julie ein letztes Mal sichtlich verlegen und ich nickte ihr lächelnd zu, bevor ich ihr meinen Arm reichte.

Die Situation war ein wenig skurril, Julie hing an meinem Handgelenk, trank mein Blut, und Tarjos wies sie mehrfach an, noch mehr zu trinken, weil es sonst kaum etwas bringen würde. Irgendwann ließ er sie gewähren, als sie wieder meinen Arm losließ, und ich tupfte mir die kleine Wunde mit einem Taschentuch ab, das Tarjos mir gereicht hatte.

»Na geht doch!«, murmelte er triumphierend.

Julie blickte beschämt auf ihre Bettdecke und ich versuchte sie aufzumuntern.

»Beste Freunde tun das für einander«, sagte ich schließlich, woraufhin sie endlich ein wenig lächelte, sodass wir guten Gewissens das Zimmer verlassen konnten.

»Kommst du noch kurz mit rüber?«, fragte ich Tarjos.

»Wieso? Hat dich das scharf gemacht?«, entgegnete er breit grinsend.

Ich musste lachen, obwohl es wie immer ziemlich frech von ihm war.

In meinem Zimmer erkundigte ich mich nach dem Verschließen der Tür bei ihm, warum Julie so bedeutungsschwanger gefragt hatte, wann *er* das letzte Mal getrunken habe. Er erklärte, dass es auch bei ihm bereits eine Weile her sei, weshalb auch bei der Bareröffnung vor ein paar Wochen der Alkohol so stark seine Wirkung gezeigt habe.

»Das ist keine Entschuldigung«, kommentierte ich seine Aussage.

»Sollte es auch gar nicht sein«, erwiderte er und grinste entschuldigend.

»Warum ist es so lange her?« Ich ließ nicht locker. »Du sagtest doch, dass diese Tussi Victoria...«, ich wagte nicht, den Satz zu beenden.

»Ich vertraue ihr nicht mehr«, brachte er es ohne Umschweife auf den Punkt.

»Solltest du auch nicht«, stimmte ich zynisch zu.

»Hör auf rumzuzicken!« Er grinste.

»Was hat sich denn geändert?«, wollte ich wissen und ignorierte seinen vorherigen Kommentar. »Du scheinst ihr ja früher einmal vertraut zu haben.«

»Ja. Da lief sie mir auch noch wie ein Welpe hinterher«, erklärte Tarjos und ich rügte ihn für diesen abfälligen Vergleich.

»Schon gut«, entschuldigte er sich halbherzig und setzte dann fort. »In letzter Zeit ist sie ständig eifersüchtig. Das habe ich wohl dir zu verdanken.«

»Hey, gib jetzt nicht mir die Schuld für deine Frauendramen«, protestierte ich und er lachte bloß. »Weißt du denn sonst niemanden, von dem du trinken kannst?«

»Theoretisch wüsste ich eine Menge«, stellte er überheblich fest.

»Aber?«

»Aber das ist mir momentan alles zu heikel«, gestand er. »Erst recht, seitdem Alex und Tine verschwunden sind.«

»Bitte was?«, rutschte es mir geschockt heraus. Ich war entsetzt über diese Nachricht.

»Ja, wie vom Erdboden verschluckt.« Tarjos zuckte bloß mit den Achseln.

»Seit wann?«, wollte ich ungläubig mehr erfahren.

»Erinnerst du dich an den Anruf von Jette damals am Strand?«

»Warum hast du mir nichts gesagt?«, fragte ich vorwurfsvoll. »Das ist ja schrecklich.«

Der Schock saß mir tief in den Knochen. Seit Henriks Verschwinden und meiner Kündigung im Café hatte ich keine schlechten Nachrichten dieser Art mehr zu hören bekommen, worüber ich heilfroh war. Besorgt waren wir alle schon genug in Anbetracht des Bevorstehenden.

»Ich wollte dem Ganzen erst einmal auf den Grund gehen und euch nicht unnötig beunruhigen«, erklärte Tarjos. »Und dann hatten wir ja Funkstille«, fügte er hinzu und ich sah, dass es ihn immer noch berührte, genau wie mich auch.

»Und du denkst, sie wurden gefangengenommen?«

»Davon ist auszugehen. Ich war seit dem Anruf zweimal bei ihnen gewesen. All ihre Sachen sind noch unberührt vor Ort. Entweder haben sie in Eile alles stehen und liegen gelassen und die Stadt verlassen, dann hätten sie aber sicherlich jemanden kontaktiert, der uns informieren sollte, oder ...« Tarjos sprach nicht weiter. Das musste er auch nicht.

»Scheiße!«

»Das kannst du laut sagen.«

Ein paar Sekunden schwiegen wir und ich versuchte das Gehörte zu verarbeiten. Ich fürchtete mich. Allerdings weniger um mich selbst als vielmehr um Julie. Um Tarjos. Und natürlich um Finn. Es hätte sie alle treffen können und das konnte es auch immer noch.

»Du kannst doch von mir trinken«, bot ich Tarjos also an, denn ich wollte nicht, dass er sich irgendwo anders in Gefahr begab.

Er sah mich an und zog eine Augenbraue hoch.

»Was?«, fragte ich, weil ich seine Reaktion nicht verstand.

»Von dir wurde gerade getrunken. Du bist doch keine Blutbar«, witzelte er.

»Da bin ich aber froh, dass du das erkannt hast«, antwortete ich. »Nein, im Ernst. Ich biete es dir an, was spricht dagegen?«

Tarjos dachte nach.

»Vielleicht«, sagte er. »Aber nicht jetzt. Du musst dich erstmal erholen.«

»Es geht mir gut«, erklärte ich bestimmt.

»Du klingst genau wie Julie.« Er lachte auf und ich tadelte sein Verhalten, indem ich ihn in den Arm knuffte.

»Aua!«, reagierte er gespielt empfindlich und rieb sich den Arm, woraufhin ich selbst lachen musste.

»Bring dich nicht unnötig in Gefahr, versprichst du mir das?«

»Jawohl, Mutter«, grinste er.

»Ich meine es ernst!«

»Ich verspreche es«, ließ Tarjos sich schließlich erweichen. »Trinkt dein Freund eigentlich von dir?«, wollte er noch wissen, während er sich aufmachte, zu gehen.

»Nein«, entgegnete ich.

Er schien überrascht zu sein. »Ist nicht so, dass mich das nicht freuen würde. Aber solltet ihr vielleicht mal drüber sprechen.« Mit diesem guten Rat verließ er mein Zimmer. Ich wollte ihm nicht auf die Nase binden, dass Finn seine Blutangelegenheiten aus seinen Beziehungen raushielt, daher ließ ich es so stehen. Das war allein Finns Sache.

Später erhielt ich eine Nachricht von Tarjos auf meinem Handy.

Ganz vergessen: Wir sollten uns vorher alle noch einmal treffen. Besprechen wir morgen. Ich ruf dich an.

Was genau er mit »vorher« meinte, war mir nicht hundertprozentig klar. Aber ich hatte so eine Ahnung.

KAPITEL 17

Eine Woche später stand ich wie fast jeden Montagmorgen in den vergangenen Monaten vor dem kleinen Bäckerladen in der Nähe meines Wohnheims, um mir meine lebensnotwendige Frühstücksration Kaffee zu besorgen. Auf dem Fußweg, der nur wenige Minuten dauerte, war ich nicht einer Menschenseele begegnet, obwohl es bereits halb neun war. Eine Totenstille lag drückend auf den Dächern dieser Stadt, die sonst so bekannt war für ihr lautes, buntes Treiben. Das Einzige, was ich hörte, war die Alarmanlage irgendeines Autos einige Straßen weiter. Wo ich auch hinsah, zugezogene Gardinen, leere Balkone, verriegelte Türen und Tore vor den Hinterhöfen, die sonst offen jeden Neugierigen willkommen hießen und den Blick freigaben auf spielende Kinder und kläffende Hunde oder Mütter.

Während ich auf das dunkelbraune Holzschild hinter der Glasscheibe der Bäckertür starrte, auf dem mit weißer Farbe „Geschlossen" geschrieben stand, flackerten Erinnerungen der letzten Tage vor meinem geistigen Auge wieder auf.

»Das ist doch Verarsche!«, hatte Torge gesagt, woraufhin Finn versucht hatte, ihm behutsam klarzumachen, dass es stimmte, was er gerade gehört hatte.

Unsicher hatte er zwischen seinem Kumpel und Lone hin und her geschaut, die mit ihrem Nicken das Gesagte bestätigten.

Jasper hatte nur seelenruhig dagestanden und keinen Ton von sich gegeben.

»Ich glaube euch kein Wort. Wusste gleich, dass es eine dumme Idee war, hierherzukommen«, hatte Torge von Neuem geschimpft.

»Du musst uns bitte glauben, das ist kein blöder Scherz«, hatte ich einen erneuten Versuch gewagt, Torge zu beruhigen. Doch vergebens.

»Komm Lone, wir hauen ab.«

Ohne sich noch einmal nach uns allen umzusehen, verließ Torge die Wohnung.

»Oh, nein.« Das war alles, was ich herausbrachte.

»Er kriegt sich schon irgendwann ein«, hatte Lone versucht, uns zu überzeugen, doch man hatte ihr ansehen können, dass sie selbst daran zweifelte. »Am besten laufe ich ihm mal nach.«

Ein lautes Scheppern hinter mir riss mich aus meinen Gedanken und ließ mich zusammenzucken. Erschrocken sah ich mich um, entdeckte dann aber lediglich eine streunende Katze, die sich an einer Mülltonne zu schaffen machte.

»Wenn das so weitergeht, wirst du bald nichts mehr finden«, sprach ich zu dem bedauernswerten Tier. Nicht einmal den Müll hatten die Menschen nach draußen gebracht; die sonst regelmäßig überquellenden Mülltonnen neben und auf den Gehwegen schienen seit Tagen nicht benutzt worden zu sein. Es musste doch langsam anfangen zu stinken in den Wohnungen, ging es mir durch den Kopf.

Es war nun drei Tage her, dass der Welt die besondere Art meiner Freunde offenbart worden war, und scheinbar war sie weit davon entfernt, es zu verkraften. Am Freitagabend hatten Dänemarks öffentlich-rechtlichen Sender statt der üblichen Nachrichten mit Mord und Totschlag einen Bericht gesendet, zusammengestellt von den Kongress-Vorsitzenden, die ich teilweise vor einigen Wochen in Århus hatte kennenlernen dürfen, und anderen Organisationen. Selbst Frau Jansen hatte einen kleinen Redeanteil gehabt, in dem sie die friedlichen Absichten dieser Offenbarung betont hatte. Im Großen und Ganzen war uns allen der Bericht äußerst gelungen erschienen, er war schlicht und sachlich, brachte die Besonderheiten der Menschen in reduzierter, vereinfachter Form mithilfe biologischer Voraussetzungen und Vorgänge so auf den Punkt, dass selbst ich verstand, worin wir uns unterschieden, aber vor allem, worin wir uns ähnelten. Es wurde deutlich, dass die Unterschiede marginal waren und keine Gefahr bestand.

Scheinbar war jedoch genau dieser Punkt nicht bei den Kopenhagenern angekommen. Ich fragte mich, wie es weitergehen sollte, irgendwann mussten die Menschen doch wieder einen Schritt ins Freie wagen. Den Schritt in die Realität, in der sie nun einmal lebten und bisher auch gelebt hatten, wenn auch auf einem Auge blind. Doch dafür konnten sie ja nichts. Bis vor ein paar Monaten war ich ebenso blind durch die Welt gelaufen. Mittlerweile war ich froh darüber, alles so sehen zu können, wie es wirklich war. Doch konnten das die anderen auch? War es ihnen irgendwann möglich, das geschlossene Auge zu öffnen und die Realität zu erkennen, wie sie wirklich vor uns lag?

Ich empfand ein dumpfes Stechen in meiner Brustgegend. Hatten die Menschen dieser Stadt alle so reagiert wie Torge? Doch wer konnte es ihm verübeln? Er hatte meine Bitte, sich mit uns bei Tarjos zu treffen, für einen Witz gehalten, doch Lone war es irgendwie gelungen, ihn gegen seinen vehementen Protest mitzuschleifen. Seit seinem Verschwinden hatte ich ihm eine Nachricht nach der anderen geschrieben, die jedoch alle unbeantwortet geblieben waren. Ich fragte mich, ob es Lone wenigstens gelungen war, ihn einigermaßen zu beruhigen und zur Vernunft zu bringen. Ich hoffte sehr, dass Torge ihr inzwischen so sehr vertraute, dass er ihre Erklärungen verstehen und akzeptieren würde. Vielleicht brauchte das alles einfach seine Zeit. Ich hatte ja selbst diverse Phasen des Erkennens und Annehmens durchleben müssen, vermutlich ging es ihnen allen nicht anders. Doch erschien es reichlich schwierig, sie dabei zu unterstützen, wenn sie sich verbarrikadierten und sich der Welt vor ihnen verschlossen.

Im Fernsehen waren seit Freitagabend nur Wiederholungen der vergangenen Tage und Wochen gelaufen. Einige Sender brachten überhaupt keine Nachrichten, andere spielten den Bericht erneut ab und wieder andere ließen Nachrichtensprecher, die aussahen wie der Praktikant vom Dienst, die wichtigsten Informationen in gekürzter Form vorlesen. Das Wetter fiel überall aus.

Ich warf einen letzten Blick in den dunklen Laden vor mir, bevor ich kehrtmachte und beschloss, mir an der Uni Kaffee zu besorgen. Wenn es dort welchen geben würde.

Ich hatte um zehn Uhr meine erste Vorlesung des heute neu startenden Semesters, um vierzehn Uhr war ich mit Professor Alberts und seinem Projektteam verabredet, um meine Mitstreiter kennenzulernen und den weiteren Verlauf zu besprechen. Ich war sehr gespannt, ob das Meeting stattfinden würde und wie die Uniwelt auf die neuen Erkenntnisse reagierte.

Als ich um die Ecke in die Straße bog, in der mein Wohnheim lag, stieß ich beinahe mit einer jungen Frau zusammen. Wir erschraken beide, musterten uns kurz und dann meinte sie: »Wie wahrscheinlich ist es bitte, dass die beiden einzigen Menschen weit und breit auf der Straße ineinanderlaufen?«

Ich musste lachen und sie schloss sich an.

»Gruselig, oder?«

»Absolut«, entgegnete sie.

»Wenigstens scheinst du dich nicht zu fürchten«, machte ich meiner Erleichterung über meine erste Begegnung mit einem lebenden Menschen am heutigen Tag Luft.

»Nein. Nicht wirklich. Ich bin eine von ihnen«, erklärte sie prompt und fügte dann hinzu: »Schön, das einfach mal laut aussprechen zu können.« Sie lächelte.

»Kann ich mir vorstellen«, erwiderte ich.

»Drücken wir die Daumen, dass alles gut wird«, sagte sie noch und verabschiedete sich freundlich.

Auf dem Weg zur Uni begegnete ich immerhin vereinzelt weiteren Personen. Ich fragte mich jedes Mal, ob sie ebenfalls dazugehörten und sich nur deshalb auf die Straße trauten. Einigen sah man an, dass sie sich ängstigten. Hier und da erhaschte ich verstohlene Blicke, verhuschte Gesichter, die Misstrauen und Furcht spiegelten. Immer wieder entdeckte ich Polizeiwagen, die Streife fuhren, vermutlich um die Straßen von Plünderern freizuhalten. Aber auch aufrecht gehenden Menschen begegnete ich, die unbeirrt ihren Weg zur Arbeit antraten und nicht unter Verfolgungswahn zu leiden schienen. Das machte mir Hoffnung.

Die Fahrradständer an der Uni hatte ich so noch nie gesehen. Zum ersten Mal zeigte sich, wie viele Fahrradleichen tatsächlich an ihnen hingen, unerkannt zwischen den sonst täglich hundertfach hier abgestellten, noch fahrtüchtigen Rädern. Nun hätten die Hausmeister der Uni die einmalige Gelegenheit, diese Reste zu entfernen. Doch weit und breit war kein Angestellter zu sehen.

Wie gewohnt war ich etwas zu früh im Hörsaal, freute mich jedoch, dass ich nicht allein sein würde. Im hinteren Drittel saßen zwei Studenten, die sich unverkennbar über die Geschehnisse der letzten drei Tage unterhielten. Am liebsten hätte ich mich zu ihnen gesetzt, um mich endlich mal mit jemandem austauschen zu können, der sich auf die Straße wagte, doch ich wollte sie nicht verschrecken. Zu uns gesellten sich immerhin noch vier weitere Studenten, sodass wir zu siebt gespannt im Hörsaal auf die Professorin der Vorlesung mit dem Titel »Eichendorffs Werke« warteten, als die Wanduhr über der großen digitalen Tafel vor uns den Vorlesungsbeginn anzeigte. Es vergingen einige Minuten, doch nichts geschah. Ich drehte mich gelegentlich zu den wenigen Anwesenden um, um herauszufinden, ob sie eine Idee hatten, was wir tun sollten, blickte jedoch lediglich in ebenso fragende Gesichter. Irgendwann standen die beiden, die bereits hinten gesessen hatten, als ich angekommen war, auf und verließen den Saal.

»Bringt vermutlich wirklich nichts«, kommentierte ein Weiterer und schloss sich ihnen an.

Ich zog mein Handy aus meiner Tasche und begann eine Nachricht an Finn zu tippen:

Meine Vorlesung fällt scheinbar aus, werde mal in die Mensa gehen und nach Kaffee Ausschau halten. Wie läuft's bei dir?

Es war mir noch nicht gelungen, meinen obligatorischen Morgenkaffee zu ergattern, daher kam mir der Ausfall nicht so ungelegen, auch wenn es mich sorgte, dass kaum eine Menschenseele erschienen war.

In der Mensa hatte ich tatsächlich Glück, es waren zwar bis auf eine Reinigungskraft, die seelenruhig den Fußboden wischte, keine weiteren Mitarbeiter zu sehen, jedoch gab der Automat einen Kaffee her, sodass ich nicht gänzlich auf meine tägliche Dosis Koffein verzichten musste. Mit dem heißen Plastikbecher in der Hand setzte ich mich an einen Tisch, an dem ich nie zuvor gesessen hatte, und wartete darauf, dass mein Kaffee ein wenig abkühlte, damit ich mir nicht die Zunge verbrannte.

Da es nicht sonderlich spannend war, der Reinigungsdame bei ihrer Arbeit zuzuschauen, und um mich herum sonst nichts weiter passierte, kramte ich mein Handy hervor und erblickte zu meiner Freude eine Nachricht von Finn.

*Meine auch. Komme gleich rüber, muss nur noch was klären :**

Offensichtlich hatte er genauso viel Erfolg mit seiner Vorlesung wie ich. Ich freute mich jedoch, dass er sich zu mir gesellen wollte. Immerhin hatte ich großes Glück, diesen tollen Mann an meiner Seite zu wissen. Gleichzeitig verspürte ich jedoch auch einen dumpfen Schmerz, als ich an das dachte, was wir am vergangenen Wochenende zusammen erlebt hatten.

Als ich Samstagmorgen auf dem Weg zu meinen Eltern erkannt hatte, dass sämtliche Zugverbindungen gestrichen worden waren, hatte Finn sich spontan bereiterklärt, mich nach Deutschland zu fahren. Seine Familie wusste bereits seit Jahren von ihm und seiner Art, sodass die Offenbarung keine weltverändernde Überraschung für sie darstellte. Jedoch wusste Finn, was diese Erkenntnis für Unwissende bedeutete, weshalb er mir angeboten hatte, mich zu begleiten. Eigentlich hatte er mir bereits vor ein paar Wochen vorgeschlagen, dies zu tun, doch ich hatte dankend abgelehnt, da es sich ja irgendwie auch um eine Familienangelegenheit handelte, in die ich ihn vorerst nicht mit hineinziehen wollte. Da die Bahn jedoch nicht fuhr, konnte ich kaum anders, als sein Angebot anzunehmen, da es mir sehr wichtig war, meine Eltern persönlich in Kenntnis zu setzen.

Meine Mutter war völlig außer sich. Und wenn ich sage völlig, dann meine ich, dass sie komplett durchgedreht ist. Meine Eltern hatten Samstagmorgen in der Zeitung von dem erfahren, was in Dänemark geschehen war, und von da an hatte meine Mutter mein Handy mit ihren permanenten Sturmanrufen förmlich zum Glühen gebracht. Dreimal hatte ich ihr erklärt, dass ich auf dem Weg war und sie sich beruhigen solle, bevor ich mein Handy schließlich ausschaltete, da die Anrufe trotz allem nicht aufhörten.

»Du fährst auf keinen Fall wieder zurück!« Das war das Erste, was sie mir anstelle einer Begrüßung an den Kopf geknallt hatte. Sie war nicht wiederzuerkennen, ihr Blick völlig irre, sofort beschimpfte sie mich, wie ich ihre Anrufe ignorieren und sie derart in Sorge versetzen konnte.

Nach einigen hitzigen Wortwechseln zwischen Tür und Angel

war es meinem Vater glücklicherweise gelungen, sie ein wenig zu beruhigen und an den Esstisch zu zerren, wo ich versuchte, ihr das Ganze noch einmal in Ruhe zu erklären. Finn ließ ich in weiser Voraussicht im Auto warten, denn mir war bewusst, dass das nicht einfach werden würde. Doch hatte ich nicht angenommen, dass meine Mutter gar nicht mehr zu beruhigen wäre.

»Ich wusste es!«, schrie sie, als hätte sie meinen Worten überhaupt kein Gehör geschenkt. »Ich wusste, dass diese Stadt nichts Gutes bedeutet!«

»Was hat das denn bitte mit Kopenhagen zu tun?«, wollte ich wissen, doch mit Rationalität war meiner Mutter nicht mehr zu kommen.

»Du bleibst hier!«, rief sie, während mein Vater kaum einen Ton sagte, aber sichtlich besorgt zwischen uns beiden hin und her blickte.

»Mutter! Ich lebe jetzt seit einem Jahr in dieser Stadt. Und es geht mir gut«, versuchte ich es erneut.

»Ja, noch. Vermutlich kannst du von Glück sagen, dass du noch keinem dieser Monster begegnet bist!«, brüllte sie mit verzerrtem Gesicht und rannte wutentbrannt in die Küche.

Diese Worte trafen mich mitten ins Herz. Schlagartig musste ich an Tarjos denken, daran, was er in seiner Jugend erlebt hatte und wie er beschimpft worden war. Ich dachte an Finn, den ich liebte, und der alles andere als ein Monster war, der es mir sogar ermöglicht hatte, jetzt bei meinen Eltern zu sein. Und ich dachte an Julie, meine liebe Julie, die keiner Fliege je etwas zuleide tun konnte. Es tat weh, diese Worte der Verachtung aus dem Mund meiner Mutter zu hören. Ich liebte auch sie, sehr sogar, doch scheinbar wollte sie einfach nicht zuhören. Tränen stiegen mir in die Augen und vernebelten mir die Sicht. Sie wollte nicht verstehen, was ich zu sagen hatte.

Ich stand auf und folgte ihr in die Küche. Mit dem Ärmel meines Longsleeves wischte ich mir die Tränen aus den Augen, um dann dabei zuzusehen, wie meine Mutter wie im Wahn die Spülmaschine auszuräumen begann. Hier und da fiel ihr Besteck herunter, doch sie ignorierte es. Selbst als eine Tasse laut krachend neben ihrem Fuß zerschellte, zuckte sie nicht zusammen, sondern sortierte seelenruhig das übrige Geschirr weiter in die Schränke.

»Es stimmt nicht, was du sagst«, begann ich, meinen Gefühlen Raum zu verschaffen, doch meine Stimme war so leise und zittrig, dass selbst ich sie kaum vernommen hatte.

»Es stimmt nicht, was du sagst«, versuchte ich es erneut mit Nachdruck und bewirkte damit, dass meine Mutter innehielt.

»Es stimmt nicht«, fing ich also wieder an, in der Hoffnung, dass sie mir dieses Mal zuhören würde. »Sie sind keine bösen Menschen. Sie sind genau wie du und ich, wie wir alle. Und sie sind meine Freunde«, sprach ich mit fester Stimme.

Regungslos stand meine Mutter da, als müsste sie das Gesagte erst einmal übersetzt bekommen. Dann, nach einem Moment der Stille, drehte sie sich zu mir um und blickte mir in die Augen. Ich konnte nicht erkennen, ob sie verstand und akzeptierte, was ich gesagt hatte, oder ob sie es missbilligte.

»Du bist ja völlig verblendet!«, antwortete sie schließlich mit einer derart leidvollen Stimme, als wäre ich diejenige gewesen, die gerade sie verletzt hatte, und nicht umgekehrt. Dann setzte sie fort: »Die haben dich doch einer Gehirnwäsche unterzogen.«

Ich konnte ihre irre Wut nicht länger ertragen. Ich drehte mich um, sah meinen Vater an, sagte ihm, dass mir das alles sehr leidtue, nahm meine Handtasche und machte mich auf in Richtung Tür. So hatte ich meine Mutter noch nie erlebt. Und ich wollte keine Minute länger miterleben, wie sie blind vor Wut die Menschen verurteilte, die ich in den letzten Monaten lieben gelernt hatte. Ich musste weg.

»Pass auf dich auf!«, hörte ich meinen Vater sagen, während meine Mutter im Hintergrund weiterzeterte. Auch draußen war ihr Geschrei noch zu hören. Ohne mich ein letztes Mal umzublicken, sprang ich zu Finn ins Auto und bat ihn, auf der Stelle loszufahren. Mitleidig sah er mich an und folgte meiner Bitte.

Wortlos saßen wir minutenlang nebeneinander, erst als wir das Ortsschild passiert hatten, fing ich fürchterlich zu weinen an. Es schmerzte so sehr. Ich konnte nicht einmal sagen, was mich in diesem Moment am meisten verletzte. Die Tatsache, dass meine Freunde von meiner eigenen Mutter derart beleidigt worden waren, oder dass ich gerade im Begriff war, meine Familie zu verlieren. So hatte ich mir das beim besten Willen nicht vorgestellt.

Finn war inzwischen rechts rangefahren, zog mich aus dem Auto und nahm mich in den Arm, wo ich erneut bitterlich zu schluchzen begann.

»Tut mir sehr leid, dass es so gelaufen ist«, flüsterte er mir liebevoll ins Ohr und streichelte meinen Hinterkopf zärtlich.

Ich konnte nichts erwidern und klammerte mich stattdessen fest an ihn. Es fühlte sich gut an, ihn bei mir zu haben. In diesem Moment war ich froh darüber, dass die Bahn nicht fuhr und Finn mich begleitet hatte.

»Sie brauchen sicher nur Zeit«, sagte er, nachdem ich ihm auf der weiteren Fahrt in Auszügen erzählt hatte, was geschehen war.

»Ich hoffe es«, schloss ich und bat um einen Themenwechsel.

»Wow! Hier steppt ja der Bär«, riss Finn mich aus meinen Erinnerungen und näherte sich meinem Tisch im Mensasaal, den ich nach wie vor ganz für mich alleine hatte.

Ich stand auf und nahm ihn in den Arm. Es dauert ein paar Sekunden, bevor ich meine Umarmung etwas lockern konnte und diesem wunderbaren Mann einen Kuss auf den Mund drückte.

»Womit hab' ich das denn verdient?«

»Einfach nur so«, log ich, weil ich nicht wieder die Wunden vom vergangenen Wochenende aufreißen wollte. »Deine Vorlesung hat also auch nicht stattgefunden?«

»Leider nicht«, berichtete er, während eine Sorgenfalte auf seiner Stirn entstand. »Schon etwas von Tarjos gehört?«, wollte er dann wissen. »Der müsste doch heute früh um acht sein Seminar gegeben haben.«

»Stimmt«, erinnerte ich mich. »Allerdings würde es mich nicht wundern, wenn das auch leer geblieben ist. Allein schon wegen der Uhrzeit und wegen des Dozenten«, fügte ich hinzu und brachte Finn damit zum Schmunzeln.

»Lass uns doch rübergehen und schauen, ob überhaupt irgendwo etwas stattfindet«, schlug er vor.

Ich stimmte zu und schnappte mir meinen Kaffee, den ich ganz vergessen hatte, während ich über die Geschehnisse des letzten Wochenendes nachgedacht hatte. Mittlerweile war er fast ein wenig zu kalt, ich zwängte ihn mir trotzdem zügig hinunter. Finn sah mich verblüfft und amüsiert zugleich an.

»Wer weiß, wann es wieder welchen gibt«, versuchte ich mein Trinkverhalten achselzuckend zu erklären.

Auf dem Weg ins Skandinavische Institut war es uns möglich, den einen oder anderen Blick in die meist leeren Vorlesungssäle und Seminarräume zu erhaschen, aber nicht alle Veranstaltungen waren ausgefallen. Zuweilen entdeckte man einen furchtlosen Dozenten oder Professor, der tapfer vor einer Handvoll oder weniger Studenten seinen Lernstoff durchzog. Immerhin war das Unileben nicht gänzlich zum Erliegen gekommen, das machte uns Hoffnung.

Wir entschieden, Tarjos in seinem Büro aufzusuchen, um zu erfahren, ob sein Seminar heute früh stattgefunden hatte. Und tatsächlich hatten drei mutige Studenten den Besuch seines Kurses gewagt, berichtete er uns und klang dabei ein wenig stolz.

»Schön, dann wart ihr ja vollzählig«, stellte ich mit einem höhnischen Grinsen fest und ging bereits in Habachtstellung vor dem Konter. Zu meinem Erstaunen folgte jedoch keine gemeine Antwort von Tarjos, stattdessen grinste auch er etwas süffisant und ließ es auf sich beruhen. Ich fragte mich, ob er sich so gut benahm, weil Finn dabei war.

Das Verhältnis zwischen den beiden hatte sich auf eine sehr merkwürdige Art und Weise entwickelt, dass mir kaum möglich war, es zu erfassen und mit Worten zu beschreiben. Einerseits schienen sie beide nicht sonderlich begeistert zu sein, dass jeder von ihnen mir etwas bedeutete, andererseits hatten die Ereignisse der letzten Tage auch eine Art Band zwischen Tarjos und Finn entstehen lassen, sie zogen zunehmend an einem Strang, führten mehr oder weniger oberflächliche Gespräche, jedoch stets bedacht darauf, den Frieden zwischen ihnen zu wahren. An dem Abend, als wir uns bei Tarjos getroffen und den Bericht zusammen im TV gesehen hatten, hatten die beiden sich sogar gemeinsam gegen mich verbündet, als ich nach Torges Flucht vorgeschlagen hatte, ihm nachzulaufen. Diese Situation war mir beinahe surreal erschienen, allerdings war mir lieber, sie verbrüderten sich, als dass sie im ständigen Konflikt miteinander lagen.

Tarjos erzählte uns, dass die Seminare im Skandinavischen

Institut bis auf wenige Ausnahmen alle stattgefunden hatten, wenn auch mit deutlich geringerer Studentenzahl. Wie es an den anderen Instituten aussah, konnte er noch nicht sagen.

»Übrigens, Jette hat heute Morgen nach dir gefragt«, teilte Tarjos mir auf einmal mit.

»Frau Jansen? Wieso das?«, wollte ich irritiert wissen.

»Ich glaube, es geht um ihre Idee mit den Beratungsständen. Scheinbar sind doch noch einige spontan abgesprungen, weil sie fürchten, dass sie dadurch in Gefahr geraten«, erklärte er dann.

Ich erinnerte mich daran, dass eine der Maßnahmen, die man für eine gelingende Integration ergreifen wollte, die Einrichtung von Informations- und Beratungsstellen an verschiedenen Orten und Instituten der Stadt sein sollte, an denen sich sowohl Betroffene, aber vor allem auch Unwissende aufklären und beraten lassen könnten.

»Du musst das aber nicht machen, nur weil Jette darum bittet«, setzte Tarjos sichtlich besorgt fort.

Ich bedankte mich für seine Vorwarnung und nahm mir vor, Frau Jansen im Laufe des Tages in ihrem Büro aufzusuchen, um mir nähere Informationen zu holen. Grundsätzlich schien es mir kaum möglich, diese Bitte auszuschlagen, sollte sie sie an mich richten. Wenn ein gutes Zusammenleben gelingen sollte, musste jeder seinen Teil dazu beitragen. Auch ich.

Wir sprachen noch eine Weile über das vergangene Wochenende und unsere bisherigen Beobachtungen und Erlebnisse, und Tarjos bat uns, uns in der nächsten Zeit vom Hafenviertel fernzuhalten, da die Polizei dort die letzten Nächte mit Unruhen zu kämpfen gehabt hatte. Als er davon berichtete, spürte ich, wie mein Bauch sich verkrampfte. *Hoffentlich breiteten sich diese Unruhen nicht weiter aus. Sollte das Ganze doch keinen friedlichen Ausgang nehmen? War die Offenbarung doch ein Fehler gewesen?*

»Das muss sich erstmal alles wieder einspielen«, versuchte Finn uns allen gut zuzureden. Ein wenig half es tatsächlich und wir beschlossen, die nächsten Tage einfach so normal wie möglich verlaufen zu lassen.

Die Zeit bis zu meinem Meeting mit Professor Alberts und seinem Team verbrachte ich zum größten Teil allein, da Finn um zwölf Uhr seine nächste Vorlesung hatte, die glücklicherweise stattfand. Auch Tarjos hatte Wichtigeres zu tun, sodass ich mich in die Bibliothek setzte und einfach schon einmal weiter für Alberts Projekt recherchierte. So richtig wollte mir das nicht gelingen, immer wieder dachte ich über all das nach, was gerade passierte. Ich fragte mich, wie es Anna mit der neuen Situation erging, also schnappte ich mir mein Handy und begab mich ins Freie. Ich musste nicht lange nach einem ruhigen Plätzchen suchen und wählte ihre Nummer.

Während ich darauf wartete, dass sie abnahm, fiel mir ein, dass sie um diese Uhrzeit vermutlich arbeiten war. Doch ich hatte Glück. Ihre Stimme löste ein Gefühl von Vertrautheit in mir aus, das mir in dieser Situation sehr gelegen kam. Sie erklärte, dass sie erst am Nachmittag arbeiten müsse, da sie seit einigen Jahren als Heilerzieherin in einem Wohnheim für beeinträchtige Menschen arbeitete und dort Schichtdienst hatte. Anna schwärmte von ihrer Arbeit, sodass ihr glückliches Gefühl für eine kurze Zeit auf mich über ging. Auch die Tatsache, dass sich das gesellschaftliche Leben in Deutschland in den vergangenen Tagen ihrer Aussage nach kaum verändert hatte, machte uns beiden Mut. Gleichzeitig empfand ich es als überaus erstaunlich, dass das Land derart entspannter reagierte, immerhin trennte uns rein geographisch nicht viel. Aber vielleicht redeten sich die Menschen ein, dass die Landesgrenze das Übergreifen von Problemen abhalten würde – was ein wenig absurd erschien.

Nach unserem Telefonat fühlte ich mich deutlich ruhiger und machte mich frohen Mutes auf den Weg zum Meeting, um doch wieder festzustellen, dass hierzulande der Ausnahmezustand herrschte. Es waren lediglich zwei der insgesamt sieben Projektteilnehmer erschienen. Aber immerhin war der Professor da und nahm mich freundlich in Empfang.

»Ich schätze, viel mehr werden wir heute nicht werden«, fing er schließlich an, nachdem wir noch einige Minuten vergebens auf weitere Teilnehmer gewartet hatten. Wir saßen in dem kleinen Konferenzraum des Germanistischen Instituts, den ich bisher immer nur von außen hatte bewundern können. Die eine Wand bestand ausschließlich aus einem großen Regal mit Büchern in allen Farben und Größen, deren Titel ich auf die Schnelle nicht entziffern konnte. Ich nahm mir vor, das nächste Mal früher zu erscheinen, um mir Zeit zum Betrachten der Werke nehmen zu können. Sofern es ein nächstes Mal geben würde. Eine andere Wand war größtenteils von einer überdimensionalen Pinnwand verdeckt, an der Planungsmomente unterschiedlicher Projekte zu erkennen waren, auch unser Projekt erkannte ich wieder. Ansonsten hingen hier und da Plakate, die auf Veranstaltungen des laufenden Semesters hinwiesen und nur noch von Fenstern getrennt wurden, die dem Raum die nötige Helligkeit verliehen, sodass man in den Sommermonaten bequem bei Tageslicht arbeiten konnte.

Der Professor stellte mich den übrigen Personen und anschließend mir das Team vor, bevor er zum aktuellen Stand des Projektes kam und erklärte, was in Zukunft auf uns zukäme. Zu meiner Verwunderung verlor er kein Wort über die Tatsache, dass wir nur zu viert statt wie geplant zu neunt waren. Ich fragte mich, ob den anderen nicht auch wie mir unter den Nägeln brannte, über diese merkwürdige Geisterstadtsituation zu sprechen. Oder waren sie überhaupt nicht irritiert davon, was hier vor sich ging? Aber sie konnten es ja unmöglich ignoriert haben, immerhin war das gesamte öffentliche Leben Kopenhagens von einem auf den anderen Tag beinahe zum Erliegen gebracht worden.

Es fiel mir schwer, den Ausführungen des Professors zu folgen, da meine Gedanken immer wieder abschweiften. Irgendwann, als es mir nicht mehr möglich war, mich wenigstens geringfügig auf das Projekt zu konzentrieren, nahm ich all meinen Mut zusammen und platzte in eine Redepause des Professors: »Entschuldigung, es ist für gewöhnlich nicht meine Art, jemanden zu unterbrechen und unangemessene Fragen zu stellen, statt meiner Arbeit nachzugehen, aber ich kann nicht länger schweigen. Könnten wir vielleicht einmal über das sprechen, was da draußen gerade vor sich geht? Finden Sie und findet ihr diese Situation nicht auch ein wenig gruselig? Es irritiert mich, dass niemand darüber spricht.«

Es entstand eine Pause.

Ich bereute es fast, als ich den Gesichtsausdruck des Professors zu deuten versuchte, und packte in Gedanken bereits meine sieben Sachen zusammen, da ich mit einem sofortigen Rausschmiss rechnete, als mich eine Teamkollegin erlöste.

»Ich finde es gut, dass du es ansprichst. Wir haben bereits darüber diskutiert, bevor du zu uns gestoßen bist«, sagte sie mit einem freundlichen und sehr mitfühlenden Lachen.

»Oh!«, sagte ich lediglich.

»Olivia hat Recht«, schloss sich der Professor an. »Schweigen hilft in solchen Situationen nicht. Es ist wichtig, dass man die Dinge beim Namen nennt. Von daher sei Ihnen verziehen. Wir sind ohnehin so gut wie fertig für heute, ohne die Übrigen kommen wir nicht weiter«, erklärte er zu meiner Erleichterung.

Wenigstens hatte ich den Zeitpunkt scheinbar nicht völlig ungünstig gewählt. Professor Alberts teilte uns noch mit, welche Schritte zum nächsten Meeting in einer Woche gegangen werden müssten, und ich bekam ein neues Werk von ihm, das ich durchforsten und für die nächste Woche aufbereiten sollte, woraufhin wir endlich über das sprachen, was mir eigentlich auf der Seele brannte.

Ich machte den Anfang. Ohne darüber nachzudenken, dass es gerade mein Professor war, dem ich meine persönlichsten Gedanken offenbarte, berichtete ich von meiner Sorge, dass sich die Unruhen weiter ausbreiten könnten und die Menschen sich immer mehr in ihren Wohnungen und Häusern verbarrikadieren würden, sodass wir bald den absoluten Ausnahmezustand erleben könnten, wenn wir uns nicht bereits mittendrin befanden. Ich fragte, was die Übrigen bewegt hatte, ihr Haus zu verlassen, wo doch so viele vor Furcht keinen Fuß mehr auf die Straße setzten.

»Ich glaube«, fing der Professor an, »bei vielen Menschen ist es gar nicht an sich die Furcht vor dem, was ihnen offenbart wurde, sondern die Ungewissheit, wie sie mit den neuen Erkenntnissen umgehen sollen, die sie dazu bringt, im gewohnten Zustand zu verharren, anstatt sich dem Neuen zu stellen.«

Das leuchtete mir ein, wenngleich es mich nicht sonderlich beruhigte.

»Ich für meinen Teil bin seit vielen Jahren im Bilde«, setzte Professor Alberts fort und ich staunte nicht schlecht. »An der Uni bekommt man eine Menge zu sehen.« Er lachte. »Aber Sie scheinen sich ja ebenfalls nicht allzu sehr zu ängstigen, sodass es Ihnen möglich war, hier heute zu erscheinen.«

»Nein. Ich wusste auch schon Bescheid. Zwar erst seit einem halben Jahr und am Anfang habe ich mich schon ziemlich gefürchtet, aber mittlerweile kenne ich die Wahrheit und lebe damit«, erklärte ich dann. »Und ihr?«, wollte ich von den anderen wissen und sah Olivia an.

»Ich weiß seit der Pubertät Bescheid.« Sie grinste vielsagend, und ich verstand.

»Ach, ich sehe ehrlich gesagt keinen Grund, schreiend davonzulaufen«, schloss sich der andere Teamkollege an, der mir vor einer halben Stunde vom Professor als Tom vorgestellt worden war.

»Würden doch alle so denken«, rutschte es mir heraus.

»Die Menschen denken nun einmal nicht alle gleich. Und das ist auch gut so. Zumindest solange keiner dadurch zu Schaden kommt«, entgegnete der Professor. »Geben Sie den Leuten ein paar Tage Zeit, alles zu verkraften!«, forderte er, was mich deutlich beruhigte. Wenn jemand, der so erfahren und schlau war wie Professor Alberts, davon ausging, dass sich alles zum Guten wenden würde, dann konnte ich wohl darauf vertrauen, dass er Recht behielt.

Ich unterhielt mich noch eine Weile mit Tom und Olivia, nachdem uns der Professor verlassen hatte, und versuchte herauszufinden, wie es Tom so einfach möglich war, nicht wie alle anderen derartige Angst vor dem Unbekannten zu haben.

»Ich wüsste nicht, wovor ich mich fürchten sollte«, erklärte er. »Im Beitrag wurde doch sehr anschaulich erklärt, dass keine Gefahr für Leib und Leben bestehe. Mir erschienen die wissenschaftlichen Darlegungen sehr einleuchtend und am Ende ist es ja nur eine geringe biologische Andersartigkeit, die uns unterscheidet.«

Ich bewunderte Tom für diese sachliche, vernünftige Einstellung und sprach ihm meine Hochachtung aus. Wie sich im weiteren Verlauf des Gespräches herausstellte, ging es ihm bereits seit Jahren gegen den Strich, dass Menschen, die sich von den übrigen in einem Merkmal unterschieden, anders behandelt wurden. Er erzählte, wie er zu Schulzeiten nicht nur von Schülern gemobbt, sondern sogar von Lehrern schlecht behandelt worden war, nur weil er deutlich intelligenter als der Durchschnitt war und dies auch zum Ausdruck gebracht hatte. Mit der Zeit hatte er gelernt, seine Besonderheiten zu verbergen, zu überspielen und sich anzupassen, damit er nicht immer verurteilt wurde.

»Erst an der Universität konnte ich so richtig ich selbst sein und akzeptieren, dass es okay ist, mehr zu wissen als andere.« Er lächelte.

Mit deutlich besserem Gefühl als zu Beginn dieses Tages machte ich mich auf den Weg ins Skandinavische Institut, um Frau Jansen zu sprechen. Ich hatte Glück, sie war in ihrem Büro und wartete bereits auf mich.

»Tarjos hat dich also schon informiert«, begrüßte sie mich freundlich.

Ich mochte ihr Lächeln. Unser Verhältnis war in den letzten Monaten etwas angespannt gewesen, zumindest hatte es sich für mich so angefühlt. Sie hatte mitbekommen, wie ich Julie mit meinem Blut das Leben gerettet hatte, woraufhin ich beinahe verrückt geworden war und mit ihr und den anderen nichts mehr zu tun hatte haben wollen. Aber sie wusste auch, dass ich inzwischen gut mit dem neuen Wissen umgehen konnte. Insgeheim fragte ich mich wieder einmal, was sie wohl von mir denken mochte. Und das erfuhr ich in den folgenden Minuten.

»Wir brauchen Menschen wie dich, die sich der Wahrheit stellen«, schloss sie ihre Rede, in der deutlich geworden war, dass sie weit mehr von mir wusste, als ich angenommen hatte. Mir war klar, dass sie besonders positiv sprach, weil sie etwas von mir wollte, aber es fühlte sich nicht so an, als würde sie sich übermäßig verstellen müssen.

Dann erklärte sie mir, wie ich mir die Beratungstätigkeiten vorzustellen hatte, zeigte mir Infomaterial, das genau für diese Zwecke erstellt worden war, und sagte, dass meine Aufgabe im Prinzip vor allem darin bestehen würde, einmal die Woche in einer eigens dafür eingerichteten Beratungsstelle auf dem Campus für ein paar Stunden ein offenes Ohr für Fragende zu haben. Wie sich herausstellte, hielt Jette mich gerade deshalb für so geeignet, weil ich eben genau das Gleiche erlebt hatte wie die Menschen da draußen. Ich war unvorbereitet mit den neuen Erkenntnissen konfrontiert worden und hatte meine Zeit gebraucht, alles zu verarbeiten. Ob ich mich schämen oder geschmeichelt fühlen sollte, wusste ich nicht, aber ich verstand sofort, was sie meinte. Und ich stimmte ihr zu.

Anschließend sprach ich auch mit ihr über die letzten Tage, ich versuchte herauszufinden, ob sie und ihre Kollegen vom Kongress damit gerechnet hatten, dass die Stadt sich so verhalten würde, und es stellte sich heraus, dass ihrer Meinung nach bisher alles nach Plan verliefe. Sorge bereiteten ihr lediglich die Reaktionen der Medien und der Politik, die noch auf sich warten ließen, da sie bisher noch gar nicht Stellung zu dem Thema bezogen hatten.

»Das könnte natürlich die Ruhe vor dem Sturm sein«, sagte sie und verschaffte mir wieder dieses fiese Kneifen in meinem Magen. »Ich kann mich aber irren und es wird positiver aufgefasst werden, als erwartet. Immerhin arbeiten wir eng mit einigen Medien und Politikern zusammen und es besteht eine nicht geringe Chance, dass man unsere Erklärung annimmt, statt sie abzulehnen.«

»Und was, wenn sie sie ablehnen?«, äußerte ich meine Sorgen.

»Dann haben wir immer noch das eine oder andere Ass im Ärmel«, lächelte sie beruhigend und ich wunderte mich über diese ungewohnte Formulierung. »Der Zeitpunkt ist gut gewählt, wir sind bestens vorbereitet. Das Wichtigste ist nun, dass wir standhaft bleiben und uns nicht einschüchtern lassen.«

»Und was ist mit den Verschwundenen?«, wollte ich wissen, da ich mich das ganze Wochenende gefragt hatte, wann man wohl ihre Freilassung fordern würde.

»Das ist ein äußerst heikles Thema«, setzte Jette an und in ihrem Blick erkannte ich Sorge und Wut zu gleichermaßen. »Natürlich ist ihre Freiheit und Unversehrtheit unser aller Ziel, dennoch hat man sich darauf geeinigt, zunächst hinter verschlossenen Türen für ihre Freilassung zu kämpfen.«

»Aber sollte die Öffentlichkeit nicht erfahren, was da passiert?«, hakte ich nach, die Geheimnistuerei irritierte mich.

»Einerseits bin ich deiner Meinung, dass gerade in unserem Fall Offenheit der Weg ist. Andererseits wollen wir vermeiden, der Regierung die Pistole auf die Brust zu setzen und sie in eine Ecke zu drängen, aus der sie nur mit Gewalt herauskäme. Du kannst mir glauben, dass im Hintergrund Verhandlungen laufen und dass wir die armen Seelen, die diesen Misshandlungen ausgesetzt sind, in keinem Fall im Stich lassen werden. Jedoch würde eine Veröffentlichung der Zustände aktuell in der gesamten Gesellschaft zu Unruhen führen, die nur schwer zu kontrollieren wären. Derzeit läuft alles nach Plan.«

Auch wenn ich verstand, was Jette und ihre Kollegen dazu bewegte, taktisch vorzugehen und nicht gleich alle Karten auf den Tisch zu legen, so ärgerte es mich dennoch, dass auf diese Weise ein Großteil der Bevölkerung unwissend bleiben würde und die Schuldigen womöglich straffrei davonkommen würden. Das erschien mir extrem unbefriedigend. Aber Jette musste es genauso gehen. Auch wenn das, was sie sagte, sehr diplomatisch klang, sah man ihr doch deutlich an, dass auch sie mit der Situation unzufrieden war.

Abends kam Julie zu mir aufs Zimmer. Sie hatte das Wochenende mit ihren Eltern bei Verwandten in der Nähe von Hillerød verbracht, einem kleinen Ort nicht ganz eine Stunde von Kopenhagen entfernt, und war erst am Nachmittag zurück ins Wohnheim gekehrt. Irgendwie war es ihr gelungen, ihren Stundenplan so zusammenzustellen, dass sie dieses Semester montags frei hatte. Ein wenig beneidete ich sie darum.

»Und, wie haben sie es aufgefasst?«, erkundigte ich mich sofort nach der Begrüßung.

»Ganz gut eigentlich.« Sie schien selbst immer noch erstaunt zu sein. »Zuerst dachten auch sie, es sei alles ein großer Scherz, aber nachdem wir in Ruhe mit ihnen gesprochen und ihre Fragen beantwortet hatten, konnten sie es irgendwie verstehen.«

»Wow«, sagte ich bloß.

»Ja. Ich meine, ist nicht so, als seien sie uns freudestrahlend um den Hals gefallen, aber sie haben uns auch nicht mit Forken und Mistgabeln aus dem Dorf gejagt«, versuchte Julie die Stimmung zu heben. »Meine Tante verkraftet es, glaube ich, besser als mein Onkel. Er wirkte etwas distanzierter als sonst. Aber der kriegt sich schon wieder ein.«

»Ich würde es ihm wünschen«, entgegnete ich ehrlich und war erleichtert, dass ihr Wochenende einigermaßen positiv verlaufen war. Immerhin war das für sie und ihren Vater eine deutlich persönlichere Angelegenheit als für mich. Es war etwas anderes, von den eigenen Verwandten missachtet zu werden als von irgendwelchen Fremden.

Das Treffen mit meinen Eltern versuchte ich harmloser darzustellen, als es tatsächlich verlaufen war. Immerhin konnte ich berichten, dass ich, kurz nachdem ich heute von der Uni gekommen war, einen Anruf von meinem Vater erhalten hatte, der sich für das Verhalten meiner Mutter entschuldigt hatte, wenn auch für meinen Geschmack ein wenig zu zurückhaltend und auf eine sehr rechtfertigende Art und Weise. Jedoch freute ich mich wirklich, mit ihm zu sprechen und zu merken, dass er für meine Erklärungen offen war. Insgeheim hatte ich mir bereits gedacht, dass sie irgendwann wieder einen Schritt auf mich zu machen würden, jedoch hatte ich nicht so früh damit gerechnet.

Schließlich stieß Finn zu uns und wir sahen zu dritt die Abendnachrichten. Noch immer war zu erkennen, dass der lokale Sender mit reduzierter Besetzung arbeitete, aber immerhin wurden zusammenhängende Nachrichten ausgestrahlt. Sie berichteten über den gespenstischen Zustand in der Hauptstadt, jedoch erstaunlich wenig reißerisch. Nur nebenbei wurden kleinere Unruhen in einigen Teilen des Landes erwähnt, die weitgehend unter Kontrolle zu sein schienen. Am Ende des Beitrags ließ es sich der Nachrichtensprecher nicht nehmen, einen persönlichen Kommentar abzugeben, in dem er seine eigenen Gedanken und Gefühle zu den Geschehnissen der vergangenen Tage formulierte. Er rief dazu auf, zur Normalität zurückzukehren, und verwies auf die Möglichkeit, sich in speziell dafür eingerichteten Beratungszentren Unterstützung zu suchen. Währenddessen lief unten im Bild ein Newsticker in Form eines Lauftextes mit folgender Nachricht: *USA verstärken Sicherheits- und Grenzkontrollen. Einreisestopp für Skandinavische Länder verhängt.*

»Ich wundere mich, dass Dänemark noch nicht seine Grenzen geschlossen hat«, rutschte es mir heraus. Das Land war schließlich bekannt dafür, bei jeder Gelegenheit, die in irgendeiner

Weise Gefahr für das kleine Land bedeutete, die Schotten dicht zu machen.

»Da es ja quasi ein innergesellschaftliches Problem ist, hat man die Sinnhaftigkeit vielleicht bisher noch in Frage gestellt«, begann Finn einen Erklärungsversuch. »Oder sie sind einfach noch nicht dazu gekommen. Immerhin läuft auch in der Regierung gerade alles drunter und drüber.«

Ich stimmte zu, beunruhigt darüber, wie sich die Lage zwischen den Ländern in den nächsten Tagen verändern würde.

KAPITEL 18

Der folgende Tag verlief nicht anders als der vorherige, an der Uni herrschte immer noch Totentanz, jedoch fanden zwei meiner drei Seminare statt, was mich freute. Julie, Finn und ich versuchten zusammen, das Beste daraus zu machen, und trafen uns in jeder freien Minute auf dem Unigelände, um uns gegenseitig Bericht zu erstatten.

»Abgesehen davon, dass die Vorlesung nicht besonders gut besucht war, lief alles relativ normal ab«, berichtete Julie von ihrer ersten Vorlesung in dieser Woche über französische Literatur des Mittelalters.

Das machte uns allen Hoffnung. Vielleicht würde es noch einige Zeit dauern, bis sich die anderen wieder aus dem Haus trauten, jedoch erweckte es den Anschein, als würde zumindest das Unileben seinen gewohnten Gang weitergehen.

»Schauen wir heute Abend wieder gemeinsam die Nachrichten?«, wollte Julie wissen.

Das schien zur Gewohnheit zu werden. Pünktlich um zwanzig Uhr versammelten Julie, Finn und ich uns bei mir im Wohnheimzimmer und schalteten den regionalen Sender ein, über den auch die staatlichen Nachrichten liefen. Insgeheim hatte sich bisher keiner von uns getraut, alleine die Neuigkeiten anzusehen.

Im Anschluss an das Nachrichtenmagazin, das wie am Tag zuvor vor allem von den Unruhen in Nyhavn berichtete, folgte eine Talkshow, in der Menschen des öffentlichen Lebens Stellung zu den Geschehnissen der vergangenen Tage beziehen sollten.

Julie ließ Finn und mich nach den regulären Nachrichten allein und meinte, sie würde sich nur unnötig über die Talkshowgäste aufregen, da ginge sie lieber früher schlafen. Finn und ich nahmen uns vor, die Gespräche zumindest so lange zu verfolgen, bis auch wir genug gesehen und gehört hatten. Ich war ziemlich neugierig darauf, was die Menschen zu sagen hatten, wenngleich sich ein dumpf-stechendes Gefühl der Unsicherheit unter diese Neugier mischte.

Zwei der Gäste waren Abgeordnete der Regierung, die gegensätzlichen Flügeln zuzuordnen waren, dann ein Mediziner, ein Humanbiologe und eine Journalistin, die wenig sachlich wirkte, stattdessen ständig darauf aus schien, Unruhe zu verbreiten.

Fachlich fundiert und äußerst beruhigend wirkten die Ausführungen des Humanbiologen, der sich intensiv mit dem Thema auseinandergesetzt hatte und nun die Öffentlichkeit an seinem Wissen teilhaben ließ. Vieles von dem, was er berichtete, war am vergangenen Freitag bekanntgegeben worden.

»Nun verharmlosen Sie die Lage doch nicht!«, platzte einer der Regierungsabgeordneten plötzlich dazwischen. »Sie stellen diese Wesen so dar, als seien sie Menschen wie Sie und ich. Blicken wir doch den Tatsachen ins Auge. Sie leben von unserem Blut. Auf unsere Kosten. Wie Parasiten. Wenn Sie mich fragen, sind und bleiben das Vampire, die darauf aus sind, uns den Lebenssaft zu rauben.«

Ein Raunen ging durchs Publikum, einige Idioten klatschten, als hätte endlich einmal jemand ausgesprochen, was ihnen seit Tagen auf der Seele brannte. Andere schüttelten fassungslos den Kopf.

Der Moderator bat darum, sich zu zügeln und die eigene Sicht erst dann darzulegen, wenn man an der Reihe war. Daraufhin wandte er sich wieder an den Biologen.

»In den letzten Tagen wurden die Rufe nach Gerechtigkeit und Gleichberechtigung immer lauter. Viele Menschen verstehen diese neue Spezies als Mutation, die uns Menschen in vielen Aspekten überlegen scheint. Können Sie dazu Stellung beziehen?«

Die Richtung, in die sich das Gespräch mit dieser Frage entwickelte, machte mir Angst. Der Gedanke, dass sich einige Menschen unterlegen fühlen könnten, war mir in den letzten Tagen noch gar nicht gekommen. Wäre das der Fall, würde das eine noch größere Gefahr für meine Freunde bedeuten.

Doch auch in diesem Punkt gelang es dem Biologen, Spannung aus der Situation zu nehmen. »Zunächst einmal ist das Wort *Spezies* an dieser Stelle nicht korrekt. Wenn überhaupt, müsste man von einer neuen Rasse sprechen, da dieses Wort jedoch historisch bedingt negativ konnotiert ist, spreche ich lieber von einer Unterart. Damit ist nicht gemeint, dass sie dem bisher bekannten Menschen untergeordnet sind, sondern schlichtweg, dass sie der

Gattung Mensch genauso angehören wie Sie und ich. Das zeigt sich darin, dass wir uns mit ihnen paaren und fruchtbare Nachkommen erzeugen können.«

»Um Gottes Willen!«, brüllte der Regierungstyp außer sich. »Wie können Sie zulassen wollen, dass so etwas geschieht? Sollte es nicht in unser aller Sinne sein, eine Fortpflanzung dieser Dinger zu verhindern?«

Buhrufe erschallten aus dem Publikum. Und auch ich hatte große Mühe, mich zusammenzureißen und nicht den Fernseher anzuschreien. Finn hingegen war ungewöhnlich still geworden. Ich blickte ihn an und erkannte, dass ihm das Gerede dieses hirnlosen Politikers sichtlich zu schaffen machte. Also schnappte ich mir die Fernbedienung und bereitete dem Ganzen ein Ende.

Für einen kurzen Moment saßen wir schweigend nebeneinander.

»Tut mir leid, dass du das hören musstest. Der hat sie doch nicht mehr alle«, durchbrach ich die Stille immer noch wütend über das Gesagte.

»Schon okay. Ich hoffe nur, dass ihm nicht allzu viele Menschen beipflichten«, unterbreitete Finn seine berechtigte Sorge.

»Das glaube ich nicht«, versuchte ich ihn zu beruhigen. »Du hast doch gesehen, wie das Publikum reagiert hat.«

»Stimmt. Aber Idioten gibt es überall«, setzte er erneut an.

»Das ist richtig. Und die wird es immer geben. Wichtig ist, dass wir auf diejenigen bauen, die Herz und Verstand haben. Und die machen die Mehrheit aus«, entgegnete ich, um nicht nur ihn, sondern auch mich selbst zu überzeugen.

Wir beschlossen, nicht weiter über die Talkshow zu sprechen, und lenkten uns stattdessen mit Ideen für das kommende Wochenende ab. Irgendwann entschieden wir, dass wir es Julie gleichtun sollten, und legten uns Arm in Arm in meinem kleinen Bett schlafen.

Finn schlief in dieser Nacht sehr unruhig, was mich nicht verwunderte. Immer wieder streichelte ich liebevoll seinen Kopf oder seinen Arm, wenn er von grässlichen Träumen geplagt zu sein schien. Das beruhigte ihn für kurze Zeit, bis es von Neuem begann.

Schließlich wurden wir ziemlich unsanft von meinem Wecker aus dem Schlaf gerissen und waren beide wie gerädert.

»Na, das kann ja was werden«, murmelte Finn in Anbetracht des bevorstehenden Tages.

»Das wird schon!«, versuchte ich, ihm trotz unruhiger Nacht und wenig Schlaf Mut zu machen. Doch das half nicht so richtig. Er tat mir unglaublich leid. Es musste schrecklich für ihn gewesen sein, am gestrigen Abend die Worte dieses idiotischen Politikers über sich ergehen zu lassen.

Kurz bevor wir uns gemeinsam zur Uni aufmachen wollten, zog ich Finn noch einmal fest an mich heran und küsste seine warmen Lippen.

»Du weißt, dass ich dich liebe?«, fragte ich ihn und bemühte mich zu lächeln.

»Und ich dich erst«, antwortete er leise. »Danke, dass du bei mir bist.«

»Wo sollte ich denn sonst sein?«, entgegnete ich, als sei es selbstverständlich, ihm beizustehen. Denn das war es für mich.

Allerdings nicht für Torge, der seit Freitag nichts mehr von sich hören hatte lassen und der in unserer gemeinsamen Vorlesung zur Neueren Skandinavischen Literaturwissenschaft deutlich von uns entfernt Platz nahm.

»Wie kann man nur so ignorant sein?«, wollte Julie verärgert wissen.

»Du kennst doch Torge. Wenn etwas nicht in sein Weltbild passt, irritiert ihn das zutiefst. Gib ihm ein wenig Zeit!«, versuchte ich sein Verhalten zu legitimieren und hoffte innerlich, dass ich Recht mit meiner Annahme behielt. Ich konnte und wollte mir einfach nicht vorstellen, dass es das jetzt gewesen sein sollte mit uns.

»Hej, ihr zwei.« Jasper schlich sich für seine Verhältnisse äußerst unauffällig zu uns.

»Hej, Jasper. Wie schön, dich zu sehen«, quiekte Julie und ich stimmte ihr zu.

»Hat Torge sich immer noch nicht eingekriegt?«, fragte er leise.

»Sieht nicht danach aus«, entgegnete ich.

»Da ist er nicht der Einzige. Mads ist genauso drauf. Deshalb haben wir uns gestern getrennt«, sagte Jasper traurig.

»Oh nein! Das ist ja schrecklich«, rief Julie so laut, dass sie die Aufmerksamkeit aller Teilnehmer auf sich zog.

»Ja. Lässt sich nicht ändern. Er ist nicht einmal aus dem Haus zu bewegen.« Jasper war sichtlich bestürzt.

»Der Arme.« Mads tat mir leid.

»Eva!« Julie sah mich böse an.

»Nein, sie hat ja Recht«, stimmte Jasper zu. »Er ist derjenige, der es nicht akzeptieren kann. Damit ist er zu bedauern, nicht ich.«

In dem Punkt waren wir uns einig. Und dennoch tat es Julie und mir auch leid, dass Jasper seinen Mads verloren hatte.

Unser Gespräch wurde schließlich von dem etwas säuerlich wirkenden Professor Nielsen unterbrochen, der sich über die mangelnde Teilnahme beschwerte. Immerhin sei das hier eine Pflichtveranstaltung, wie er noch einmal betonte, bevor er irgendetwas von Konsequenzen murmelte. Irgendwo konnte ich seine Verärgerung verstehen. Andererseits war noch nicht einmal eine Woche seit der Offenbarung vergangen, da war es ebenso verständlich, dass die Menschen erst einmal ihren Weg zurück in die Realität finden mussten. In eine neue Realität.

Nachdem wir die quälend langweiligen neunzig Minuten überstanden hatten, quatschten wir noch ein bisschen vor dem Vorlesungssaal mit Jasper. Julie wollte ihn überreden, sich uns am Wochenende anzuschließen, damit er nicht allein sein musste. Als sie ihn schließlich so weit hatte, lief Torge dicht an uns vorbei, ohne auch nur ein Wort zu verlieren. Immerhin nickte er zum Gruß. Vielleicht wollte ich mir das aber auch nur einbilden.

»Was ist eigentlich mit Bo?«, wollte Jasper schließlich wissen und sprach damit ein Thema an, dem Julie die vergangenen Tage stets geschickt ausgewichen war.

»Funkstille seit Freitag«, sagte sie monoton.

»Und weiß er, dass du ...?«, wollte Jasper wissen.

»Dazu hatte ich keine Gelegenheit«, entgegnete Julie und wirkte plötzlich etwas genervt.

»Wieso kommst du eigentlich so ohne Probleme damit klar?«, wollte ich von Jasper wissen, um Julie aus dem Visier zu nehmen.

Ich wusste, dass es ziemlich schmerzlich für sie war. Und dass sie sich davor fürchtete, wie es weitergehen würde.

»Warum denn nicht?«, fragte Jasper amüsiert. »Es ändert sich doch im Grunde genommen nichts. Ich hatte bisher nicht das Gefühl, mich von jemandem wie Julie bedroht fühlen zu müssen. Und ein bisschen anders sind wir doch irgendwie alle.« Jasper brachte es auf den Punkt.

Ich freute mich, dass er so gut damit zurechtkam, auch wenn er nun selbst darunter leiden musste, da sein Freund absolut gegenteilig reagierte. Und ich nahm mir vor, Julie heute Abend noch einmal in Ruhe darauf anzusprechen, wie sie mit Bo weiter verfahren wollte.

Nachdem wir uns voneinander verabschiedet hatten, trat ich meinen Weg ins Germanistische Institut an und traf auf Torge, der zu meiner Überraschung ebenfalls das Seminar zur mittelhochdeutschen Lyrik besuchte. Da weit und breit niemand in seiner Nähe saß, nahm ich einfach demonstrativ neben ihm Platz und wartete ab, was geschehen würde. Doch es geschah nichts. Weder ein Wort des Grußes kam ihm über die Lippen, noch nahm er panisch Reißaus, was ich als einen Anfang verbuchte. Manche Menschen musste man zu ihrem Glück zwingen.

Die Dozentin schien kurz vor dem Rentenalter zu sein, sie wirkte schrullig und eigensinnig, was sehr zum Thema des Seminars passte. Statt, wie viele Dozenten in der ersten Woche eines neuen Semesters, lediglich die Anwesenheit zu prüfen und den Verlaufsplan der nächsten Wochen vorzustellen, händigte sie uns das erste Gedicht aus und zwang uns, eine kurze Inhaltsanalyse zu verfassen. Sofort begannen die wenigen Studenten um uns herum zu tuscheln und sich gegenseitig das Thema des Textes verständlich zu machen. Nur Torge und ich saßen schweigend da und starrten auf den Zettel vor uns. Es fiel mir nicht sonderlich schwer, das Gedicht zu verstehen, immerhin war es in meiner Muttersprache verfasst, wenn auch in veralteter Form. Also begann ich seelenruhig meine Analyse niederzuschreiben. Hin und wieder stöhnte Torge neben mir auf oder fasste sich frustriert an den Kopf. Als ich das Gefühl hatte, er würde das Blatt Papier vor sich jeden Moment zusammenknüllen und fluchend das Weite suchen, entschied ich, ihn zu erlösen.

»Kann ich dir helfen?«, fragte ich und versuchte dabei zu klingen, als wäre nichts gewesen.

»Hm«, grummelte er.

Ich musste grinsen, denn mir hatte seine mürrische Art irgendwie gefehlt. Es konnte doch nicht sein, dass ich auf ihn verzichten musste, nur weil er sich so anstellte.

»Also, was verstehst du nicht?«, versuchte ich es erneut.

»Fast alles«, murmelte er und ich musste lachen.

Und anstatt sich über mich zu ärgern, begann auch Torge plötzlich zu lachen.

»Was ist das für eine beknackte Sprache?«, meckerte er und grinste.

Und ich stimmte ihm zu.

»Hat mich auch gewundert, dass du diesen Kurs gewählt hast«, gab ich zu.

»Ich war gezwungen. Mir fehlte noch ein mittelhochdeutsches Seminar und der andere Dozent ist Anfang der Woche nicht erschienen«, erklärte Torge.

»Verstehe. Und bevor du ein Semester dranhängen musst, quälst du dich jetzt hier durch?«

»Ganz genau.«

Ich schob ihm meine Analyse hinüber und ließ ihn meine Ergebnisse abschreiben.

»Ach so«, kommentierte er zwischendurch vor sich hin und schüttelte gelegentlich den Kopf.

Irgendwann entließ uns die Dozentin freundlicherweise in die Freiheit.

»Das kann ja heiter werden«, sagte Torge, während er sein Tablet in der Tasche verstaute.

»Ach, das schaffen wir schon«, machte ich ihm Mut und Torge bedankte sich für meine Unterstützung.

»Ich treffe mich gleich mit Julie und Finn in der Mensa. Komm doch mit!«, schlug ich vor, als wäre nichts Besonderes vorgefallen und um ihm das Wiedersehen zu erleichtern. Sicherlich fiel es diesem Dickkopf schwer, den ersten Schritt zu machen.

»Ich habe leider schon etwas vor«, redete er sich offensichtlich heraus.

»Torge!« Ich konnte es einfach nicht dabei belassen. »Willst du uns jetzt für immer aus dem Weg gehen? Das ist doch Quatsch!«

Er verzog das Gesicht, aber ich erkannte auch eine gewisse Unsicherheit in seinen Augen.

»Nein. Wir sehen uns mittwochs jetzt immer hier«, sagte er dann. »Das ist doch gut.«

»Und was ist mit den anderen?«

»Das kann ich einfach nicht«, antwortete er, nahm seine Tasche und ließ mich allein im Seminarraum zurück.

Ich war enttäuscht, gleichzeitig aber auch glücklich, dass Torge wenigstens mit mir wieder sprach. Das bestärkte meine Hoffnung, dass er auch den anderen irgendwann wieder normal begegnen konnte.

Als ich Finn und Julie von meinem Seminar mit ihm berichtete, sagte ich, dass er Zeit bräuchte und wir ihn nicht bedrängen sollten. Dass er den beiden derzeit eher abgeneigt war, ließ ich einfach weg.

Finn fügte hinzu, dass auch Lone und Torge den Kontakt miteinander abgebrochen hatten. Lone war so sauer über Torges Reaktion gewesen, dass sie ihm kurzerhand den Laufpass gegeben hatte. Jetzt tat er mir auch noch leid. *Merkten die Menschen nicht, dass sie zunehmend alleine dastanden? Dass sie sich von den Menschen entfernten, die sie liebten und an denen ihnen ebenfalls sehr viel lag? Wie konnte man bloß so engstirnig sein?* Es half jedoch, dass ich mich immer wieder daran erinnerte, wie ich selbst vor einem halben Jahr reagiert hatte, als Julie zum ersten Mal mein Blut benötigt hatte. Vielleicht war das alles auch einfach verständlich.

Nach und nach füllte sich an diesem Tag die Uni wieder ein wenig mit Leben und ich hatte zum ersten Mal das Gefühl, dass eine gewisse Normalität zurückgekehrt war. Und die hatten wir alle bitternötig. Finn hatte ursprünglich geplant, die Nacht in seiner WG zu verbringen, doch ich überredete ihn, noch einmal mit zu mir zu kommen. Nach der vergangenen Nacht wollte ich unbedingt verhindern, dass er allein blieb. Zumal sein Mitbewohner Freitagabend das Weite gesucht hatte und Hals über Kopf zu seinen Eltern gezogen war.

»Meinst du, der kommt noch mal zurück?«, fragte ich vorsichtig, als wir die Treppen zum Eingang meines Wohnheims hinaufstiegen.

»Ich hoffe es doch, ansonsten ...«

Plötzlich hörten wir hinter uns jemanden meinen Namen rufen.

Wir drehten uns um und ich erkannte meine Mutter, die gerade aus ihrem Auto gestiegen war und noch die Tür in der Hand hielt. Überrascht, sie hier zu sehen, sah ich im nächsten Augenblick eine zweite Person, die aus der Fahrertür stieg. Ich war so verwirrt von diesem Anblick, dass es mir nicht gelang, mir einen Reim auf ihr Erscheinen zu bilden. Gleichzeitig spürte ich erneut Wut in mir aufsteigen. Ich hatte seit dem Streit mit meiner Mutter kein Sterbenswörtchen mehr mit ihr gewechselt und ich hatte auch nicht angenommen, dass das so bald wieder passieren würde. Scheinbar hatte ich mich getäuscht.

Ich machte ein paar Schritte auf die beiden zu, während Finn auf der Treppe stehen blieb. Kurz vor dem Auto hielt ich an.

»Was wollt ihr denn hier?«, war das Erste, was mir einfiel. Ich konnte weder meine Überraschung noch meine Verärgerung über den Verlauf unseres letzten Gespräches verbergen.

»Auch schön, dich zu sehen, Schwesterherz«, sagte mein Bruder Jonas wenig freundlich.

»Eva, wir wollen mit dir reden«, kam meine Mutter direkt zur Sache.

»Und das ging nicht am Telefon?«, wollte ich wissen.

»Nein. Ich dachte, es sei sinnvoll, das persönlich zu klären«, entgegnete sie und ich erkannte, dass es ihr leidtat, wie es zwischen uns gelaufen war. Dann kam sie auf mich zu und nahm mich in den Arm. Es dauerte ein paar Sekunden, in denen ich innerlich mit mir rang, bis schließlich die tiefe Liebe zu meiner Mutter siegte und ich froh war, sie bei mir zu spüren.

»Ist lange her«, meinte Jonas, ließ die Autotür los, kam auf uns zu und umarmte mich ebenfalls zur Begrüßung.

»Das kann man laut sagen«, entgegnete ich, ich freute mich, dass er hier war. Endlich konnte er auch einmal sehen, wie ich hier in Kopenhagen lebte.

»Kommt mit hoch, dann kann ich euch Finn vorstellen.«

Finn stand vor der Tür des Wohnheims und beobachtete das

Geschehen aus sicherer Entfernung. Ich fand es toll, dass er sich zurückhielt und mir den Freiraum gab, erst einmal allein mit meiner Familie zu sprechen.

»Eigentlich dachten wir …« Meine Mutter beendete den Satz nicht, sondern blickte zum Auto, dessen Türen immer noch offen standen.

Ich verstand erst nicht, worauf sie hinauswollte, aber dann dämmerte es mir plötzlich.

»Wolltet ihr etwa, dass wir im Auto quatschen?«, fragte ich ungläubig.

»Nun ja, wir wollen auch bald wieder los«, erklärte Jonas ernst. »Auf der Hinfahrt war ein Megastau an der Grenze, jedes einzelne Auto wurde kontrolliert. Wir wollen nicht erst morgen Früh zurück sein.«

Es überraschte mich nicht, dass mittlerweile die Grenzkontrollen intensiviert worden waren. Es überraschte mich eher, dass man überhaupt noch Deutsche ins Land ließ. Und es ärgerte mich, dass die beiden sich allen Ernstes vorgestellt hatten, ich würde im Auto mit ihnen reden, wo mein Wohnheim direkt vor uns lag. Dass mein Bruder die weite Fahrt auf sich genommen hatte und nicht im Geringsten daran interessiert war, wie ich hier wohnte, machte mich sogar wütend.

»Dann fahrt doch einfach direkt wieder!«, blaffte ich meinen Bruder an.

»Nein, das machen wir nicht. Nicht, bevor du zur Vernunft gekommen bist und uns begleitest.« Meine Mutter war offensichtlich nicht gekommen, um sich zu entschuldigen oder mir entgegenzukommen.

»Seid ihr etwa hier, um mich zurück nach Deutschland zu schleifen?«

»So kann man es formulieren«, gestand Jonas und verzog keine Miene.

»Dann könnt ihr gleich wieder fahren. Ihr spinnt doch!« Ich drehte mich um.

»Bleib gefälligst hier und sprich mit uns!«, forderte meine Mutter mit bissiger Stimme.

»Mit euch kann man nicht sprechen«, rief ich und nahm Fahrt in Richtung Wohnheim auf. Finn kam mir auf der Treppe entgegen und sah mich irritiert an. Kurz bevor ich ihn erreichte, stand mein Bruder zwischen uns, stemmte seine Hände gegen meine Schultern und hinderte mich daran, weiterzugehen.

»Halt gefälligst an!«, forderte er.

Ich konnte mich nicht erinnern, ihn die letzten Jahre einmal so wütend erlebt zu haben.

»Wieso? Willst du mich vielleicht gegen meinen Willen hier wegschleppen?«, fragte ich sarkastisch.

»Wenn das nötig ist, um dich zur Vernunft zu bringen!«, drohte er mir, während sich seine Frustration über mein Verhalten auf seinem Gesicht spiegelte.

Finn forderte ihn auf, mich loszulassen.

»Wer bist du denn?«, fragte mein Bruder fies.

Ich schlug seine Hände von meinen Schultern weg und rettete mich ins Finns Arme.

»Das ist mein Freund«, fauchte ich ihn an.

»Umso besser. Dann kannst du sie ja vielleicht zur Vernunft bringen und ihr klarmachen, dass sie in dieser Stadt mit diesen abartigen Kreaturen nichts mehr zu suchen hat.«

Während Jonas das sagte, ließ er mich keine Sekunde aus dem Blick. Seine Worte verletzten mich ungeheuerlich. Er hatte kein Recht, so etwas zu sagen.

»Das kann ich leider nicht«, entgegnete Finn sichtlich bemüht, ruhig zu bleiben.

»Und wieso nicht?«, wollte mein Bruder wissen und sah Finn an. Dieser hielt seinem Blick stand, ohne mit der Wimper zu zucken, und sagte dann völlig ruhig: »Weil ich damit mich selbst und meinesgleichen verraten würden.«

Das hatte gesessen. Ruckartig nahm Jonas rückwärts zwei Schritte Abstand und starrte uns mit dem angstvollen Blick eines kürzlich wahnsinnig Gewordenen an.

»Das ist nicht dein Ernst!« Sein Blick wechselte ständig zwischen Finn und mir hin und her. Diese Reaktion löste gemischte Gefühle in mir aus. Einerseits tat mir mein Bruder leid, ich liebte ihn, genau wie ich meine Mutter liebte. Und ihn so zu sehen, tat mir weh. Andererseits war er genauso versessen wie sie darauf, mich nach Hause zu zerren und in Sicherheit zu bringen. Es schmerzte, dass mein eigener Bruder nicht in der Lage war, die

Situation besser einzuschätzen. Meiner Mutter konnte man nur bedingt einen Vorwurf machen, sie hatte deutlich mehr Jahre in ihrer eigenen Realität verbracht als wir Kinder. Wir waren jung und aufgeschlossen. Zumindest sollten wir das sein. Doch meinem Bruder schien das nicht zu gelingen.

»Möchtest du vielleicht schon mal nach oben gehen?«, fragte ich Finn besorgt, denn es musste schlimm für ihn sein, die verachtenden Worte meines Bruders mit anzuhören.

»Nein. Ich bleibe auf jeden Fall bei dir«, sagte er und nahm demonstrativ meine Hand.

Jonas fasste sich mit beiden Händen an den Kopf, als könne er nicht glauben, was hier gerade passierte. Es dauerte einen Moment, in dem er sichtlich bemüht war, nicht die Fassung zu verlieren. Schließlich schien er sich zu besinnen, stemmte die Hände in die Hüften, sah mich an, schüttelte mit dem Kopf und traf mich dann mitten ins Herz: »Ich erkenne dich nicht wieder. Du bist nicht mehr meine Schwester.«

Ich hatte nicht einmal die Chance, irgendetwas zu entgegnen. Ohne mich eines weiteren Blickes zu würdigen, ging mein Bruder zurück zum Auto, sagte irgendetwas zu meiner Mutter, die das Szenario aus sicherer Entfernung beobachtet hatte, und stieg dann ins Auto. Der Knall der Autotür ließ uns alle innerlich erschüttern.

Meine Mutter schien nicht glauben zu können, dass es so enden würde. Ich war nicht sicher, ob sie hin- und hergerissen war, noch einmal zu mir zu kommen oder nicht. Jedenfalls hoffte ich, dass sie mich nicht völlig verstoßen würde, wie mein Bruder es gerade getan hatte. Doch sie bewegte sich keinen Millimeter auf uns zu. Mein Bruder startete den Wagen und rief ihr durchs Fenster zu, sie solle endlich einsteigen. Kurz blickte sie zu Boden, dann noch einmal zu mir herüber, bevor sie mit leerem Blick in der Beifahrertür verschwand.

Das Erste, was ich wieder spüren konnte, war Finns Hand, die immer noch meine Finger umklammerte. Ich weiß nicht, wie lange ich ihrem Auto hinterhergeschaut hatte. In jedem Fall war es längst von der Bildfläche verschwunden, zusammen mit zwei Menschen, die ich sehr liebte.

Kurz fürchtete ich, als Finn seine Finger löste, er würde ebenfalls das Weite suchen und mich verlassen, doch er ließ meine Hand nur los, um mich in den Arm nehmen zu können. Ich liebte seine starken Arme. Es schmerzte so, dass alles danach aussah, als müsste ich mich für die eine Liebe und gegen die andere entscheiden.

»Es tut mir so leid«, flüsterte Finn in mein Haar.

»Mir tut es leid«, entgegnete ich schnell. »Ich weiß nicht, was in sie gefahren ist.«

»Ich kann sehr gut nachempfinden, wie du dich fühlst. Glaub mir.«

Natürlich war es nicht das erste Mal, dass er mit solcher Ablehnung konfrontiert worden war. Aber dass es ausgerechnet meine eigene Familie war, die auf diese Weise reagierte, machte mich wütend und todtraurig. Gleichzeitig wunderte ich mich, dass ich gar nicht weinte. Ich hatte meine Familie verloren und vergoss nicht eine Träne. Vielleicht hatte der Mensch nur eine gewisse Anzahl an Tränen zur Verfügung in seinem Leben. Gut möglich, dass ich diese in den letzten Monaten aufgebraucht hatte. Der Schmerz in meiner Brust war in jedem Fall nicht zu verleugnen. Doch auch ihn empfing ich fast wie einen alten Bekannten.

»Vielleicht brauchen sie einfach Zeit«, versuchte Finn, mich aufzumuntern.

Wäre es nicht so traurig gewesen, hätte ich vielleicht lächeln können. Denn genau diesen Satz hatte ich in letzter Zeit immer wieder verwendet, um mir und den anderen einzureden, dass alles wieder gut werden würde. Ich wollte ja glauben, dass Finn Recht hatte, keiner konnte wissen, wie es weitergehen würde.

»Lass uns reingehen!«, schlug er vor und zog mich mit sich.

Insgeheim war ich froh, dass ich Finn überredet hatte, den Abend mit mir zu verbringen. So konnten wir zumindest beide gemeinsam mit dieser Situation fertig werden. Das erschien mir in den letzten Tagen ohnehin das Sinnvollste. Zusammenhalt und gegenseitige Unterstützung. Das brauchte die Menschheit.

»Dein Vater scheint ja anderer Meinung zu sein, meinst du nicht?«, riss Finn mich auf dem Zimmer aus meinen Gedanken.

Ich sah ihn fragend an.

»Ich meine, wenn er ebenfalls gewollt hätte, dass du hier alle

Zelte abbrichst, wäre er dann nicht mitgekommen, um dich zu holen?«

Finns Gedanke spendete mir ein wenig Hoffnung. Tatsächlich hatte ich bereits beim letzten Besuch bei meinen Eltern das Gefühl gehabt, dass mein Vater deutlich aufgeschlossener war als meine Mutter. Ich fragte mich, ob er vielleicht sogar gegen ihren Entschluss gewesen war, mich hier wegzuholen. Vielleicht hatten sie sogar Streit deswegen gehabt. Bei der Vorstellung, dass aufgrund der Geschehnisse der vergangenen Tage womöglich ihre Ehe kaputtgehen könnte, spürte ich einen dumpfen Druck in meiner Brust. Am Ende war ich noch schuld daran, dass meine Eltern sich trennten. Ich war kurz davor, mich zu fragen, ob vielleicht *ich* die falsche Entscheidung getroffen hatte, als Finn mich auf der Bettkante zu sich heranzog und mich küsste. Und in diesem Moment wusste ich, dass meine Entscheidung, ihn und meine Freunde nicht zu verlassen, die richtige war.

In dieser Nacht schliefen wir beide wieder sehr unruhig, aber es war schön, jedes Mal, wenn ich aufwachte, Finns Wärme zu spüren.

Als ich am nächsten Morgen aus der Dusche kam und mein Smartphone einschaltete, erblickte ich eine Nachricht von Maik. Ich konnte mich nicht erinnern, dass mir überhaupt jemals einer meiner Brüder eine Nachricht aufs Handy geschickt hatte, und jetzt hatten sie mich beide innerhalb von zwei aufeinanderfolgenden Tagen mit ihrem Verhalten überrascht. Direkt fürchtete ich das Schlimmste, als ich die Nachricht öffnete.

Ich halte zu dir. Und ich bin stolz, dass du dich
durchgesetzt hast. Lass uns später telefonieren.
Maik

Damit hatte ich definitiv nicht gerechnet. Sofort schossen Tränen in meine Augen und als sie sanft ihren Weg über meine Wangen antraten, wusste ich, dass ich immer noch weinen konnte. Zumindest vor Glück. Meine Brüder und ich hatten uns in den letzten Jahren zwar sehr auseinandergelebt, aber jetzt spürte ich, wie stark ich an ihnen hing. Maiks Nachricht war der Hoffnungsschimmer, den ich im Moment bitternötig hatte. Ich hatte nicht alle verloren. Ich war nicht allein.

Der Rest der Woche verlief glücklicherweise ohne weitere Totalkatastrophen. Allerdings hatte ich das Gefühl, dass sich mein Maßstab für das, was ich als Katastrophe bezeichnete, in den letzten Monaten deutlich verschoben hatte. Immerhin herrschte nach wie vor Ausnahmezustand in der Stadt. Der Großteil der Bevölkerung wagte sich kaum aus den eigenen vier Wänden, und wenn doch, dann nur um Lebensmittel und Hygieneartikel in rauen Mengen zu kaufen und sich damit zu verbarrikadieren. Am Freitag berichteten die Medien, dass immer mehr Unternehmen ihre Homeoffice-Funktionen ausbauten, damit zumindest die Wirtschaft nicht gänzlich zum Erliegen kam. An der Uni hingegen war von Montag auf Freitag ein deutlicher Zuwachs an Studenten zu verzeichnen. Vielleicht lag es daran, dass die meisten noch nicht in festen beruflichen und privaten Strukturen gefangen waren, sondern womöglich flexibler auf Neues reagieren und sich den Gegebenheiten schneller anpassen konnten. Zumindest versuchte ich es mir selbst auf diese Weise zu erklären. Vielleicht langweilten sie sich auch einfach in ihren kleinen Studentenzimmern.

Das Telefonat mit meinem Bruder machte mir Hoffnung, dass ich meine Familie wenigstens nicht ganz verloren hatte. Anfangs fühlte es sich etwas merkwürdig an, ausgerechnet mit Maik über all das zu sprechen, aber je länger wir telefonierten, desto normaler wurde es. Ich war froh, dass er so offen war.

Das Wochenende verbrachte ich mit Julie und Finn. Wir nutzten die Leere der Stadt und genossen die friedliche Stille, die in den Stadtteilen herrschte, die nicht von Randalierern heimgesucht wurden. Manchmal kam es uns vor wie eine andere Welt, in die wir plötzlich und auf unerklärliche Weise hineingeworfen worden waren. Völlig abwegig war der Gedanke ja auch gar nicht.

Den Sonntagabend genoss ich mit Julie vor dem Fernseher. Finn hatten wir nach Hause geschickt, denn sein Mitbewohner war am Samstag wieder aus der Versenkung aufgetaucht und die beiden hatten vermutlich eine Menge zu besprechen. Als wir uns gerade für eine Liebeskomödie auf Netflix entschieden hatten, vibrierte Julies Handy. Doch anstatt sofort nachzusehen, wer etwas von ihr wollen könnte, ignorierte sie es, was wiederum meine Aufmerksamkeit erweckte.

»Was ist los?«

»Ach, das ist bestimmt wieder Bo«, überraschte sie mich mit ihrer Antwort.

»Ihr habt wieder Kontakt? Wieso erzählst du das nicht?«

»Nein, haben wir nicht«, entgegnete Julie und irritierte mich damit noch mehr. Als sie sah, dass mir diese Antwort nicht reichte, ergänzte sie: »Er schreibt mir seit ein paar Tagen Nachrichten. Aber ich antworte nicht.«

Jetzt war ich erst recht überrascht. Ich schaltete auf Pause und drehte mich zu Julie.

»Tarjos hat gesagt, dass ich das so machen soll.«

»Seit wann ist Tarjos dein Vorbild in Beziehungsangelegenheiten?«, fragte ich.

»Ist er nicht. Aber diesmal hat er Recht. Wir haben letzte Woche darüber gesprochen, wie es weitergehen könnte, und er meinte, es sei im Moment zu gefährlich, jemandem zu sagen, wer wir sind.«

»Aber genau darum geht es doch gerade, oder nicht? Dass nun offen mit dem Thema umgegangen wird«, entgegnete ich verwundert.

»Ja, im Grunde hast du Recht. Aber Tarjos sagt, dass man trotz der Offenbarung und Bemühungen aller Beteiligten nicht wissen könne, wie sich alles entwickeln werde. Du siehst ja, wie Kopenhagen sich verhält. Wenn das jetzt alles eben nicht dazu führt, dass man uns akzeptiert, sondern das Gegenteil eintritt, ist es sicherer für uns, es geheim zu halten. Zumindest so lange, bis wir wissen, wie es weitergehen wird.« Julies Stimme klang überraschend nüchtern. Es erstaunte mich, dass sie so sachlich bleiben konnte, wo es um eine Herzensangelegenheit ging. Um ihre Herzensangelegenheit.

»Und deshalb beendest du das mit Bo jetzt einfach?«, hakte ich vorsichtig nach.

»Ich weiß es nicht. Deshalb ignoriere ich seine Nachrichten ja. Im Prinzip habe ich nur die Wahl zwischen Schlussmachen oder

ihn anzulügen. Nur ab sofort wiegt die Lüge deutlich schwerer.«
Sie wirkte sehr gefasst.

»Wieso schwerer?«, wollte ich wissen, denn im Grunde hatte
sie ihm bisher ja auch nicht die ganze Wahrheit erzählt.

»Weil das Thema gerade auf dem Tisch liegt und das zeitliche
Fenster für die Wahrheit begrenzt ist. Und es wird eine Frage in
der Richtung kommen. Es ist etwas anderes, ob man sowas ver-
schweigt oder dem Partner offen ins Gesicht lügt«, sagte Julie
und nun klang Verbitterung in ihrer Stimme mit.

Ich musste ihr Recht geben. Es war etwas anderes, ob man
bloß schwieg oder aktiv log. Julie bat mich, das Thema vorerst
ruhen zu lassen, bis sich der Sturm in der Gesellschaft gelegt
hatte, was wir beide sehnlichst erhofften. Und bis dahin schien
Ignorieren ihre einzige Möglichkeit zu sein. Zumindest musste
sie so lange keine Entscheidung Bo betreffend fällen. Im selben
Augenblick musste ich an Finn denken, der vermutlich gerade
mit seinem Mitbewohner am Tisch saß und über die Ereignisse
der letzten Woche sprach. Ich wusste nicht, ob er ihm reinen
Wein einschenken wollte. Ich kannte seinen Mitbewohner nur
vom Sehen und konnte nicht einschätzen, wie er auf das alles reagieren würde. Sorgen machten sich in meinem Kopf breit. *Was,
wenn er ihn verriet? Was, wenn die Menschen wirklich nicht bereit
waren, ihn und Julie und Tarjos zu akzeptieren, sondern das Gegenteil
erreicht wurde? Wohin sollte man gehen, wenn sie mit Ausgrenzung
und Verfolgung rechnen mussten?*

»Hey, es wird schon alles gutgehen«, zerrte Julie mich aus meinen grauenvollen Gedanken. Und dafür war ich ihr sehr dankbar.

KAPITEL 19

Der Montagmorgen überraschte mich damit, dass unsere Welt auf einmal wirkte, als sei nie etwas Außergewöhnliches vorgefallen, als hätte es die vergangene Woche gar nicht gegeben und der heutige Montag sei der eigentliche Beginn des Semesters. Okay, es waren immer noch nicht alle Menschen wieder bereit, auf die Straße und in ihr Leben zurückzukehren, aber es war auch nicht mehr so, dass man freihändig mit dem Fahrrad zur Uni fahren konnte, weil ansonsten kein Verkehr herrschte. Stattdessen freute ich mich fast, dass ein verrückter PKW-Fahrer laut hupend viel zu dicht an mir vorbeirauschte und mich beinahe vom Fahrrad riss. Natürlich hätte ich ihn anschreien und sein Nummernschild aufschreiben sollen, doch ich war mehr als glücklich darüber, dass mir dieser Idiot damit Normalität zurückgebracht hatte.

Die Vorlesung zu »Eichendorffs Werken« fand statt. Die Professorin entschuldigte sich damit, sie sei das letzte Mal plötzlich krank geworden und hätte nicht mehr rechtzeitig das Sekretariat informieren können. Ihr Verhalten schien ihr selbst unangenehm zu sein. Leider war die Vorlesung extrem langweilig, da hatte ich mich wohl zu früh gefreut.

Bei dem Treffen mit Prof. Alberts und dem Team waren wir fast vollzählig und auch am Dienstag schienen bis auf wenige Ausnahmen die Studenten wieder an die Universität zurückgekehrt zu sein. Am Nachmittag nahm ich zum ersten Mal meinen Platz in der Beratungsstelle ein, hatte jedoch reichlich wenig zu tun. Die erste Stunde schaute ich vor allem einer Kommilitonin über die Schulter, die gerade mal zwei Gespräche führte. Ich nutzte die übrige Zeit, um die Infoblätter und Broschüren, die man sehr lieblos auf den Regalen hinter dem Tresen abgelegt hatte, zu sortieren. Meine Vorgängerin erklärte mir kurz, an welche anderen Stellen die Besucher sich wenden konnten, wenn ich mit meinem Latein am Ende wäre, und wünschte mir dann einen erfolgreichen Start.

Es waren noch zwei Stunden zu meistern, was sich jedoch als nicht sonderlich schwierig erwies, weil sich kaum einer in die

Räumlichkeiten der Beratungsstelle verirrte. Die wenigen Leute, die sich hereintrauten, hatten entweder nur oberflächliche Fragen, die ich mithilfe der Infoblätter beantworten konnte, oder sie hatten sich schlichtweg im Raum geirrt.

Kurz vor Feierabend stolperte Tarjos mit zwei riesigen Kartons auf dem Arm herein.

»Hej, was machst du hier? Du vergraulst mir noch die ganze Kundschaft«, begrüßte ich ihn grinsend.

»Wie mir scheint, schaffst du das auch ohne meine Hilfe.« Er lachte bloß und ließ die Kartons hinter dem Tresen unsanft zu Boden krachen.

»Was ist das?«

»Infomaterial.«

»Guck dich mal um! Wenn das so weitergeht, können wir uns damit totschmeißen.«

Tarjos musste grinsen. Ich mochte sein Grinsen. Auch wenn es viele Facetten hatte. Aber in letzter Zeit konnte ich diese besser deuten. Das machte es leichter, ihn zu mögen.

Ich erzählte Tarjos kurz, mit welchen Fragen ich am heutigen Tag konfrontiert worden war, und dass alles sehr friedlich abgelaufen war. Er schlug vor, die letzten zehn Minuten dafür zu nutzen, den Inhalt der Kartons irgendwie auf die Ablageflächen zu verteilen und dann Feierabend zu machen.

»Wollen wir danach zu mir und uns etwas zu essen bestellen?«, fragte er, während ich die Flyer neu sortierte, die er wenig liebevoll aus dem Karton auf den Tresen verfrachtet hatte.

»Klingt nicht schlecht, aber ich muss noch ein bisschen was für mein Seminar morgen tun«, erwiderte ich.

»Das kannst du doch auch bei mir, du Streber«, sagte er. »Ich verspreche auch, dich brav arbeiten zu lassen.«

Ich sah auf die Uhr, die bereits kurz vor sechs zeigte, und warf Tarjos dann einen skeptischen Blick zu.

»Wir machen das so: Ich fahr dich zum Wohnheim, du holst kurz die Sachen, die du für morgen brauchst, und dann fahren wir zu mir. Und unterwegs bestelle ich uns was beim Chinesen oder Italiener.«

»Ich weiß nicht, ich bin derzeit echt nicht in Stimmung. Lass uns das ein anderes Mal machen«, lehnte ich sein Angebot ab.

Tarjos ließ von dem leeren Karton ab, den er gerade zusammengefaltet hatte, und stellte sich dicht hinter mich. Seine Hände wanderten an meine Hüften und zogen sie an sich heran.

»Sag das noch mal!«, raunte er mit seiner tiefen Stimme in mein Ohr und strich mir die Haare aus dem Nacken, um daraufhin die Stelle darunter mit einem Kuss zu bedecken. Schlagartig wurde mir warm.

»Tarjos!«, ermahnte ich ihn. »Das ist gemein.«

»Gemein wäre, mir eine Abfuhr zu erteilen«, raunte er und ließ seine Lippen zu meiner Schulter wandern.

Ich drehte mich um und sah ihn an.

»Komm doch einfach mit zu mir und wir essen was zusammen«, schlug ich vor, um ihn nicht völlig abzuweisen.

Er verzog das Gesicht.

»Dein Bett ist so klein.«

»Ich sagte ja auch *essen* und nicht *schlafen*«, entgegnete ich gespielt empört.

»Okay, okay.« Er hielt unschuldig die Hände in die Luft und willigte ein.

Wir nahmen uns auf der Heimfahrt etwas vom Chinesen mit und machten es uns vor dem Fernseher gemütlich. Auf der Fahrt schrieb ich Julie eine Nachricht und fragte, ob sie sich zu uns gesellen mochte, aber sie lehnte ab.

»Was dagegen, wenn wir die Nachrichten schauen?«, fragte Tarjos, nachdem wir aufgegessen hatten.

»Okay«, stimmte ich zu, auch wenn ich nicht unbedingt scharf darauf war. Seit dem Talkshow-Abend hatte ich mich bemüht, nicht ständig nachzusehen, was die Medien berichteten. Es schien, als habe jeder Sender seine eigene Wahrnehmung, teilweise war die Berichterstattung so einseitig, dass es mir Angst bereitete. Immerhin konnte man nicht davon ausgehen, dass alle Menschen kritisch mit den Aussagen und Bildern umgingen, die ihnen im Internet und Fernsehen übermittelt wurden. Sicherlich ließen sich viele davon beeinflussen, sowohl positiv als auch negativ.

»Es ist wichtig, zu beobachten, wie sich das Thema entwickelt«, erklärte Tarjos. Damit mochte er Recht haben. Es war immer gut, zu wissen, worauf die Leute zu reagieren hatten, um ihr Verhalten besser verstehen zu können.

Dennoch machten mir die Nachrichten wieder Angst. Das Thema waren die Grenzschließungen aller möglichen Länder. Lediglich Deutschland, Schweden und Island hielten sich noch zurück, während viele Staaten versuchten, das Problem einzugrenzen und auf Dänemark oder Skandinavien abzuwälzen. Immerhin hatten die Unruhen in Nyhavn sich gelegt, jedoch wurden Stimmen aus unterschiedlichen radikalen Lagern laut. Überraschenderweise auf sehr verschiedenen Seiten. Es waren nicht nur die Integrationsbefürworter und -gegner, die sich mit Protestaktionen zu Wort meldeten, sondern auch Leute, die Tarjos auf dem Kongress als »Ultras« bezeichnet hatte und über die im Anschluss an die Nachrichten eine Dokumentation gezeigt werden sollte. Scheinbar waren sie tatsächlich der Auffassung, dass ihre Art eine neue Stufe der Evolution darstelle und allen anderen überlegen sei.

»Das ist gar nicht gut«, rutschte es mir heraus.

»Nein. Das ist wirklich nicht gut«, stimmte Tarjos mir zu. »Idioten gibt es überall. Aber man sollte ihnen nicht so viel Aufmerksamkeit schenken.« Er wirkte besorgt.

»Dann darf man sich nicht wundern, wenn die Leute Angst bekommen.«

Um sich nicht noch mehr aufregen zu müssen, schaltete er den Fernseher aus und legte die Fernbedienung zur Seite. Es war halb neun und ich musste mich so langsam an meine Aufgaben für das morgige Seminar machen.

»Was dagegen, wenn ich noch bisschen bleibe?«, überraschte Tarjos mich.

»Nein, überhaupt nicht«, antwortete ich. »Bleib, so lange du willst.«

In dieser Situation wollte ich ihn nicht allein nach Hause schicken. Tarjos zog seinen Laptop aus seiner Uni-Tasche und ich setzte mich an meinen Schreibtisch, um mir die Materialien herunterzuladen, die ich für den nächsten Tag benötigte. Glücklicherweise waren in dem Portal lediglich zwei Kurzgeschichten hinterlegt, die wir lesen und verstehen sollten, bevor wir uns im Seminar damit auseinandersetzen wollten. Als ich damit fertig war, checkte ich ein letztes Mal meine E-Mails, um auch nichts Wichtiges zu verpassen, und war überrascht, den Namen meines Vaters in meinem Posteingang zu lesen.

Sofort wurde das Gefühl der Zufriedenheit über die erledigten Aufgaben von einer schmerzlichen Vorahnung abgelöst. *Hatten meine Eltern sich womöglich getrennt, weil mein Vater anderer Meinung gewesen war als meine Mutter? Oder wollte er mir nun auch sagen, dass ich mich falsch verhielte und nicht mehr erwünscht sei?*

Ich hielt die Luft an. Mein Herz fing an zu pochen und ich musste mir an die Brust fassen, damit es nicht heraussprang.

»Alles okay bei dir?«, fragte Tarjos.

»Eine Mail von meinem Vater«, erklärte ich.

»Oh! Was schreibt er?«

»Hab' noch nicht reingeguckt.«

»Wenn du willst, lese ich sie zuerst«, schlug Tarjos vor und legte seinen Laptop zur Seite.

Das Angebot überraschte mich, es war im Grunde aber gar keine schlechte Idee. Ich wusste, dass Julie Tarjos von dem Erlebnis mit meiner Mutter und meinem Bruder erzählt hatte. Sicherlich konnte er nachvollziehen, wie es mir mit diesem Umstand gehen musste. Ich überließ ihm meinen Schreibtischstuhl, griff mir meinen Teddy Kibi und legte mich mit ihm im Arm aufs Bett. Die Zeit, die Tarjos vor meinem Laptop verbrachte, kam mir schrecklich lang vor. Nervös kaute ich auf meiner Lippe herum, bis sie anfing zu bluten und ich mir ein Taschentuch holen musste. Ich hasste den Geschmack von Blut.

Dann drehte Tarjos sich zu mir um.

»Ich denke, du kannst das lesen«, sagte er mit mildem Gesichtsausdruck, was mir große Erleichterung verschaffte. Dann blickte er auf das blutige Taschentuch und grinste.

»Wenn du so darauf stehst, gebissen zu werden, musst du das nur sagen.«

Er konnte es einfach nicht lassen. Aber weder ärgerte mich sein Spruch, noch freute ich mich über sein Grinsen. Meine Gedanken waren voll und ganz bei der E-Mail meines Vaters und dem möglichen Inhalt.

Ich verscheuchte Tarjos von meinem Stuhl und fing an zu lesen. Mit jedem einzelnen Satz machte sich Erleichterung in meiner Brust breit. Mir fiel ein ganzer Felsbrocken vom Herzen, als ich las, dass mein Vater keineswegs böse auf mich war, sondern mir zu meinem Entschluss gratulierte. Er selbst empfand es als richtig, sich zunächst intensiv mit dem Thema auseinanderzusetzen, bevor man ein Urteil fällen durfte, und das hatte er in den letzten Tagen ebenfalls getan. So ganz konnte er es noch nicht verstehen, aber er versprach, daran zu arbeiten. Außerdem erzählte er mir, dass meine Mutter hin- und hergerissen sei, dass sie viel weine und Angst habe, mich zu verlieren. Das machte mich traurig und glücklich zugleich. Einerseits tat mir leid, dass es ihr meinetwegen so schlecht ging. Andererseits freute ich mich aber auch zu hören, dass ich ihr immer noch viel bedeutete und dass ich ihr nicht egal war. Mein Vater berichtete, dass er nach meinem Telefonat mit Maik mit ihm gesprochen hatte und es ihn glücklich stimmte zu sehen, dass er mich unterstützte. Außerdem versprach er, sich in der nächsten Zeit um meine Mutter zu kümmern, bis sie bereit war, sich alldem zu stellen und offen in die neue Welt zu blicken.

Als ich mich zu Tarjos umdrehte, musste ich lachen. Der Anblick, wie er mit Kibi auf dem Bauch auf meinem Bett lag und erwartungsvoll in meine Richtung starrte, amüsierte mich, sodass die gesamte Anspannung der letzten Tage von mir abfiel.

Tarjos' Blick verriet, dass er mich für bekloppt hielt, jedoch sparte er sich jeglichen Kommentar. Er wollte es sich wirklich nicht mit mir verscherzen. Ich nahm ihm meinen Kibi ab und legte mich neben ihn aufs Bett, woraufhin Tarjos sich auf die Seite drehte und mich ansah.

»Freut mich, dass es dir besser geht«, sagte er.

»Ja, mich auch.«

»Bist du böse, wenn ich mich demnächst auf den Weg mache?«, fragte er vorsichtig.

»Nein, natürlich nicht. Du darfst aber auch bleiben«, bot ich ganz ohne Hintergedanken an.

»Du weißt, dass ich das nicht kann.« Tarjos grinste und stand etwas taumelnd vom Bett auf.

»Was ist los?«, fragte ich und wunderte mich, als er sich kurz am Schreibtisch abstützte.

»Alles gut. Nur etwas schwindelig«, versuchte er es abzutun.

»Wirklich?«, hakte ich besorgt nach.

»Ja. Die letzten Tage waren etwas anstrengend, weißt du ja.«

»Hast du inzwischen mal etwas getrunken?«, wollte ich wissen, bevor ich ihn gehen ließ.

»Mach dir mal keine Sorgen um mich!«, antwortete Tarjos sichtlich genervt.

»Das kannst du wohl kaum verhindern«, entgegnete ich und stand auf, um ihn am Gehen zu hindern.

»Was soll das werden?« Er lachte, als er sah, dass ich mich mit verschränkten Armen zwischen ihn und die Tür stellte.

»Ich lasse dich erst gehen, wenn du mir gesagt hast, was los ist.«

Doch Tarjos kam auf mich zu geschlendert, seine Augen leuchteten lüstern, und als er direkt vor mir stand, legte er mir die Hand in den Nacken.

»Ich steh drauf, wenn du so fordernd bist«, raunte er und versuchte, mich zu küssen.

Doch ich drehte den Kopf zur Seite. »Tarjos, hör auf damit! Ich meine es ernst. Du machst mir Angst.«

Sein lüsterner Blick schwand auf der Stelle und wurde von einer tiefen Sorgenfalte auf seiner Stirn abgelöst.

»Entschuldige, ich wollte dir keine Angst machen«, entgegnete er deutlich leiser und ich erkannte, dass dort wieder der zerbrechliche kleine Junge vor mir stand, den man so sehr verletzt hatte.

»Nicht du machst mir Angst, sondern dein Zustand«, korrigierte ich meine Aussage, weil ich annahm, dass er mich falsch verstanden hatte. »Bitte! Du musst etwas trinken! Ich möchte nicht, dass es dir so ergeht wie Julie.«

»Das wird es schon nicht«, erwiderte er und die Sorgenfalte auf seiner Stirn glättete sich langsam.

»Trotzdem. Du brauchst deine Kräfte. Wer weiß, was noch kommt«, sagte ich und überzeugte ihn schließlich damit.

»Ist das nicht ein bisschen merkwürdig, wenn ich von dir trinke?«, fragte er, als ich ihn zurück aufs Bett geschoben und mich direkt neben ihn platziert hatte.

»Was an unserem Verhältnis ist denn bitte nicht merkwürdig?«, lachte ich.

»Stimmt auch wieder.« Er schloss sich meinem Lachen an. »Wie hättest du es denn gerne, Baby?«, fragte er grinsend.

»Tarjos!«, ermahnte ich ihn, sich zu benehmen.

»Ist ja schon gut. Dann halt auf die langweilige Tour«, sagte er gespielt enttäuscht.

»Ich bitte darum.«

Ich hielt ihm mein Handgelenk hin.

Doch Tarjos zögerte.

»Was ist?«, wollte ich wissen.

»Ach nichts«, antwortete er. »Ist nur lange her, dass ich vom Handgelenk getrunken habe.«

»Was? Wie machst du es denn sonst immer?«

»Da gibt es viele Möglichkeiten«, erklärte er und schon war sein breites Grinsen zurück. »Am Hals, im Nacken, am Oberschenkel ...«

Bei dem Gedanken, Tarjos' Lippen an meinem Oberschenkel zu spüren, wurde mir schlagartig warm zwischen den Beinen.

»Und wo machst du es am liebsten?«, fragte ich erregt.

Ich hatte die Worte kaum ausgesprochen, da blitzen Tarjos' Augen hungrig auf. Er packte mit beiden Händen mein Gesicht und begann ohne Vorwarnung, mich zu küssen. Als unsere Zungen sich berührten, erweckte das vertraute Zucken in meinem Unterleib all meine Lust, die ich in den vergangenen Tagen beiseitegeschoben hatte. Ich kletterte über Tarjos' Beine und setzte mich auf seinen Schoß, ohne die Lippen von seinen zu lösen.

Allein das Gefühl, diesen Mann so nah zwischen meinen Beinen zu spüren, weckte tiefe Bedürfnisse in mir.

»Von wegen nicht in Stimmung«, raunte Tarjos, als er kurz innehielt und Luft holte.

Statt verbal darauf zu reagieren, zog ich ihm sein T-Shirt über den Kopf und bewunderte ein weiteres Mal diesen wohlgeformten Oberkörper mit den fantastischen dunklen Verzierungen. Besonders lange konnte ich sie nicht anschauen, da mir Tarjos kurz darauf ebenfalls mein Shirt auszog und anfing, stürmisch mein Dekolleté zu liebkosen. Als seine Lippen über meine Brust wanderten, stöhnte ich genüsslich auf und zog sein Gesicht fester an mich heran. Er fasste es als Aufforderung auf und knöpfte hinter meinem Rücken den BH auf, um ihn mir vom Leib zu reißen und meine Brüste zu küssen. Als er meine Nippel in den Mund nahm und abwechselnd zu beißen und lecken begann, überkam mich eine Welle der Begierde und ich konnte nicht anders, als so schnell wie möglich meine Jeans loszuwerden, um mich dann an seiner zu schaffen zu machen. Amüsiert sah Tarjos mir dabei zu, wie ich einen Knopf nach dem anderen freikämpfte. Er stand auf, um sich die Jeans abzustreifen, und zog mich dann zurück auf seinen Schoß. Nur mit meinem Tanga bekleidet spürte ich jeden Zentimeter Haut dieses heißen Mannes, der damit beschäftigt war, meinen Hals mit seinen fordernden Küssen zu verwöhnen. Unter mir spürte ich seinen harten Schwanz unter der Boxershorts, der voller Vorfreude zwischen meinen Beinen pochte.

Tarjos zog mich näher an sich heran und küsste mich leidenschaftlich auf den Mund, sodass mir die Luft wegblieb. Seine Hände wanderten unaufhörlich über meinen ganzen Körper, umfassten meine Pobacken fest und zogen mich noch dichter an seinen Schritt. Er stöhnte lustvoll auf.

»Willst du das wirklich?«, raunte er an meinem Hals, ohne die Lippen von meinem Körper zu lösen.

Anstatt ihm außer Atem einen Vortrag zu halten, schnappte ich mir seine rechte Hand und führte sie demonstrativ zwischen meine Beine. Tarjos blieb beinahe die Luft weg, als er mich berührte, während ich lusterfüllt aufstöhnte.

»Du bist so geil!«, raunte er und begann, meine Klitoris mit langsam kreisenden Bewegungen zu verführen.

Ich hielt es nicht mehr lange aus und forderte ihn auf, seine Boxershorts auszuziehen. Ich stand auf und streifte mir den Tanga von den Hüften, während Tarjos seine Shorts auszog, ohne mich aus den Augen zu lassen.

Bevor ich mich wieder zu ihm gesellen konnte, fragte er, ob ich Kondome hätte, und ich wurde schnell in meiner Kulturtasche fündig. Ich warf ihm eins hin, das er zügig auspackte und über seinen großen Penis streifte.

Dann stieg ich wieder auf Tarjos' Schoß, küsste ihn noch einmal innig und ließ zu, dass er seinen harten Schwanz zwischen meine Beine führte. Mit jedem Zentimeter, den ich nach unten rutschte, drang er tiefer in mich ein. Als ich ihn gänzlich in mir aufgenommen hatte, packte Tarjos meinen Hintern und begann, ihn auf und ab zu bewegen, während er mich jedes Mal noch ein Stückchen näher an sich heranzog. Es fühlte sich fantastisch an, diesen starken Mann überall an mir und in mir zu spüren. Und auch Tarjos hatte sichtlich Mühe, ein lautes Stöhnen zu unterdrücken. Als wir unseren Rhythmus gefunden hatten, löste er eine Hand von meinem Hintern und führte sie erneut zwischen meine Beine. Seine Berührungen ließen ein wohliges Kribbeln in mir aufsteigen, ich liebte es, Tarjos auf diese Weise zu spüren. Langsam begann mein Unterleib zu zucken.

»Nicht aufhören!«, befahl ich ihm und spürte, wie sein Schwanz noch einmal in mir anschwoll.

Seine Handbewegungen wurden schneller, die Abstände der heißen Wellen der Lust in mir immer kürzer, bis Tarjos mich ein letztes Mal mit beiden Händen fest an sich heranzog und ich nicht anders konnte, als mich der unglaublichen Lust in mir hinzugeben. Tarjos tat es mir gleich und stöhnte an meinem Hals auf, während seine Hände sich in meinen Pobacken verkrallten.

Erschöpft ließ sich Tarjos rücklings auf mein Bett fallen und ich legte mich auf ihn. Als ich schließlich wieder bei Atem war, kletterte ich neben ihn aufs Bett. Er brauchte deutlich länger als ich, um sich zu erholen.

»Du hast gar nicht von mir getrunken«, stellte ich schließlich überrascht fest.

Tarjos blickte zu mir herüber und runzelte die Stirn.

»Wolltest du etwa, dass ich es dabei mache?«, schnaubte er amüsiert.

»Keine Ahnung«, stotterte ich, weil ich selbst nicht wusste, was richtig war.

»Wer von uns beiden ist jetzt hier der Freak?«, fragte Tarjos mit einem Lachen.

»Ich würde euch niemals als Freaks bezeichnen«, gab ich leicht verärgert zurück. »Wobei, dich vielleicht schon.« Ich lächelte ihn unschuldig an und er schaffte es, mich mit letzter Kraft zur Seite zu schubsen, sodass ich erschöpft auf dem Rücken zum Liegen kam.

Bevor ich zu Bett ging, schrieb ich Finn eine Gute-Nacht-Nachricht und freute mich darauf, ihn morgen Mittag in der Mensa zu treffen. Mein schlechtes Gewissen wegen meines Zusammenseins mit Tarjos war nicht zu ignorieren. Immer wieder fragte ich mich, ob ich ihm erzählen sollte, dass Tarjos bei mir gewesen war und von mir getrunken hatte. Den Sex würde ich natürlich verschweigen, aber das hatten Finn und ich so abgemacht. *Würde es ihn stören, dass ich Tarjos mein Blut gegeben hatte?* Es fühlte sich merkwürdig an, an den Menschen zu denken, den ich liebte, obwohl ich eine halbe Stunde zuvor mit einem anderen Mann geschlafen hatte. Und der bedeutete mir auch nicht wenig. *Konnte ich das auf Dauer wirklich? War eine offene Beziehung für mich vielleicht gar nicht das Richtige?* Wenn ich mich jedes Mal so schlecht fühlte wie jetzt gerade, würde ich abwägen müssen, was mir wichtiger war. Aber diese Gedanken wollte ich mir in diesem Moment gar nicht machen. Es wusste ohnehin niemand, wie sich die Welt und die Menschen darin verändern würden.

Julie und ich fuhren Mittwochmorgen gemeinsam zu unserer Vorlesung bei Herrn Professor Nielsen. Wie immer freute sie sich darauf, etwas Neues zu lernen, ganz im Gegenteil zu meiner Wenigkeit, die sich lediglich vornahm, nicht auf dem Stuhl wegzunicken. Jasper war bereits da, als wir ankamen, wir setzten uns zu ihm. Er berichtete uns ausführlich von seiner vergangenen Woche und leider auch, dass Mads seine restlichen Sachen bei ihm abgeholt hatte, als er nicht zuhause gewesen war.

»Das tut mir so unendlich leid«, sagte Julie betroffen.

»Wenn wir irgendetwas für dich tun können, sag Bescheid«, schloss ich mich an.

»Danke. Ist schon okay.« Jasper versuchte stark zu bleiben, doch man konnte ihm deutlich ansehen, dass ihn diese Trennung mitnahm.

»Finn hat auch schon vorgeschlagen, dass wir mal wieder etwas unternehmen sollten«, versuchte ich, nach vorne zu blicken.

»Jetzt? Wo doch alles so unsicher ist?«, fragte Julie verdutzt.

»Eigentlich sollte man es gerade jetzt tun«, stimmte Jasper mir zu. »Ein bisschen Normalität könnte uns allen nicht schaden.«

»Sehe ich auch so«, verkündete ich.

»Außerdem hatte Johanne ordentlich Umsatzeinbußen in den letzten anderthalb Wochen. Also könnten wir damit gleich etwas Gutes tun«, fügte Jasper lächelnd hinzu.

Julie versprach, darüber nachzudenken, während Jasper und ich uns für Freitagabend in Johannes Bar verabredeten. Ich wusste, dass Finn sich uns anschließen würde, wir hatten uns ohnehin vorgenommen, diesen Abend gemeinsam zu verbringen.

»Und du kommst gefälligst auch mit!«, befahl ich Julie, doch sie konnte nicht darauf antworten, weil gerade Prof. Nielsen zu sprechen begann.

Im anschließenden Mittelhochdeutsch-Seminar traf ich auf Torge, den ich in der Vorlesung zuvor überhaupt nicht gesehen hatte.

»Hast du dich vor uns versteckt?«, versuchte ich das angespannte Verhältnis zwischen uns aufzulockern.

»Ich war spät dran und hab mich in die letzte Reihe gesetzt«, erklärte er.

»Torge, wir vermissen dich. Ich hoffe, du überlegst es dir nochmal.« Dann berichtete ich ihm von unserem Vorhaben, am Freitag in Johannes Bar zu gehen. »Überleg's dir. Du würdest Julie eine Riesenfreude machen.«

Torge verdrehte die Augen, aber ich wusste, dass er früher oder später zur Vernunft kommen würde. Zumindest hoffte ich das.

Als ich nach dem Seminar in die Mensa ging, um mich mit Finn zu treffen, sah ich ihn an einem der Tische sitzen. Und neben ihm saß Tarjos, der irgendetwas mit ihm zu besprechen schien. Ich erschrak ein wenig. *Was hatte das zu bedeuten? Was hatte Tarjos vor?* Ich ahnte nichts Gutes und ging zu ihnen, ohne mir etwas zu essen zu besorgen. Kurz bevor ich den Tisch erreichte, an dem sie saßen, fingen beide fürchterlich an zu lachen.

»Was ist so komisch?«, wollte ich wissen und nahm gegenüber von beiden Platz, anstatt mich wie üblich neben Finn zu setzen und ihn zur Begrüßung auf den Mund zu küssen. Das erschien mir in Tarjos' Anwesenheit und dieser merkwürdigen Situation äußerst unpassend.

»Ach, nichts weiter«, winkte Finn amüsiert ab.

Mit einem skeptischen Blick bedachte ich die beiden Männer, die gerade dreinblickten wie zwei kleine Jungen, die ihrer Lehrerin einen Streich gespielt hatten.

»Ihr wisst schon, dass das hier gruselig ist«, stellte ich fest und wedelte mit meinem Zeigefinger zwischen Tarjos und Finn hin und her.

»Jetzt stell dich mal nicht so an!«, kommentierte Tarjos mein Unbehagen und verabschiedete sich.

»Was wollte er von dir?«

»Nur bisschen quatschen.«

Ich entschied, das Blutthema nicht zu erwähnen, immerhin war es keine große Sache, Finn würde schon nichts dagegen haben. Und scheinbar hatte hier jeder seine kleinen Geheimnisse.

»Wie war dein Tag bisher, Süße?« Finn versuchte, mich mit seinem niedlichen Lächeln milder zu stimmen.

Ich erzählte ihm von der Vorlesung und dem Seminar sowie unserem Vorhaben, uns am Freitag mit Jasper und Julie zu treffen. Er freute sich über die Gelegenheit, mal wieder aus dem Haus zu kommen. Ich ließ weg, dass ich auch Torge eingeladen hatte. Sollte er nicht erscheinen, wovon auszugehen war, würde das Finn nur unnötig verletzen. Immerhin hatten er und Torge sich eine ganze Zeit über prächtig verstanden.

Finn berichtete mir vom Gespräch mit seinem Mitbewohner. Erfreulicherweise war der tatsächlich zur Vernunft gekommen und offen dafür, die Menschen um ihn herum anzunehmen, wie sie waren.

»Hast du ihm auch erzählt, dass du ...?« Ich ließ den Satz unbeendet.

»Ja, habe ich«, gestand Finn.

Das beunruhigte mich. *Was, wenn Tarjos Recht behielt und es gefährlich für sie werden würde, wenn andere von ihnen wussten?*

»Mach dir keine Sorgen! Er ist wirklich sehr vernünftig und man kann ihm vertrauen. Außerdem bin ich nicht der Einzige in seinem Umfeld, wie sich herausgestellt hat, als er in seiner Heimat war.« Finn lächelte und es erleichterte mich, dies zu hören.

»Ich habe das Gefühl, dass ganz schön viele betroffen sind«, sprach ich mein Erstaunen darüber aus, dass ich in der letzten Woche ständig von neuen Offenbarungen gehört hatte.

»Etwa drei Prozent der Bevölkerung«, klärte Finn mich auf. »Aber das hat der Professor Vikowsky beim Kongress erzählt, hast du etwa nicht zugehört?«

Das war mir wohl tatsächlich entgangen. Vermutlich hatte er das in dem Teil des Vortrags erwähnt, in dem ich ohnehin nur Bahnhof verstanden und die Zeit dazu genutzt hatte, mich in dem großen Saal umzusehen.

»Es kommt mir deutlich mehr vor«, gab ich zu.

»Stimmt, geht mir momentan auch so«, entgegnete Finn. »Liegt vermutlich daran, dass jeder Mensch einfach eine Vielzahl von Menschen kennt, und dann ist die Wahrscheinlichkeit groß, dass sich darunter jemand befindet. Oder man kennt jemanden, der jemanden kennt, … Du weißt ja, wie das ist.«

»Stimmt«, gab ich ihm Recht.

»Und ich glaube außerdem, dass es etwas anderes ist, ob man sich vor den Menschen verschließt oder nicht. Da du in den letzten Tagen offen und furchtlos deinen Alltag weiter bestritten hast, ist es nur logisch, dass du mehr von uns begegnest, als es andere tun.«

»Das kann sein. Und vielleicht ist die Zahl doch etwas höher, ist ja auch schwierig, genau festzustellen«, versuchte ich es mir selbst noch zu erklären.

»Gut möglich«, stimmte Finn zu. »Willst du eigentlich nichts essen?«

KAPITEL 20

Johannes Bar war nicht sonderlich gut gefüllt, aber wir waren immerhin nicht die einzigen Gäste. Sie begrüßte uns wie gewohnt überschwänglich und ließ uns direkt ein paar Getränke an den Tisch bringen. Johanne kannte unsere Wünsche bereits auswendig. Wir hatten eine Menge Spaß, auch wenn wir nur zu viert waren, das war kein Hindernis für uns. Wir hatten diese kleine Insel der Normalität bitternötig.

Auch Jasper sah man an, dass er nach und nach munterer wurde. Sicherlich leistete auch der Alkohol seinen Beitrag. Genau wie bei Julie. Ich hatte ihr zwar in weiser Voraussicht verboten, mehr als einen Cocktail zu trinken, aber der reichte schon aus, um sie unaufhörlich und im ständigen Wechsel sprechen und kichern zu lassen.

»Mein Gott, dieses Geschnatter hat mir echt gefehlt!«, hörte ich eine Stimme hinter mir.

Plötzlich wurde es ganz still an unserem Tisch, alle starrten Torge an, der ein wenig hilflos wirkte, wie er da so vor uns stand. Augenblicklich stand ich auf und umarmte ihn.

Auch Julie erwachte aus ihrer Schockstarre und rief: »Torgeeee! Wie schön, dich hier zu sehen!«

Torge konnte sich sein Lächeln über diese Begrüßung nicht verkneifen und ich verfrachtete ihn an unseren Tisch zwischen Finn und mich.

Finn verwickelte ihn direkt in ein Gespräch über Fußball, sodass sein Kumpel gar nicht erst groß in Erklärungsnöte kam. Das war mein Freund. Retter in der Not. Wie sehr ich ihn doch liebte!

Links von mir das Männergespräch zwischen Torge und Finn, rechts von mir das Geschnatter von Julie und Jasper. Ich konnte nicht glücklicher sein als in diesem Moment. Es schien so, als konnte alles wieder gut werden. Als sei nichts gewesen. Wir waren wieder wir.

»Eine Idee, wie ich Lone dazu kriege, wieder mit mir zu sprechen?«, hörte ich Torge Finn um Rat fragen und sofort hatte er die Aufmerksamkeit des gesamten Tischs.

»Ich hoffe, du bist nicht nur deswegen hier«, kommentierte Julie Torges Frage. »Wir haben dich nämlich alle vermisst.«

Torge grinste verlegen und ich rettete ihn, damit er nicht antworten musste: »Wir haben dich auch lieb, Torge!«

Das Gelächter über Torges Unfähigkeit, Gefühle auszudrücken, ließ uns Freunde noch einmal innerlich näher zusammenrücken. Es tat einfach gut zu sehen, dass wir uns trotz aller Verschiedenheiten immer noch bestens verstanden.

Finn verbrachte die Nacht bei mir und wir sprachen noch eine Weile über den schönen Abend. Dann küsste er mich innig und bedankte sich bei mir.

»Wofür?«, wollte ich wissen.

»Dass du mir Torge zurückgebracht hast.«

Ich musste lachen. Es war wohl kaum mein Verdienst, so viel Einfluss hatte ich nun auch wieder nicht auf den Kerl.

»Unterschätz dich mal nicht!«, erwiderte Finn. »Er meinte, du hättest ihn gezwungen.«

»Das sagt er nur, um nicht zugeben zu müssen, dass wir ihm gefehlt haben«, erklärte ich und wir mussten lachen.

Dann schliefen wir miteinander. Es war so schön, diesen Mann, den ich aufrichtig liebte, bei mir zu spüren.

Am Samstag gingen Julie und ich shoppen, während Finn sich mit Torge zu einem Fußballspiel verabredet hatte. Wir Mädels wollten die Zeit ausnutzen, solange die Stadt noch nicht wieder proppenvoll sein würde. Doch wir hatten uns zu früh gefreut, denn diese Idee hatten scheinbar eine ganze Menge Leute gehabt.

»Kopenhagen lebt wieder!«, freute ich mich, als wir die Fußgängerzone hinunterschlenderten und aufpassen mussten, nicht umgerannt zu werden. Alles war wieder beim Alten.

»Wir hätten Jasper fragen sollen, ob er mit möchte«, fiel Julie plötzlich ein. Sofort hatten wir ein schlechtes Gewissen. Die Vorstellung, dass er das Wochenende ganz allein verbringen musste, machte uns traurig, also entschieden wir, ihm eine Nachricht zu schicken und zu fragen, ob er nachkommen wollte.

Die Antwort ließ nicht lange auf sich warten und keine zwanzig Minuten später trafen wir uns vor einem kleinen Eiscafé in der Strøget. Jasper berichtete uns, dass sein Vater in der Stadt war und er sich am Nachmittag mit ihm treffen würde. Scheinbar waren auch die beiden sich durch die Ausnahmesituation nähergekommen.

»Es ist fast wie vor meinem Outing«, sagte Jasper und strahlte bis über beide Ohren. »Ich überlege sogar, ein Auslandssemester in Schweden einzulegen, um mehr Zeit mit ihm zu verbringen.«

Wir freuten uns beide sehr für Jasper und unterstützten seine Idee. Nach der Trennung von Mads erschien uns das ein guter Zeitpunkt zu sein, auch wenn wir ihn sicher vermissen würden.

Erst die Fahrt mit der Bahn zurück zum Wohnheim verpasste Julie und mir einen Dämpfer. Auf den kleinen Bildschirmen, die in allen Wagons hingen und über die Stationen informierten, lief wie immer ein Newsticker, der heute die Aufmerksamkeit der Fahrgäste unübersehbar auf sich zog.

Abgeordnete des Parlaments diskutieren über Kennzeichnungspflicht.

Zunächst verstanden wir beide nicht, was damit gemeint war, aber die Diskussionen im Wagen brachten Licht ins Dunkel. Scheinbar hatte eine Partei vorgeschlagen, Dänemarks gesamte Bevölkerung einem Gentest zu unterziehen, um Betroffene identifizieren und registrieren zu können.

»Oh mein Gott!«, flüsterte Julie neben mir. Das Entsetzen stand ihr ins Gesicht geschrieben.

Auch mir schnürte der Gedanke die Kehle zu. Sofort musste ich an Finn denken. Ich verspürte Angst. Und Wut darüber, dass Menschen in der heutigen Zeit überhaupt noch einmal auf solch abscheuliche Ideen kommen konnten. An unserer Haltestation zerrte ich Julie mit mir aus der Bahn. Sie war kaum in der Lage, aufrecht zu gehen. Immer wieder redete ich ihr gut zu, dass es schon nicht so weit kommen würde, und dass es nur die üblichen Idioten waren, die sich wieder mit absurden Vorschlägen wichtigmachen wollten. Doch weder sie noch mich selbst konnte ich damit richtig überzeugen.

Julie fing an zu weinen, noch bevor wir das Wohnheim erreicht hatten. Ich ließ meine Einkaufstasche zu Boden fallen und nahm sie in den Arm. Sie zitterte am ganzen Leib. Und auch ich musste meine Tränen zurückhalten. Doch waren es keine Tränen der Trauer, sondern Tränen des Entsetzens. Tränen der Wut, die in mir hochkochte. *Was war das bloß für eine Welt?* Von Menschlichkeit keine Spur! Ich war fassungslos. Und ich fühlte mich wehrlos. Scheinbar konnte jeder, der auch nur ein kleines bisschen Macht besaß, tun und lassen, wozu er Lust hatte. Es ging nicht darum, das Land oder die Welt gerecht und nachhaltig zu regieren, es ging lediglich darum, um jeden Preis noch mehr Aufmerksamkeit und Macht zu erlangen. Und die Mittel dazu waren egal.

Ich wusste nicht mehr weiter. Weder Julie noch sonst irgendwem konnte ich an diesem Punkt weiterhelfen. Die Erkenntnis, machtlos zu sein in einer Welt, die so ungerecht und herzlos war, führte mich an den Rand meiner Kräfte.

Wir schleppten uns zurück zum Wohnheim und dort bat ich Julie, ihren Vater anzurufen, damit er die Lage für uns einschätzen konnte. Julie folgte meiner Bitte und kurz nach dem zweiten Klingeln ertönte Joachims Stimme am anderen Ende der Leitung.

»Wir haben es auch gerade gehört«, sagte er mit besorgtem Unterton. »Deine Mutter schlägt vor, dass wir uns alle hier zusammensetzen und darüber sprechen, was haltet ihr davon?«

Ich nickte und Julie stimmte dem Vorschlag zu.

»Darf Evas Freund Finn auch mitkommen?«, fragte Julie zu meiner Überraschung. Und ich war ihr dankbar dafür.

»Natürlich. Er gehört schließlich dazu«, beantwortete Julies Vater ihre Frage zu meiner Freude. »Ich komme und hole euch ab. Ist sechzehn Uhr realistisch?«

Julie bejahte und ich ließ sie dann mit ihrem Vater am Telefon allein, um Finn von meinem Zimmer aus zu kontaktieren. Zu meiner Freude nahm er direkt ab und sagte zu. Ich entschied, ihm noch nicht am Telefon zu sagen, was der Grund für diesen Ausflug zu Julies Eltern war, je länger er verschont blieb, desto besser.

Der Abend bei den Andersens brachte ein wenig Erleichterung. Joachim erklärte uns, dass bisher nur ein einzelner Politiker diesen Vorstoß gemacht hatte und bei zahlreichen Abgeordneten auf Gegenwehr gestoßen war. Kritisch sei jedoch, dass so populistisches Gedankengut natürlich in den Medien gehypt wurde, wodurch der Nährboden für Extremisten geschaffen würde.

»Wie immer ist die Dummheit der Leute das größte Problem«, schloss Joachim seinen Vortrag.

»Und die ist nicht zu unterschätzen«, stimmte Finn zu und wir nickten.

Dann erlöste uns Gitte, indem sie uns eine wahnsinnig gut riechende, selbstgemachte Lasagne vor die Nase stellte und uns jedes weitere Wort über Politik für den Rest des Abends verbot.

Ich fühlte mich sehr wohl bei den Andersens. Sie waren wie immer unglaublich herzlich, hatten Finn mit offenen Armen in Empfang genommen und für einen kurzen Moment fühlte es sich in ihrem Wohnzimmer an wie in einer heilen Welt. Hätte uns ein Außenstehender betrachtet, hätte er eine ganz normale Familie beim Abendessen gesehen.

Anschließend spielten wir einige Runden Karten, und als es bereits nach elf war, fuhr Joachim Finn und mich zurück ins Wohnheim. Julie wollte über Nacht bei ihren Eltern bleiben und wir hatten Joachims Angebot zunächst abgelehnt und erklärt, dass wir auch die Bahn nehmen konnten, jedoch hatten wir nicht die geringste Chance gehabt, uns durchzusetzen.

»Danke für den tollen Abend«, verabschiedete ich mich von Joachim.

»Immer wieder gerne. Ich bin froh, dass Julie euch hat«, entgegnete er und lächelte freundlich.

»Es wundert mich, dass Tarjos nicht dabei war«, teilte ich Finn mit, als wir den Abend auf meinem Zimmer Revue passieren ließen.

»Soweit ich weiß, hatte er bereits andere Pläne«, erklärte Finn zu meiner Verwunderung.

»Seid ihr jetzt best friends?«, rutschte es mir heraus.

Aber Finn lachte nur und lenkte dann wieder zurück zu Julies Familie und Joachims Ansichten.

»Ich hoffe, er behält Recht und dieser Sturm legt sich bald«, schloss ich, da ich nicht so kurz vorm Schlafengehen wieder angsterfüllte Gedanken bekommen wollte.

»Und wenn nicht, finden wir schon eine Lösung«, ergänzte Finn. »Hauptsache, wir sind zusammen.«

Ich stimmte ihm zu, letzten Endes war es das Wichtigste, dass man sein Leben mit den Menschen verbringen konnte, die man liebte. Dennoch fragte ich mich, was das für eine Lösung sein konnte, von der Finn gesprochen hatte. Es dauerte eine Ewigkeit, bis ich diese recht aufwühlenden Gedanken beiseiteschieben und endlich einschlafen konnte.

Den Sonntag verbrachten wir überwiegend kuschelnd in meinem Bett, eigentlich standen wir nur auf, um duschen zu gehen und etwas zu essen. Diese gemeinsame Auszeit in unserer Höhle wirkte heilsam auf meine Seele. Ich hatte das Gefühl, dass wir alles schaffen konnten, wenn wir nur zusammenhielten.

Die darauffolgende Woche verlief glücklicherweise relativ unspektakulär. Nur die Anweisung, dass wir von nun an zu zweit in der Beratungsstelle arbeiten sollten, weil man Protestaktionen befürchtete, beunruhigte mich ein wenig. Im Netz hatte die Hetze deutlich zugenommen. Interessanterweise nicht nur gegen Leute wie Finn und Julie, einige Hirnlose wüteten gegen alles, was in irgendeiner Weise anders war. Ich bemühte mich, die sozialen Netzwerke nur für das Nötigste aufzusuchen und mich nicht von den abscheulichen Kommentaren verunsichern zu lassen. Aber es war kaum möglich, im Internet unterwegs zu sein, ohne die zunehmende Verrohung der Sprache wahrzunehmen.

Mein Beratungsdienst am Dienstagnachmittag lief ohne Komplikationen ab. Ich arbeitete die erste Stunde wieder mit dem Mädchen zusammen, das mich in der vergangenen Woche in die Aufgaben eingeführt hatte, und kurz bevor sie ging, überraschte mich Tarjos mit seinem Erscheinen. Dieses Mal hatte er keine schweren Pappkartons dabei, sondern löste meine Kollegin ab und verbrachte die Zeit bis zum Feierabend mit mir in der Beratung.

Hin und wieder kamen interessierte Studenten vorbei, deren

Anliegen sehr unterschiedlich waren, jedoch allen gemein war eine äußerst aufgeschlossene Sicht der Dinge. Zwischenzeitlich beobachtete ich Tarjos, wie er selbst ungewöhnlich freundlich Aufklärungsarbeit leistete.

»Was grinst du denn so?«, wollte er wissen, als seine Klienten gegangen waren.

»Nichts weiter«, entgegnete ich, da ich nicht wollte, dass er etwas änderte. Seine Vielseitigkeit überraschte mich immer wieder.

Die letzte halbe Stunde wollte beim besten Willen nicht rumgehen. Der Laden war leer, wir hatten längst alles fein säuberlich sortiert, aber konnten noch nicht schließen, da theoretisch immer noch Besucher kommen konnten.

Ich zog mir einen Stuhl aus dem kleinen Lager hinten hervor und setzte mich, da meine Füße langsam plattgestanden waren. Tarjos stützte sich mit den Armen auf dem Tresen ab und starrte wortlos nach draußen. Von meiner Position aus hatte ich einen ausgezeichneten Blick auf seinen knackigen Hintern. Erstaunlich, wie aufreizend eine schlichte schwarze Jeans wirken konnte.

Im nächsten Moment wunderte es mich, dass Tarjos mein Verhalten noch nicht gerügt hatte. Wie angewurzelt lehnte er auf dem Tresen und schaute in die Leere.

»Woran denkst du?«, wollte ich wissen.

Merklich aus seinen Gedanken gerissen antwortete er: »Nichts Wichtiges.«

Typisch.

»Tarjos! Müssen wir dieses Spiel wirklich spielen?«, fragte ich genervt, doch er sah mich nur irritiert an. »Nun sag schon, was dir durch den Kopf geht!«

»Alex und Tine sind wieder aufgetaucht«, erklärte er tonlos.

»Was?«, rief ich überrascht. »Das ist ja großartig!«

Endlich mal eine positive Nachricht.

»Wie geht es ihnen? Was haben sie gesagt? Wo sind sie gewesen?«, platzte es aus mir heraus.

Doch Tarjos schwieg und starrte nach draußen. Jetzt erst bemerkte ich die große Sorgenfalte auf seiner Stirn. Schlagartig bekam ich ein ungutes Gefühl. Ich stand auf und stellte mich neben ihn an den Tresen.

»Was ist passiert?«, fragte ich leise.

Tarjos' Antwort ließ einen Augenblick auf sich warten, in dem ich vor Spannung fast umkam.

»Ich weiß es nicht«, sagte er dann.

»Wie bitte?«

»Ich weiß nicht, was passiert ist und wo sie waren. Sie haben mich Montag kontaktiert, ich bin sofort zu ihnen gefahren, aber sie haben kaum mit mir gesprochen. Sie sagten nur, dass sie zurück seien und ich nicht weiter fragen solle.«

Während er das sagte, waren seine Augen unverändert auf die Tür gerichtet. Ich wusste nicht, was ich davon halten sollte. Dieses Verhalten erschien mir äußerst merkwürdig. Die beiden konnten sich doch vorstellen, welche Sorgen wir alle uns gemacht hatten.

»Sie wirkten völlig verändert«, fügte Tarjos hinzu. »Als hätte man sie einer Gehirnwäsche unterzogen.«

Jetzt bekam ich Angst.

»Scheiße!« Plötzlich schwirrten neben den tausend Fragen auch noch dutzende Antworten durch meinen Kopf, eine schlimmer als die andere.

»Und was ist mit Henrik?«, fiel mir ein.

Tarjos zuckte mit den Schultern. Das musste grauenvoll für ihn sein. Ich kannte die Drei kaum, aber Tarjos war mit ihnen befreundet. Ich überlegte, wie es mir gehen würde, wenn Julie oder Torge plötzlich wie vom Erdboden verschwunden wären und nach Ewigkeiten völlig verändert wieder auftauchen würden. Tarjos tat mir leid. Alex und Tine taten mit leid. Und Henrik natürlich auch. *Was ging bloß vor sich?*

Ohne mich daran zu stören, dass wir uns in einer öffentlichen Einrichtung befanden, hakte ich meinen Arm bei Tarjos ein und lehnte mich an seine starke Schulter. Ob ich es zum Trost für ihn tat oder zum Schutz für mich, konnte ich nicht beurteilen. Vermutlich eine Mischung aus beidem. Tarjos ließ es ohne Genörgel zu, bewegte sich jedoch keinen Millimeter. Wie erstarrt stand er neben mir, bis ich ihn kurz nach sechs aufforderte, mit mir Feierabend zu machen. Ich schlug ihm sogar vor, wie vergangene Woche den Abend zusammen zu verbringen, und bot an, ihn zu sich nach Hause zu begleiten, jedoch lehnte er mit der Ausrede ab, dass er noch einiges zu organisieren hatte. Was genau das war, wollte er mir nicht verraten. Insgeheim besorgte mich sein Verhalten sehr. Wie konnte er in einer solchen Situation allein sein wollen? Es war mir nicht einmal wichtig, ob ich es war oder jemand anderes, der für ihn da sein konnte, Hauptsache, er musste das nicht allein durchstehen.

Zurück im Wohnheim bat ich Julie, sich heute Abend bei Tarjos zu melden, damit er zumindest wusste, dass jemand an ihn dachte. Warum mir das so wichtig war, behielt ich jedoch für mich. Eigentlich hatten Julie und ich uns vorgenommen, über alles offen miteinander zu reden. Aber Julie war es in den letzten Tagen ziemlich schlecht gegangen. Ich wollte das nicht noch verstärken. Wir verbrachten den Abend auf ihrem Zimmer, zunächst jeder für sich mit seinen Uni-Unterlagen und anschließend schauten wir uns zusammen einen Tierfilm an. Ich war nicht unbedingt ein Fan von Dokumentationen, allerdings wirkte sie äußerst beruhigend auf uns beide, sodass wir uns sogar vornahmen, das zu wiederholen. Zwischenzeitlich versuchte Julie immer wieder, Tarjos zu erreichen, und kurz vor Ende des Films meldete er sich endlich mit einem Rückruf. Mittlerweile hatte ich mir schon Sorgen gemacht, ihm könne etwas zugestoßen sein. Das Gespräch verlief kurz, jedoch schien es Tarjos einigermaßen gut zu gehen. Er zog sie sogar wegen ihrer fürsorglichen Art auf, er konnte ja nicht wissen, dass ich sie dazu überredet hatte. Aber es freute mich, dass er sich zumindest wieder über jemanden lustig machte. Das war der Tarjos, den ich kannte.

Entgegen Joachims Annahme, dass nur wenige Abgeordnete verachtendes Gedankengut verbreiteten, nahmen in den folgenden Tagen die Stimmen zu, die sich für eine Kennzeichnung andersartiger Menschen aussprachen. In der Bevölkerung wurden zunehmend auch Stimmen laut, die jedes Übel im Land auf diese Menschen zurückführen wollten, seien es die Gewaltrate, die in Kopenhagen nach wie vor deutlich höher war als in anderen Großstädten, oder fehlende Arbeitsplätze, selbst die Übertragung von Krankheiten versuchte man ihnen in die Schuhe zu schieben, was Mediziner aus unterschiedlichen Ländern jedoch mit Ergebnissen ihrer Forschung zu widerlegen vermochten. Doch es schien, als hörten einige Menschen überhaupt nicht mehr darauf, was Fachleute zu sagen hatten. Plötzlich waren Verstand und Vernunft nicht mehr das Mittel der Erkenntnisgewinnung, sondern die Debatten wurden zunehmend emotional und irrational.

Allerdings gab es auch kurzfristig angelegte Umfragen, die sagten, dass ein Großteil der Landesbevölkerung gegen verpflichtende Gentests stimmte und der friedvollen Integration offen gegenüberstand. Leider erschienen diese Stimmen deutlich leiser. Hetze und Protest wirkten übermächtig.

Es fiel uns von Tag zu Tag immer schwerer, die Bedrohlichkeit der Lage zu ignorieren. Julie und ich vereinbarten sogar, wenn möglich nur noch zu zweit vor die Tür zu gehen, obwohl es uns zuweilen unsinnig vorkam, weil wir in unserer Gegend nur wenig von den Protesten mitbekamen. Andere Stadtteile hatten mit stärkeren Unruhen und Demonstrationen zu kämpfen, was in der Geschichte Kopenhagens nicht unbekannt war. Neu war, dass sich die Meinungsbildung über die Medien gestaltete, die eine Vielfalt von Fachbeiträgen bis hin zu populistischer Meinungsmache lieferten. Es war für jeden etwas dabei. Im Unialltag spürte man den Widerstand der unaufgeklärten Bevölkerung kaum, vereinzelt entdeckte man Flyer oder Plakate mit menschenverachtenden Äußerungen, die jedoch schnell vom Unipersonal oder verärgerten Studenten entfernt und vernichtet wurden.

Selbst Torge ärgerte sich maßlos über die Dummheit einiger Individuen, die ihr eigenes, misslungenes Schicksal auf die Anwesenheit unserer Freunde zurückführten. Er und Lone hatten sich wieder versöhnt und verabredeten sich mit uns für Samstagabend bei Johanne. Das war der einzige Ort, an dem wir hundertprozentig sicher waren, dass es keine Schwierigkeiten geben würde. Johanne hatte in den vergangenen Monaten immer wieder bewiesen, dass sie Ausgrenzung jeglicher Art hasste. Mitunter hatte sie sogar Gäste vor die Tür gesetzt, die sich ihrer Ansicht nach nicht benehmen konnten.

Julie, Jasper und ich waren bereits eine halbe Stunde in der Bar und amüsierten uns köstlich über Jaspers Erzählungen. Er hatte es in den letzten Tagen nicht leicht gehabt, jedoch erhielt er ungeahnten Rückhalt von seinem Vater und ließ sich nicht von den Kommentaren der Engstirnigen beeindrucken. Stattdessen machte er sich ununterbrochen über sie lustig und verschaffte Julie und mir damit ein Stück Erleichterung, weil die Offenbarungsgegner dadurch so viel kleiner und machtloser erschienen.

Als Torge und Lone eintrafen, begrüßten wir sie freudig und boten ihnen Plätze an. Es freute mich wirklich, Lone wiederzusehen, und besonders, dass sie und Torge wieder zueinandergefunden hatten. Sie passten einfach großartig zusammen.

Zu meiner Verwunderung blieb Torge jedoch stehen und deutete mir an, mit mir sprechen zu wollen. Also stand ich auf und wurde kurzerhand von ihm ein paar Meter vom Tisch weggezerrt.

»Was ist los?«, wollte ich wissen.

»Wie soll ich sagen?« Torge druckste ungewöhnlich herum und erntete von mir einen irritierten Blick.

»Okay, kurz und schmerzlos: Bo steht draußen vor der Tür.«

»Was?«, fragte ich etwas zu laut, aber ich hatte ihn natürlich verstanden. »Wie? Woher?«

»Er hatte mich in den letzten Tagen immer wieder auf Julie angesprochen und irgendwann ist mir dann herausgerutscht, dass sie einen Grund haben könnte, sich nicht mehr zu melden«, erklärte Torge etwas beschämt.

»Oh, Torge!«, schimpfte ich, das hätte Julie so sicher nicht gewollt. Gerade jetzt, wo alles so unsicher war.

»Ich weiß. Es tut mir auch voll leid«, versuchte er sich zu entschuldigen. »Er hat sich von selbst ganz viel zusammengereimt. Und er möchte sie unbedingt sehen.«

Ich fasste mir an den Kopf: »Oh Mann!«

»Ja, sorry. Aber Bo ist kein schlechter Mensch. Ich glaube, er versteht das alles.«

Ich sah Torge skeptisch an und fragte mich, wie gut er ihn wohl kannte. Aber eigentlich spielte es auch gar keine Rolle mehr, immerhin stand er vor der Tür und die Begegnung mit Julie war unumgänglich.

»Und jetzt?«, wollte Torge untypisch unsicher wissen.

»Da müssen wir wohl jetzt durch!«, sagte ich, ging zurück zum Tisch und bat Julie, mit mir zu kommen. Dann berichtete ich ihr, was Torge mir erzählt hatte, woraufhin sie wie erwartet völlig panisch wurde. Torge hob aus der Ferne entschuldigend die Hände und setzte sich zu den anderen an den Tisch.

»Vielleicht solltest du es als Chance sehen«, versuchte ich optimistisch zu sein und Julie von ihren negativen Gedanken wegzuholen. »Immerhin funktioniert es bei mir und Finn ja auch.«

»Aber du bist anders«, sagte sie und war kurz davor, in Tränen auszubrechen.

»Wer sagt denn, dass Bo nicht auch so sein kann?«

Darauf hatte Julie keine Antwort.

Ich brauchte ein paar Minuten, aber schließlich hatte ich sie dazu überredet, Bo eine Chance zu geben. Sie hatte nichts zu verlieren, offensichtlich wusste er ohnehin bereits eine ganze Menge und noch weniger Kontakt als in den letzten Tagen konnte Julie kaum befürchten.

»Kommst du mit?«, wollte sie wissen und rieb sich nervös die Hände.

»Ich komme mit vor die Tür, um ihn zu begrüßen. Aber den Rest müsst ihr allein besprechen.«

Julie nickte und wir machten uns auf, um Bo draußen in Empfang zu nehmen. Zuerst dachte ich, er hätte es sich anders überlegt und sei wieder gegangen, doch dann entdeckte Julie ihn einige Meter entfernt mit dem Rücken an der Hauswand lehnend und den Blick gedankenversunken zu Boden gerichtet.

Die Begrüßung fiel zunächst etwas kühl aus, Julie brachte nicht mehr als ein einfaches »Hej!« heraus, also übernahm ich das Reden. Bo hingegen wirkte überrascht und erfreut, uns zu sehen, und stammelte etwas unverständlich, aber irgendwie niedlich vor sich hin.

»Lasst uns reingehen!«, forderte ich die beiden auf, mir zu folgen, und verfrachtete sie dann an einen freien Tisch in einer Ecke der Bar.

Dann ging ich zurück zur Gruppe und beobachtete aus sicherer Entfernung das Geschehen. Zunächst geschah wenig. Johanne brachte Bo etwas zu trinken und Julie starrte schweigend auf den

Holztisch vor sich. Als Bo sich einen großen Schluck aus seinem Glas genehmigt hatte, begann er zu sprechen. Ich erkannte, dass Julies Blick von Wort zu Wort entspannter wurde und irgendwann war es ihr sogar möglich, Bo in die Augen zu sehen.

Währenddessen kam Finn mit Tarjos im Schlepptau in die Bar. Ich fragte mich, warum die beiden schon wieder miteinander rumhingen, hatte dann jedoch schnell wieder nur Augen für Julie und Bo.

»Was geht denn da ab?«, fragte Tarjos laut.

»Wissen wir noch nicht«, sagte ich bloß und befahl ihm, nicht so viel Aufmerksamkeit zu erregen.

Finn küsste mich zur Begrüßung auf den Mund und nahm neben mir Platz. Sofort schnappte ich mir seine warme Hand und hielt sie ganz fest. Als ich Julie zum ersten Mal lächeln sah, entschied ich, dass die beiden das von nun an allein schaffen würden, und wandte mich meinen Freunden zu, die angeregt in unterschiedliche Gespräche vertieft waren.

»Alles gut?«, flüsterte Finn mir ins Ohr.

»Ich denke schon«, erwiderte ich und legte meinen Kopf an seine Schulter.

Interessanterweise war es Tarjos gelungen, Jasper und Torge in ein Gespräch zu verwickeln. Ich wusste zwar nicht, worum es dabei ging, aber es sah nicht so aus, als würden sie unterschiedlicher Meinung sein. Mitunter lachten sie munter auf und prosteten sich gegenseitig zu. Trotz meines Kopfes an Finns Schulter bekam ich ein Lächeln von Tarjos, bevor er sich wieder seinen neuen Gesprächspartnern zuwandte. Irgendwann verabschiedete Julie ihren Bo und gesellte sich wieder zu uns. Sie musste gar nicht viel sagen, ihr niedliches Grinsen sprach Bände.

Auf dem Heimweg mussten wir einen Umweg machen und Tarjos bei sich zuhause absetzen. Finn hatte ihn mitgenommen, da irgendein Idiot die Beifahrerscheibe seines Wagens eingeschlagen hatte. Das Auto musste in die Werkstatt.

Julie berichtete uns vom Rücksitz aus jede Einzelheit von ihrem Gespräch mit Bo, und dass sie sich die Tage noch einmal treffen wollten. Bo schien keine großen Probleme damit zu haben, dass sie anders war, als er bis vor Kurzem angenommen hatte.

Und er schien sie wirklich zu mögen, was mich überaus glücklich stimmte.

»Und? Wie war es auf der Demo?«, fragte sie, als sie das Thema Bo beendet hatte.

»Was für eine Demo?« Ich sah Julie irritiert an. Ihr Blick verriet, dass meine Frage sie überraschte. Doch anstatt zu antworten, druckste sie verlegen herum. In dem Moment wurde mir klar, an wen ich meine Frage richten musste.

»Du hast ihr nichts davon erzählt?«, fragte Tarjos etwas irritiert.

»Das war eine spontane Entscheidung und ich wollte dich nicht beunruhigen«, sagte Finn.

Darauf wusste ich nicht zu antworten. Es war ein merkwürdiges Gefühl, dass Finn mir etwas verschwiegen hatte. Noch dazu etwas so Bedeutsames. Schließlich war es nicht ungefährlich, in diesen Tagen an einer Demonstration teilzunehmen. Oder dachte er vielleicht, es würde mich nicht interessieren, weil ich anders war als sie? Dachte er, das Thema würde mich nicht betreffen, also müsse er nicht mit mir darüber sprechen?

»Gut, dass ich hier aussteigen muss«, durchbrach Tarjos die unangenehme Stille.

Wir fuhren weiter Richtung Wohnheim.

»Entschuldige«, sagte Julie leise.

Ich wusste nicht, ob sie es zu mir oder zu Finn gesagt hatte, vermutlich sorgte sie sich, etwas kaputtgemacht zu haben.

»Alles gut. Du hast nichts falsch gemacht.« Ich lächelte ihr zu und hoffte, dass sie sich nicht schlecht fühlen würde. Sie konnte ja nicht wissen, dass Finn mir nichts von der Demo erzählt hatte.

Im Wohnheim wiederholte Finn noch einmal, dass Julie nichts falsch gemacht habe, und wir verabschiedeten uns von ihr. In meinem Zimmer entschuldigte er sich aufrichtig bei mir, er habe mich einfach nicht beunruhigen wollen. Ich nahm seine Entschuldigung an, auch wenn ein wenig von dem merkwürdigen Gefühl zurückblieb, das sein Verhalten in mir ausgelöst hatte.

KAPITEL 21

Seit unserem Besuch in Johannes Bar waren ein paar Tage vergangen, in denen sich die politische Lage des Landes weiter zugespitzt hatte. Während man in den Nachbarländern einen deutlich friedvolleren und offeneren Umgang mit dem Offenbarten beobachten konnte, entwickelte sich im gesellschaftlichen und politischen Kopenhagen eine Abwärtsspirale, die von Misstrauen, Missgunst und Verachtung geprägt war. Inzwischen gab es sogar einen Termin für ein Referendum: Das Volk Dänemarks würde darüber abstimmen, ob die Gentestpflicht eingeführt werden soll.

Manche Politiker behaupteten, dass es sich bei der Registrierung lediglich um einen administrativen Akt handle, der keine weiteren Konsequenzen für die Betroffenen zur Folge hätte. Jeder Mensch bei Verstand stellte sich jedoch die Frage, welchem Zweck eine Registrierung dienen sollte. Selbst Menschen, die das Gen nicht in sich trugen, wehrten sich gegen die Tests, die nicht nur die Registrierung der Betroffenen zur Folge hätten, sondern auch mit DNA-Analyse und -Speicherung der restlichen Bevölkerung einhergehen würden. So entstand eine Debatte über Datenschutz und Schutz der Persönlichkeitsrechte.

Und immer wieder vermischten sich die Begriffe Registrierung und Kennzeichnung, zwischen denen ein deutlicher Unterschied bestand, den scheinbar nicht alle erkennen konnten.

Trotzdem gab es Prognosen, die hoffen ließen, dass die Mehrheit der Bevölkerung sich gegen Gentests entscheiden würde. Allerdings schenkten wir diesen Vorhersagen nur wenig Vertrauen, immerhin hätte man auch niemals angenommen, dass ein Mensch wie Donald Trump einmal Präsident der Vereinigten Staaten werden würde. Es konnte alles geschehen in diesen verrückten Zeiten.

Als ich mich gerade mit Tarjos in der Bahn auf dem Weg zu seiner Wohnung befand, erhielt ich eine Nachricht von Alex, den ich im ersten Semester wiedergetroffen hatte und der mich nach einer kurzen Affäre unschön hatte sitzen lassen. Damals schon hatte er mich auf mysteriöse Weise vor Tarjos gewarnt und nun schrieb er:

Jetzt weißt du, warum du dich von dem Kerl fernhalten solltest.

Hätte ich mich nicht so darüber geärgert, dass Alex zu diesen engstirnigen Leuten gehörte, die meine Freunde bloß aufgrund ihrer anderen Art verurteilten, hätte mich diese blöde Nachricht vielleicht sogar amüsiert. Alex hatte schon immer das Bedürfnis gehabt, Recht zu behalten. Doch dieses Mal hatte er es definitiv nicht, und das merkte er nicht einmal.

Unbeeindruckt ließ ich mein Handy wieder in meiner Tasche verschwinden und wollte mich gerade Tarjos zuwenden, als der kleine Monitor an der Decke des Wagons meine Aufmerksamkeit auf sich zog. In Großbuchstaben quer über den Bildschirm stand »*Vampire schlagen wieder zu. Drei Opfer leergesaugt aufgefunden*«. Im Hintergrund waren Leichentücher und Blut auf der Straße zu sehen. Ich schüttelte den Kopf.

Am Rathausplatz zerrte Tarjos mich an der Hand aus der Bahn und ließ mich auch nicht mehr los, bis wir die große Ampel erreicht hatten, die Tarjos früher immer das Rotlicht ignorierend überquert hatte. Er hatte sich verändert, war vorsichtig geworden. Ich fragte mich, was das zu bedeuten hatte.

Als wir auf der gegenüberliegenden Seite angekommen waren, mussten wir uns an Demonstranten vorbeischlängeln, die ihre Schilder in die Luft hielten und friedlich Sprechgesänge von sich gaben, die keiner so recht verstehen konnte. Auf einem der Schilder las ich: »*Verwandelt uns!*«

Kaum hatte ich den Schriftzug entziffert, bekam ich einen Lachanfall und blieb stehen. Ohne Tarjos anzusehen, wusste ich, dass er mich irritiert anblickte, also zeigte ich immer noch lachend in die Richtung des Schildes. Da musste auch Tarjos lachen, sagte dann aber: »Du darfst dich nicht lustig machen, du hattest selbst Angst, ein Vampir zu werden!«

Damit spielte er auf die Situation mit Julie an, als ich zum ersten Mal von ihrer Art erfuhr und sie von mir trinken musste. Tarjos' Kommentar führte jedoch nicht dazu, dass mich dieses Schild weniger amüsierte. Gleichzeitig zeigte es, wie unaufgeklärt einige Menschen waren, obwohl sie in den letzten Wochen eigentlich kaum um Aufklärungsangebote herumgekommen sein durften. Das wiederum machte die Situation im Allgemeinen nur noch unsicherer. Ignoranz und Dummheit waren schon immer eine gefährliche Kombination gewesen. Aber solange die Menschen so friedlich waren wie diese hoffnungsvollen Seelen auf dem Rathausplatz, sollte mir das Recht sein.

Ich stellte wie gehabt meine Schuhe vor Tarjos' Tür ab, da ich nicht vorhatte, über Nacht zu bleiben. Bereits im Flur bemerkte ich drei große Umzugskartons, die mich stutzig machten. Im Wohnzimmer waren sämtliche DVDs, die auf seinem Regal über dem Fernseher gestanden hatten, sowie der Inhalt seiner Schränke verschwunden.

»Was ist hier los?«, wollte ich wissen.

»Ich packe«, erwiderte Tarjos.

»Das sehe ich. Aber wieso?«

Wollte Tarjos Kopenhagen verlassen? Was hatte er vor? Wo wollte er hin? Sofort bekam ich es mit der Angst zu tun.

»Sollte das Gesetz nächsten Monat in Kraft treten, ziehe ich es vor, woanders weiterzuleben«, erklärte er, während er einige der Kartons nachdenklich zur Seite schob.

»Und wann hattest du vor, mir das zu sagen?«, fragte ich vorwurfsvoll und spürte, dass ich ihn nicht verlieren wollte.

»Jetzt weißt du es ja.« Seine Stimme klang monoton.

Ich hasste das.

Ich musste mich auf das Sofa setzen, das zu meinem Glück noch nicht in Folie eingewickelt oder auseinandergebaut worden war. Mein Kopf brummte unangenehm, meine Gedanken ratterten.

»Ich habe einen Doktorvater an der Uni in Reykjavík gefunden, der sich bereiterklärt hat, meine bisherige Arbeit anzuerkennen und mich dort weiterforschen zu lassen«, fügte Tarjos hinzu, als ich keine Anstalten machte, irgendetwas zu sagen.

»Island«, flüsterte ich bloß.

»Genau. Die Menschen dort gehen gerade sehr offen mit alldem um. Ich denke, dort könnte meine Zukunft liegen.«

Als er das sagte, musste ich schlucken. Ich wusste, dass Tarjos mir wichtig war, aber der Gedanke, ihn zu verlieren, weckte in mir eine ungeahnte Angst. Ich stand auf, wusste aber nicht so recht, was ich tun sollte. *Sollte ich gehen, um den Abschied möglichst kurz und schmerzlos zu gestalten?* Aber ich wollte nicht gehen, ich wollte bei Tarjos bleiben. Nicht nur heute.

Endlich kam er auf mich zu und sah mich schuldbewusst an. Dann nahm er mich in den Arm und ich fing prompt an zu weinen. Tarjos sagte kein Wort. Er hielt mich einfach fest und gab mir Halt. Das Herz in seiner harten, warmen Brust pochte spürbar. Auch ihm schien dieser Abschied nicht leichtzufallen.

»Du darfst nicht gehen«, flüsterte ich und es war mir völlig egal, wie jämmerlich ich dabei wirkte.

»Eva! Du siehst doch, was hier passiert. So kann ich nicht leben«, antwortete Tarjos und drückte mich noch fester an sich.

»Ich möchte nicht ohne dich leben«, sagte ich und bemühte mich, keinen Heulanfall zu bekommen.

Eine Pause entstand, in der wir uns einfach nur festhielten und gegenseitig stützten. Irgendwann durchbrach Tarjos die Stille: »Dann musst du mitkommen.«

Ohne großartig über seine verrückte Idee nachzudenken, antwortete ich: »Wie stellst du dir das vor? Ich spreche nicht einmal Isländisch.«

»Weißt du, auch in Island gibt es Abendschulen. Du könntest die Sprache dort lernen und parallel Deutsch oder Dänisch unterrichten. Es wird sich sicher etwas finden.«

»Und mein Studium? Mir fehlt noch ein Jahr. Und was ist mit Julie und ihren Eltern? Was ist mit Finn? Was ist mit meiner Familie?« Ich wusste beim besten Willen nicht, wie Tarjos sich das vorstellte.

»Ich bin nicht der Einzige, der sich Gedanken darüber gemacht hat, wie es weitergeht.«

Diese Aussage überraschte mich. Ich sah Tarjos an und spürte mehr denn je, dass sich bald alles ändern würde. Ich hatte Angst.

»Komm, wir setzen uns mal«, sagte er mit ruhiger Stimme und verfrachtete mich aufs Sofa, woraufhin er sich neben mich setzte. »Ich habe erst vor ein paar Tagen mit Joachim gesprochen. Er und Gitte werden mit Julie Dänemark ebenfalls verlassen, wenn das Gesetz in Kraft tritt.«

Oh Mann, ich würde nicht nur Tarjos verlieren, sondern auch Julie. Ich wusste nicht, was schlimmer war. Julie war meine beste

Freundin. Es war lange her, dass ich eine so gute Freundin gehabt hatte. Eigentlich hatte ich nicht vor, sie jemals gehen zu lassen.

»Weiß Julie davon? Wo wollen sie hin?«

»Julie weiß noch nichts, aber sie werden bald mit ihr sprechen. Unsere Eltern haben entschieden, gemeinsam das Land zu verlassen. Meinem Vater wurde eine Stelle in einer Klinik in Reykjavík angeboten, die sich auf unseresgleichen spezialisieren will. Das ist ein Wahnsinns-Angebot für ihn und ich freue mich, dass meine Eltern in ihre Heimat zurückkehren können.«

»Das ist toll«, stimmte ich zu, wenngleich mein Tonfall die Begeisterung nicht zu transportieren vermochte. »Und die anderen?«

»Soweit ich weiß, hat Gitte ein Jobangebot in einer kleinen Boutique in der Nähe der Klinik und Joachim wird sicher schnell etwas finden, wenn wir erstmal dort sind. Nur Julie wird an der Uni Schwierigkeiten bekommen mit ihrer Fächerkombination. Aber wie ich Julie kenne, lässt sie sich davon nicht unterkriegen.«

Ich stimmte Tarjos zu. Julie war hart im Nehmen, sie würde sich schon arrangieren. Also blieb nur noch eine Frage offen:

»Und was ist mit Finn?«

Ich traute mich kaum, diese Frage laut zu stellen. Tarjos und Finn war es in den letzten Wochen zwar irgendwie gelungen, Frieden zu schließen, aber ich wusste nicht, wie lange der in einer solchen Situation halten konnte.

Tarjos blickte kurz ins Leere, bevor er sich wieder mir zuwandte und antwortete: »Wenn dir so viel an ihm liegt, finden wir einen Weg, dass er mitkommen kann.«

Ich war sprachlos. Natürlich wusste ich nicht einmal, ob Finn überhaupt mitkommen wollen würde. Andererseits hatte auch er sich in den vergangenen Wochen sicherlich Gedanken darüber gemacht, wie es für ihn weitergehen konnte.

»Am besten sprecht ihr mal darüber«, schlug Tarjos vor. »Und es ist ja auch nicht für immer. Vielleicht beruhigt sich die Lage hier irgendwann und ihr könnt wieder zurück.«

Tarjos' Wortwahl ließ mich aufhorchen.

»*Ihr* könnt wieder zurück? Was ist mit dir? Bei dir klingt es so endgültig.«

»Sollte das Gesetz in Kraft treten, werde ich nicht mehr zurückkehren.«

Ein erneuter Schlag traf mich. Doch insgeheim konnte ich seinen Entschluss bestens nachvollziehen. Tarjos hatte schon einmal seine Heimat verlassen müssen, es war an der Zeit, dass er einen Ort zum Leben fand.

In der Bahn gingen mir tausende Fragen durch den Kopf. Ohne mir überhaupt klar darüber zu werden, was ich eigentlich wollte und wie meine Zukunft aussehen könnte, entschied ich, nicht länger zu warten und mit Finn über alles zu sprechen. Also schrieb ich ihm eine Nachricht, dass ich auf dem Weg zu ihm war.

Finn öffnete mir die Tür und wir küssten uns innig zur Begrüßung. Ich spürte, dass ich auf keinen Fall ohne ihn weggehen konnte.

»Was verschafft mir die Ehre?«

Er schien sichtlich überrascht von meinem Spontanbesuch, ich hatte ihm in der Nachricht lediglich geschrieben, dass ich mit ihm reden müsste. Und da ich keine Zeit verschwenden wollte, platzte ich direkt heraus mit der Neuigkeit. Finn hörte aufmerksam zu, doch ich konnte beobachten, wie sich eine Sorgenfalte auf seiner Stirn bildete.

»Dann zieht Tarjos das also wirklich durch«, sagte er, nachdem ich endlich einen Punkt gesetzt hatte.

Ich war überrascht. »Du wusstest davon?«

»Ja. Entschuldige, dass du es auf diese Weise erfahren musstest. Ich hätte früher mit dir darüber reden sollen.«

Es irritierte mich zwar, dass Finn etwas von Tarjos' Plänen wusste und schon wieder etwas vor mir verschwiegen hatte, aber das war nicht der richtige Zeitpunkt, um sich darüber zu streiten. Wir hatten Wichtigeres zu besprechen.

Ich erzählte Finn von Tarjos' Vorschlag, mit ihm und den Andersens für einige Zeit das Land zu verlassen. Doch statt zu antworten, sah er nachdenklich aus dem Fenster und schwieg.

»Was ist los?« Ich machte mir Sorgen. Klar, es war auch für mich ein großer Schritt, nach Island ins Ungewisse zu gehen, aber wenn wir zusammenblieben, würden wir das schon irgendwie schaffen.

»Ich kann hier nicht weg«, sagte Finn, ohne mich anzusehen. Ein ungutes Gefühl beschlich mich.

»Mein Leben ist hier, in Kopenhagen und in Odense. Meine ganze Familie lebt hier, ich habe hier meine Arbeit, mein Studium, da kann ich doch nicht so einfach das Land verlassen.«

»Das verstehe ich.« Ich nahm seine Hand in der Hoffnung, er würde mich dann wieder ansehen, was er auch für einen kurzen Moment tat. »Ich verstehe sehr gut, dass du das alles nicht verlassen möchtest. Aber du siehst doch, wie sich die Lage entwickelt. Ist es nicht zu gefährlich, hierzubleiben?«

»Vielleicht. Aber es ist auch feige, einfach zu gehen. Viel zu lange musste ich mich verstecken, ich habe das satt.« Sein Ton wurde rauer. »Es ist egoistisch von Tarjos, sich einfach davonzumachen. Ich finde, wir sollten endlich für unsere Rechte einstehen und kämpfen.«

Seine Worte ließen mir einen kalten Schauer über den Rücken laufen. Im Grunde hatte er Recht, es war egoistisch, zu gehen, doch es nicht zu tun, ohne zu wissen, wie sich die Situation entwickeln würde, erschien mir überaus leichtsinnig.

»Was willst du denn tun?«, wollte ich wissen, denn ich hatte nicht das Gefühl, dass die bisherigen Demonstrationen irgendetwas bewirkt hatten. »Ihr seid in der Unterzahl. Gegen die Entscheidungen der Regierung sind wir doch völlig wehrlos.«

»Das sehe ich nicht so. Immerhin ist die gesamte Bevölkerung betroffen, wenn Gentests durchgeführt werden. Das betrifft uns alle. Und selbst wenn die Lage hoffnungslos erscheint, wenn wir tatenlos zusehen oder fliehen, haben diese Idioten gewonnen.«

»Dann bleibe ich auch«, entschied ich prompt, denn er hatte Recht.

»Nein, das tust du nicht.« Finn sah mir in die Augen. Er wirkte mit einem Mal ganz verändert.

»Wie bitte?«

»Ich möchte nicht, dass du dich unnötig in Gefahr begibst.«

»Aber du willst allein den Superhelden spielen, oder was? Mir droht vermutlich weniger Gefahr als dir.«

»Ich komme schon zurecht. Torge und Lone bleiben auch, ich bin also nicht völlig alleine.« Er versuchte zu lächeln, doch es fiel ihm sichtlich schwer.

»Wenn es für Lone nicht zu gefährlich ist, ist es das für mich auch nicht«, entgegnete ich irritiert von seiner unlogischen Argumentation.

»Eva«, setzte er erneut an. Seine Stimme klang viel härter, als ich es von ihm gewohnt war. »Ich möchte, dass du gehst. Tarjos und ich haben das schon besprochen.«

»Bitte was?« Ich fiel aus allen Wolken. Das konnte unmöglich sein Ernst sein. »Ist es das, was ihr macht, wenn ihr euch hinter meinem Rücken trefft? Heimlich Pläne schmieden und über mein Leben entscheiden? Habt ihr den Verstand verloren?«

Ich war fassungslos. Von Tarjos hatte ich nichts anderes erwartet. Er entschied immer so, wie es für ihn am besten war. Aber Finn doch nicht. Entsetzt über seine Aussage fuhr ich fort: »Ich bin doch keine Ware, die man hin und her reicht, wie es einem passt. Ich erkenne dich gar nicht wieder.«

Statt sich zu entschuldigen und mich in den Arm zu nehmen, ließ Finn meine Hand los und sagte mit bitterem Tonfall: »Vielleicht ist das besser so. Dann fällt dir der Abschied leichter.«

»Sag doch gleich, dass du mit mir Schluss machen willst«, schrie ich ihn an und rannte aus dem Zimmer. Im Flur hörte ich ihn rufen, dass ich bleiben solle, aber ich konnte nicht. Ich musste da raus. Ich konnte einfach nicht glauben, dass der Mann, der mir in den letzten Monaten so viel Wärme geschenkt hatte und den ich sehr zu lieben begonnen hatte, sich von mir trennen wollte. Und dann auch noch auf diese herzlose Weise.

Ich lief zur Bahnstation und stieg in den nächstbesten Zug, ohne zuvor auf die Anzeigetafel zu sehen. Es war mir egal, wohin ich fuhr, Hauptsache, ich bekam Abstand.

Während der Fahrt war es mir kaum möglich, irgendeinen klaren Gedanken zu fassen. Finns Worte hatten mich sehr verletzt. Und sein Auftreten war so verändert. So hatte ich Finn noch nie gesehen. *Wollte er mich wirklich loswerden?* Je mehr ich darüber nachdachte, desto klarer wurde mir, dass meine Bitte, mich zu begleiten, lächerlich auf ihn gewirkt haben musste. *Was hatte ich erwartet? Dass er meinetwegen alles aufgeben und seine Heimat, seine Familie verlassen würde?* Ich kam mir dumm vor, dass ich angenommen hatte, unsere Liebe sei wichtiger als alles andere.

Er hatte so viel zu verlieren. Im Gegensatz zu mir. Was hielt mich schon an einem Ort wie diesem?

Das Stechen in meiner Brust wurde langsam von Wut abgelöst. Ich wusste nicht, was mich wütender machte. Die Art und Weise, wie Finn mich behandelt hatte? Wie er über meinen Kopf hinweg entschieden und mich abserviert hatte? Oder die Tatsache, dass ich wirklich geglaubt hatte, er würde überall mit mir hingehen, weil unsere Liebe über allem stand? Ich ärgerte mich über meine Naivität. Und irgendwann ärgerte ich mich darüber, die falsche Bahn erwischt zu haben und an der Endstation aussteigen zu müssen.

Eineinhalb Stunden später kam ich am Wohnheim an und ging in mein Zimmer, ohne mich bei Julie zurückzumelden. Ich konnte ihr unmöglich erzählen, was passiert war. Immerhin wusste sie noch nichts von den Island-Plänen und ich wollte ihren Eltern auf keinen Fall zuvorkommen. Das war eine Familienangelegenheit. Da hatte ich mich nicht einzumischen.

Trotzdem hatte ich das Bedürfnis, mit jemandem zu reden, also schnappte ich mir mein Smartphone und wählte Annas Nummer. Seit unserem Wiedersehen in Flensburg hatten wir regelmäßig miteinander telefoniert, jedoch waren die Abstände zwischen den Telefonaten in den letzten Wochen größer geworden. Obwohl es immer schön war, ihre Stimme zu hören, weil sie mich an eine glückliche Vergangenheit erinnerte, spürten wir beide, dass es nicht mehr dasselbe war. Unsere Leben verliefen nicht mehr parallel. Es war uns nicht möglich gewesen, dort anzuknüpfen, wo wir vor vielen Jahren auseinandergegangen waren. Dennoch versprachen wir uns gegenseitig am Ende jedes Telefonats, dass wir uns nie wieder aus den Augen verlieren würden.

Als Annas Mailbox ranging, legte ich auf. Im gleichen Moment klopfte es an der Tür. Vermutlich hatte Julie mich gehört und wunderte sich nun, dass ich nicht bei ihr vorbeigeschaut hatte.

Doch es war Finn.

Mein Herz machte Luftsprünge vor Freude. Im nächsten Moment beschlich mich der Gedanke, dass er gekommen sein könnte, um seine Sachen bei mir abzuholen.

»Darf ich reinkommen?«, fragte er und sah aus wie ein begossener Pudel. Es fiel ihm sichtlich schwer, mir in die Augen zu schauen.

Ich ließ ihn eintreten. Kaum hatte ich die Tür hinter ihm geschlossen, drehte er sich zu mir um und sagte: »Es tut mir so unendlich leid.«

Ich ging auf ihn zu und er nahm mich fest in den Arm. Es vergingen einige Sekunden, in denen wir wortlos ineinander verschlungen dastanden.

Ich war so froh, dass er zu mir zurückgekommen war. Gleichzeitig wollte mein Verstand dem neu gewonnenen Frieden nicht trauen und kämpfte gegen mein Bedürfnis nach Nähe an.

Finn ließ mich los und wir setzten uns aufs Bett.

»Es tut mir wirklich leid«, begann er. »Der Gedanke, dass dir etwas passieren könnte, macht mich wahnsinnig.«

An seinen Augen sah ich, dass er die Wahrheit sprach. Er wollte mich nicht loswerden, er wollte mich in Sicherheit wissen.

»Warum sprichst du denn nicht mit mir, anstatt dir mit Tarjos den Kopf über mich zu zerbrechen?«

»Das wollte ich ja. Aber ich wusste, dass sich alles ändern würde, sobald das Thema auf dem Tisch liegt. Und dazu war ich einfach noch nicht bereit.«

Nur zu gut konnte ich seine Erklärung nachvollziehen. Diese Veränderungen machten uns allen Angst. Insbesondere jene, die unsere Freundschaften und Beziehungen betrafen.

»Wir müssen doch zusammenhalten«, bekräftigte ich noch einmal, dass ich zu ihm stehen würde.

»Ja, das werden wir auch. Versprochen. Aber nicht, indem du in Kopenhagen bleibst.«

Ich stutzte. *Wollte er doch mit mir Schluss machen?*

Bevor ich etwas entgegnen konnte, fügte Finn hinzu: »Das hier ist nicht dein Kampf, Eva. Ich weiß, dass du mir beistehen möchtest, und dafür liebe ich dich unglaublich. Aber ich kann nicht auf mich selbst aufpassen, wenn ich mir gleichzeitig Sorgen um dich mache.«

Allmählich erkannte ich, dass er nur aus Liebe zu mir handelte.

»Darf ich einen Vorschlag machen?«, fragte er. Vermutlich wollte er verhindern, dass ich das Gefühl bekam, er würde wieder über meinen Kopf hinweg entscheiden.

»Nur zu.«

»Lass uns doch Folgendes vereinbaren: Wenn es zu gefährlich wird, komme ich sofort nach. Und wenn sich die Lage in den nächsten Wochen wieder entspannen sollte, kommst du einfach zurück. Was hältst du davon?«

»Ich werde darüber nachdenken«, entgegnete ich, obwohl ich wusste, dass dieser Vorschlag Sinn machte. Aber es störte mich, von Finn getrennt sein zu müssen.

Als er mich küsste, war all mein Kummer der vergangenen Stunden fast vergessen.

Nachdem ich Finn ohne große Mühe überredet hatte, die Nacht mit mir zu verbringen, meldete ich mich bei Julie zurück und sie wünschte uns einen schönen Abend. Ich beneidete sie darum, noch nicht zu wissen, welche Veränderung auf uns zukam. Manchmal war Unwissenheit doch ein Segen.

KAPITEL 22

Am nächsten Tag telefonierte ich mit meinem Vater und erstattete Bericht. Anfangs versuchte er mich zu überreden, zurück nach Deutschland zu kommen, jedoch gab er sich irgendwann geschlagen und erkannte, dass das keine Lösung für mich war. Das Verhältnis zu meiner Mutter und Jonas war immer noch gestört, auch wenn meine Mutter ein paar Schritte auf mich zu gemacht hatte, aber ich wollte nicht in mein altes Leben zurückkehren. Das hätte sich für mich wie ein Rückschritt angefühlt. Vielleicht würde ich in ein paar Jahren wieder nach Deutschland ziehen, wenn ich vorher genug von der Welt gesehen hatte und mir sicher war, dass das der richtige Ort für mich war. Aber in der Zwischenzeit mussten meine Eltern sich mit Telefonaten und Wochenend- oder Ferienbesuchen zufriedengeben. Wie auch immer sich die Lage entwickeln würde, ich ging davon aus, dass ich weiterhin ungehindert reisen konnte.

»Ausgerechnet Island«, sagte Julie. Sie stand in meinem Türrahmen und schüttelte ungläubig den Kopf.

Ich wusste, dass sie den Nachmittag bei ihren Eltern verbracht hatte, und ich hatte bereits angenommen, dass sie es ihr heute erzählen wollten.

»Komm doch rein«, sagte ich.

»Warum nicht Schweden? Oder Norwegen? Warum Island?«, fing sie wieder an.

»Island ist nicht das Ende der Welt«, versuchte ich ironischerweise zu beschwichtigen, obwohl ich mich selbst noch nicht so richtig damit anfreunden konnte.

»Fühlt sich aber genauso an«, sagte Julie und wir mussten beide lachen. »Meine Eltern meinten, du wüsstest schon Bescheid?«

»Stimmt. Mehr durch Zufall. Gab schon einen Riesenkrach mit Finn deswegen.«

»Oh Mann, das kann ich mir vorstellen. Was ist passiert?«

Daraufhin erzählte ich ihr die ganze Geschichte, angefangen bei der Begegnung mit Tarjos' Umzugskartons bis hin zur Wiedergutmachungsübernachtung mit Finn.

Nach einer kurzen Pause sagte Julie: »Ich habe Hochachtung vor Finns Entscheidung. Vielleicht sollten wir alle bleiben und uns wehren.«

Ihre Einstellung überraschte mich nicht besonders. In den letzten Monaten hatte Julie sich verändert, sie war viel stärker und selbstbewusster geworden. Dennoch wollte ich nicht, dass sie diesen Gedanken weiter ausführte, daher lenkte ich schnell auf ein anderes Thema über: »Wann wirst du es Bo erzählen?«

»Er kommt heute Abend vorbei, dann reden wir darüber.«

»Was denkst du, wie er reagieren wird?«

»Schwer zu sagen. Ich schlage ihm vor, dass wir es erstmal mit einer Fernbeziehung probieren. Und dann mal gucken, wie sich alles entwickelt.«

Julie wirkte äußerst gefasst.

»Ich hätte erwartet, dass dich das alles stärker belastet.«

»Ja, wer weiß, was noch kommt. Aber im Moment denke ich einfach, dass meine Familie das Wichtigste ist – und die habe ich bei mir. Alles andere lässt sich schon irgendwie regeln.«

Ich stimmte Julie zu.

»Übrigens soll ich dich lieb von meinen Eltern grüßen. Du bist herzlich eingeladen, mit uns zu kommen.«

»Im Ernst?«

»Klar! Wo auch immer wir landen werden ... Platz ist in der kleinsten Hütte.« Julie lächelte.

Das Angebot rührte mich. Was waren das für liebe Menschen, die mich einfach aufnahmen wie ihr eigenes Kind. Ich umarmte Julie fest und versuchte vergeblich, meine Freudentränen zu unterdrücken. Julie war meine beste Freundin und die würde ich nie wieder gehen lassen.